2011·44

(总第 482–485 期)

合订本

STORIES

上海故事会文化传媒有限公司　出品

图书在版编目(CIP)数据

2011《故事会》合订本.44/《故事会》编辑部编.
上海：上海锦绣文章出版社，2011.6
ISBN 978-7-5452-0901-3

Ⅰ.①2… Ⅱ.①故… Ⅲ.①故事-作品集-中国-当代 Ⅳ.Ⅰ①1247.8

中国版本图书馆CIP数据核字（2011）第106742号

责任编辑：刘迎曦
封面设计：李宝强
责任督印：张 凯

2011故事会合订本44
（总第482-485期）
《故事会》编辑部 编
上海锦绣文章出版社·上海故事会文化传媒有限公司出版
地址：上海绍兴路74号
电子信箱：gushihui@263.net
网址：www.slcm.com
中国图书进出口上海公司发行
地址：上海市广中路88号
电话：36357888
ISBN 978-7-5452-0901-3/I·304

482 2011 SEMIMONTHLY 上半月刊 3月

STORIES

欢迎登录本刊主办的"故事中国网"（www.storychina.cn）

故事会 —STORIES—

2011 年 3 月

上半月 · 红版

何承伟：社　长、主　编

夏一鸣：副社长

吴　伦：常务副主编（兼绿版负责人）

姚自豪：副主编（兼红版负责人）

本期责任编辑：李天然

电子邮箱：chin_poet@163.com

红版发稿编辑：

姚自豪　郑继文　吕　佳　叶小萌

美术编辑：李宝强

电脑制作：郭瑾玮

通　　联：归依玲

本社办公室电话：021-64375030

上半月刊编辑部电话：021-64332325

下半月刊编辑部电话：021-64336469

（上海市绍兴路 74 号　邮编：200020）

主管、主办：上海文艺出版（集团）有限公司

出版单位：《故事会》编辑部

发行范围：公开

制作、发行总监：张　凯

电话：021-64313938

广告业务：上海故事会文化传媒有限公司

广告总监：张　淮

广告业务：021-34010383

广告投诉：021-64333738

广告经营许可证

沪工商广字 3100320080016 号

发行：中国图书进出口上海公司

·笑话·

烫不烫

一个女孩去一家新开的发型屋洗头发，一个帅哥一边帮她洗头，一边建议她烫个卷发，女孩笑着拒绝了。

过了一会儿，帅哥又说："我们现在开业大酬宾，打8折，烫不烫？"女孩还是拒绝。接着，在洗头的半小时内，帅哥问了四五次"烫不烫"，女孩终于失去了耐心，干脆直接甩出两个字："不烫。"

吹头发时，吹风机离女孩的头太近了，以至于她感觉太烫，就把头稍微偏了偏，帅哥小声问："烫不烫？"女孩说："烫。"帅哥马上递给她一本发型书，笑眯眯地问："烫哪种？"

（董　行）

（本栏插图：包丰一）

快　递

上班时间，同事甲打电话叫快递"'顺风'快递吗？请帮我送个包裹。"正巧同事乙也想叫个快递，可一摸口袋，钱包忘带了，身边所有现金加起来只有几块钱，根本不够付快递费。

过了一会儿，同事甲叫的那个快递公司派人来取包裹，同事乙也拿出自己的包裹往同事怀里一塞，不动声色地说："正好，你叫'顺风'，那我就叫个'顺路'的。"

（庄　怀）

家庭教师

老马在睡梦中喊了几声初恋女友的名字，老婆推醒他，警觉地问："你在喊谁？"

老马忙掩饰道："我做梦当老师了，在叫学生回答问题。"

老婆问："那你一节课怎么总是叫同一个学生回答问题？"

老马一愣，紧接着回答："因为我做的是家庭教师。"

（魏轩平）

天气预报

儿子和老妈一块儿看《天气预报》，画面中出现了一个平时很少见的图标，极像那个代表财富的符号“$”。儿子看了好一会儿，才明白这个图标的意思是扬沙。

这时，老妈一脸困惑，吃惊地问儿子：“天哪，明天是要下钱吗？” （秋　树）

无奈的白娘子

白娘子被法海收走后，许仙赶到雷峰塔下，痛心疾首地嚷着：“法海你这秃驴，把我娘子镇在这宝塔之下，让我们夫妻分离，是何道理？”

法海刚想反驳，只听白娘子在塔内幽幽地说道：“想在杭州这地方弄一套复式，能指望你那点薪水吗？”

（袁才子）

别找我

一对夫妻为了件小事吵了起来，丈夫能说会道，不停地数落妻子。妻子听着听着，终于受不了啦，她一拍桌子：“你给我闭嘴，你再说，我就搬到山里住去，让你一辈子也找不到我！”

丈夫哼了一声，说：“找你干什么？你又不是人参！”

（秋　树）

打　扮

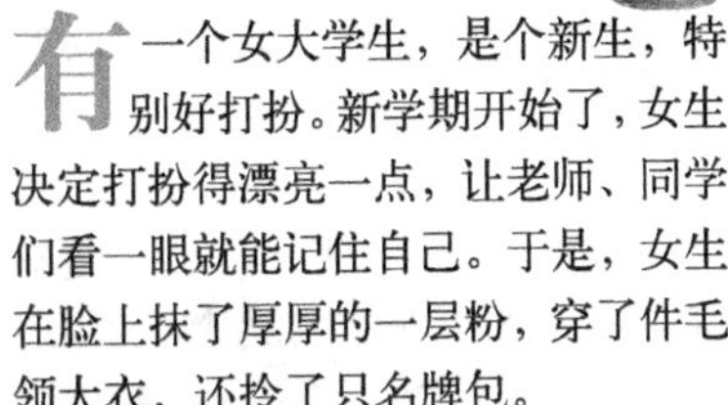

有一个女大学生，是个新生，特别好打扮。新学期开始了，女生决定打扮得漂亮一点，让老师、同学们看一眼就能记住自己。于是，女生在脸上抹了厚厚的一层粉，穿了件毛领大衣，还拎了只名牌包。

女生故意姗姗来迟，慢悠悠地走到教室门口，很淑女地说：“报告——”正在听课的同学们立即把目光转移到她身上，就连老师也瞪大了眼，这下女生心里乐开了花。突然，老师开口说：“这位家长，请等一下，我先给同学们讲几个问题……”

（李黎骕）

·笑话·

相亲

孙悟空和唐僧一起去相亲，结果孙悟空失败了，唐僧却抱得美人归。

孙悟空怎么也想不明白，他去南海问观音，观音说：“你这个泼猴，还说是聪明人，这么简单的道理也不明白？你失败有三个原因。”

孙悟空问哪三个原因，观音说：“1.只有一根破棍，没房没车；2.保镖职业很危险；3.曾经三打白骨精，对女生有暴力倾向。”

孙悟空不服气，他问：“那我师父何德何能呢？”

观音说道：“唐僧呀，他条件可好啦——1.有宝马；2.是高级公务员；3.跟朝廷有关系，后台硬；4.精通梵文等外语！”（李柏坚）

老板难当

苗总开了个公司，公司打出招聘广告后，收到了很多简历。苗总看了又看，最后选中一个女生，于是打电话让对方来参加面试。他本以为对方会很兴奋，没想到对方冷冷地问道：“公司在什么位置呀，苗总？”苗总说了地址。

“这么远，怎么去呀？”

苗总有点不耐烦了，就说：“坐公交、打车都行。”

没想到对方回了一句：“太远了，要不你开车来接我吧！”

（姜玥如）

划重点

某班大学生们习惯了老师在考试前划重点，于是大家平时都不用心学习，就等着老师划了重点之后再“突击”复习。

没想到今年学校出台新规定，严禁老师给学生划重点，急得同学们团团转。这天上考前复习课，老师走进教室，说“同学们，今年学校规定了，不许划重点，大家知道吗？”话说完，底下发出一阵长叹。

老师说：“好，现在请大家把书拿出来，我们来划一下非重点。”

（赵会玲）

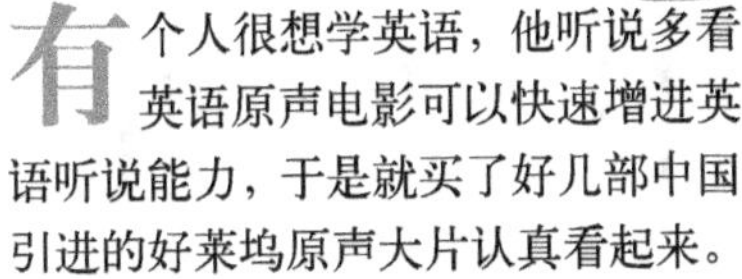

孝顺

一名男子骑摩托车时遭遇“碰瓷”，对方是个老汉，倒在地上，硬说男子撞了他。面对围观群众，男子一时不知所措。突然，男子急中生智，抱住老汉，声泪俱下地喊道：“爹，你等着，我这就去给你找医生！”接着，他骑上摩托车，油门一开，跑了。老汉目瞪口呆，恼怒地喊着：“给老子回来！”

众人纷纷感慨：“这儿子真孝顺！”（张乃夕）

好孩子和坏孩子

母亲对儿子说：“隔壁小明是个坏孩子，以后你别和他一起玩。”

儿子问道：“那我是个好孩子吗？”“当然是。”儿子说：“那就让小明和我玩吧。”（刘　立）

没跟上时代

那天，鞋店营业员正在努力说服一位女顾客，让她购买一双并不合脚的鞋子，那位女顾客争辩道：“我告诉你，这双鞋子太尖太瘦了。”

“小姐，”那个营业员回答说，“今年就流行这种又瘦又尖的鞋子。”

“也许吧，”女顾客说，“不过我的脚还是去年的脚，没有跟上时代。”（刘　立）

学英语

有个人很想学英语，他听说多看英语原声电影可以快速增进英语听说能力，于是就买了好几部中国引进的好莱坞原声大片认真看起来。

几天后，他向大家宣布：“我完全可以听懂英语对话了。”有个朋友不相信，他就拉着朋友来到公园，正好有两个外国人在用英语交谈。他站着听了好一会儿，一声不吭，最后朋友问他，外国人说的是什么，他皱了皱眉头，回答说：“这两个外国人真是的，说英语就说英语吧，连个中文字幕也不打！”（月夜梧桐）

本栏欢迎来稿，读者、作者可将有新鲜感、有精彩细节的笑话佳作投寄给我们。来稿一经采用，最高稿费为一则100元。本期责任编辑电子信箱：chin_poet@163.com。

十二生肖大PK

□侯晓琪

这一天，十二生肖为排序又争开了。

虎说："排序得比实力。"大家都说不错，可怎么比呢？虎说比武，猴说比爬树，牛说比力气，争来论去，没个结果，龙说："既然争执不下，那咱就来个'PK'吧。"大伙儿听了，一片欢呼，不过，PK，谁当评委呢？

马说驴聪明，猴说猿灵敏，鸡说鸭也行，吵来吵去，最后一致认为 要选一个和大家都没利害关系、最公平的评委，那只能是——人。

PK开始了，鼠第一个出场，它一溜烟地从一个小女孩面前跑过，小女孩见了，大叫："鼠，打！"真是老鼠过街，人人喊打。众生肖正隐身在一边看着，见此情景，一片哄笑，正笑着，鼠回来了，它得意地说"怎么样，评委喊的是——'鼠大'，我应该排在第一位吧！"气得大伙儿直翻白眼。

接着是牛，牛也不笨，它要找牧童，和牧童关系好呗。牛走上山坡，听见牧童在唱歌："牛儿还在山坡吃草……"牛乐了，它张着大嘴，乐呵呵地对随后跟着的众生肖说："听见吧，牛儿——'牛二'，俺老牛是第二。"

虎犯愁了，它"人缘"不好，人们一见它就逃，人当评委，它还能有好结果？它正趴在草丛中犯愁，突然灯光一闪，随即就听到有人说话："甭管这虎是真是假，拍到虎的照片就是钱，老虎就是银子！"虎一听，看来自己"寅（银）"位是定了，心里高兴，便大笑起来，那一笑，山崩地裂、飞沙走石，拍照的人一看，顿时魂飞魄散，"呀，不好，是真虎！"吓得连相机也不要了，转身就逃。

龙出现在一个姑娘的梦里，它呼风唤雨，张牙舞爪了一夜，第二天，那姑娘一睁眼，见窗外阳光明媚，自言自语道："一日之计在于晨。"接着她起床、洗漱、吃饭，然后匆匆上课去了。"晨"——辰，龙的位子就这么定了，它虽然吹胡子瞪眼，也只得认了。

蛇在小路边刚露头，就被一个女人看见，她立刻对身边的一个小孩大喊"快、快逮住它，你外婆眼睛不好，正找蛇胆呢，快快，别让蛇溜啦！"蛇差点吓破了胆，赶紧溜走，来到无人处，它一声长叹，看来，还是老老实实地接受"蛇六（溜）"的排位吧。

马的运气不错，它遇上了一对年轻情侣，女的笑着说："明天面试，今天看到马，好兆头。"男的说："祝你马到成功，记住面试时间是中午。""午马"一听，心里美滋滋的。

羊运气也不错，它遇见一个八零后女孩，她失恋了，特地来乡下散心。她见了羊，就拔了一把草，去喂它。猪一看，幸灾乐祸地说："大伙儿看看，人连一句评语都没给羊，它该排最后。"羊说："谁说的？人用行动支持我了——喂羊，不就是'未羊'吗？"

这天，一对夫妇逛动物园，猴十分卖力地表演着。女的说"我觉得你就像猴。"男的乐了，说："是吗？我那么可爱、那么活泼？"女的一撇嘴，说："想得美！我是说你的脸和猴屁股有一拼，尤其是在酒后。""酒后"——九猴？猴一泄气，一个倒栽葱，从假山上掉了下来。

有一户人家，女的强势，男的是"妻管严"。那一天，鸡踱到男人面前，男人正独自做晚饭，见了鸡，有感而发："莫骂酉时妻，一夜受孤凄……"得，"酉鸡"，结果就这么定了。

再说狗到了城里，见一男一女正在聊天，女的说："老头子，瞧瞧，一眨眼咱们就老了，想年轻时，还真有意思，你总像狗一样跟在我后面，真让人烦。"男的一听不乐意了："胡说啥呢，是谁一听分手就跑来掉眼泪？是谁逛街总把我抓得紧紧的？"女的

说：“是我是我，是我像条狗，总跟你后面，行了吧？可是，是谁在我一回娘家，就总打电话求我回来？是谁肚子一饿，就跟在我后面？”男的一瞪眼，说：“是我是我，行了吧？许你像狗，就不许我像狗？”“许狗”——“戌狗”，狗眼泪汪汪，无言以对。

猪仗着自已是六畜之首，大摇大摆走进了一家人的院门，门里头，一对夫妇正发着呆，女的抹着眼泪说：“你说我家那孩子，上学时说学业紧，工作了说事业忙，现在结了婚有了孩子，更是老不回家，光往家寄钱，真以为家里稀罕钱呀？要说，还不如这猪，猪还知道吃饱了串门看看我呢。”丈夫连声劝解：“怎么能把孩儿跟猪比呢？算了算了，别哭了，孩儿是猪，行了吧？”猪一听，气得尾巴一撅，拉了泡屎，“孩儿是猪”——“亥”是猪，认命了吧。

咦，怎么还少一位？原来兔胆小，躲在最后。

这时，虎灵机一动，说：“大家注意啦，现在只剩卯位啦，如果兔归不到卯位，那么一切推倒，重新PK！”

话音刚落，众生肖一片哗然，有赞同的，有反对的，所有的目光齐刷刷地落在兔的身上——

只见兔小心翼翼地溜进庭院，一个六十多岁的老太太正在晒太阳，她见了兔直招手，就在这时，“吱呀”一声，门响了，吓得兔从墙洞里一溜烟地跑了。进来的是一家三口，为首的是男人，他一进门就说：“妈，我们全家来看您啦，您坐在这干什么呢？”老太太一揉眼，说“唉，自你爸走后，我这眼神越来越不行啦，刚才看见一只兔，还以为是猫呢。”

猫——卯？霎时间，那些刚才嚷着要重新排序的生肖们全傻了眼……

（本作品为“和气致祥杯新编十二生肖故事大赛”参赛作品）

（题图、插图：安玉民　梁　丽）

· 本刊信息传真 ·

阿P系列幽默故事征文

阿P系列幽默故事栏目开辟二十多年来，深受读者欢迎。为了把这个栏目办得更好，本刊再次面向全社会征稿，希望有更多的人来关注阿P，把您身边的阿P故事写得更精彩，更有现实意义和典型意义。

来稿方法：1. 从邮局寄发，请在信封上注明“阿P故事征文”字样，本刊地址：上海市绍兴路74号《故事会》杂志社，邮编：200020。2. 从网上传递，可寄以下信箱：wulun@vip.sohu.net，请在主题上注明“阿P故事征文”字样。凡已和我刊编辑有联系的作者，稿件可继续投给联系的编辑。

雷管未响

□王相军

我儿子是博士，儿媳也是，两个博士又生了一对双胞胎，儿子打电话来说，没有我这个乡下老头就没有今天的一切，我想着也在理，那天，就从乡下来到城里，为儿子贺喜。到了儿子家，在一个很大的房间里和很多人一起吃饭，每个人说话都文绉绉的，唯独我，粗声粗气，满口山里方言，可越是这样，他们却越是对我恭恭敬敬的，越要让我“随便说说”。说什么？我不是街上算命的，唠不出那么多别人爱听的嗑，要说，就说说我亲身经历的那件陈年往事吧……

九二年我承包村里的采石场，烧石灰，用今天的话说，当时我也是个小老板。可人这一辈子的吉凶祸福，谁也说不清、道不明，两小时前，我还站在采石场上给四个工人每人发了一支香烟，可两小时后呢？唉……

当时正抽着烟，我笑着对他们说：“就这几天了，大伙再辛苦辛苦，放假时我把红包都包得大大的，保证你们人人满意！”我走时，他们都还笑着，兴许就在那根香烟还没抽完的时候，石场上面的断裂面轰然崩塌了……

我赶到医院，抢救室里只有两个人，他们还活着，还有两人根本就没抬来医院……死者家属不管三七二十一，硬是要把残缺不全的尸体抬到我家，我跪在村口，向全村人承诺：就算砸锅卖铁，我也要负起责任来！我把老婆、孩子送到亲戚家，回来后第一件事，就是卖了家里的房子。接下来七天，我处理了家里能处理的一切，又来到了亲戚家。当时，除了采石场里的三千支雷管，我兜里就只剩下五毛钱了，等儿子在床上睡熟了，

我把那五毛钱压在他枕头下，对老婆说："我要出去几天。"

老婆陪我走到村外，那时快过年了，孩子们在街上零零落落地放着鞭炮，老婆什么也不说，只看着我，我没有理由瞒她，我说："采石场里还有三千支雷管，在家里只能抵账，卖不到分文，我拿到淮北去卖，卖了就回！"老婆抬起头，眼睛直直地看了我一会儿，然后只说了四个字："来回几天？"那时，我分明在她眼里看到了绝望，那是比死还要冰冷的绝望——这让我不由得恐惧起来，我想了好久才说："五天，等我五天！"

我用一床破毛毯把雷管卷了，放进一个大的蛇皮袋，上面乱七八糟地放了几件衣服，拎着就起了身。当时邻村有个远房表哥正往淮北贩破烂，他有辆机动三轮车，隔三岔五就往返一趟。我身无分文，更何况还带着三千支雷管，无奈之下就只有去找他。我说："表哥，我在家里呆不下去了，想跟你的车去淮北，出点苦力，多少挣些，好把这个年凑合过去！"

我没说实话，要是让表哥知道蛇皮袋里装的是雷管，打死他都不会愿意捎我的，买卖爆炸物，那是要判刑的！看着我一副狼狈样，他没多说，点了点头。就这样，我和一车废品一同来到了淮北。

到了淮北，我在一个满是小石灰窑的山上找到了买主，当时雷管的价格在山东是每支两毛二，在淮北四毛三，拿着卖雷管的这一千多元钱，我眼泪都淌出来了，而且竟突然有了再赚一把的想法。正当我信心满满地将要离开时，忽然看见山坡上下来了一个人，这人五十多岁模样，秃顶，衣服上满是石屑和白灰，他走到我面前，说"老乡，是你带来的雷管吗？"

我朝他看了看，警觉地摇了摇头。

"老乡，别想那么多了，你看警察有我这样的吗？"他大大咧咧地笑着，摊开了缠满胶布的手——干采石活的人裂口多，这瞒不了我的眼，我的心一下就放松了。

那人笑着，和气地说："你看，从这到那边，这几口窑都是我的，在这山上谁也没有我的窑多，我们这里雷管价高，主要是管得太严，再说没熟人介绍我能找到你吗？"他见我很小心地往四周看着，就小声对我说："走，别在这里，跟我到办公室去。"

来到了他那所谓的办公室——其实，这和所有小石灰窑的办公室几乎一样，只有一张满是灰尘的桌子，两把椅子，一张没有任何铺盖的小床。那会儿，我的心已经放宽了，我坐在桌子这边，他坐另一边，接着他就报出了一个完全让我可以接受的价格，还说：以后有货直接给他，绝对安全！

我想了会儿，终于点了头，说："好吧。"他意味深长地看了我一眼，接着打开抽屉，拿出一个小包来，说"先付你些定金吧。"说着，他拉开拉链，开始从包里往外掏东西，我还没反应过来，他已经把一样东西重重地拍在桌上——一把手枪！接着，他又把一个证件举到了我面前——警察！

当时，我的脑子"轰"地一下就懵了，可再懵，我也明白眼前发生了什么事：警察早在这里"卧底"了，我刚才卖掉的三千支雷管，也早落到了警察的手里，成了我"买卖爆炸物"的证据！我脑子里一片空白，只感觉那个警察在我身边来回地走，大声地说着话——那是他在打电话。那一刻，我想起了老婆绝望的眼神，想起了熟睡中的儿子……完了，一切都完了，我一句话也不说，只是流着泪把所有的钱往外掏，掏完了一个口袋又掏另一个，全放在桌上。

过了一会儿，外面开来一辆警车，开车的是个年轻警察，年轻警察要给我戴手铐时，那个老警察摇摇手，阻止了。我上了警车，坐到车后面还是不断地流泪。不知过了多久，颠簸的山路走完了，路好走了，车子行驶时也平稳了，那老警察就开始说话了："说说吧，别老是哭！"

我就原原本本地说了起来，从石场塌方、砸死了两个雇工那一刻说起，说完了，车子里很静，只有那个老警察在不停地抽烟，又过了一会儿，开车的年轻警察说了一句："假如都是真的，这家伙也真够倒霉的！"他说这话，像是自言自语，老警察听了没吭声。其实，从老警察亮明身份的那一刻起，我就断了任何侥幸的想法……

车子进了市区，速度慢了下来，那年轻警察又说了一句："队长，你说这家伙进了监狱，他老婆孩子……"老警察没应声。终于，看到公安局的大门了，那年轻警察便不再说话，车刚进公安局，那老警察突然喊了一声："停！"车子戛然而止。

老警察吸完最后一口烟，把烟头

扔出车外，突然，他从前座回过头来，直直地盯着我，一动不动足足有五分钟！然后，他回过头去，说了一句“开出去”，年轻警察没说什么，车子快速启动，开出大门，离开了公安局。

车子开了好长一段路，停在郊外的一条大路边，接着，从前座扔过来一个包，包里是卖雷管的钱——那是老警察扔过来的，他开口说话了，声音沉沉的：“下去吧……”那一刻，他的情绪好像突然变得很低落，没再往下说，隔了好一会儿，他又转过身来，拿手指戳了一下我的头，声音低低的，但一字一句，一句一顿：“今天我放你一条路，原因只有一个，那就是雷管未响，懂吗？没有造成后果，响了就不会是这么回事了！可是，小子你要永远给我记住喽，监狱里多你一人不多，少你一人不少，你要觉着妻儿老小能离开你，尽可以再到这里来，监狱的大门永远为你敞开着！”说完，他就把我推下了车，对年轻警察说：“开车！”

车开了，留下我呆呆地站着……

我回到家时已是第六天，老婆正抱着儿子坐在水塘边，她说，如果那天太阳落山前我还没回来，她就抱着儿子一起跳进那水塘……

后来，我特地去淮北跑了一趟，想感谢那个老警察，到了那里才听说，老警察因为私自放了我，受了一次很重的处分，其实他放我的时候，离退休只有三天了……

讲这些，我啰里啰嗦地用了很长时间，没有任何人打断我，只有儿子眼里湿湿地看着我。末了，儿子举起杯，说了一句文绉绉的话：“人这一辈子，苦难多多，雷管就多多，我要感谢所有让雷管未响的人，包括那个警察，因为我爸从那以后再也没有碰过雷管，自然，雷管也从没有响过……”儿子很有才，他的话赢得了满堂掌声！

从城里回来，生活一切照常。过了几天，儿子打电话来，我问：“那天，他们没说我啥吧？”儿子沉默了一会儿，答道：“他们说爹口才很好……”

我微笑无语。

（**题图、插图**：安玉民　梁　丽）

拉小旗作虎皮

□郭领军

李小旗是公司里的科长，因为工作关系，他经常外出开会，每年怎么也得出门十几次，因为公司的陈老板工作很忙，一般会议都会让李小旗参加。

前不久，有个重要会议在重庆召开，听说很多领导都要出席，上面要求陈老板和李小旗一起赴会，两人就一起到了重庆。

会议安排在一家五星级宾馆，报到那天晚上，所有与会人员参加了主办方举办的欢迎酒会，领导们也和大家一起共进晚餐。

席间，几位领导来到陈老板和李小旗的桌前敬酒，陈老板不常参加这类会，也不知该说什么，只是笑呵呵地站起身来，和领导碰了碰杯。轮到李小旗时，他马上热情地自我介绍说："我是来自最基层的工作人员，名叫李小旗，工作辛苦不辛苦我不用细说，领导们最体察民情，能有机会参加这样一个重要会议，我很荣幸，我一定要把这次会议精神带回去，认真学习贯彻，请领导们放心！"说完，他把手中的酒一饮而尽。

领导们听了李小旗的话，个个面带笑容，看得出都十分满意，唯有在一旁的陈老板脸上略微显得有点不自然，他狠狠瞪了李小旗一眼，意思是说——你这李小旗，怎么不向领导们介绍我呢？

聚餐结束之后，主办方接着又举

办了联欢会，李小旗登台，演唱了一段家乡的地方戏，虽然在座的领导都没怎么听懂，但还是为他活灵活现、憨态可掬的表演热烈鼓掌，对这个李小旗的印象也更深刻了。

联欢会进行到最后，有一个“抢椅子”的游戏，李小旗又上台参加了，想不到竟得了个第一名，奖品是一个手机。至此，领导们以及所有的与会人员都认识了这位“来自最基层”的李小旗，因为有了他，会场内的气氛异常活跃。

陈老板看着李小旗的表现，心里有些不痛快，但是大庭广众，又不好说什么。

第二天正式开会，早上陈老板起晚了，他匆匆吃了饭，就乘电梯往会议室赶。在电梯里，陈老板正好遇到一位领导，他就主动和领导打招呼。领导点头示好，问陈老板：“你来自哪里？”陈老板想起李小旗，就说：“我也来自基层。”

领导又问：“哪个基层？”

陈老板只好进一步解释说：“就是来自李小旗的那个基层，我就是李小旗的老板。”

领导很感兴趣，接着问：“就是那个唱地方戏、又得了游戏第一名的李小旗吗？”

陈老板连声说道：“是是是！”

听到这儿，领导一下子醒悟过来，他上前紧紧握住陈老板的手说：“你们这些在基层工作的同志们辛苦了！”陈老板嘴上虽客套着，可心里直犯嘀咕：这小兔崽子李小旗，老子和领导说个话，还得打着你的旗号，这叫什么事呀！

（题图、插图：安玉民　梁　丽）

红版编辑部各编辑邮箱：

姚自豪：yaobianji@126.com；
郑继文：zjw002@vip.163.com；
吕　佳：lujia411@yahoo.com.cn；
叶小萌：xiaomeng.ye@gmail.com；
李天然：chin_poet@163.com。

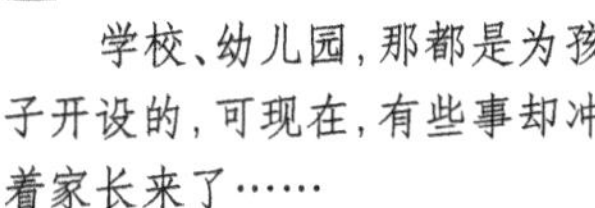

学校、幼儿园，那都是为孩子开设的，可现在，有些事却冲着家长来了……

多出来的爹

□老　三

顾金山在一家大型国营企业当办公室秘书，这天他休息在家，弟媳晓虹登门拜访来了。晓虹在育菁幼儿园当老师，她对顾金山说：“金山哥，有件事得麻烦你了。”

原来，市教委组成检查团，从下周起，要对全市中小学及幼儿园的收费情况进行大检查。怎么检查？其中一条，就是要求各校、幼儿园上报一定百分比的家长名单，检查团要对这些家长进行电话调查。

晓虹说：“我们园给我分配了四个指标，你得替我担一个，这纸上是这个孩子的情况。”

顾金山拿过纸一看，上面写着：“贺怡涵，女，5岁……”后面还写着家庭地址和幼儿园收费明细。

晓虹说：“金山哥，我留的是你的手机号码，万一检查团的人打你的电话，你就说你是贺怡涵她爸。他们问起收费情况，你就按我纸上写的说，他要再多问，你就说这个幼儿园挺好的，没有任何乱收费的情况。”

都是亲戚，这点忙当然得帮，见顾金山答应了，晓虹很高兴：“谢谢金山哥！咱园长说了，等把大检查应付过去，给我们每人发一千元辛苦奖，到时我请你们一家去吃牛排。”临走时她还不忘叮嘱几句：“接电话的时候，别忘了替我们美言几句哟！”

送走了弟媳，顾金山开始做晚饭，不一会儿，老婆下了班，儿子也放学回来了，儿子叫顾传哲，在市六中上学，念初三。吃晚饭时，儿子说：

"今天老师好奇怪，早晨刚说让交60块钱，下午一上课，突然说不用交了。瞧，老爸老妈，又给你们省下60块钱。"

顾金山鼻子里"哼"了一声，他当然晓得是怎么回事。提起儿子这所学校，他就气不打一处来，这学校，几乎隔个十天半月，就要交一次钱，今天30、明天100的，天长日久，虽说顾金山两口子收入不低，可也感到银根吃紧了。开始时他还会问问儿子：收这钱是干吗用的？儿子说，老师没讲，谁敢问？有一次他气坏了，用公用电话向市教委举报，他刚说两句，对方就问："请问你是谁的家长？你小孩叫什么？在哪个学校的几年级几班？你放心，我们会替你保密的，如果你不肯说，对不起，我们不能接受你的投诉……"顾金山听到这里，就灰心丧气地把电话撂下了，他哪敢讲？儿子还想不想在那里上学了？

可别说，这一回呀，市教委检查团果然还挺重视的，几天后的一个上午，调查电话真的打来了。

顾金山在单位有间独立的办公室，他接了手机，对方是个女同志，自称是市教委检查团的，她说"您好！请问您是育菁幼儿园贺怡涵小朋友的家长吗？"

顾金山掩上办公室的门，清了清嗓子，回答道："我是贺怡涵的父亲，对，家住动力小区2栋2单元202室。"

对方说："我们想调查一下育菁幼儿园的收费情况……"

顾金山是个过目不忘的人，弟媳晓虹给的收费项目，他早就记得滚瓜烂熟了，因此，他不慌不忙，对答如流："收费情况——托儿费160元，生活费每天10元，教材4本共62元，园服90元，刚入园时发的，幼儿园没有任何特长班……"最后，对方问："那么，您还有什么批评或者建议吗？"

顾金山说"说老实话，育菁幼儿

园还真不错，现如今，学校乱收费的现象比比皆是，像育菁收费这么规范的幼儿园，真是难能可贵。我以一个家长的身份，对这家幼儿园提出表扬，我很庆幸，让自己女儿选择了这个地方……”

挂了手机，顾金山脸红耳热了半天，暗暗骂自己：真不是个东西，撒谎撂屁都不打草稿！

过了一会儿，顾金山有点内急，忙带上门，往卫生间跑。他正方便着，听见有个人边接电话边进了厕所，拉开旁边那个隔间的门，坐到马桶上方便了起来。说来也巧，那人接电话的内容，竟然和顾金山有关，不仅有关，而且把他给气炸了，只听那人说“我是顾传哲的爸爸……对对对，我儿子是在市六中初三(4)班上学……对对对，他们学校除去该交的学费以外，没有任何乱收费的情况，非常规范……哎呀，孩子能上这么一个好学校，真是幸运呀！这也说明你们市教委管理到位、领导有方嘛！我作为一个普通学生的家长，对这所学校提出表扬，向你们教委表示感谢！好好好，再见再见！”

顾金山提上裤子走了出来，洗了手，沉着个脸，点支烟，大口大口吸着。他今天非要瞧瞧不可，自己儿子多出来的这个“爹”，是个什么货色！

随着马桶“哗啦啦”一阵抽水声，那家伙系着皮带出来了，是个小伙子，他一见顾金山，立即笑道：“您是……顾秘书吧？我见过您。我姓黎，是金工车间的技术员，刚才生产办有个会，我来参加一下，正要回去。”

见对方只是一个小技术员，顾金山不怕了，不过这里不是说话的地方，他“请”姓黎的去他办公室，姓黎的不明就里，乐滋滋地跟着走了。

进了屋，关上门，顾金山自己不坐，姓黎的当然也不敢坐。顾金山也不让烟，自己点上一支吸着，冷嘲热讽地问：“黎技术员，请教个问题——你姓黎，怎么你儿子叫顾传哲？难道是随你老婆姓的？即使你老婆姓顾，我还是搞不明白，你们才多大年龄，怎么儿子已经在市六中上初三了？”

姓黎的足足愣了半分钟，这小子也算聪明，忽然像是醒过来一样，又是惊异又是尴尬“哎哟，能……能有这么巧？顾传哲是你小孩？”

顾金山气呼呼地“哼”了一声，没说话。姓黎的连连鞠躬道歉，说：“嗨呀，都是我表哥害的我……他在你儿子那个班当班主任，这不，前几天找我，非要我冒充你儿子家长不可，好应付市教委检查团的收费调查……嗨呀，真是的！”

顾金山狠狠地拍了一下桌子，长期积压的怒火犹如火山爆发，他说：“那个王八蛋市六中从来不乱收费？哪个月我他妈的不出去几百？就说上

月，非逼着让买一堆烂小说，说要开阅读课，不买就不让孩子上课。等花了二百多把书买下来，阅读课也不开了，什么玩意儿！”他指着那个姓黎的，说道：“你回去告诉你那表哥，明天我就去市教委上访，非把这事儿揭它个底朝天不可！”

现在，顾金山手上捏着儿子班主任的把柄，而且班主任的表弟又在自己手下，凭自己的力量，修理个把基层车间的小技术员，真不是多大难事。这会儿他不怕了，非要好好出出这口恶气不可！

姓黎的都快吓哭了，连忙说：“您别生气，别生气，我这就去找我表哥，让他来给您赔礼道歉。”

果然，还没下班，顾金山就接到了儿子班主任贺老师的电话，他说，他的车在办公楼下等着，请顾金山务必去吃个饭，同来的还有市六中的一把手史校长。

上午，顾金山实在是恼火极了，现在冷静下来，细细一想，儿子毕竟还要在人家手里继续念书，也不好闹得太僵，现在贺老师请吃饭，他就答应了。下班时间一到，顾金山给老婆打了个电话，说是晚饭不回去吃了，随后夹着公文包下了办公楼。楼旁停车场上，贺老师和一个胖老头从一辆香槟色宝马轿车上走下来。顾金山去学校开过家长会，认识贺老师，两人有点尴尬地微笑着，又握了握手，贺老师又把胖老头史校长引荐给顾金山。

三人上了宝马，由贺老师开车。史校长要先上顾金山家里去，说是一点小意思，不成敬意。顾金山嘴上客气了几句，心中却道：“妈的，这几年，你们通过我儿子，敲诈了老子多少钱啦？这回就当返还一些，不过分！”于是车子先到了顾家，把一箱五粮液黄金酒、三条顶级泰山烟搬进了屋子；接着，车子又到了这个小城市里最豪华的食府“宝鼎楼”。这时，顾金山讲起了场面话，说：“你们到我这里，应该我请客才对。”

史校长笑呵呵地说：“哈哈，一样的，一样的。”

宝鼎楼装潢得金碧辉煌，顾金山过去只是陪厂领导来吃过几次，这还是头一回被人专门邀请。他们要了个包间，酒菜陆续上来。贺老师开车，不喝酒，史校长和顾金山两人对酌，酒过三巡、菜过五味，史校长说：“顾秘书，小贺不懂事……你在这么大的企业里当秘书，你小孩能到我们学校上学，这是我们的荣幸，怎么还能收你的杂费？我决定了，从今天起，你儿子的所有杂费，一律全免。你儿子回家再问你要钱交费，你就说交过了，就行了。”

贺老师在一旁连连点头：“史校长批评得是，我记下来了。”

顾金山一听当然高兴了，便讲起了冠冕堂皇的客套话：“其实，我上午对贺老师表弟小黎讲的，那都是气话，当不得真的……”

“好了好了，不提这些了，过去就过去了，团结起来向前看！”史校长“哈哈”笑着说，“来，顾秘书，我敬你一杯！”

顾金山忙起身应答：“我敬您我敬您……”

两人喝得挺高兴，整整干掉了一瓶茅台。史校长刷卡结了账，三人出得酒楼，史校长还要请顾金山去洗澡按摩，被硬推掉了。贺老师开车拉上他俩，先送近处的史校长回家，然后送顾金山。

正开着车，贺老师的手机响了，他接了电话，突然嗓门一变，用哄小孩的口气说道：“喂，怡涵，你乖吗？爸爸送个朋友回家，然后马上就回家。”

“你女儿？”坐在后座上的顾金山随口问了一句。

“是，”贺老师说，“五岁了，现在上育菁幼儿园。”

顾金山不由一怔：“你刚才叫她……这名字挺好听的……”

“贺怡涵。”

顾金山一听，酒一下全醒了，他接着问道：“你家是在动力小区住？”

“是，我家很好记，动力小区2栋2单元202室，有空请顾秘书来家玩。”

天哪，这世界可真小！顾金山借着酒劲，决定幽上一默，他说：“贺老师你知道吗，其实，我和你表弟小黎一样，都是别人多出来的爹。”

贺老师没听明白是什么意思，以为顾金山是在说酒话，笑了笑，没吭声。

顾金山望着车窗外熙熙攘攘的车流、人流和万家灯火，突然觉得自己好肮脏，又好无奈……

（题图、插图：魏忠善）

· 新传说 ·

娘的那盏灯

□ 王瑞霞

你知道吗，21 世纪的中国将是一个举世瞩目的老龄化社会，到 2020 年，中国老年人口将达到 2.48 亿，到那时，老人如何养老？一位老龄问题专家说了三句话：对子女来说，想到就好；对政府来说，落实就好；对老年人自己来说，健康就好。咱今天这个故事，讲的就是——“想到就好”。这话说起来容易，儿女要真正“想到”，还真不容易。

二十多年前，一个小山村里有位老太太，六十多岁，老伴早已亡故，膝下有三个儿子，老大、老三在家务农，老二读了师范，在城里上班，离得远，一般有啥事儿，老太太都不会去找他。

这天，老太太抹着眼泪儿，哭哭啼啼地到了大儿子大林家，她说“儿啊，娘老啦，拖累你们啦，村里要统一换电表，这电表的钱……”

当时，一度电是一毛钱，一个电表是八块钱，那时候的八块钱，对山沟沟里的庄户人家来说，可不是小数。大林一听，说：“没问题啊，我们哥儿仨哩，每家摊两块七毛钱，你买电表还有剩余哩。”老太太很高兴。

老太太又到老三家，老三结婚晚，老婆和两个孩子都没分到地，家境不好，这会儿正和老婆商量，要到丈母娘家去借粮，一家人正愁着呢！老太太啥也没说，抹着泪，默默离开了。

没过几天，村里的电工找到大林，生气地说：“你娘说，她不换电表、不安电灯了！你想想，现在谁家还点煤油灯啊，你当儿子的，不怕人笑话？”大林一听，赶紧和电工到娘的家去。娘住在老宅子，很近，一进门，大林就红着一张脸，嚷嚷道：“娘，当儿的可没说不让你安电灯啊！”老太太哭了:“儿啊，人的肩膀头儿不一样宽啊，你三弟家，都断顿儿啦，我这当娘的，咋有脸问他要电表钱啊？这表，娘不换了；这灯，娘也不安了！”

大林心一横，对电工说：“我娘屋里的表就不换了，把线接到我的电表上，以后，娘的电费，由我来出！”

老太太含着泪笑了，电工也连夸大林厚道。打这以后，大林的威信，在村里一下子树起来了，谁家有了啥事，甭管大事小事，都请大林去主事，管吃管喝，末了，还给一盒好烟。

不知不觉，二十年就过去了。

大林给他娘掏了二十年的电费，也在村里主事主了二十年，本来日子就这么平平安安地过去了，可坏就坏在出了这么一档子事——

那天，村里来了几个干部模样的人，到了大林家，问家里的老人是不是叫王香花，大林摸了摸头发已花白的脑勺，说：“我娘她就叫王香花。”

其中一个干部乐呵呵地说：“兄弟，我们是县民政局的，来慰问你娘的。你娘是建国前的老党员啊，如今国家有政策了，要给她发钱哩，一年分两次发放，一次七百八十块。”

大林一听高兴了：“真、真的啊？那太好了！平日里，我们兄弟三个给娘摊钱，一个人一年才一百五十块哩，这下好了，我娘她自己有钱了啊！”

老太太能领钱了，自然不用三个兄弟再分摊了，可是，老太太年龄大了，记性不好，不能保管钱财了。老二住在城里，老三又经常出去打工，于是，给老太太领钱、保管，就由大林来负责了，平时亲戚间人来客往的，该老太太出的钱，都从这钱里扣除。

又过了两年，第三年时，老太太领的钱涨了，涨到了一年三千块。

这年春节时，兄弟仨凑在一起喝酒，酒桌上，老三说了一句醉话：“咱娘行啊，一年领三千，三年就是近一万啊，她的钱花不完，还得分给咱弟兄哩。”话，是醉话，可是，酒后吐真言啊，当下，老大心中“咯噔”一下：娘的账，该给兄弟们算一算了！

当晚，大林一夜没睡，他坐在灯下，把这两年娘的开支，凭着记忆，一笔一笔地记录了下来，最后，总收入减去总开支，是负八百，也就是说，老二和老三不仅分不到钱，两个人分别还得贴给他钱！

第二天，大林把两个弟弟叫到家里，说：“趁着过年都在家，咱兄弟们把娘的账算算，这是账单，我能记起来的，都在上面，记不起来的呢，就算我这做哥的给贴上了。”老二和老三看过账单，都很吃惊，大林瞟了他俩一眼，“哼”了一声，说：“这两年，娘照相、领钱、审查，都是我一个人跑前跑后，我还以为自己沾了娘多大的光哩，谁知道还烫皮了呢。”

老三红了一下脸，小声嘀咕道：

“娘的开支，怎么这么大啊？”大林说：“娘倒很节省，给她的零花钱，她几个月都不动一毛，可是前年娘生病住了几天医院，两三千就出去了；几个小辈的嫁娶，本来娘只出十块二十块的，可是现在，都知道娘能领钱了，礼金只好加到五十块……”

老二老三都不吭气儿了，大林话锋一转，说道：“娘用我的电，用了二十年，我给娘掏了二十年的电费啊，以前娘不领钱，我掏也掏了，可是现在，娘领钱了啊，按一年十块钱的电费算，不算多吧？二十年就是二百块啊，这二百块，我得扣出来，这就叫‘亲兄弟、明算账’，对不对？”

老二老三都没做声，大林暗自得意，是啊，自己的话，句句合情，字字在理，看你们哪个有理由反驳!

话说出去了，可还没等大林把二百块电费钱扣下来，情形就有点变了：大林走在路上，总觉得不对劲儿了，自己的腰，咋挺不直了，有几家结婚办喜事的，也不来请他主事了。

这天，大林躲在小卖店喝闷酒，老电工正好进来买东西，大林就招呼他坐下一起喝，老电工瞪了他一眼，口气生硬地说：“我不会跟你这号人坐一起喝酒的，你可真做得出来啊，你娘八十多岁的人了，她还能用你几年的电啊？还要跟她算电费？”大林被人揭了短儿，不觉恼羞成怒，又加上喝多了酒，霍地跳起身来，扑上去，跟老电工扭作了一团，老电工的儿子闻讯赶来，爷两个把大林给打了一顿。

大林回家搬救兵，两个儿子说，惹人家老电工干啥？他和乡长是儿女亲家，咱惹得起吗？大林气得出了门，一路上跌跌撞撞，不知不觉，竟走到了娘的老宅子里。

大林一见娘，竟委屈地大哭起来，一边哭，一边说着事情的经过，说完，酒劲儿也上来了，他倒在娘的床上，“呼呼”大睡起来。

大林半夜醒来，屋里黑咕隆咚的，他伸手去拉灯绳，却拉了个空，大林嘀咕道：咋摸不着灯绳啊？他下了床，东摸西摸的，黑暗中响起了娘的声音：“儿啊，你醒了？”

大林一惊：娘竟然还没睡，一直守着他！他问娘，咋没见灯绳，老太太说：“这灯绳，都断了二十年啦。”

大林猛吃一惊：“断了二十年？”

老太太叹了口气，说：“儿啊，你们弟兄仨哩，都有家有业的，娘咋能啃你一个人、让你一个人掏电费呢？我怕自己一不留神儿，伸手拉亮了灯，就把灯绳给剪断了。当初，你说让娘用你的电，娘就认定了，你是个有孝心、能担当的好孩子啊……”

黑暗里，“扑通”一声，大林给娘跪下了……

（题图：谭海彦）

你为什么换房子

□梅永远

奇怪的换房

住房是老百姓的根本大计，人嘛，总想越住越好，有个叫王新春的人，最近心情不错，他所在单位内部筹建的集资房交房了，王新春选到了7号楼的802，一套宽敞的三居室，他很满意，正准备装修。

这天，同事章小武突然来找王新春，说话吞吞吐吐的，原来他分到的是对面的801，他想和王新春换房。

其实801和802两套房的房型、面积完全一样，按理说801的采光、朝向更好，章小武没道理要换房啊！

王新春丈二和尚摸不着头脑，就问为什么，章小武还是遮遮掩掩“其实也不为什么，老王你要是愿意换，我还可以补偿你一万块钱。”

一万块钱是个诱惑，于是，王新春仔细检查了章小武的房子，确定没有任何问题，这才决定换房。

最终，王新春顺利地拿到了一万块钱，顺利地装修了房子，顺利地搬进了新居，开始享受阳光灿烂的生活，但章小武为啥换房，始终是个谜。

王新春的儿子豆豆，在上小学六年级，这天豆豆放学回家，神秘兮兮地说“老爸，我知道皮皮家为什么要和我们换房子了。”“皮皮”是章小武的儿子，和豆豆是同班同学。王新春一听，立刻来了精神，他急切地问道“为什么？”豆豆说：“因为皮皮爸爸请风水先生看了，说801房子风水不好！”

一听这话，王新春呆住了，虽然他不太相信风水之说，但没想到章小武因为这个原因和他换房子，这、这不是坑人吗？

王新春上网查了有关风水的知识，越查心里越害怕，原来风水关系着人的运势呢！他思前想后，以前一直觉得自己过得挺滋润的，现在突然发现不对劲了：豆豆的成绩渐渐不如皮皮了；上次公司公布干部候选名单，章小武赫然在列，却没有自己；甚至自己的老婆好像也比章小武的老婆老得更快一些……莫非这些全是因为风水不好？想到这些，王新春心头恼火，好个章小武，你也太阴险了，居然用一万块钱就把霉运倒卖给我了！

房子肯定是换不回来了，怎么办？网上说了，风水可以变，王新春决定找个风水先生咨询一下……

奇怪的风水

说到风水，王新春立刻想起一个人，这人叫柏翁，是个退休教授，和王新春住一个小区，对《周易》颇有研究，所以常有人请他去看风水。王新春手里还有柏翁的一张名片，名字边上写着“《周易》研究协会会员”，好，就找他了！

柏翁是一个须发皆白、仙风道骨的老头儿，起初，他说自己是研究《周易》的，不是风水先生，可禁不住王新春软磨硬泡，只好答应下来，他说：“我有言在先，这个忙我可以帮，可能不能帮得上就不知道啦！”

约了时间，柏翁上门了，还没进门，他神情就很严肃，进屋后转了两圈，更是不住地摇头，摇得王新春心里七上八下的。等柏翁坐定，品了一口茶，他才开口说话：“有道是，左青龙右白虎，你面门而立，右为高楼，这就压制运道了，还有……”王新春越听越着急：“好了，柏老，你就说有什么办法破解吧！”柏翁依旧慢条斯理地说：“有两个办法。”

王新春凑过去，听柏翁继续说道：“第一，搬出这套房子……”这不废话嘛，好容易分套新房，辛辛苦苦装修完，谁舍得搬出去？王新春耐着性子问：“柏老，那第二呢？”柏翁顿了顿，说“第二个法子，不地道啊！”

王新春一把抓住柏翁的胳膊，猴急地说：“柏老，你赶紧说来听听啊！”柏翁叹了口气，说：“我记得你在电话里说，你这房子是对门换给你的，如果你能找到克制对门那户人家的办法，也就破解了。”

王新春恨恨地说：“是他不仁在先，柏老，你快告诉我克制的办法吧！”柏翁又叹了口气，说：“好吧，不过，我需要你们两家人的生辰八字。”

自己一家的生辰八字简单，章小武一家的就难搞了，王新春想了各种办法，终于成功获取了这些信息。他给柏翁打电话，柏翁在电话里掐算了一番，说：“从生辰八字看，你们一家人力量不够，压不住他家。”

王新春疑惑地问：“两户都是三口之家，我们怎么压不住他家？”柏翁说“他家里有没有养什么宠物？动物养久了，也会有家庭成员的属性。”

王新春立刻叫了起来：“他家养了一只老鼠！”

奇怪的宠物

是的，章小武的儿子皮皮养了一只宠物豚鼠，褐色的皮毛，胖乎乎的，王新春经常看到皮皮把豚鼠笼子带到楼下玩。王新春心想：这只豚鼠，皮皮已经养了好几年，应该可以算作一个合格的“家庭成员”了，这样看来，他家就有四口人，怪不得自己家“压”不住他家了！

柏翁指点说，在十二生肖中，只有蛇可以克制住“鼠”。

当天吃晚饭的时候，王新春宣布要买一条宠物蛇，老婆一听，吓得一口汤都喷了出来，豆豆也怯怯地说：“爸爸，能不能不养蛇？蛇好可怕。”

其实一说起蛇，王新春自己也要起一身鸡皮疙瘩，他勉强挤出一丝笑容，说：“其实蛇也蛮温顺的，养一段时间你们就会知道它的可爱了。”

晚上，王新春又做了老婆的工作，把全家人的运势和养蛇的利害关系分析了一下，老婆总算是同意了。

第二天，王新春就带着豆豆到宠物市场买了一条玉米蛇，豆豆说是害怕，但见到五彩斑斓的玉米蛇，忍不住还摸了两把。很快，豆豆就和玉米蛇混熟了，每天放学回来，第一件事就是去看那条宠物蛇，还跟它打招呼，说一些只有孩子才懂的话。

王新春自己也细心地照料着玉米蛇，他本来是很讨厌、很害怕蛇的，但为了改变家里的运势，他几乎要把玉米蛇当做自己的儿子了，经常会买来小白鼠喂给它吃。

就这样，这条玉米蛇在王新春的家里快乐地生活着，日子也一天天过去了，可是王新春并没有觉得生活有

什么变化，豆豆的成绩照样不如皮皮，自己老婆还是不如章小武老婆年轻。王新春安慰着自己，“运气”这玩意儿急不得，要想出效果，得慢慢来。

这天，公司宣布科长人选，没错，新科长的人选正是章小武，这下王新春心里犹如火山爆发，单位里不好发作，他只得气势汹汹地给柏翁打电话，柏翁依旧是不紧不慢地说：“你先别发火，我看问题是出在蛇身上。你好好说说，你买的蛇是什么样的？”

王新春回答：“我买的是玉米蛇，绝对吃老鼠的。”

柏翁想了一下，又问：“那对门的老鼠又是什么样的？”王新春说：“还能是什么样的，不就是褐色的，胖乎乎的，听豆豆说好像叫什么豚鼠。”

柏翁立刻提高了声音：“问题就出在这里，豚鼠不是老鼠，通常叫‘荷兰猪’，你想啊，十二生肖里，蛇怎么可能吃猪呢？”王新春觉得有些哭笑不得，他没好气地说了句：“蛇都不行，难道让我养老虎？”

柏翁笑了：“说得没错。”

王新春再也忍不住了：“柏老，你说笑话吧？还老虎呢，我到哪儿去搞一只老虎来养啊！”说着，他愤愤不平地挂了电话。

此后一段时间，王新春没再管风水这档子事，可说来也怪，最近豆豆的成绩好像逐渐好起来了，而且听说单位下一批的提拔人员名单里好像有自己，回家再看看老婆，居然也不见得比对门的女人老了，王新春在心里暗骂自己，该死，干吗要相信这不靠谱的风水之说嘛！

奇怪的对话

又一个周末，王新春在小区门口看见豆豆和皮皮在玩，皮皮手里提着一只笼子，笼子里装的不是原先那只豚鼠，而是一只面目狰狞的蜥蜴，让人不寒而栗。王新春立刻走上去问：

“皮皮，你们家的老鼠呢？”

皮皮撇撇嘴说：“那只荷兰猪？送人了，我有了这个，还要什么荷兰猪，这个多酷啊！”

王新春听了，没顾得上再和皮皮说话，快步走到一边，给柏翁打了个电话，电话里，柏翁的笑声很爽朗：“上次你怎么把电话挂了？我又不是让你搞个真老虎来养，其实……”

王新春打断了柏翁的话：“柏老，对门现在养的是蜥蜴。”

柏翁一愣，随即说道：“好啊，蜥蜴是什么？四脚蛇啊，此乃小蛇，而你家养的是大蛇，大蛇克小蛇，这就管用了，你最近应该转运才对啊！”

王新春呆呆地想了半天，原来自己最近运气好转，是风水在起作用啊，这老头也太厉害了吧？

王新春走后，豆豆对皮皮说“皮皮，我们去看看柏爷爷吧！”皮皮说“好，柏爷爷这么帮我们，我们是不是要送个礼物给他？”

豆豆说：“不用了，柏爷爷说，只要我们成绩再进步，他还准备买礼物给我们呢！柏爷爷还说，下周要交一篇关于爬行动物的作文给他。”

皮皮说：“那好吧。豆豆，我帮你养成了蛇，还帮你辅导了功课，让你成绩进步了，你是不是得表示表示？”豆豆坏笑着说：“我答应你——以后我不再和小米说话了，把她让给你好了。”皮皮脸红了：“你乱说什么呀……”两个孩子打闹着跑开了。

没错，两个小机灵鬼口中说的柏爷爷就是柏翁，其实柏翁是一个爬行动物学教授，他身边聚集了一帮喜欢爬行动物的小孩，豆豆和皮皮就是其中两个“爬行迷”。两个小家伙都想在家里养爬行动物，可两家大人根本不同意，后来王新春去找柏翁，柏翁便顺水推舟地演了这场戏，帮助两个小孩成功地实现了愿望，虽然骗了人，但毕竟没什么恶意。至于因为“风水”之说而影响了两家的关系，这柏翁早就想好了，他会过段时间登门道歉去的，只要两家小孩的学习成绩好了，又培养了孩子有益的课余爱好，两家的父母肯定不会说什么的。

一阵风过，隐隐传来两个孩子的说话声——

“皮皮，你是怎么说服你爸养蜥蜴的？”

“柏爷爷对我爸说，这种蜥蜴又叫变色龙，十二生肖里，龙克蛇，你家的玉米蛇不就玩完啦？嘻嘻……”

“哎，皮皮，你们家到底为什么换房子啊？”

“这可是个大秘密，你不能说出去哦……因为我爸可以从我家书房的阳台翻过去，到李叔叔家打麻将，我爸在屋里时，我妈从来都不去打搅，还以为他关着门在写东西呢！”

（题图、插图：魏忠善）

王老蔫卖粮

□张国心

人心都有一杆秤，政策变了，人心中的理却不会变……

“民以食为天”，现如今，打开电视机，从中央到地方，有几天不在说粮食问题？说起粮食，十几年前，王老蔫就是种粮大户，每年都能收获十几万斤粮食，可那时卖粮难，农民的粮食都必须送到国家粮库卖。卖粮的第一关是验粮，全凭验粮员一张嘴，说你一等就一等，说你三等就三等，卖粮农民吃尽了苦头，却敢怒不敢言。

王老蔫生来就不会做偷鸡摸狗的事，总是把自己的粮筛了又筛，选了又选，质量第一。有一年，他种的玉米大丰收，便雇了一辆大汽车，把2万斤黄灿灿的玉米拉到了粮库，那粮颗颗粒大饱满，好得没个说，闭上眼睛验，都得是一等。

验粮员叫李铁印，他抓了一把粮，只瞟了一眼，就冷冰冰地说：“二等。”王老蔫赶紧轻轻央告道：“你看，我的粮，质量这么好，怎么会是……”还没等他把话说完，李铁印就翻了脸，说：“你卖不卖？”2万斤粮，差一等就差200多元，庄户人家，哪能吃这么大的亏？王老蔫也不买账了，说：“不卖！”

王老蔫叫司机把车开到了卖粮队伍的最后，重新排队，他想，我再验一次，也许就能给一等了，可没想到李铁印早记住了他，等他费了九牛二虎之力再次排到前面时，李铁印竟然给他验了个三等!

这时太阳快要落山了，粮库也马上要关门了，如果今天粮食卖不上，雇车钱就要花双份，万般无奈，王老蔫只好一狠心，把一车好粮当孬粮卖了，里里外外一算，整整少卖了400多元。这件事在王老蔫的心里成了一个永远的疙瘩，一提起李铁印，他就恨得牙痒痒。

三十年河东三十年河西，没过几年，国家粮食政策有了重大改革，粮食市场开放了，粮库也进行了改制，验粮员大多下岗了，农民卖粮可方便多了，可以坐在家里等着粮商来收。粮食紧缺的时候，粮商粮贩就像苍蝇一样围着农民的屁股转，“买方市场”成了“卖方市场”，像王老蔫这样的种粮大户，更成了香饽饽。

有一年冬天，王老蔫的门口停了一辆收粮的大货车，从车上下来了一个人，一看，竟是夜里做梦都忘不了的冤家对头——李铁印，原来，李铁印下岗后当了粮贩子。

今非昔比了，再也不用在他姓李的面前当孙子了，王老蔫昂首挺胸地迎了上去，大大咧咧、阴阳怪气地说：“呦，这不是李大验粮员吗？今天怎么走错门到我家来了？”

李铁印点头哈腰地说：“大哥，我来收粮，你的粮卖给我吧。”他一边说，一边恭恭敬敬地递给了王老蔫一支香烟。

王老蔫那个得意劲儿就不用说了，心里想，终于有你李铁印点头哈腰求我的时候了，真是山不转水转，水不转人转！他冷冷地说：“你要收我的粮食？真对不起，我的粮食有人要了，不卖。”说完，他扭头就走。

李铁印一把拽住了王老蔫，恳求着说：“我们商量商量，给你高价。”

“没商量！”

李铁印垂头丧气地走了，他开着车在村子里走了一天，一粒粮食也没收到。

一连几天，李铁印都无功而返，村民们以前多多少少都受过他的气，这回总算扬眉吐气了。大家恨是解了，可仔细一想，置这个气有啥用，能把手里的粮卖个好价钱才是硬道理。于是大家就聚在一起商量对付李铁印的方法，说来道去，终于研究出了一条妙计，那就是都把粮食卖给李铁印，但必须让他头一天交定金，然后再做手脚，叫他有苦说不出。

这里是东北的玉米主产区，一到秋天，当地农民把收获的玉米棒放进玉米楼子里，阴干、脱水，什么时候出售什么时候脱粒。李铁印不得不被村民们牵着鼻子走，要收谁家的粮食，头一天就得把定金交足，拿了定金的人一晚上不闲着，连盆带桶一齐上，甚至架起水泵，“哗哗”地往玉米

上浇水，把水当玉米一同卖给李铁印。这也不能全怪村里的老少爷们，是他李铁印把大家伤害得太深了，给他送过红包和没有送过的人，统统恨着他，王老蔫自然更不能便宜了李铁印。

那天早晨，李铁印开着大车来拉粮了，在别人家的玉米楼子跟前，他面色如常，只是到了王老蔫的玉米楼子前，他的眉头拧起了大疙瘩，但最后还是啥也没说，把几万斤玉米脱粒装车。

一年，两年，一连三四年都是这样，李铁印在王老蔫这个村子收粮，被农民合伙给算计了，他却一直蒙在鼓里，当了冤大头。

这一年春节过后，春天迟迟不来，天气出奇地寒冷。有一天，李铁印又来收粮了，还是老规矩，头一天把定金交给了粮主，说好了第二天早晨带着脱粒机来收粮。当天晚上，当然又有很多人冒着严寒忙了大半宿，给玉米上水。可天有不测风云，从下半夜开始，突然下起了特大暴雪，大雪一连下了两天，道路全被封死了，村子与外界隔绝，什么车也开不进来。大雪一停，老天爷像要补偿一下似的，气温大变，一下升高了十几度，春意融融，冰消雪化，桃花水横流。收了定金的农户，天天盼李铁印来收粮，可是连接村子和外界的桥梁被大水冲毁了，大家只能望水兴叹。

王老蔫天天围着玉米楼子转，急得像热锅上的蚂蚁，嘴唇上的水泡长了一片又一片，要知道，楼子里的玉米都是浇过水的，天暖了，玉米就要霉了、烂了呀……

第五天，王老蔫几乎绝望了，他甚至连死的心都有了，正在这时，他远远看到大道上有四五个人扛着大包艰难地向村里走来，来到近前一看，领头的正是李铁印，他们扛着的是一卷卷大苫布。

李铁印把苫布放在地上，一边喘

着粗气一边对王老蔫说："大哥，你的粮食必须马上放下来晾晒，要不然都得发霉。"说完，他就指挥带来的人把几卷大苫布打开，铺在淌着泥水的地上，之后，又把玉米楼子打开，将玉米棒子摊在苫布上晒。这时，王老蔫发现玉米棒子已经发热了，如果再不晾晒，就得"烧包"，全部霉掉，一年的血汗就将化为乌有，好险啊！他拉住李铁印的手，感激得不知说什么好，就差没有跪下了。

玉米棒子黄灿灿的一大片，在阳光下闪着金光，王老蔫心里的一块石头落了地，他一定要拉李铁印一伙人进屋喝酒，李铁印也没怎么客气，带着手下的人，进了王老蔫的家，大伙儿推杯换盏地喝起酒来。几杯酒下肚，王老蔫说出了心里话："铁印，我真不知道该怎样感谢你，要不是你来得及时，我可就惨了！"

李铁印说"为了你的粮，我也着急。"

王老蔫放下了酒杯，惭愧地说："可是，铁印，我对不起你呀，我不是人啊，我……"

李铁印摆了摆手，说："大哥，你什么也不用说了，我都知道。"

王老蔫很吃惊："什么，你都知道？"

"是的，我都知道，只是——别人往玉米棒上浇的是凉水，没啥大碍，温度升高也不会出问题，可大哥你下手太狠了，你在玉米棒上浇的是开水……"

"啊……"王老蔫羞得就差没钻进地缝里了。别看他表面蔫，可心里鬼精鬼精的，他早琢磨出来了，往玉米棒上浇凉水，只冻一层冰，脱粒时都被筛了出去，根本不能增加分量，只有浇滚烫的开水，才能吃进玉米棒里面去，浇多少，分量就多多少，但他的秘密一直装在肚子里，没有向任何人透露过。这时，王老蔫脸色通红地问道："你、你怎么知道的？"

李铁印哈哈大笑起来，说："大哥，你太小看我了不是？我是农业大学毕业的，专业是粮食保管，你们的小把戏，我能看不出来？"

"那、那你为什么还收？"

李铁印慢慢地放下了酒杯，沉沉地说："说实在的，收你的粮，我真的没有赚到钱，但也没赔钱，就算帮了你个忙，想想我当验粮员那阵子……唉，什么也别说了，人心都有一杆秤，都在酒里，喝！"

"对，都在酒里！"两个人高高地举起了酒杯，重重地撞在了一起，发出了清脆悦耳的声音，之后，一饮而尽。

窗外，万里无云，阳光明媚……

（题图、插图：谭海彦）

（本栏目欢迎来稿。来稿可从邮局寄发，也可从网上传递。如为电子邮件，请发以下信箱：chin_poet@163.com。）

本文译自“月光路”网站，是该网站最近登载的一篇传说故事，由兰尼·吉尔伯特口述，克雷格·多米尼整理撰写。兰尼·吉尔伯特生长于美国乔治亚州偏僻的乡村，小时候曾听祖母讲过许多美国南部的传说。克雷格·多米尼是“月光路”网站创建者，现任职于美国乔治亚州电影公司。

酋长的黄金宝藏

□方陵生　编译

比尔和汤姆是一对好朋友，又是同事，不幸的是，他俩都被老板解雇了。他们心情郁闷，每天都会来到胖老爹酒吧，一杯又一杯地灌着啤酒，直到花完身上最后一个子儿。

经常来酒吧喝酒的还有一位老酋长，他是印第安人，头发灰白，满脸皱纹，眼神却锐利如刀。

老酋长每天都讲着同一个古老故事，只要有人愿意听，他都会不厌其烦地讲：当年，这里有一位受人崇敬的沙乌尼酋长，不愿屈服于白人的胁迫，拒绝离开，他带领手下一批忠诚、勇敢的战士，躲在山里。沙乌尼酋长死后，手下将一大批黄金，连同酋长一起埋在附近的山里……

来酒吧喝酒的，没人相信老酋长的话，说他是疯子，老酋长信誓旦旦地辩解道：“这是真的，那些黄金和沙乌尼酋长一起深埋在山里，但他的灵魂一直在那里守护着。我可以告诉你们地方，但我是不会去的，我不想余生中因为那些金子被一个鬼魂纠缠。”

比尔对这故事产生了浓厚的兴趣。“酋长，给我画张地图，告诉我怎么去，”说着，比尔顺手从桌上抓过一块餐巾，“将地图画在餐巾上，无论怎样，我都要去看看你说的是真是假。”然后，他对汤姆小声说：“如果是真的，我们明天就是有钱人了；如果是假的，我们也不损失什么，不是吗？”

老酋长画好地图，比尔一手拿了，一手拉着汤姆，两人摇摇晃晃出了酒吧。比尔一定要去山里寻宝，汤姆没办法，只得乘上了他的小卡车，向山里进发。两人在山里转了好几个小时，路越来越难走，车颠簸得厉害，显然，这条路已经多年没人走过了，而前面，却是一片长满参天大树的林子。

这时天已黑了，两人下了车，拿着手电，进了林子。汤姆靠在一棵大树上喘口气，几分钟后，他猛地发现比尔的手电光消失了，他大声叫着："比尔——"他叫了一遍又一遍，突然，不远处传来了比尔的声音："嗨，汤姆，我在这里，快过来……"汤姆发疯似的向发出声音的地方奔去，到了那里，他看到了不可思议的景象：前方地上出现了一个黑糊糊的大洞，比尔居然在洞下！汤姆一边嘶哑着嗓子向洞里叫喊，一边用手电向下面乱晃，只见那洞约有50英尺深，比尔站在洞底，仰头望着，脸上划开了一道血口子，他笑嘻嘻地对汤姆说"你看我找到了什么——"

手电光下，汤姆看见洞壁上全是奇特的绘画图案，内容有宇宙、动物、战士和奇怪的面具等，地上还有人的头盖骨，但最令他惊讶的是——一个粗麻布袋里装着满满的金币！

"想不到吧，"比尔说，"那个印第安人说的都是真的！"

汤姆劝比尔别动这袋金币，比尔不肯，他让汤姆帮着把金币从洞里弄出来，装上车，然后穿过树林往回飞驶。一路上，比尔兴奋地盘算着用这些金币干什么：买跑车，买海边的房子，还要娶一个漂亮的妻子。回到镇上后，比尔要把金币分些给汤姆，汤姆不要。

此后几天，汤姆一直没有见到比尔，也没听到过他的任何消息，汤姆有些担心，打电话过去也没人接。这似乎有些不对劲，难道比尔拿着金币离开了小镇？

终于有一天，汤姆决定去比尔家，看个究竟。比尔住在房车里，那地方远离镇子，很荒凉。汤姆到了那里，见比尔的房车停在车道上，汤姆过去敲门，没人应，他试着扭动门把手，门"吱呀"一声开了，一阵难闻的异味扑面而来，汤姆掩上口鼻，小心地走了进去，卧室的灯亮着，进门一看，汤姆大吃一惊 比尔躺在床上，瘦得不成人样，眼睛向外鼓着，肮脏的衬衣包裹着一条条肋骨……

汤姆脱口问道："怎么会这样？发生什么事了？"

比尔痛苦而嘶哑地喃喃着："他……不让……我……起来……"

汤姆去拉比尔的手臂，却无法拉动，像被强力胶水粘在床上一样，他又去拉比尔的另一只手臂、双脚，都不能动弹，汤姆知道，一定是什么强

大而不可见的力量将比尔困在床上。

汤姆赶紧给医院打电话，电话打不通，没办法，他只得先跑到厨房，弄来一罐头食物，又倒了杯水，可比尔吃什么吐什么，很快神志昏迷。

眼看朋友如此受苦，汤姆难过极了，突然，他想起了什么，于是四处寻找，终于从壁橱里找到了那个盛金币的粗麻布袋。他背起袋子，走出屋子，穿过崎岖不平、遍布荆棘的山路，找到了那个黑糊糊的洞，他含着眼泪，跪在洞边，大声哀号："沙乌尼酋长，我把金子还回来了，我的朋友不想要它了，请放过我的朋友吧，求您了！"

一回到镇上，汤姆心急如焚地来到胖老爹酒吧，走到吧台旁，抓起电话，给比尔的姐姐打电话。

电话刚响一声就有人接了，比尔的姐姐声音有些慌乱，她说："比尔刚送去医院，几小时前他给我打电话，说他一直起不了床……医生说他能活下来已经很幸运了，汤姆，发生了什么事情？"汤姆无法回答，但听到比尔已经没事了，总算放下心来。

汤姆刚挂了电话，突然，墙角传来一个声音："你刚才去了沙乌尼的洞穴，是吗？"汤姆吓了一跳，一看，只见那个老酋长正悠闲地喝着啤酒。

汤姆不知道该说什么好，支支吾吾地说："你都知道了？"

老酋长喝了一大口啤酒，然后用那双锐利的眼睛盯着汤姆看了好一会儿，语调凝重而深沉："那金子对我来说也没什么用，你可以拿去，但我告诉你，你要怀着一颗善良的心去接受它，这是我唯一的要求，用它去做一些善事吧，否则我还会回来找你的。"

说完这些，老酋长将剩下的啤酒喝完，从容走出了酒吧，也就在这时，汤姆惊呆了，他简直不敢相信自己的眼睛，他看到老酋长刚才坐过的凳子上，放了一个装着金币的袋子，那正是刚才汤姆扔进沙乌尼洞穴里的那个粗麻布袋！

汤姆赶紧冲出门去找老酋长，但老酋长早已杳无踪迹了……

在以后的岁月里，汤姆和比尔都先后成婚，在这个镇上安下了家，而那个神秘的老酋长，或者说是沙乌尼酋长，却再也没有在这一带出现过。

（**题图、插图**：佐　夫）

暖轿除恶

□宋维杰

明朝正德年间，京城有一位名工匠周腾飞，年过半百，膝下有一女，叫巧儿，已到婚嫁年龄，周腾飞预备把她许配给徒弟吴小天为妻。

谁知道天有不测风云，这天，吴小天去周家下定礼，一进门，只见堂屋内桌倾凳倒，一片狼藉，周腾飞坐在地上，连连叹气。吴小天一问才知，巧儿上街时，让京城恶霸刘三风看上了，刘三风便带人闯进周家，硬生生把巧儿劫走了！

吴小天气不过，去找刘三风理论，却被打得口吐鲜血，原来这刘三风是力拔千斤的武将，颇受朝廷赏识，常人打他不过，又告他不倒，怪不得他这样无法无天呢！

吴小天没办法，只好回去找周腾飞商量，周腾飞说："事到如今，只能除掉刘三风，才能让巧儿脱离虎口。"

"可刘三风是朝廷的红人……"

周腾飞深吸一口气："我已经想到办法了！"

第二天，周腾飞提了斧头，带着吴小天上了后山，他们在山里转了大半天，只见周腾飞选定了一棵柘树，砍下一根粗壮的树枝，什么话也没说，就下了山。

接着，二人来到鱼铺子，周腾飞亲自挑选出十几条鱼鳞最整齐、身形最圆润的大王鱼。回到家，周腾飞先让吴小天把柘木劈成几段，挂在北屋房梁上阴干，又让吴小天把鱼放到一个大木盆里，然后拿出一包绿漆漆的草药，撒到盆中，还嘱咐道："三天后，往鱼盆里放盐巴，直到盆中的盐巴再也化不开为止。"

"三天？"吴小天急了，"救人如救火，多耽搁一天，巧儿就多一天的危险啊！”周腾飞听完吴小天的话，眼里透着凄凉：“胳膊拧不过大腿，刘三风权大势大，我们不能和他硬碰硬，只能以巧取胜……这得花点时日，你相信我，到时候我们一定能救出巧儿。”

周腾飞说完，又交给吴小天一把利刃，把他带到屋后，指着一头水牛说“把它杀了。”吴小天也不多问，把水牛杀了。

周腾飞让吴小天沿着牛脊梁骨把牛筋剜出，又让他把牛角剁下，都用细绳勒紧挂在了房檐下。干完这些，周腾飞向死去的水牛拜了又拜……

待牛筋风干后，周腾飞把吴小天叫到身前：“你把牛筋割成一条条的，要均匀。”吴小天依言，把牛筋割成条状，周腾飞又吩咐：“再用手撕，撕成丝。”俗语讲“好汉一天撕不了四两筋”，是说牛筋坚韧，撕牛筋既是个力气活又是个耐力活，吴小天一连撕了几天的牛筋，累得膀子都抬不起来，牛筋才被撕成一根根细丝。

这时，鱼盆中的盐巴已经再也化不开了，周腾飞和吴小天给鱼破肚，取出里面的鱼鳔来，洗净，因为被浓盐水泡过，鱼鳔中大量水分被脱去了，收得紧紧的。这天夜里，周腾飞把鱼鳔放到一口铁锅中，然后生起小火熬，边熬边搅，一个时辰后，熬出粘稠稠的一大锅东西来。

周腾飞见四周无人，压低了声音，对吴小天说“你不是想知道我做这些究竟为什么吗？我告诉你，我要做一副强弓，一副穿铁破甲的强弓！”

吴小天两眼放光：“师父是想用弓箭射杀刘三风？”

周腾飞摇头道：“射杀刘三风，哪用费这么多的周折，再说，我要是射杀刘三风，朝廷追查下来，我们能逃脱得了吗？”

吴小天越听越糊涂：“那——制强弓到底为何？”

周腾飞冷笑道：“要一箭射垮刘三风的权势，需要一副特制的强弓！”

吴小天还是不明白：“那我们应该找最有名气的能工巧匠做这副弓，可自己做……”

周腾飞仰天长啸：“普天下，还有谁比我更擅长做强弓？”说着，他把上衣脱掉，露出后背，吴小天一看，顿时呆住了，原来周腾飞后背上有一块杯口那么大的伤疤！

周腾飞指着身上的伤疤，说“年轻时，我曾经专为朝廷军队做强弓，我做的弓最坚韧，杀伤力最强，皇上赐名‘射杀弓’。有一天，我为一位王爷做了一把弓，王爷拉弓时闪了肩膀，发了怒，便要皇上把我全家处死，皇帝念我有功于朝廷，不忍杀我，就叫一名神射手在百步之外射我一箭，如果我侥幸逃脱，就免我一死。那名神射手是我的至交，如果他射不中我，必然被王爷惩罚，所以他不得不把准星挪了挪……利箭穿过我的胸膛，但未射中心脏，我才捡回一条命，而神射手所用的弓也是出自我手！”

吴小天惊呆了，原来周腾飞有如此惊人的经历。

周腾飞说，他所做的一切，原来都是为了做一副强弓，制弓最重要的是“四材”，即柘木、水牛角、牛筋、大王鱼鳔。柘木做成弓身，牛角和牛筋贴于弓身外侧，是为了增强弓身的韧性，而用大王鱼鳔熬成粘胶，是为了黏合弓的各个部分。

射杀弓制成了，吴小天早已按捺不住心中的激动，周腾飞却说还要再等到二月二十三，才能报仇。二月二十三是武官每年大比武的日子，如果谁得了第一，就能得到御赐锦袍，所以这天一大早，各地武官们都会早早骑马坐轿，赶到“武招处”，等候比武。

二月二十三天未亮，周腾飞就带着吴小天、还有那名与自己交好的神射手，远远埋伏在路边的树林里。这里是武官必经之地“吉祥弯”，拐过这条弯道就是武招处，那里有专人负责接待来比武的武官。

三人等了半晌，刘三风的轿子终于出现在吉祥弯，与三人相距足有两百步之遥。周腾飞一抬手，神射手拈弓搭箭，只听“嗖”的一声，一箭射向刘三风的轿子，那箭不偏不倚，箭身恰好嵌入轿檐的木料中，一块帷幔随即垂了下来，轿中的刘三风还没回过神来，轿子刚好拐过了吉祥弯！

周腾飞低低地喝一声彩“好，大仇已报！”吴小天也不禁叫起好来，他不止是为神射手那一箭叫好，更是对师父的巧计佩服得五体投地！

原来，按明朝的官制，文官、武官待遇不同，文官乘的轿子有轿帘，叫“暖轿”，武官只能坐没有轿帘的“显轿”，武官如果越礼坐暖轿，会受到极严的处罚。刘三风正洋洋得意地坐在轿子里，眼前一下黑了，他自己还没弄明白是怎么回事呢，负责接待的官员早看见了，大吃一惊，这刘三风是武官，怎么能坐暖轿？于是赶紧上报，正德皇帝知道后，龙颜大怒，下令把刘三风贬为步卒，并抄了他的家，巧儿因而脱离虎口。

父女相见，两人喜极而泣，而一旁的吴小天也激动得说不出话来，从巧儿被劫至今颇有时日，这中间的煎熬，难与外人说起。还好，巧儿因为拒不肯从，被刘三风关在自家地牢中，未受玷污，倒是不幸中的大幸。

周腾飞拍拍吴小天的肩膀：“如果当初我们硬碰硬去抢巧儿，可能早已身首异处，有时得使点巧劲，还要有耐性，以后你自己当了家，也要这样，记住了吗？”

（题图：黄全昌）

这份爱金不换

□岩朵朵

司马伟是个普通工人，谈了个女朋友，还没有结婚。这天，他坐在马桶上，习惯性地翻看着一本书，突然，马桶里发出“哐啷”一声脆响，司马伟手一抖，吓了一跳，再一想，难道是把结石屙出来了？

司马伟患有胆结石，前段时间吃了几服草药，那是民间偏方，说是可以把结石排出来，好长时间了，司马伟还以为偏方不管用呢。

司马伟想看看结石是什么样子的，他捏着鼻子，用捞金鱼的小网罩捞出了一块硬东西，用水冲洗了一会儿，一看，司马伟简直不敢相信自己的眼睛：这块东西，蚕豆般大小，黄澄澄的，怎么像是黄金？

天哪，体内的结石变黄金了？当然，这是不可能的，司马伟自己也是说什么都不相信，可眼前的事实又不容他不生疑惑，他想了想，决定去化验一下，这又不损失什么呀。于是他带着这颗黄疙瘩，去了西街的珠宝店，谎称是奶奶留给他的，让老板帮忙鉴定一下。

老板拿到手里掂了掂分量，又用仪器作了鉴定，说“黄金，百分百！”称了称，整整十克重！

司马伟兴奋得简直要疯掉了，他取回那颗金豆儿，故作镇定地向外走，刚一出店门，撒丫子就向家里狂奔而去，那颗狂跳的心简直要蹦出胸膛了：我能屙黄金啦，这是什么概念，这和家里拥有一台印钞机有什么差别？他一边跑一边飞快地计算着：按时价，这颗金豆儿要两千多块钱，一天屙一颗，一个月就是六万，小诺，咱有钱啦！

小诺是司马伟的女朋友，司马伟

很爱她。

回家后，司马伟什么也不做，胡吃海喝了一顿，就等着屙金豆儿了。果然，到了傍晚，肚子有了感觉，司马伟奔进卫生间，紧张地期待着，可令他失望的是，根本没见金豆儿的影子！司马伟不甘心，临睡前又逼自己吃了两包方便面，可是，第二天早上，照样什么也没屙出来。

司马伟不死心，他上网查了一下有关黄金形成的原理，希望能找到答案，可惜，有史以来，从未有过关于人体屙出黄金的记载。

司马伟盯着那颗金豆儿，绞尽脑汁地想着，难道与那天吃的东西有关？司马伟开始竭力回忆当天的情形：那天早上，他心情很好，出门后，去老张的饮食店里吃了两根油条，喝了一碗老张自己磨的豆浆。从店里出来，司马伟回了家，临近中午的时候，就屙出了那颗金豆儿。

司马伟决定再按那天的程序来一遍。

一大早，司马伟去了老张那儿，吃了油条和豆浆，可是，令他泄气的是，什么也没屙出。司马伟突然想起了一个细节，那天，因为心情不错，他还对女服务员西西笑了笑，西西很高兴，从里屋搬出一个糖罐子，往他的豆浆里加了一勺，难道与这个有关？

西西大概是喜欢司马伟，见到他总是一副羞涩的样子，可西西长得不漂亮，司马伟对她没感觉。

第二天，司马伟又去了老张的早餐店，一进门，就给了西西一个畅快的微笑，西西也对他笑了笑，然后搬出糖罐，往他的豆浆里加了一勺糖。

奇迹发生了，中午时，司马伟如愿又屙出了一颗金豆儿！

司马伟又试验了几次，终于摸出了规律：只要他一早去老张那里吃油条，喝豆浆，再冲西西笑一笑，博得西西的一勺白糖，中午必然会屙出一颗金豆儿。这其中任何一个环节都不能少，而且那糖必须要西西亲自加才有效！

就这样，没过多久，司马伟手里已经有六颗金豆儿了，他用这六颗金豆儿为小诺换了一根铂金项链。司马伟突然有了这么多钱，小诺很惊奇，她不停地追问钱是哪来的，司马伟谎称最近跟朋友合伙做生意赚的。

有关自己能屙金豆儿的事，司马伟决定不让任何人知道，包括小诺，他怕被媒体大肆宣扬，还怕被科学家们拉去做研究。

听说司马伟一个月能有六万块钱的收入，小诺的情绪空前高涨起来，她拉着司马伟四处看房，他们在“皇庭美域”看好了一套一百多平米的房子，司马伟向小诺保证，半年内，先赚够房子首付，然后，再赚钱为小诺买辆车。

听了这席话，小诺万分高兴，破天荒地为司马伟洗了两双臭袜子，又做了一顿充满了焦糊味的晚餐，然后，她深情款款地问道："我想为你洗一辈子臭袜子，做一辈子饭，你愿意吗？"

"愿意，愿意……"司马伟一边痛苦地咽着饭，一边拼命点头。

然而，天有不测风云，正当司马伟以一天一颗金豆儿的数量向他的梦想匀速靠近时，意想不到的事情发生了！

那天早上，司马伟正在老张店里喝豆浆，一边喝，一边心里还在美滋滋地算着账，突然，冲进几个人，大声吆喝："老张呢，快出来，我们今天是来收店的！"

原来，老张的儿子最近迷上了赌博，可惜手气太差，不仅没有赢到钱，反而欠了一屁股高利贷，把老张的店也押出去了。

老张哀求他们宽限几天，讨债的那伙人坚决不同意，让老张要么拿钱，要么交店。

司马伟偷偷问老张，欠了多少钱，老张说了一个数，司马伟气得差点吐血，老张的儿子真是败家子啊！店铺坚决不能交出去，吃不到老张店里的油条和豆浆，屙不出金豆儿，怎么兑现自己对小诺的承诺？司马伟突然想到了一句至理名言——"帮别人也就是帮自己"，他在心里飞快地盘算着：如果一颗金豆儿可以让讨债的宽限三天，那么三天能屙三颗金豆儿，自己还赚两颗。于是，他跟讨债的人进行了谈判，先给他们两颗金豆儿，宽限老张一周的时间，一周后要么还钱要么交店。

考虑到最近金价飞涨，司马伟的金豆儿又挺别致，讨债的那伙人暂时同意了司马伟的要求。

讨债的人走后，老张对司马伟千恩万谢，然后火速赶回老家筹钱，希望能还上高利贷，保住自己的小店。

可是没想到，第三天一早，讨债的人又来了，他们说老板经过实地考察，发现这里是一块风水宝地，想把老张的店改成一个火锅店，装修效果图都出来了。司马伟怎么也没想到会是这样，他气愤地说："你们怎么能言而无信？"

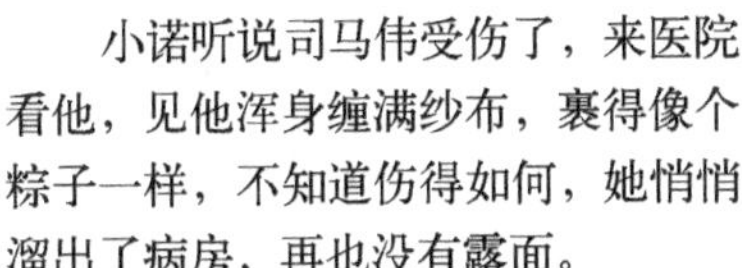

讨债的人摆出了一副泼皮的样子："我们一直是这样子的啊！"

店里的顾客都被吓跑了，讨债的一伙人赶着让司马伟快滚，司马伟气极了，他抓着桌子坚决不走，一个满脸横肉的家伙飞起一脚，司马伟被踹进了杂物间，趴在地上"哎哟哎哟"地叫了半天。这时，他抬起头来，看见墙角有一桶汽油，心一横，举着汽油桶冲了出来，当着讨债人的面，跳上桌子，把汽油全浇在身上，然后拿出打火机，打着了火，高高举起，大声喊道："老张回家筹钱了，有什么事，等他回来再说！你们快走，否则我就自焚！"

司马伟原本只想吓吓那帮人，他还有小诺，还有梦想，怎么舍得去死呢？可他忽略了一个细节：头顶有吊扇在转，风一吹，打火机的火苗一偏，烧到了他的身上，他从桌子上跌落下来，瞬间成了一个火人……还好，关键时刻，一个姑娘冲了上来，将一桶豆浆浇到他身上，火才没有蔓延开来，她，就是西西。

警察及时赶到，讨债的那伙人被带到了派出所，司马伟被火速送往医院。

小诺听说司马伟受伤了，来医院看他，见他浑身缠满纱布，裹得像个粽子一样，不知道伤得如何，她悄悄溜出了病房，再也没有露面。

司马伟正在伤心欲绝时，西西来了，她看了看司马伟，心疼地说："你知道吗？前几天有个好工作在等着我，可是被我拒绝了。我舍不得离开这家店的原因，是你每天的那个微笑，那微笑让我一整天都很开心。我喜欢你，如果你愿意，我会照顾你一辈子。"

这算情话吗？透过泪水，朦朦胧胧之间，司马伟突然发现，西西原来是那么漂亮，就像天使一样。

司马伟的伤慢慢好了，后来，他跟西西结了婚，过起了平常人的日子。老张的早餐店保住了，司马伟有时还会过去坐坐，遗憾的是，他再也屙不出金子来了，不过，这也无所谓了，他现在拥有了比金子更宝贵的东西：世间真爱。

（**题图、插图**：张恩卫）

鳖宝

□侯 子

渭河水怪

明末，渭河北岸有个李家庄，李家庄有个李艄公。这天夜里雷雨大作，他听见河边崖下传来呼救声。有人落水！李艄公赶紧带人赶到那里，把落水的人救了上来。

那人自称姓吴，是个客商，带两个伙计雇船去渭河南岸进货，在河上遇着雷雨，想泊舟上岸，可刚到崖下，却被大浪掀翻了船，只有他逃上岸。吴客商说:“那两个伙计跟我多年，现在落得尸骨无存，不好向他们家人交待啊！要是谁能把他们打捞起来，我出二十两赏银。”

有人一听，便准备打捞。李艄公一挥手:“慢！今儿个水里有些反常，大家不要下水，崖下是个回水湾，尸首易进难出，只会在湾里打转，总会浮上来的。”

第二天，尸体果然在下游浮出，可奇怪的是，尸体没有被水泡肿，反而变得干巴巴的，像块朽木。仵作验尸，发现尸身脖子上有筷子粗细两个血眼，两具尸体身上的血被吸干了。

很快，“渭河吸血怪”的说法不胫而走，越传越玄，连当地父母官张县令也闻风赶来了，他要亲自指挥捕捞水怪。

这天夜里，张县令带着李艄公和差役们来到崖下。李艄公将一根长长的绳子拴在自己身上，潜入水中，绳子另一端由几名差役死死拉住。众人在岸上等了好久，水中也没动静。大家又冷又饿，张县令也打起哈欠，这时，李艄公在水中急扯绳子，发出暗号，几名差役连忙把绳索朝岸上拉。忽然，李艄公猛地从水中跃起，数张结实的巨网从天而降，将他身后的水怪罩在当中，众人用火把一照，只见网底伏着一只巨鳖。

鳖宝惊现

巨鳖一出水，见者无不咋舌。那鳖着实大，头如盆、爪如虎，鳖盖上能支一张八仙桌，脖子上长着寸把长的金鬃。

“是鳖大夫！”李艄公惊叫道。

张县令听得莫名其妙。李艄公说：“禀大人，这是本地一个传说。”

相传唐朝时，平西王李晟驻守东渭桥渡口。有一年，叛军进攻长安，李晟在东渭桥誓师，不料他的战马被风中战旗拂了眼，受了惊，连人带马跌下桥。时值渭水暴涨，落水者断难生还，众人失声惊呼，谁知那马却在水面一跃，回到桥上。原来从河里浮起一只巨鳖，救了李晟，李晟当即下马向巨鳖跪谢救命之恩，唐军也士气大振，击败叛军。后来李晟将此事奏明天子，天子说道，若无此鳖，则平西王不保；平西王不保，则此役难胜；此役不胜，则国家危矣——于是下旨封“鳖大夫”之职。

李艄公跪下，对张县令说“乡亲们把这鳖当成神仙，说起来它也从没伤过本地人，求大人饶它一命，放归渭河，这鳖若有灵性，一定会保佑两岸的百姓。”

张县令说了声“再议”，便回衙去了，刚到家，吴客商就来求见，说“李艄公说的那些乡野逸闻，大人怎么能信？这巨鳖就算有些来历，现在也成了本地一害，求县太爷将它赐给小人，好为伙计们报仇啊！”说着拿出银票塞给张县令。张县令接过，说：“可这捉鳖之功，大半在李艄公啊！”

吴客商说：“小人只想为伙计报仇，这鳖甲能卖不少银子，都归李艄公吧。不过这鳖是天地间的灵物，小人不想在人前亮刀，只想悄悄斩除，也算给天地造化一个面子。”张县令把银票揣进怀里，点了点头。

吴客商连夜把鳖运到偏僻的地方，等到子夜，见四下无人，他在月下对巨鳖焚起香，拜了三拜，那鳖像有预感似的，慢慢伸出头轻轻摇动，眼角流出泪来。

吴客商手起刀落，鳖头落地。不多时，随着一阵像婴儿一样的哭声，从巨鳖血腔子中挣扎出一个蚕豆大的小人，那小人浑身雪白，像一团玉脂，背生鳖盖，五官俱全，手脚像鳖足，边哭边爬。

“鳖宝，这就是鳖宝啊！”吴客商自语着，回手一刀，在大腿根剜了个洞，不顾污血横流，捏起小人放进血洞。小人一入血洞，顿时像婴儿找到母亲，使劲往里钻，边钻，边发出吱吱的咂吮声。

吴客商包扎好伤口，骑上早已备好的快马，消失在月色中。

瓮中捉鳖

深夜，回水湾出现一个黑影，只

见这黑影在崖边固定好绳索，顺绳溜入河中，不久这黑影背着一个大包袱游回岸边。打开包袱，全是金银珠宝。

突然四周火把亮起，照清黑影真面目，竟是吴客商！而来人中领头的，正是张县令。

“是大耳神狐吴彪吧！闻雷探穴，从不空手过墓。本县所说可有错？”

吴客商干笑两声：“原来是县太爷大驾光临，小人捞的是上次沉船之物，半夜来此，是怕白天人多眼杂。”

“你早就漏破绽啦，”张县令说，“第一，你说你泊舟遇险，却靠崖泊舟，崖下水那么深，怎能泊舟？第二，雷雨夜水势最凶险，一般船家断然不敢行船，你却偏要行船，不能不让人起疑。第三，你雷雨天现身，让本县想起近年通缉的一位盗墓要犯，此人善用空中炸雷在地面引起的回声来探知古墓，故有大耳神狐的绰号。”

张县令接着说：“我又细细一想，定是上百年来渭水河道南移，崖边露出大墓痕迹，引得你来趁雷定位，可墓道在水下，你们入水又遇巨鳖，不得已才露面呼救。可惜啊，这一切早被本县看破！”

吴彪一声苦笑，突然手一扬，几把飞刀闪着寒光直奔张县令，趁差役救护，吴彪赶到崖边，先把手中包袱丢下崖，接着一个猛子向水中扎去。

崖下一阵水花翻响，片刻工夫，只见李艄公浑身是水，挟着吴彪来到众人面前。

“你能从巨鳖口中逃命，可见水性不错，所以不得不留此伏手！”张县令对吴彪说，转头又向李艄公笑

道，“这次擒贼，李艄公应记首功，咦，吴彪的罪证呢？”

李艄公说：“大人说那包袱？河水上涨，泥沙又厚，怕是寻不着啦！”

张县令目光渐渐变冷：“来人！刁民李艄公勾结贼人，藏匿物证，给本县拿下！”李艄公脸上霍然变色，他还来不及辩解，就被差役绑了起来，带走了。

相生相克

李艄公被关进了地牢中，不多时，张县令来到牢房，他臂缠白布，渗出鲜血，面色苍白却喜不自胜“牢内怎么如此阴冷？快取盆火！”牢头生起火，张县令让牢头在外听候，自己坐在李艄公对面。

“吴彪呢？”李艄公冷冷地问。

“明知故问，我取了他身上的鳖宝，还能让他活着？”张县令抬起受伤的手臂，“如今本县身附鳖宝，神目如电，渭河两岸有多少帝王陵墓，藏着多少金银珠宝，有这鳖宝，我一看便知。不过鳖宝以血肉为食，会折人的寿，以后只能常喝鲜血滋养了。”张县令得意洋洋地说着，摸出酒壶喝了一口。

李艄公看张县令嘴角留着血痕，惊道：“这莫非是……”张县令点点头，说：“吴彪也只这点用处了。”

李艄公一字一句地说道：“看来下一个，就轮到小人了吧？”李艄公一边说，一边将绑在脚上的两片甲状物解下，扔进火盆里，“大人，还记得平西王陵墓的传说吗？那个传说，是假的。”

张县令不由得一愣。

李艄公说，当年平西王在桥上落水，是一个叫李别的家将跳入水中，拼命用身子垫住马蹄，才使平西王安然无恙。后来平西王归天，李别自愿守陵，他后人在此地聚居，就成了李家庄，至于李艄公，就是世代相传的守陵人！

李艄公接着说：“小人曾经苦苦劝说大人不要斩杀老鳖，可大人一心只想盗墓，却不知道，鳖宝虽然神奇，却有一样东西能破除它的灵性。”

张县令刚问了句“什么”，忽然，他觉得喉咙里发不出声音来了，接着，口中吐出大口大口的鲜血，他惊恐地嗷嗷怪叫着，声音却含混不清……

李艄公指着火盆，说“鳖宝喜欢吸食热腾腾的鲜血，这鳖甲却是阴寒之物，它燃出的烟，鳖宝一闻必死 它一死，所吸食的热血迸发，被它附身的人也必然五内俱焚而死。”原来，刚才李艄公扔进火里的正是鳖甲！

外面等候的衙役听见牢房中有奇怪的声响，闻声而来，见此情景，无不大惊失色。

李艄公倒是松了一口气，喃喃自语：“这世上再没有鳖宝啦！”

（题图、插图：黄全昌）

雪兔克拉拉

雪兔克拉拉和它的家族世代生活在美国北方，那里大多数时间都是冰天雪地，食物也很匮乏。

克拉拉过够了忍饥挨饿的日子，它不顾家人的苦苦挽留，毅然走上了移民之路。

经过几个月的艰苦跋涉，一片望不到边际的大草原终于出现在克拉拉面前，那里有各种各样的青草，克拉拉看得眼都花了。这时，克拉拉忽然觉得有什么不对，它警惕地抬起头来，却看见一团黑影正朝着自己俯冲下来，

“老鹰！”克拉拉惊叫了起来。老鹰是雪兔的天敌，不过在北方，雪兔的皮毛与周围的白雪颜色融为一体，老鹰眼睛再犀利，也无法发现雪兔的踪迹，可在这里就不一样了，雪白的克拉拉在绿色的草原上是那么惹眼。

老鹰从天而降，将克拉拉吞噬了……

每个人都有自己的优势，但是，优势并不是绝对的，某些时候，优势可能会转化为劣势。

（**作者**：林华玉）

老板不养闲人

一个大学生刚进入职场，就遇上了一件怪事：有个同事，上班时候经常不务正业，不是玩数码相机，就是收发私人邮件，要不然就是听音乐，而更奇怪的是，老板从不责备他。

大学生很奇怪：职场竞争这么激烈，这同事怎么如此混日子？难道他是老板的亲戚？

一天，同事正悠然自得地听着音乐，忽然，老板来了，表情严肃地说：“公司的电脑主机出现了故障。”

同事一下子从椅子上跳起来，快步跑进机房，公司高管们都在机房焦急地等待着，大家一筹莫展。

同事检查了一下机器，一声不吭，独自忙开了，二十分钟后电脑主

机恢复了正常运行。由于他对故障判断准确，处理及时，为公司挽回了数百万元的经济损失。

大学生猛然意识到，老板其实并不傻，养兵千日，用兵一时，仅仅这一次同事为公司挽回的经济损失，不知是他年薪的多少倍呢！看来，老板不养闲人，在哪里都是一样的。

（**作者**：何如平；**推荐**：秋 树）

照相的另类喊声

一次同学聚会，合影时，在班长的指挥下，同学们纷纷高喊着“茄子”、“田七”，将欢声笑语定格。

旁边也有一群人正在合影，摄影师喊了“一、二、三”，话音刚落，这群人出乎意料地齐声高喊：“我——有——钱——啦！”

一瞬间，同学们集体发愣，第一次听见这样另类的喊声，太意外、太震惊了！班长受了感染，说：“我们也学学人家。”

这回，随着班长“一、二、三”的口令，同学们齐声高喊：“我——有——钱——啦！”

显然，大家笑得比刚才更灿烂了，虽然钱不是万能的，但“我——有——钱——啦”无疑要比“茄子”、“田七”实在得多。

（**作者**：李小芬；**推荐者**：双赢王）

·沧海拾贝 人生百味·

身家一亿最自卑

有一个身价数十亿元的富豪，无论对人对己都很节俭，甚至有些抠门。朋友觉得很奇怪，他却给朋友说了这么一段经历——

过去，这个富豪身无分文，在贫民区生活，当他拼命赚到100万元的时候，他觉得自己吃穿不愁，终于成了有钱人，当他赚到1000万元的时候，他经常购买名表、名车、高级时装，在亲友面前炫耀。

一次，富豪去参加一个商务酒会，在那里，他第一次接触到了亿万富翁，那些人住得起豪宅，开得起游艇，在那群人中间，他突然感到自信心直跌谷底，连头也抬不起来。

终于，富豪凭着自己的努力，也赚到了上亿的身家，可他又进而认识了另一群人，他们叱咤商海，动不动就能吞并一家公司，身家至少数十亿、甚至超过千亿。和他们相比，富豪觉得自己实在太穷了。

于是，富豪又变得和身无分文时一样节俭。

（**作者**：曹仁超；**推荐者**：何宝平）

（**本栏插图**：安玉民 梁 丽）

学写作文，从读故事开始

·阿P系列幽默故事·

形象大使

□崔新三

阿P上班的路上，总要经过一家名叫“海风醉”的大酒店，阿P最大的愿望，就是带老婆小兰上“海风醉”去吃一顿高档海鲜。眼看夏天来了，又到了海鲜上市的旺季，鲜贝、活蟹、龙虾、海螺……“海风醉”里的一道道美味佳肴让人垂涎欲滴，可阿P一个月工资才一千多块，在“海风醉”吃一顿海鲜，少说也要几千块，他哪里消费得起呀！小兰知道阿P的心思，指着他的鼻子说：“你呀，下辈子吧，这辈子就别做美梦了！”

阿P一听急了：堂堂一个大男人，连请老婆吃一顿高档海鲜都请不起，太没面子啦！阿P这人有个毛病，心里一烦躁就爱出汗，大热的天，不多会儿，汗水就顺着两鬓“吧嗒吧嗒”淌下来了，小兰心疼丈夫，就劝他干脆剃个光头算了。

阿P想想也对，于是来到理发店，三下五除二，把脑袋瓜理成个油光锃亮的大葫芦，阿P正对着镜子自我欣赏呢，突然，不知是谁一声惊叫：“天哪，这位先生长得太像华哥了，简直就是双胞胎啊！”

“华哥”真名沙华，可是大名鼎鼎的影、视、歌三栖明星，是很多人心中的偶像啊！大家一看阿P这样子，也七嘴八舌地议论起来。

听了这番议论，阿P的眼睛突然一亮，据说华哥有一次带着女朋友到“海风醉”吃饭，那天，酒楼的老板不但没收一分钱，而且还承诺今后只要华哥来他的酒楼用餐，一律免单，老板也是华哥的粉丝呀！阿P心想，如果我带着小兰到“海风醉”碰碰运气，万一老板把我当成了华哥，哈哈，那就能白吃一顿海鲜啦……

回到家里，阿P说了这个想法，小兰立刻一顿抢白：“我说阿P呀，你是不是馋海鲜馋疯了？咱吃不起海鲜不算什么丢人的事，可要是被人家认出来、赶出来，那可就丢人现眼了！”

阿P觉得小兰的话不无道理，便打消了这个念头。

这天，阿P挽着小兰的手臂，正在“海鲜一条街”上闲逛，突然，有个人一溜小跑迎上来，一边瞟了瞟阿P油光锃亮的葫芦头，一边握着他的手说：“哎呀呀，我说今天一大早，怎么好几只喜鹊在店门前的树上叽叽喳喳叫呢，原来是贵客到了！”

阿P莫名其妙：“你……”

酒楼老板连忙自我介绍说：“怎么不认识了？我是‘海风醉’的老板王大胖啊！你们这些大明星就是贵人多忘事……老朋友，你来得正是时候，小店今天刚刚从泰国运来了新鲜的龙虾，老规矩，还是我请客！”

嘿，原来这“海风醉”的老板，真的把阿P当成大明星华哥了，这可真是想睡觉就遇上有人送枕头，阿P立刻摆出了一副大明星的派头，大大咧咧地说：“您太客气了！”说着，他又瞟了一眼小兰，学着外国人的样子耸了耸肩，做了一个无可奈何的表情，意思是说，那可是他自己找上门来的，我也没办法呀！

酒楼老板在前面带路，小兰非常紧张，偷偷问身旁的阿P：“老公，你说这样做合适吗？”

说实在的，阿P心里也没底，他硬着头皮给妻子壮胆，说：“我想应该没问题，他是自愿请我们的……”

就这样，阿P如愿以偿，甩开腮帮子痛痛快快地吃了一顿免费海鲜，而且“海风醉”的老板亲自作陪，一会儿敬酒、一会儿夹菜，让他在小兰面前赚足了面子。更让阿P没想到的是，酒足饭饱之后，老板又提出聘他当酒楼的形象大使，聘任期间，随时都可以来酒楼享用免费海鲜。老板还给了阿P一万块钱，说是“形象代言费”，阿P把这笔钱归入了自己的小金库，没让小兰知道。

经过一番紧锣密鼓的策划，阿P的巨幅彩色艺术照片挂到了酒楼大门的上方。为了把明星效应发挥到极致，击败“海鲜一条街”上的其他竞争对手，老板还在当地报纸和电视台大做广告，广告词是——“去‘海风醉’大酒楼，和华哥一起品尝海鲜！”

根据合同规定，阿P每次来“海风醉”大酒楼吃海鲜，必须坐在临街的玻璃窗前，这是老板精心为“形象

大使”设计的座位，目的是让路过这里的人，一眼就能看到大明星华哥用餐的风采。

几乎在一夜之间，一条特大新闻几乎家喻户晓——“大明星华哥经常在‘海风醉’吃海鲜”，于是，来“海风醉”就餐的顾客与日俱增，王大胖赚了个盆满钵满。

一连吃了几顿免费海鲜之后，小兰有些担心了，她对阿P说：“老公，俗话说纸里包不住火，万一有一天被人揭穿了，我们可怎么收场呀？”阿P这人，表面上牛皮哄哄，其实胆子是很小的，他也担心这么闹下去不好收场，可免费海鲜的诱惑实在太大了，他哪里管得住自己不去吃？

阿P就是阿P，他那个爱显摆的臭毛病总也改不掉，一次在岳父家和几个连襟喝酒的时候，老毛病又犯了。小兰姐妹三个，她最小，大姐夫是一家私企经理，二姐夫是IT工程师，唯独她嫁了阿P这个工人。过去在酒桌上，两个连襟根本不把阿P放在眼里，两人高谈阔论，阿P只能闭着嘴巴洗耳恭听，可这一回就不一样了，改朝换代、今非昔比啦，他阿P当上了形象大使，他也有吹牛的资本了。于是，几杯酒下肚，阿P突然把筷子一放，说：“这菜太难吃了，跟‘海风醉’的海鲜没得比！”

一句话，说得两位连襟目瞪口呆，阿P一个普通工人，竟然也能到‘海风醉’那样的高档酒楼吃海鲜？两个姐夫异口同声地问道：“你去‘海风醉’吃过海鲜？”

阿P趾高气扬地拍着胸脯说：“我是那个酒楼的形象大使，随时都可以到那里吃免费海鲜！”

接下来，他又绘声绘色地把如何当上形象大使的事，从头到尾说了一遍。大姐夫一听，突然拍着大腿叫苦不迭：“哎呀呀，上当了，上当了！我听人说华哥经常在‘海风醉’用餐，谁知道是你在冒牌呀！”

二姐夫也说：“前些日子，别人请我去‘海风醉’吃海鲜，我也以为是和华哥在同一个酒楼共进晚餐呢，原来那个‘大明星’是你呀！”

这个时候的阿P，醉意朦胧，早已把自己姓什么都忘了，他豪情万丈地拍着胸脯说：“今后，二位姐夫有什么事，尽管来找我阿P，好使！”

回到家里，小兰就埋怨阿P牛皮吹大了，万一两个姐夫真的有事找上门来，看他这个冒牌明星怎么收场？

不久，小兰担心的事终于发生了，一天，大姐夫急急忙忙来找阿P，说他老爹肚子里长了一个恶性肿瘤，要到医科大学附属医院做手术，让阿P帮忙到医院活动活动，一定要外科主任亲自主刀。阿P只好硬着头皮找到那个外科主任，亮出他是“海风醉”形象大使这张王牌，谁知人家根本就不买他的账，阿P只好忍痛从那一万块形象代言费中拿出一半，包了个红包送给外科主任。于是，外科主任的态度立刻来了个一百八十度大转弯，他不但答应亲自主刀，而且还一个劲地说"认识华哥"、"深感荣幸"之类的话。

阿P的名气果然越来越大，一天，二姐夫也找上门来了，他想把宝贝儿子送到一所重点小学读书，可是，孩子的户口不在那个学区，他要阿P帮忙跟校长说说。校长当然不买阿P的账，阿P故伎重施，又忍痛把剩下的五千块形象代言费送给了校长，二姐夫这才如愿以偿。

一连办成两件大事，阿P却一点也高兴不起来，一万块钱就这么打了水漂，他能不窝火吗？从此以后，阿P整天提心吊胆，唯恐哪个亲戚朋友再来找他帮忙办事。谁知怕什么来什么，接下来找阿P办事的人一个接一个，不是这人的车被交通队扣了，就是那人的儿子犯事被抓进了局子……都想找"华哥"这位名人帮忙活动活动。

事事都要花钱摆平，阿P哪有这实力呀？他实在受不了啦，于是去找王大胖，要王大胖摘下门口的大照片，他不当这个形象大使了！阿P做梦也没想到，王大胖听了他的话，不紧不慢地指着大照片，说："你好好看看，这哪是你的照片，原本就是华哥亲笔签名的照片。'海风醉'大酒楼的形象大使本来就不是你，华哥才是酒楼真正的形象大使！"

阿P越发糊涂了，他一定要王大胖说个明白，于是，王大胖冷笑一声，说出了事情的真相：原来，"海风醉"早就跟华哥签订了聘他当形象大使的合同，因为华哥正在外地拍电视剧，无法抽身，不能按合同规定，隔三岔五来酒楼用餐。眼看着旅游旺季到了，没有华哥这块金字招牌，"海风醉"就将失去大批的顾客。正当王大胖为这事发愁的时候，他意外地在酒楼门口看到了剃光头的阿P，聪明过人的王大胖灵机一动，就让阿P当上了华哥的替身……

王大胖往窗前一指，说："你看，那人是谁？他才是真正的华哥呀，他拍完戏回来了，哈哈哈……我正想找你谈谈呢，咱们的合作到此结束，谁知你倒自己找上门来了！"

阿P一看，自己那个专座上，果然有人在潇洒地吃着海鲜呢，不错，

他是真的华哥！此时此刻，阿P心中就像打翻了五味瓶似的，说不出是个啥滋味，也就在这时，阿P猛然想到了一个非常关键的问题，他问道：“那形象代言费……”

王大胖满不在乎地说：“给了的就算了，反正给你的也是小钱……”

“小钱？那你给华哥的形象代言费是多少？”

王大胖脱口而出：“一百万！”

阿P大惊失色，哭丧着脸问：“那——你为什么只给我一万块？”

王大胖大笑，说：“你这人真逗，人家华哥是真正的大明星，是腕儿，你就是个替身，报酬当然不同了！打个比方吧，专卖店里的名牌服装、箱包、皮鞋，那叫‘奢侈品’，地摊上的假名牌，只能叫‘地摊货’！你还想和大明星拿同样的报酬？”

从此，阿P多了个新外号——“地摊明星”，不过，阿P还是经常回忆起在“海风醉”吃免费海鲜的美好时光，每当这时，小兰就指着他的鼻子说：“别再提你那档子丢人现眼的历史了，听听，‘地摊明星’，多丢人！”

阿P就是阿P，他又拍着胸脯说：“哼，你瞧着吧，过不了多久，华哥又会去外地拍戏了，到那个时候，我看他王大胖找不找我！”说完，阿P的眼前立刻浮现出了自己在“海风醉”靠窗那个座位上品尝美食的情景，顿时觉得美滋滋的，他伸手往嘴角处一抹——那是滴落下来的口水……

（**题图、插图**：顾子易）

·本刊信息传真·

故事中国网继续举办2011年度中国最佳故事评选

为了让优秀故事作品具有更大的影响力，优秀故事作家享有更高的知名度，故事中国网2011年继续举办年度中国最佳故事和年度杰出故事家两项评选活动。年度中国最佳故事评选用更为广阔的视野，更为宽泛的标准，更为客观的眼光，遴选2011年发表在国内各家报刊上的优秀故事，集中展现年度中国故事创作的整体实力和魅力。

评选标准：在情节性、艺术性、思想性、文学性方面有突出表现，能够代表年度故事创作最高水平的各类故事作品。

参选条件：2011年1月1日至2011年12月31日期间在国内正规报刊（省级以上）发表的故事作品均可参加，不限题材、风格、篇幅。

参加方法：登录故事中国网(www.storychina.cn)推荐或自荐作品。所有参赛作品分为中篇（8000字以上）、短篇（1000-8000字）、超短篇（1000字以下）三组。

奖励：年度最佳故事作者获得特别荣誉证书及奖金（中篇2000元、短篇及超短篇各1000元），优秀作品将有机会结集出版。

另外，2010年度最佳故事和杰出故事家评选已进入尾声，敬请登录故事中国网关注评选进程。

支持媒体：新浪读书、搜狐读书、腾讯读书、网易读书、和讯读书、凤凰读书认准方向，铆足一口气，人生一定会迎来转机……

活得给力

□梁　钰

有钱没处使

2010年最热门词汇是什么？答案是：给力。其实，“给力”虽在网上大红大紫，却是中国北方的方言，类似于北京人说的“带劲儿”，上海人说的“扎劲”，可是，真要活得给力，却不是说说那么简单的——

张高和刘珺是一对恋人，可这半年多，他们却一直在闹分手。事情是这样的：张高和刘珺都是从小地方来的，在省城念完大学后，双双在一家公司做业务。说他们有钱吧，他们工作几年，一起存了三十万块钱，可存钱的速度赶不上物价上涨的速度，买不起房，扎不下根；说他们没钱吧，手里的钱对他们来说也的确不是一笔小数目，想炒股票，没胆子，想投资，没方向，想拆伙，这笔来之不易的存款早就不分彼此，怎么个拆法？这不，想结婚没房子，想分手又分不了，让刘珺很憋屈。

过完年刚上班，张高他们公司的王总就宣布了几件更让人堵心的事：像取消规定的福利啦，降低基本工资啦，减少人手啦，等等。张高心里直打鼓，原来的日子就已经很难熬了，以后该怎么过，更是不敢想啊……临下班时，王总又宣布：为了削减开支，从今天起，六点一过全体下班，要加班也回去加！

出了公司，刘珺只顾低头赶路，张高也不知说什么，只能紧紧跟着，

忽然，刘珺转过身，对张高说："张高，分了吧。"

虽然事先不是没有思想准备，可张高心里还是一阵抽搐，他嘴唇嗫嚅着，不知该说什么。见他这样，刘珺也心软了，说："张高，那笔存款你一直都不让我动，现在我一分钱也不要，全留给你，希望你找个好女孩，别找我这样的……"说完，她转身走了。

这天，刘珺一夜未归。

找到一个好去处

张高很伤心，可再伤心，班还得接着上，再说，只有回到公司，才能见到刘珺。

要感谢老板、感谢工作，分了张高的心，这天张高忙得脚不沾地，直到王总的一声"下班"，他才有点回过神来。这时，刘珺来到他面前，低声说道："我想回去收拾点东西。"

两人走出公司，来到大街上，慢慢地走着。张高突然问道："刘珺，你今天要加班吗？"刘珺点点头。张高说："今天，我们一起加班好吗？"刘珺想了想，又点点头。

这时，张高看见马路对面开了家新店铺，店招牌很有意思，叫做"给力马拉松"，这是什么地方？刘珺也注意到了，两人穿过马路，来到店门口，隔着玻璃窗朝里望去——看着像家咖啡馆，又像家网吧，可又都不一样。店堂里摆着一长溜儿的木桌，分成一小格一小格，每一小格都有一盏台灯，发出柔和的灯光，桌上还接着一根网线，有不少人坐在里面，一杯咖啡，一台笔记本，聚精会神地忙碌着。两人不由得喜出望外：这不就是专为那些加班族而准备的吗？这座城市居然还有这样的地方！

两人觉得有趣，走进店堂，找好位子，接好网线，打开自己的笔记本。店主是个小伙子，见是新客，亲自过来接待，他们一看饮品单，咖啡40元一杯，刘珺一愣："这么贵？"店主笑嘻嘻地说"贵是贵点，但可以无限畅饮，这加班的人，哪能离得开咖啡呢？再说——"店主一指店堂尽头，"要是真累了，可以

去那边长沙发上睡一觉，总之一切自便。”张高听了，心中不禁一乐：这店主真是既精明、又体贴呀！套用一句流行语：他开的不是店，是创意，是一种全新的生活方式！

没多久，店里的人渐渐多了起来，空气中弥漫着咖啡的香味，耳边响着键盘的敲击声，气氛紧张而惬意。要是咖啡喝完了，不用自己动手，服务员会主动给你续上，要是坐久了觉得腰酸背疼，还会有靠垫主动送上。张高从没想到，加班居然还能让人这么快乐。

把钱留给她

加完班，夜已深了，两人结账出店。街道安静，空气凛冽，让人觉得心旷神怡，虽然刘珺还是一声不吭的，可张高的心情也没那么坏了，他甚至想起了当初他们相恋时深夜漫步的情景。这时刘珺开口了：“张高，我有话对你说。”

“想说什么，就尽管说。”张高还沉浸在幸福的回忆中。

“我辞职了，下个月就走。”刘珺说。

张高一下子站住了，他紧紧盯着刘珺，一时张口结舌：“你……”

这天晚上，张高毫无睡意，他看着刘珺一件一件地把她的衣服从衣橱里拿出、叠好、装箱，最后一切都整理停当，张高忽然问刘珺“你没忘带什么东西吗？”

“没有啊，忘带了什么？”

张高顿了顿，说：“没什么。”

趁刘珺去洗手间的时候，张高找出那张两人一起存下的存折，悄悄塞进刘珺的箱子里。刚塞好，刘珺就从洗手间里出来了，她说：“张高，我走了，你自己保重。”张高说“你也是。”刘珺拉起箱子，刚走到门口，突然扔下箱子，一头扑到张高怀里，哭喊着：“张高，我不想离开你，我不分手了……”

哭归哭，不舍得归不舍得，刘珺最后还是走了。张高没有再说一句挽留的话，作为一个男人，没本事让自己的女人过上好日子，他凭什么去挽留人家呢？

遭遇职场危机

有道是“屋漏偏逢连夜雨”，这天会上，王总宣布，为了提高大家的工作积极性、扩大业务规模，鼓励大家投钱入股，成为公司股东，凡是入股的，年终奖中会额外增加一笔红利，入股多的，还可以参与公司的经营管理。这话很清楚：想加工资、想升职，那就先给钱！张高想：这和古代的“捐官”有啥区别？

会议一结束，王总挨个儿找人谈话，轮到张高了，王总说：“你是外地来的，有难处，你和刘珺的事我也有

所耳闻，这样吧，反正刘珺也走了，只要这个数，”王总伸出一只手掌，“我就让你接管她的客户，反正你对她这块业务也熟。”

按说5万块钱，张高不是拿不出，何况王总开出的条件也很给力，但问题是，张高早把两人的存款全留给刘珺了，他自己的工资卡里只有2万。没办法，张高只好照实说了。

“这样啊……”王总眼神变犀利了，“张高啊，你工作也好多年了，真的只有这点钱？我是看好你的，你可别让我失望啊！”

“不会，不会。”张高慌里慌张地从王总办公室退了出来。

一整天，张高都过得战战兢兢的，六点敲过，他就一头扎进“给力马拉松”继续加班。店主端来咖啡，顺便问了句：“这几天怎么一个人来，女朋友呢？”一句话勾起了张高的伤心事，他僵着身子，手里端着一杯咖啡，眼泪就“吧嗒吧嗒”掉了下来。

店主吃了一惊：“哟，怎么哭上了，是不是我说错了什么？”

张高摇摇头，拼命擦着眼泪。

店主没说什么，他走进柜台，不知在鼓捣些什么，一会儿工夫，一杯五颜六色的鸡尾酒端到了张高面前。店主笑着对张高说：“喝了它，心情就会好起来的。”

别说，这鸡尾酒一入口，张高顿觉满嘴清爽甘洌，对店主更增添了几分亲近感，于是就把这些天的经历告诉了他。

店主听了，说：“如果你信得过我，没别的，就两条：第一，感情的事不能勉强，她要走你拦不住，可要是她真的懂你，就是走到天边也会回来；第二，入股的事是你们老板设的一个局，什么分红？分明是羊毛出在羊身上，他得了钱，还防了你们跳槽，阴着呢！”

不给力，不成活

张高是个聪明人，一点就透，听了店主的话，他又是佩服，又是惭愧：佩服的是店主年纪轻轻，见识却如此之高；惭愧的是自己缺少胆识，只会存钱，结果自己吃苦不说，还让自己的女人也跟着吃苦，太傻了！张高感慨道：“早知道还不如投资你的店，你是个能成大事的人，说不定我也能跟着你发财呢！”可一想到自己全部家当只有2万块，张高只能苦笑一唉，时运不济啊，继续“给力”加班吧……

夜深了，张高终于干完了活，起身去上厕所，只见迎面走来个人，张高定睛一看，这不是刘珺吗？

刘珺看到张高，有些尴尬，转身就想走。这时，从门外走进来一个人，两人一看都愣了，那个人，正是王总！

王总显然也很惊讶：“你们怎么在这儿？”

只听有人插了句嘴：“爸爸，他们是我的客人。”三人回头一看，说话的不是别人，正是店主！

王总铁青着脸，望了望店主——现在该叫他小王了，说：“考虑得怎么样了？是把店盘掉跟我回公司干，还是继续做这种没前途的生意？”

小王说：“爸，还是那个态度，说什么我都不会回去的。”

王总冷笑一声：“你现在本事大了，连我的员工都成了你的客人。你要这么混下去我不管，有本事，把借我的三十万还来！”

小王说声“好”，转身从里屋拿出一张存折，交到王总手上。王总看了，吃了一惊“你哪来那么多钱？”

小王说：“别人投资的。”

“谁投资的？”王总很奇怪。

小王一指张高：“他！”

王总一惊，死死盯着张高不放，一张脸霎时变得酱紫酱紫，把张高唬得大气也不敢出，过了老半天，王总才从牙缝里挤出几个字：“你……好得很！”说完，一摔门走了。

父亲走了，小王也松了口气，他对失魂落魄的张高说：“朋友，你别急，坐下来慢慢说嘛，刚才那钱，是你的，也不是你的。”这话一时间让张高有点丈二和尚摸不着头脑。这时刘珺插口道：“张高，那三十万的确是你的，就是我走的那天，你偷偷塞在我行李中的。”

其实，那天张高偷偷把存折塞进刘珺行李中的时候，就被她发现了，对于这么好的一个男人，刘珺觉得自己真是无以为报。她想来想去，想起自己在“给力马拉松”加班的时候，就断定这家店一定大有前途。过去刘珺要投点资，张高总是大加阻拦，这回，她决定把钱送到店里，替张高投资，为了躲开张高，她还故意拖到深夜才来，没想到两人还是遇见了。

刘珺对张高说：“入股的事我听说了，你要是拿钱入公司的股，是杯水车薪，人家根本不当一回事，年终

分红能有多少？拿钱投资这家店，那是雪中送炭，现在你就是这家店的大股东了，笨蛋！”

小王说：“刚才你们也看到了，虽说我勉强算是个富二代吧，但我觉得人就该有自己的活法。前几年我吵着要开这家店，我爸没办法，只好借了我三十万。他能借我这钱，是看准了我这店肯定开不下去，到时候还得乖乖跟他回去。他没想到，我一口气撑了五年，而且还挣到了钱。其实刚才我还在琢磨，是应该先把钱还给我爸，还是拿钱再去开家分店？如果还了钱，我就错过扩展生意最好的机会了，如果不还钱，那我爸永远会有逼我回家的理由，所以，你们真的是雪中送炭啊！”

刘珺做了个“打住”的手势：“别说‘我们’，现在这钱，和我无关了。”说完，刘珺就走了出去。

张高还在发愣，小王捅了他一下：“还没看明白？她其实早就回心转意了，可这话她又说不出口，你小子还不快追……”话音未落，张高早追了出去，只见雪地里刘珺的背影正在远去，张高冲过去一把抱住她……

这天正是元宵节，时近午夜，沿街挂着的彩灯仍然亮着，远处时不时响起爆竹声。张高和刘珺相拥在一起，过了好久，刘珺说：“张高，我错了，我后悔了，打从我看见你偷偷把存折塞进我箱子里的时候，我就后悔了，你这个笨蛋，当时为什么不拦着我啊？”

张高说：“现在我更后悔来追你。”刘珺一推他：“为什么？”张高说：“咱们老板的儿子真是太不给力了，为了气他老爷子，非要扯上我，这下好了，工作丢啦，以后我靠什么养你？”

刘珺“扑哧”笑了：“你没看出来啊？那小子是故意挖墙脚的，他想让我们和他一起干。其实这两天我早想通了，苦点累点我不怕，就怕想结婚找不到一个贴心的男人，干事业找不到一个靠谱的老板，现在两样都齐了，还怕什么？”

“这……这能行吗？”张高又犹豫起来。

“行，一定行！你呀，就是怕折腾，可这人有时候就得折腾，不折腾不成活嘛，就像咱老祖宗说的，要‘给力’！”

张高哈哈大笑：“什么老祖宗说的？这明明是网络上的词儿嘛。”

刘珺掏出手机，上网一查，让张高看，张高见网页上写着：“‘给力’，中国北方方言……”

没错，老祖宗很早就说过，人活着要给力。不给力，还活个什么劲儿呢？

（**题图、插图**：张恩卫）

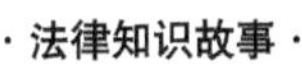

签名引来的狗官司

□孟祥山

孙二斗是个老实人，而且除了会写自己的名字，大字不识一箧。

半年前，孙二斗带着家里的小狗贝贝在公路上正走着，一辆摩托车飞驰而来，贝贝没来得及躲闪，竟被摩托车撞死。孙二斗扭住司机要他赔偿，司机见躲不过，扔下50块钱就扬长而去。回家后，为这事孙二斗和老婆还干了仗，老婆说50元赔得太少。

几个月后，撞死贝贝的司机找上门来，一见面就大吐苦水，说自己撞狗时摔伤了，到医院看病花了9000多元，要孙二斗帮忙写个证明。孙二斗一听这话，老大不乐意，说："你摔了和我有啥关系？"对方忙给孙二斗点上一支烟，解释说："和你没关系，但我有保险，保险公司理赔要一个证明。"孙二斗一听是这么回事，又见对方点头哈腰的样儿，心就软了，因为自己不会写几个字，索性成人之美，让对方写好证明，自己再签字。

司机高高兴兴地离开了，谁想当天下午司机就去了法院，拿着孙二斗签字的证明当证据把他告了。接到传票后，孙二斗老婆暴跳如雷，骂完孙二斗骂那个司机，村里百姓觉得这事可笑，集体联名写旁证，说孙二斗不识字，请求法院不要立案。

事与愿违，官司很快开庭，法院以孙二斗的狗没有办理"狗证"为由，判孙二斗赔付对方9000多元。判决下来，孙二斗和老婆耷拉着脑袋回村了。

村民们觉得孙二斗太亏了，让他去找律师。

十五天上诉期的最后一天，孙二斗向法庭提供了一份上诉状。因为有律师作后台，最后，孙二斗把官司又扳了回来，不用赔偿一分钱了。

原来，律师认为：一、孙二斗家的狗没有"狗证"，上了公路，有关部

编读聊天室：众手浇开故事花

山西读者汤俊：今年贵刊迎来“500期”大庆，将举办一系列活动，其中，“中篇故事”征文和“故事创作研讨班”这是贵刊一直都在办的，这一次有什么不同吗？

红版编辑部：“中篇故事”栏目在读者心目中有着不可替代的地位，为了加强作品创作力度，今年的征文活动不仅有奖金诱人的“年度最佳作品”奖，还将特邀获奖作者参加“500期”相关活动。第15期“故事创作研讨班”也将与其他庆祝活动紧密联系，相得益彰。

辽宁读者万全有：“500期”系列庆祝活动中有一个“职场故事”征文大赛，为什么要举办这项活动呢？

红版编辑部：“职场文化”已成为社会热点，我们希望通过征文大赛，发现一批优秀的职场题材故事。同时，《故事会》在今年开设了一个“职场故事”栏目，期待大家的关注与支持！

门可以捕捉、处理，但其他人不能随便将狗撞死，用法律术语讲叫作“行政过错不能决定民事赔偿”。二、这起事故谁对谁错，因为当场没人报案，已无法作出责任认定；不过孙二斗不识字，是文盲，所以他签的协议，效力上就存在很大问题。三、那50元赔偿，表示双方已经协商过，把事情了结了。因此，孙二斗的官司最终是打赢了。

孙二斗赢了官司，村民们也都跟着懂了一个道理：这名字还是不能随便签的，否则惹来官司，麻烦着呢！

律师点评：

《签名引来的狗官司》说明两个关键的法律知识点：一是行政过错（如未办狗证等）不能决定民事赔偿（如交通事故赔偿等）。孙二斗未办狗证，应由“控犬办”依法处置。二是民事行为效力的问题。孙二斗不识字，所签协议如果没有其他能够证明他知晓协议内容的证据，则没有法律效力。当然，在一般情况下，签字则意味着认可，对以后的官司走向产生很大的影响，所以签字一定要慎重。

（题图、插图：谢　颖）

在黄土高原冲浪

□张 华

张土豆，金蛋蛋

对黄土高原上的张家庄来说，今天是个大日子。庄里的“金蛋蛋”张土豆在全国小学生作文大赛上拿了一等奖，奖品是去青岛参加暑期夏令营，今天张土豆要回来了，张家庄小学的伙伴们一大早就在庄口候着了。

好不容易，张土豆坐着拖拉机从庄口山坳边摇摇晃晃地出现了，大伙儿欢呼着迎了上去，但是让人惊讶的事情还在后面，张土豆跳下拖拉机，让人从上面扛下一大麻袋东西，打开麻袋一看，大伙儿全傻了——那是满满一麻袋矿泉水啊，这土坷垃里哪里见过这玩意儿？

张土豆麻利地打开麻袋，对大伙儿喊道:“拿吧，一人一瓶！”大伙儿一愣，随即爆发出一阵欢呼。

说起这一麻袋矿泉水，都是张土豆参加夏令营活动时发的，他舍不得喝，全藏在麻袋里，背了回来。张土豆说，这回去青岛，他可算长了见识了，那里有蔚蓝的天空，金黄的沙滩，湛蓝的大海。夏令营的孩子们都在玩一种冲浪游戏，就是人趴在舢板上，在大海中随着海浪快速滑行，始终赶在海浪前面，有时一不留神，海浪拍下来，浑身都湿透了，别提有多痛快了！那天，张土豆冲了一次又一次，冲累了，就在海里拼命搓着身上的泥条，连放在岸边的矿泉水也差点忘了拿。

张土豆说完，年纪最小的丫头突然搂住张土豆的脖子，用力搓了搓，还真没有泥条掉下来。丫头说了句："土豆哥哥，要是我也能冲一回浪，这瓶水我不要了也行。"这话还真说到大家心里去了，张土豆却犯了难：这地方水贵如油，漫山遍野除了黄土，还是黄土，连个像样的水泡子都没有，怎么冲浪呢？可丫头向往的眼神硬是让他把这些话咽了下去，他想了想，霍地站起来，拍着胸脯说："我一定要让大伙儿也冲一回浪！"

黄土坡，冲小浪

俗话说，"说出去的话，泼出去的水"，可一个月过去了，这事还一点眉目也没有。张土豆有点后悔说了满口话，但他是个能藏得住事的孩子，眼看着丫头他们眼里的期待一点点暗淡下去，他还是暗暗地在想办法。

不过，冲浪虽然没冲成，让大家高兴的事倒也不是没有。张土豆回庄后，每个孩子就都雄赳赳气昂昂地背上了水壶，那是用一根绳子系在矿泉水瓶上做成的，至于瓶里的水，早被他们倒进了自家储水桶里，现在瓶子里装的都是泥塘里取来的泥浆水。

这天放学后，大家背着浑黄的矿泉水瓶，在学校后面的小土坡上玩耍。当丫头晃晃悠悠从一个小斜坡冲下来时，脚下一滑，一屁股坐倒在地上，矿泉水瓶的盖子没有拧好，水洒了出来，看着渗进地里去的水，丫头急得哭了起来。大家忙赶过去，谁知道，因为地上有水，冲在最前面的张土豆一不小心也滑倒了，后面的人绊在张土豆身上，扑通扑通全倒了地。在一片吵闹中，张土豆一骨碌站了起来，说道："有了，有办法冲浪了。"

声音不高，大伙儿却一下子静了下来。张土豆告诉大家，想要冲浪，每人这个月要节省下一瓶水，一个月后，他一定能让大家冲上浪……

总算到了张土豆说定的那一天，大家心里早就直痒痒，要知道这瓶水可都是大家从洗脸水、喂猪水里省下来的。一下课，大伙儿也不等招呼，一呼啦全跑到学校后面的小土坡上，等了老半天，张土豆背着个大布兜来了，大伙儿一窝蜂围了上去，展开布兜，才发现那是一张超大的篷布，是把化肥袋子裁开再缝起来的。张土豆让大家把篷布在土坡上铺开，又从书包里拿出几根又长又粗的补鞋针，让大伙儿在矿泉水瓶盖上扎几个小眼，接着在篷布上洒了些水，不一会儿，篷布上出现了一条湿湿的"滑道"……

没过多久，小山坡上出现了这样一幅画面：一张巨大的篷布铺在土坡上，几个孩子站在斜坡两边，每人手里拿着一个矿泉水瓶做的喷壶朝空中洒水，其余的孩子们坐在木板上，哧溜哧溜地从篷布上滑下去，大家边滑边喊:“冲浪喽!冲浪喽!”滑到坡底的孩子就跑过去替换拿喷壶的孩子,换下来的孩子口里喊着“冲啊”往坡上冲去,一刻也不敢耽搁,否则篷布上的水很快就会渗进黄土中去。丫头这样的小孩子因为跑得不快,直急得哇哇大叫,手舞足蹈、连滚带爬地大喊“土豆哥哥”,真是又热闹又欢畅。

黄土地,滚泥浪

可是很快,欢笑声就停止了,大伙儿辛辛苦苦攒了一个月的水,不一会儿就用完了,可大家还没玩过瘾呢!这时丫头刚从坡底爬上来,一看没水了,顿时就眼泪汪汪,带着哭腔嚷嚷道:“土豆哥哥,我还想冲浪!”张土豆想,也是啊,就这么点水,哪有冲浪的感觉呢?可是,哪里再去找水让大家冲浪冲个够呢?

有道是“心诚则灵”,也许是孩子们的心愿感动了老天爷吧,这时只听雷声滚滚,不多时,雨水淅淅沥沥地落了下来,又过片刻,雨越下越大,雨水噼里啪啦地打在篷布上,真是场漫天漫地的好雨啊!可这会儿,孩子们反倒傻傻地站在雨里——天哪,这竟然就是传说中的大雨?到底是张土豆见过世面,他大喊一声:“别愣着啦,下雨喽!冲浪喽!”

一声令下,欢呼声震天响,大伙儿也顾不上排队了,争先恐后,一遍遍从土坡上滑下去,张土豆也兴奋地滑着,他边滑边想:这才有点儿冲浪的劲头!

大家正玩得忘乎所以,一个颤巍巍的身影从远方颠了过来。丫头眼尖,一眼就看出那是她太爷爷,没想到连太爷爷也要来冲浪了,丫头赶紧大喊“太爷爷,快来冲浪吧,可好玩儿啦!”

太爷爷跑得上气不接下气,他喊道:“孩子们,快,快回去!山上有泥石流,太、太危险啦!”

话音未落,只听轰隆隆一声巨响,直震得地动山摇,连小土坡都在发颤,大家还以为是在打雷,不知是谁叫道:“大家快看那儿!”只见远处一座高坡上,泥石流滚滚而下,山都坍了小半边,把大家都看呆了。

太爷爷急喊“快跑!快跑!”孩子们一听,拔腿就跑,跑得快的去拉扯跑得慢的,有两个大孩子一左一右架着太爷爷跑,大家心里只有一个念头:离土坡越远越好!

大家跑回教室,浑身都湿透了,老师生起一堆火,大家默默地烤着火。张土豆心里不是滋味,他觉得自己真没用,筹划了半天,到头来还是没让大家痛痛快快冲上一回浪……他一抬头,丫头不知啥时候坐在自己面前,他刚想安慰丫头,丫头却笑了:“土豆哥哥,我们今天看到泥浪啦,那些海边人可没见过呢!”

张土豆再也忍不住,哭了。

(题图:佐　夫)

哪只老鼠最勇敢

□邵福军

斯斯是一只美女鼠，已到了谈婚论嫁的年龄。斯斯很反感“胆小如鼠”四个字，希望自己嫁个最勇敢的夫君。在众多的追求者中，有两个自称最勇敢，一个是灰毛鼠跳跳，一个是黑毛鼠欢欢。

斯斯决定，对他们两个进行一场测试，测试方法很简单，斯斯出四道题，他俩现场作答，找出最勇敢的那位，但回答要实事求是，不许吹牛和骗人。为体现公平，测试地点第一场在跳跳家，第二场在欢欢家。

这天，在跳跳家，三只老鼠各自落座。跳跳和欢欢都胸有成竹，摆出一副不达目的誓不罢休的架势，看来都作了充分准备。斯斯强调了一番比赛规则，开始发问：“第一个问题，请问你们最喜欢的动物是什么？”

跳跳性子急，抢着说：“猫！我最喜欢的动物是猫，它们仪态端庄，走路像模特，它们‘喵喵’的叫声最美妙，是我每晚睡觉的催眠曲。我每天都找机会接近猫，有一次，我听到洞外传来猫的脚步声，就一个箭步冲出去，谁知把猫的前腿撞骨折了……”

“看来你真是有备而来啊！”斯斯打断了跳跳的话，又看着欢欢。

欢欢知道他不能再说喜欢“猫”了，他清了清嗓子，不慌不忙地说：“我最喜欢的动物是——猫——头——鹰，它们头像猫，羽毛像孔雀，漂亮极了。我最欣赏猫头鹰从夜空俯冲而下的姿势，每当看到它俯冲时，我就瞄准方位，跟着冲过去，太过瘾啦！为了能和猫头鹰挨得更近，我准备搬家，搬到猫头鹰住的那棵树上……”

“停！”斯斯制止了欢欢，“你们

都这么啰嗦，后面的问题，必须简单回答，不许借题发挥！第二题——你们最喜欢的健身方法是什么？”

“我最近买了个健身器——”跳跳仍是急不可耐地抢答了，“一个捕鼠夹子，我每天把它用力掰开，把头伸进去，让它夹紧脖子，十分钟后，再把夹子掰开，把头拿出来。”

跳跳刚说完，欢欢就接着说“我的方法是——每天寻找人们下好的夹子，找到后，一口吞下上面的饵，让夹子夹住脖子，我取下这个夹子，再去寻找下一个。一天下来，我不仅能吃饱肚子，还能缴获十几个战利品。”

“是吗？”斯斯忍不住笑了，“第三题：你们最喜欢玩的游戏是什么？”

“玩猫！”跳跳大声说，“我最喜欢骑着猫，用力拍打它，让它带着我飞奔，如果它不听话，我就揪它胡子！”

见跳跳说完了，斯斯转向欢欢，调侃道：“那你一定是玩猫头鹰了？”

“准确地说，那叫‘空中飞鼠’，”欢欢微笑道，“我骑着猫头鹰飞上高空，然后，我纵身一跳，就在即将落地的一刹那，猫头鹰必须准确无误地把我接住。”

“呵呵，”斯斯表情古怪地看着跳跳和欢欢，“你们说的都是真的吗？”

跳跳拍着胸脯：“千真万确！”

欢欢对天发誓：“绝无戏言！”

话音刚落，不知从哪里窜出一只大黑猫，直奔跳跳而去；空中又飞来一只猫头鹰，呼啸着冲向欢欢……跳跳和欢欢吓得惨叫一声：“妈呀——”顿时抱头鼠窜，“嗖”地钻进洞里。

“哈哈，你们快出来吧！”洞外传来斯斯的大笑声，“那是我扔过来的毛绒玩具!”听了这话，跳跳和欢欢红着脸从洞里钻了出来，看到他们一副狼狈相，斯斯虎着脸说：“今天就到这里，明天还有最后一题，谁都不准再吹牛了……”

第二天，测试现场移到欢欢家里，首先，斯斯宣布了今天的比赛规则：谁再敢说半句大话，立刻淘汰，换句话说，谁先吹牛，另一个自动胜出。

接着，斯斯说了第四个问题：请

问你们最爱吃的东西是什么？

“猫肉！”急性子的跳跳差点喊了出来，他赶紧捂住嘴，张口说了两个字——“黄豆”，可他马上意识到，这“黄豆”和“勇敢”毫不沾边，于是他又补充道：“我每次吃完黄豆，还要喝上半斤老白干。”说完，他看着欢欢。

欢欢开口了：“我当然也喜欢吃黄豆，不过呢，我每次吃完黄豆……”

“你也要喝上半斤老白干？”斯斯饶有兴致地问道。

“不！”欢欢微笑着说，“我要冲上一杯……”欢欢说到这里突然住了口，故意卖起关子，他走到柜子旁，随手打开抽屉，从里面拿出一包东西，举在手上。斯斯和跳跳一看，吓得魂飞魄散：那竟是一包“毒鼠强”！

跳跳说什么也不相信欢欢竟然会吃“毒鼠强”，他嚷了起来：“欢欢，你输了，你先吹牛了！”

“你先别急。”只见欢欢把“毒鼠强”的包装撕开，将袋里的红色颗粒倒进杯子，然后兑上水，又拿起一个长柄勺，优雅地搅了几搅，杯子里泛起红色的泡沫，接着，他端起杯子，将杯中之物一饮而尽……

斯斯和跳跳早就看呆了。

“你也来一杯？”欢欢对跳跳说，说话间，跳跳的眼睛瞟了一下，只见抽屉里放得满满的，全是“毒鼠强”！“啊，不不！”跳跳吓得魂不附体，他步步退却，向后躲闪，最后夺门而去。

第三天，斯斯便和欢欢举行了婚礼，新婚之夜，斯斯禁不住好奇，又问起“毒鼠强”的事，欢欢说：“其实道理很简单，刚开始少吃一点，时间长了，身体渐渐有了抗药性，就不怕毒了。”

然而真相是，欢欢骗了斯斯，那些“毒鼠强”都是假药，只不过是大米拌香油，是他在一个地摊上碰到的，后来就经常买来吃，哪知这回却帮了他大忙，使他成了爱人心目中最勇敢的英雄，因此，他暂时不想把真相告诉斯斯。为了炫耀自己的勇敢，欢欢总爱大声吩咐：“斯斯，快去给老公冲一杯‘毒鼠强’！”见斯斯带着崇敬和艳羡的神色为他服务，欢欢得意极了。

这天，欢欢喝完斯斯递过来的“毒鼠强”，感觉不太对劲，胸口热辣辣的，随即吐出一口鲜血，他大吃一惊：“你……你给我喝的是什么？”

斯斯吓坏了：“是‘毒鼠强’啊！”

“不……这不是我的‘毒……鼠……强……’”欢欢说话很艰难了。听丈夫这么说，斯斯想起了什么，“啊，对了，昨天，你抽屉里的‘毒鼠强’吃完了，今天你喝的，是我在商店新买的，这有什么不同吗？”

欢欢瞪大双眼，再也说不出一句话……

（题图、插图：谢　颖）

是房子，就免不了有一天会倒、会拆；可有一栋“房子”，永远倒不了、拆不掉，那就是——希望！

永远的白房子

□王兴莱

1．最后一位旅客

阿良在省建筑设计勘察院工作，这天刚上班，就接到一个出差任务：他参与的省西北地区兴建大型水电站的项目，遇到点难题，要他前往协助。接到任务后，阿良简单收拾收拾，打了辆的士，直奔省城长途汽车站。

等阿良买了票，上了车，发现车里差不多坐满了，只剩下最后一排的两个座位，阿良拎着包，走到了最后一排。刚坐下，车就开了，不久，汽车上了省道，只要再上高速，四五个小时就到目的地了。这时，阿良透过挡风玻璃，远远看见一辆警车闪烁着警灯停在一个丁字路口，车旁站着两个警察。眼见大客车驶近，其中一个警察举起手，示意大客车停下。

大客车慢悠悠地停了下来，就在阿良感觉意外的时候，从警车的后座上下来一个剃着光头的男子。光头长得人高马大，背着个大大的的帆布包，手里还拎着个旧提包。光头下车后，先给警察鞠了个躬，然后同警察握了握手，一转身上了大客车。

这时，满车的人都明白过来了，车停在这里，是要接一个刚刚刑满释放的囚犯！其实，这是省监狱和长途汽车公司正在搞的“手拉手”共建活动——免费接送刑满释放人员重返家

乡。

光头一上车，阿良不由得紧张起来，眼下，满车就剩下他身边这个空座，果然，光头上车后扫了一眼，就径直向车后面走来。事已至此，阿良只好主动把自己的包从空位上拎起，光头走过来，一点也不客气，一屁股就坐了下来。

客车调转头，重新上路，有些乘客闭起了眼，打起了瞌睡，阿良虽无睡意，可身边坐着这么一个人，多少有些别扭，便也跟着把眼睛闭上了，也算是"眼不见为净"吧。

车摇摇晃晃地开了半个多小时，阿良实在睡不着，就把眼睛睁开了，一扭头，发现身边的光头男子，正满脸兴奋地盯着他看，四目对视，阿良只好尴尬地点点头，主动问道："瞧你这么年轻，没犯什么大事吧？"

不料，那光头神情立刻严肃起来，小声地说："其实我杀了人。"

见阿良满脸惊讶，光头赶紧补充道："我是过失杀人，是无意的，唉……"

见光头言语很朴实，说的几句话又都情真意切，阿良不由得来了兴趣："大哥，能说说你是怎么犯事的吗？"

光头叹了口气，一五一十把过去的事说了出来……

光头名叫王大远，五年前，他和刚结婚不到一年的妻子，用起早贪黑挣的那点钱，加上外借的几万块钱，盖了栋新房子。新屋落成这天，按照风俗，要叫上一些亲朋好友来"暖房"，王大远就在院子里摆了四桌酒席，招待前来道贺的亲朋好友。因为高兴，大家就多喝了几杯，其中一个朋友叫二狗子，喝高了，醉醺醺地说，王大远的新房子气派归气派，但风水不太好，两扇后窗冲着江水，这要分流福气和财气的，还会使夫妻不和。

大喜的日子，一听这样的话，王大远自然很不高兴，借着酒劲，两人就争执起来，接着便大骂起来，之后又跌跌撞撞地推搡起来。王大远的妻子赶紧过来拉他，王大远脾气素来很大，他一把推开妻子后，又猛地一使劲，把二狗子摔倒在地。因为刚盖完房子，院子里到处都是石料，二狗子倒地的时候，后脑勺正好顶在一块凸起的石头上，脑骨破裂，白眼一翻，人当场就没气了。就这样，王大远盖好了房子，一天没住，就因为过失杀人，进了监狱。

王大远说完这些，沉默了一会儿，眼神突然充满了十分愉快的光芒：“兄弟，你不知道，我虽然没住过我那新房子，但是它就像我的恩人，这五年，我在监狱里，熬啊熬，熬不下去的时候，心里就想，自己盖的房子一天没住，这辈子就白活了，无论如何也要熬下去！现在我终于熬出头了，我最大的心愿就是在自己的那栋房子里，安安心心地和我媳妇儿过小日子。”

阿良听了，不住地点头，末了，他顺口问了一句王大远住在哪里。

王大远连忙说“就在临河区，我那房子特意安了个后窗，站在后窗前就能看到后面的江水和江对岸的青山，可美了！”

听到王大远说出“临河区”这三个字，阿良的嘴巴顿时张得大大的，心凉了半截——原来，临河区因为靠近江边，正好是这次水电站扩建的主要拆迁区，几个月前，阿良就看见那片区域的各种建筑陆续被夷为平地。想到这里，阿良赶紧问：“对了，王大哥，你这次回来告诉你妻子了吗？”

王大远乐呵呵地说：“去年年底的时候，我媳妇儿来探监，我告诉她说，一年后我就可以刑满释放了，她当时很高兴，说一定要好好把家里收拾收拾，迎接我回去。眼下，因为我服刑期间表现好，政府提前半年把我释放了，我就没告诉她，想给她个惊喜。”王大远说这番话的时候，一副眉飞色舞的表情。

阿良试探着问：“你没打招呼就回去，假如你的房子拆了……”

王大远一听，立刻急了：“怎么可能！房子盖了才五年，咱们那里哪一栋房子不住上个几十年的？再说，我媳妇儿答应我了，说新房子我一天没住过，她一定要好好收拾，让我回去住得舒舒服服的。”

见王大远满脸自信、满脸向往，阿良就不好再说什么了，他偷偷掏出手机，给水电项目组的一个同事发了个短信，询问拆迁区的房子拆得怎么样了。

短信很快回复过来了，阿良迫不及待地打开短信，可一看，心头更加沉重了，话很简短：“早拆完了，一片荒芜……”

看着眼前王大远兴奋得手舞足蹈的样子，阿良心事重重，他简直不知道该怎么对王大远说才好，犹豫来犹豫去，最后，阿良心想：“算了，还是

不告诉他了，哪怕让他多开心一分钟也好，毕竟过去五年里，除了妻子外，这房子是他生活中最重要的一个支撑……”

2. 半路杀出程咬金

汽车开了两个多小时，王大远的情绪越来越高涨，他一会儿看看窗外，一会儿又开心地搓搓手，高兴得跟个孩子一样。见到这情形，阿良却多少有些顾虑，是的，再过两个多小时，王大远就会亲眼看到一个残酷的事实……

就在这时，汽车拐进了高速路边的一个休息区，接着，司机招呼大家下车休息、吃饭，不愿意下去的就待在车上。

王大远本来不想下车，阿良把他劝下了车，两人来到休息区的快餐店，随意点了几样小吃，吃饭的时候，阿良问："王大哥，要不要喝点酒？"

王大远连忙摆手："我在监狱就发过誓了，从此以后不再沾那东西了，酒可毁了我啊！"

两人边吃边聊，阿良对王大远说："王大哥，你不知道，过去这几年临河区变化大着呢，造起了很多高楼大厦，你到时找不到怎么办？嫂子她有电话吗？"

果然，王大远一听这话，就开始翻提包，边翻边说："我媳妇为了省钱，没舍得装电话，她说一个月光月租就要一二十块。她上次探监的时候，把我们邻居家的电话号码告诉了我，说如果有事就打电话找她。"说着，他从提包的夹层里翻出一张皱巴巴的纸。

号码不长，区号外加七位数字，阿良飞快地瞟了一眼，然后默记在心，趁王大远不注意，他赶紧掏出手机，把那个电话号码记下了。

一会儿，两人吃完了，忽然，从快餐店的服务台后面走来一个女人，面容憔悴，没精打采的，她端着盆汤，走向阿良这边，刚走到跟前，女人眼睛忽然瞪大了，接着，她做出了一个惊人的举动，把手中的汤狠狠地泼向坐在对面的王大远！幸好王大远一直注意着这个女人，眼见汤泼来，连忙跳了起来，即使这样，裤腿上还是被泼湿了一大片，王大远气愤地说："三丫，你想干什么？"

阿良没想到这个叫三丫的女人居然和王大远认识，显然，三丫情绪失控了，她暴跳如雷地嚷着："王大远你这个杀人犯，怎么还有脸回来？"

王大远一听这话，脸上陡然变了色，手中的筷子"啪"地扔在桌上，阿良一见，不由得紧张起来，他赶紧伸手去拉王大远。也许是阿良伸手这一拉起了作用，王大远的情绪控制住了，他叹了口气，说："三丫，其实你知道我和你们家二狗子关系不错，那纯属是失手，为此，我也付出了五年的代价。现在，我只想回到家里，安安心心地住我的房子，和我媳妇一起过小日子……”

没想到三丫的情绪丝毫没有缓和，她冷笑着说“你还想安心地住你的房子？房子早被政府拆得一根毛也没剩。实话告诉你吧，再过两个月，不仅你的房子没了，整个临河区都要沉到水底去了，你还在这做白日梦，真是可笑！”

王大远一听这话，有些急了：“不可能！”

三丫见把王大远惹急了，更加来劲，阴阳怪气地说：“对了，王大远，你盖那房子还欠了人家不少钱吧，这几年可苦了你媳妇惠芬啦，她忙着挣钱替你还债。你不想想，一个女人挣钱可不容易，不过以前你老婆的相好黄油条，现在是混出来了，成了企业家啦，手里有几千万，惠芬可没少从他那里弄钱使啊……”

一句话说得王大远勃然大怒，他大喊一声：“三丫，你再满嘴喷粪，别怪我不客气！”说着，他就要冲过去。俗话说“骂人不骂短，打人不打脸”，原来，王大远和妻子惠芬结婚之前，确实有个外号叫黄油条的混混，死缠烂打，猛追了惠芬一段时间，不过惠芬对他不理不睬，而且很快嫁给了王大远。可谁能想到，这几年，黄油条靠倒腾江里的黄沙，居然很快发了家，现在手下有几十条沙船，又开了几个工厂，是远近闻名的大款。后来，黄油条一见王大远，就一边摆阔，一边挖苦，而见了惠芬，就立刻挤眉弄眼地献殷勤，弄得王大远又气又怕又尴尬。在监狱里这五年，他最担心的就是黄油条这个人，毕竟现在的黄油条有钱有势，惠芬又是一个人过日子，所以，三丫一提这事，正好捅到了他的痛处，情绪再也控制不住了……

阿良一见王大远有些失控，赶紧死死抱住了他，可王大远还是横眉竖眼、不依不饶，拼命往三丫扑去。眼见事情闹开了，快餐店里又走出一个女人，不由分说，把三丫推到了服务

台后面。

过了一会儿，这女人又走了出来，她是二狗子的姐，为人心善。她来到王大远面前，说："大远兄弟，你出来了就好，别听三丫乱说，其实你们家惠芬好着呢，这几年她可是吃尽了苦头，什么苦活累活都干，就等着你回去团圆呢。"

王大远感激地看着眼前这个女人："大嫂，其实我知道我对不起你们刘家，当时我一失手，让你们家二狗子他……"

女人一听，眼圈立刻红了，她说"都是过去的事了，虽说二狗子没了，我们日子过得也还不错，就是三丫总也忘不了二狗子。你知道的，他们夫妻俩感情一向好得很，这二狗子没了，我们劝三丫改嫁，她死活不肯，还常常一个人偷偷落泪。我没办法，索性带着她到这里打工卖饭，所以她乍见到你，说了些不该说的，还泼了一身汤，大兄弟，你也别怪她。"

王大远低声说"我不怪她，我有什么资格怪她呢？要不是我当初犯浑，大家的日子都比现在要过得好。"说到这里，王大远鼓足勇气问道："对了，三丫说咱们临河区都被政府给拆了，是不是真的？"

那女人刚想张嘴，阿良赶紧偷偷朝她眨了眨眼睛，又微微摇了摇头，女人反应很快，连忙说"哦，是要拆，不过那么多房子，也不是说拆就能拆的，三丫说的那是气话，你那房子应该还好好地立在那儿呢……"

就在这时，司机开始招呼大家上车，阿良一见，赶紧趁机把王大远扯上了车。

3. 希望破灭之后

再次上车后，王大远的情绪低落了许多，刚才的那种兴奋再也看不到了。过了一会儿，他问阿良："兄弟，你刚才说你去过我们临河区几次，你说说，我们家那里到底要不要拆？"

阿良想也没想就摇头："怎么可能？我几个月前去，还高楼大厦的，好着呢。"

王大远苦笑着摇摇头："我知道三丫刚才说的那些话有的是气话，但有些肯定不是，也许……"

阿良抢过话茬说："也许什么？你要记住，现在最重要的是你回去和嫂子团聚，房子总归是第二位的。"

听阿良这么说，王大远就沉默起来，瞧这样子，阿良多少能猜测出王大远的一些想法。看来，他有些相信自己的房子已经不在了，而且自己的妻子也许真的和那个叫黄油条的人有些瓜葛。

两人就这么沉默着，过了一会儿，王大远从包里翻出一张纸，递给阿良，说："兄弟，也许……我一开始就不该回来，我在监狱里表现得好，出来前，政府帮我在省城找了份工作，我当时还有些犹豫，到底去不去？现在看来，假如房子被拆了，我倒真不如一开始就直接去这家公司上班呢。”

阿良听了，心里不是滋味，这时，他突然想到自己刚才留下的那个电话号码，心里立刻想出了一个办法。他拿出手机，给水电项目组里的一个朋友发了条短信，把刚才那个电话号码发给了他，让他务必打通电话，找到那个叫惠芬的女人，告诉她，她男人王大远已经刑满释放，让她无论如何也要到车站去接他。

车往前开着，那个朋友回了条短信“好的”，之后，就再也没有回复阿良了。

眼见车子离城区越来越近了，阿良急得不行，他几乎每分钟都要掏出手机看看，最后，那条迟来的短信终于到了，阿良赶紧打开，一看，不由得傻了眼：“兄弟，你在开玩笑吧？这是拆迁区的电话，房子都拆没了，电话打不通，我上哪里去找人？这个忙我实在帮不上，对不住了。”

阿良一看最后一线希望破灭，没办法，只能硬着头皮，等着那个谁也无法预料的结局。

不多一会儿，汽车驶进了城区，透过车窗，阿良远远看见，前面路西那片城乡结合部果然已经变成了一堆断砖残瓦。显然，身边的王大远也看到了，他紧张地看着窗外，喃喃地说“三丫说的是真的，真的拆了，我的房子没了？什么都没了，房子拆了，可惠芬她为什么不告诉我呢？她该告诉我的啊！”

见王大远一副疯疯癫癫的样子，阿良赶紧解释说：“王大哥，这一片是政府拆迁的，因为咱们这里要建一个大型水电站，等水电站建好了，将来这一片都会被水淹没的，所以就都拆了。不过拆迁后，这里的居民都能住上新楼房，比原来的房子要好很多很多，而且还有一笔不少的拆迁费呢……”

王大远突然激动起来，悲伤地说：“怎么会拆呢？还是新房子啊，我

一天都没住过啊！”说着说着，王大远盯着高速路边的一个广告牌，呆住了，那是一个年轻企业家的头像，西装革履，很有风度，身旁是他代表自己的企业向各界人士问好的大幅标语。

王大远傻傻地看着那头像，对阿良说道：“你看看，这就是那个叫黄油条的人。”说完，他低下了头，“吧嗒吧嗒”开始落起了泪。看来王大远心中的底线完全崩溃了、塌陷了、毁灭了——是的，房子拆了，又见到这么一个广告牌，再加上三丫刚才说的那些话，一个经受了五年牢狱之苦的男人，怎么扛得住这一切呢？

阿良一见，再也不忍心往窗外看了，跟着王大远把头低下来，然后伸出一双手，在王大远的肩上抚摩着，安慰着这个可怜的男人，这样的姿势，两人一直保持到车子进站。

车停稳后，前面的人陆续下了车，王大远却呆呆地坐在座位上一动不动，等人走光了，阿良才拉着王大远下了车。

这时，来接阿良的司机主动迎了上来，阿良试探着问：“王大哥，要不你跟我一起走吧，晚上我给你找个住处，明天我和你一起找找嫂子？”

王大远摇摇头，勉强笑笑：“兄弟，看得出你是个好人，不用了，谢谢你，晚上的住宿我自己能解决，毕竟我是在这里长大的……放心吧，我这次出来之后，想通了很多事，明白了很多事，啥事也都能看得开了，我会好好过日子的，不会再拖累任何人。”

就这样，无论阿良怎么劝，王大远死活不愿意上车，最后，王大远说“我累了，我先到候车大厅休息休息，过一会儿，我去找我以前一个好朋友，他肯定知道我媳妇在哪，你放心吧！”

说完这番话，王大远头也不回，拎着包走进了候车大厅。

4. 废墟中的白房子

阿良闷闷不乐地上了小轿车，小车驶出汽车站，沿着城市大道，朝水电建设工程指挥部快速驶去。

一路上经历了这些波折，阿良心里像堵了块石头，憋得慌，他把头靠在车窗上，木然地看着车窗外的风景。这时，在西下夕阳的淡淡霞光中，阿良远远地看到一座孤零零的白房子，十分惹眼地矗立在一大片废墟中。阿良不由多看了一眼，等车渐渐驶近了，他又看到这座白房子旁边围了好多人，还有好几台大型拆迁机械停在旁边。其实刚才阿良在客车上就曾路过此处，但当时王大远正捧着头在哭，阿良也正低着头在安慰，碰巧没看见废墟中还有这么一座白房子！

阿良指着那座白房子，好奇地问司机：“那白房子是怎么回事，瞧这样子是要拆吧？”

司机漫不经心地说：“哦，那是拆迁区里的一户人家，里面住着一个女人，男人坐牢去了，可能是受了什么刺激，周围的人家都拆了，她死活不愿意拆。其实，这一片的人都是主动响应拆迁的，毕竟这次拆迁后，大家都能住上新楼房，而且还有一笔安家费。可她死活也不同意拆，不仅不拆，还隔三岔五地买些石灰粉，把房子里里外外刷一遍，弄得跟新房子似的，口口声声地说至少要等她丈夫回来住上一夜再拆，可谁知道她丈夫得关到什么时候才能出来啊？所以，水电建设工程的拆迁办按照规定，决定在今天晚上8点，实行强制拆迁，眼下都过7点了，你看看，咱们设备人员全部到齐了，就等着……”

听到这里，阿良猛然明白过来了，这钉子户，不——这白房子里的女人一定就是王大远的妻子——惠芬！

想到这里，阿良顿时觉得有股热血直冲脑门，所有的神经都绷直了，因为过于激动，眼泪不由自主地从眼角溢出，他用手背擦了一下眼角，与此同时，他大喊一声：“快停车！”

阿良这句话说得太突然，弄得司机吓了一跳，赶紧踩了急刹车，一阵刺耳的刹车声骤然响起，司机惊慌失措地问：“怎么了？”

阿良激动得手舞足蹈的，哪里顾得上解释，他一边抹着泪，一边语无伦次地说：“快，快，调头，马上调头，回汽车站……”

此时，司机还没明白是怎么回事，他握着方向盘，疑惑地问：“咋了，你落下东西了？”

阿良急了，几乎是吼叫着让司机赶紧调头往汽车站赶，车调过头后，快速向汽车站驶去，车速很快超过了100迈，可阿良还嫌慢。司机见阿良像变了个人似的，可又不敢多问，只能小心翼翼地把好方向盘。十分钟后，阿良又回到了汽车站，由于车速太快，在车站门口，险些撞上了一辆出站的大客车。

阿良顾不上这么多，车一停稳，他立即跳下车，撒开步子，就往候车大厅里跑。已经是晚上七点多了，候车大厅里人不多，可哪里有王大远的影子？阿良心急如焚，来来去去找了好几趟，可死活找不到王大远，再看看表，此时已经快七点半了，真是急死人，离开这里前后也就不到二十分钟，这个王大远能跑到哪里去呢？

眼见人来人往，车进车出，阿良猛地想起，下车前不久，王大远曾掏出一张派遣证给他看，他这才醒悟过来，心想：“王大远不会坐车回省城了吧？”想到这里，阿良赶紧跑到售票窗口，挤到最前面，问售票员：“请问刚才有没有一个光头男人在这买票？”

售票员看了看阿良，没好气地说“有一个，脾气还很横，不知谁招惹他了，本来票都结了，他非要买一张去省城的车票不可，被他折腾得没办法，只好卖给他了。”

阿良赶紧问：“这车是几点的？”

售票员看看表：“五分钟前这车就已经出站了。”

阿良一听，二话不说，跑出车站，跳进小车，对司机说“快，马上右转，沿着城市大道，上高速，咱们要去追一辆去省城的大客车！”

司机愣愣地看着有些疯疯癫癫的阿良，拿不准眼前这个人究竟想干什么。

阿良急了，大吼一声：“时间来不及了，你还愣着干什么？快追！”

司机见阿良这样，只好发动汽车，一脚把油门踩到底，汽车轰鸣着，顺着城市大道，一溜烟地朝通往省城的高速赶去……

5. 最后的幸福夜晚

幸好大客车离开车站后，要经过一段市区的路，开不快，十分钟后，阿良已经能看见大客车的影子了。在阿良的指挥下，小车顺利地超过了大客车，然后打起了双闪，把大客车生生逼停在路边。

阿良跳下车，大客车司机早把车门打开，不高兴地吼道：“你们找死啊！”

阿良根本顾不上理论，他上了大客车，从前往后找，果然在靠近车厢中间的位置发现了王大远，王大远见是阿良，也感到十分意外。阿良不由分说，一把拉起王大远，嚷着：“快跟我下车，你的房子没拆！”

王大远一听，立刻甩开了阿良的手：“兄弟，得了，我认命了，你就不用这么大动干戈地来安慰我了，我又不是三岁小孩……”

听王大远这么说话，阿良顿时愤怒了，他指着王大远大声吼道：“王大远，你还是个男子汉吗？现在，我告诉你，我像条疯狗一样，到车站去找你，开车来追你，就是为了告诉你一件事，我亲眼看到你媳妇为了你，宁愿当一个钉子户，满临河区的房子都拆了，她还在那里挺着，耗着，坚持着，她还念念不忘去买石灰水，一遍一遍把房子刷白，可你呢，连去看一眼的勇气都没有，坐车回来后，连个屁都没放，转身又走了。现在，我问你，你是相信我，相信你媳妇，还是相信那个三丫？”

由于过于激动，阿良说完这番话，已经开始哽咽了，他见王大远还在沉默，更加气愤了：“我告诉你，现在，还有不到二十分钟，你的房子就真的要被拆了，你的媳妇要是知道你本来可以最后看一眼房子、可又放弃了，她是什么感受？而你，肯定也会后悔一辈子的，下不下车——随你便！”说完，在满车旅客和客车司机惊讶、茫然的目光中，阿良猛地转过身来，朝车门走去，毅然下了车。

阿良下车后头也不回，径直朝停在前面的小汽车走去，也就在这时，身后传来了脚步声，王大远拎着包，快步跟了上来，又真诚又抱歉地说：“兄弟，我相信你，我跟你去看看。”

小轿车重新上路，现在，司机多少已经看明白了，不用阿良吩咐，他已经把油门踩到底了，马达剧烈地轰鸣起来……

七点五十五分，车子终于开到了白房子附近，由于到处都是断壁残垣，离白房子还有段距离，车就开不进去了。司机还在看路，阿良和王大远早一把推开车门，朝那栋白房子跑去。

拆迁指挥部的人已经准备动手了，几台挖掘机的大灯都已打开，把白房子周围照得如同白昼一般，人声嘈杂，现场乱哄哄的。

阿良和王大远跑到了白房子前，看见一个头发凌乱的女人，手里拿着一根弯弯曲曲的木棍，像发疯一般，挡在挖掘机前，声嘶力竭地喊道“不许拆，这房子谁也不许拆！你们要想拆的话，就先开车从我身上轧过去！”

王大远一见，果然是自己的媳妇惠芬，他扔下手中的提包，猛地推开挡在前面的人，上前一把抱住那个女人，大喊一声：“惠芬，我回来了！”

事情来得太突然，惠芬见有个人冲自己跑过来，又一把抱住自己，吓得尖叫一声，可她再一看，终于看清眼前的这个光头男子是谁，她嘴角哆嗦着，突然，“哇”地大哭起来，把手中的棍子往地上一扔，紧紧抱住王大远，旁若无人地诉说起来：“大远，你可回来了，这房子我给你看了五年，每天我都打扫，要是到最后没给你看住，你该多难过啊……这房子，你可一天也没住过啊，盖房子少人的钱我都还清了，我在江边挖了五年的贝

壳，抓了五年的虾，就等着你回来过日子，你再不回来，我怕保不住这房子了，我怕，我真的怕啊……”

王大远一听，也跟着“哇哇”大哭起来，他一边哭一边打自己的耳光：“我犯浑，我混蛋，我让惠芬你受苦了！”

阿良哪忍心看到这样的场面，他扭过头，不住地抹着眼泪，接着，他赶紧找到负责拆迁的队长，把事情说了，央求破个例，让这房子晚点再拆。正当拆迁队长面有难色的时候，惠芬擦干了泪，主动走过来，对拆迁队长说：“队长，我男人回来了，我的要求只有一个，就是这房子等到明天早晨再拆，拆迁费你说多给我十万，我一分都不要……”

拆迁队长一听，惊讶地张大着嘴巴：“晚拆一夜，少了十万，你不觉得这太不值了吗？”

惠芬说：“值，别说是十万，就是一百万也值！”

听了这话，拆迁队长和现场其他几个负责人商量了一下，最终决定暂缓拆迁，让这白房子再保留一夜，于是，拆迁设备陆续撤走了，现场渐渐变得安静下来。

王大远抹着眼泪，走到阿良面前，感激地说：“兄弟，你是我王大远一辈子的恩人，我们两口子永远都不会忘记你这份恩情，对我来说，你今天所做的一切，就像是救了我的性命一样。”

阿良长长地出了口气，然后同王大远抱了抱，又用力地握了握王大远老婆的手，说：“嫂子，你是我见过的最伟大的女人，祝你们幸福！”之后，阿良一转身，走向不远处的汽车，坐车离开了。

车慢慢地开出了一段距离，阿良让司机停下来，目不转睛地看着远处，他在等待着……时间一分一秒过去了，十几分钟后，一片漆黑的夜色中，王大远那座白房子忽然亮起了灯，不仅亮起了灯，阿良还清楚地听到了王大远夫妇的欢呼声，是的，那是白房子里的灯亮了，断了的电重新送回来了！

原来，阿良见白房子的水电早已停了，便赶紧找到拆迁办负责人，把王大远夫妇感人的故事告诉了他，并央求他把断了的电再重新通上，为这一对分离了五年才团聚的夫妻，为这座矗立在废墟中的白房子，送去一夜光明。那个负责人被王大远的故事深深打动，欣然同意了。

阿良下了车，站在路边，望着远处黑暗里的那束灯光，虽然不是很强烈，但在一望无际的漆黑中，是那么耀眼，那么璀璨，那么温暖，是的，白房子，最后一夜，分离五年的重聚，那真是人世间最美的风景啊……

（题图、插图：杨宏富）

牌匾

小城的“清风书馆”开张了，老板张安包了厚厚一叠润笔费，请文化局长题字。局长收下润笔费，却又一拍脑门：“今天不巧，笔墨纸砚都不在身边，明天你去局里取吧！”说着他给张安写了一个便条。

第二天，张安来到文化局，局长不在，接待他的是刘秘书。张安拿出便条，刘秘书一看笑了，取出一张题好的字：清风书馆。

张安欢天喜地回到书店，再把那幅字展开细看时却愣住了，为何没有局长的落款呢？事已至此，他只好叫人刻了一个无落款的牌匾。

四年后，局长突然落马。张安老望着牌匾出神：进进出出这么多人，难保没人知道字是贪官题的，晦气！

思来想去，张安叫人把牌匾取下，并再次来到文化局求字。

此时的局长正是四年前的刘秘书。获知来意后，刘局长笑而不语，很快，他取出笔墨纸砚，写下自己的名字，徐徐说道：“我足足等了四年，现在终于可以题上自己名字了。”

原来，前任局长不学无术又附庸风雅，每次题字总让刘秘书代劳，但不许刘秘书落款，这次机缘巧合，刘局长总算“补齐”了……（**作者**：瘦骨人）

英雄冢

市委决定在水流湍急的纬纱河上建座桥，桥基附近有两座坟。总指挥得知，这两座坟的主人并没有亲人，于是决定将坟移走。

开工前一天，总指挥得知，有十多个中年人正在那两座坟的遗址上失声痛哭。原来，30年前，这里有座小学，老师只有一对年轻夫妇。那年洪水暴涨，这对夫妇和学生们被困在了河中央，为了救孩子，他们主动跳下了已经失去平衡的小船……这十多个中年人，就是当时被救下的孩子。

那晚，总指挥来到遗址，缓缓洒下一杯水酒，恭恭敬敬鞠了三躬。他默念道：没能守住你们的坟，对不住了！我保证，一定要建座洪水冲不垮的桥！（**作者**：王者归来）

（**本栏插图**：安玉民　梁　丽）

捡了一个养子

□流　星

吉妮是个家庭主妇，这天，她在院子里晒毯子，看见桃树枝上挂着一个已经瘪了的黄色气球，气球下面还用绳子系着一张纸，像是一封信。吉妮小心翼翼地解下那封信，一行非常可爱的字映入她的眼帘——“好心的叔叔、阿姨：你好，我马上就要死了……”啊！吉妮看到这里，一个踉跄，差一点跌到在地。

“……妈妈不见了，爸爸我从来都没有见过。现在，家里只剩我一个人，这样我会饿死的，请好心的叔叔、阿姨救救我！”信的最后写着地址。

吉妮看完信，急忙打电话给正在公司上班的丈夫，她慌里慌张的，竟然把电话听筒都拿反了，她重新拿好了听筒，在电话里嚷着：“老公、老公，不得了啦，孩子快要死了！”

电话里传来的声音是冷冰冰的：“你乱七八糟说什么呀？我们又没有孩子，你在说谁呀？”

“谁家的孩子不知道，反正孩子的求救信到了我这里。”吉妮在电话里竭力向丈夫解释信的内容，电话那头，丈夫的声音显得很不耐烦：“这明摆着是谁在恶作剧，我工作很忙，脱不了身，既然你这样担心，不是有地址吗，你按地址去找就是了。”

“你这个没用的东西！”吉妮嘀咕了一声，“砰”地扔了电话。刚结婚的时候，丈夫左一个吉妮长，右一个吉妮短，对她百依百顺，现在可今非昔比了，他把她的话都当耳边风了，而且听说他还和公司里的女人勾勾搭搭。和丈夫商量，简直是对牛弹琴！吉妮决定自己去找孩子，她换上鞋，拿着地图，飞也似的奔出了家门。

吉妮家靠山，她按照信上的地址，坐了几站地铁，找到那个地方，这里已经是海边了，恰巧丈夫上班的公司也在附近。信上的笔迹很稚嫩，孩子一定还是刚学会写字的年龄，这孩子太可怜了！吉妮赶紧加快了脚步。

沿马路走了十分钟，吉妮拐进了一条小胡同，这里的房子都很破旧，吉妮按照地址，找到了最后一间房子，“丁零零”，吉妮按响了门铃。屋里有声音，而且响起了孩子的哭泣声，吉妮大喜，信不是恶作剧！

吉妮紧张地拉开门，一看，狭小的房间里有一个小男孩，正靠墙站着，抽泣着，他看到吉妮，立刻扑了上来，两只细小的胳臂紧紧抱住她不放，他急切地问道：“我的信收到了？”

“对呀，我是来救你的！”

吉妮把男孩搂在胸前，不知什么时候，她的脸颊上满是眼泪。

就这样，这个小男孩成了吉妮夫妇的养子，他们原本就不曾生养，自然对孩子疼爱有加，还让他念书。

一天晚上，吉妮给丈夫倒茶，她不经意地问：“我一直想问你个问题，那天收到气球信的时候，天很热……”

“是吗？我已经不记得了。”

丈夫漫不经心地喝着茶，看着报纸，吉妮又问道：“那么热的天，在我们这个地方，风应该由山往海吹才对，为什么气球逆风从大海的方向飘过来呢？我看不是风吹来了气球，会不会有谁故意把气球放在我们家里？”

丈夫听了这话，突然被茶呛得咳嗽起来，茶水洒了一地……

吉妮紧盯着丈夫的眼睛：“而且，为什么孩子的脸越长越像你？”

丈夫一时语塞。吉妮瞪了他一眼，说：“现在我可以告诉你，我接受这个孩子，不是因为无知上当，也不是因为无奈——而是因为当我知道真相时，已经割舍不下他了。”

（题图、插图：安玉民　梁　丽）

"岳阳杯"幽默故事创作大赛征文选登

本活动由上海市松江区岳阳街道与本刊联合举办

卖白菜

□ 韩春玲

这天，一个穿红上衣的男人一脸焦急，苦苦央求来往的路人："我妹妹刚才打来电话，说她新买的一辆轿车被偷了，小偷正开车朝这边逃跑，请大家帮忙拦住小偷！"

"红上衣"作揖带鞠躬，外加好话说了一箩筐，只有一个人，把一辆破自行车摆到了路中央，一个卖白菜的大哥见状，忙把装满白菜的三轮推到了路中央。

路面这么宽，一辆小三轮和一辆自行车，哪能挡得住轿车呀？白菜大哥四下里一看，见前方不远处有几个蹬三轮的，那几辆旧三轮也值不了什么钱，就跑过去劝说，可三轮再破旧，那也是人家养家糊口的家伙，那些人没一个同意的。

这时，"红上衣"大声喊道："大家快看，前面过来的那辆红色轿车就是，我求求大家，快来帮忙拦住它！"

情况紧急，只听见白菜大哥拉高嗓门吆喝了一声，只一会儿工夫，不知从哪儿冒出了一大群人，一下子将整条马路挤得水泄不通。那辆红色轿车冲过来，立即被人群堵住了，"红上衣"赶紧冲上前去，将偷车贼从车里揪了出来，很快，警察也赶来了……

记者也赶到现场，要现场采访白菜大哥。面对话筒，白菜大哥有点腼腆，语无伦次地说："轿车就要冲过来了，我看没人拦着，心里一急，就想，今年物价不是高吗？"记者一愣："这和物价高有关系吗？"

白菜大哥说："咋没关系呢？今年物价高，白菜也贵得没边，我看着一车大白菜，突然有了主意，我抓过喊话的小喇叭，大声喊道——'大白菜跳水价，原价两块，现在只卖一块'，我这一喊不要紧，那些人好像全是从地下冒出来似的，'呼啦'围上来一大群，把整条马路都堵住了……"

□吴　天　改编

比比谁健忘

孙女去加拿大留学，假期回国，来看望爷爷奶奶。二老都八十多岁了，记性不好，还都不承认。孙女一进屋，奶奶就迫不及待地问："孙女，美国好不好？"爷爷火冒三丈："老婆子，记性让狗吃了，孙女是去英国！"

孙女忙说："爷爷，奶奶，我不是去美国，也不是去英国，是去加拿大！"奶奶像是受了表扬，立刻眉开眼笑："瞧见了吧，还是我说得对。"爷爷发脾气了："刚说过的话，你怎么转眼就忘了？你是说去英国，对个屁！"瞧这一对老人家，刚才奶奶说的是美国，爷爷说的是英国，全张冠李戴啦！

说了半天闲话，二老要留孙女吃饭，爷爷起身去超市，奶奶叮嘱道："你记性差，拿笔记下来，买孙女爱吃的红烧排骨。"爷爷脸一沉："我老是老，这点记性还是有的，不用记。"

爷爷出门没多久，就转身回来了，说忘了拿钱。出门后过了一会儿，他又回来了，问道："老婆子，你叫我买啥？"奶奶差点没气晕："酱焖牛肉！"

几番折腾，爷爷总算从超市回来了，奶奶一看，大发雷霆："死老头子，叫你拿笔记下来，你偏不听，我叫你给孙女买烧鹅，你怎么买成了烤鸭？"

吃完饭，孙女走了，二老都有些失落，闭着眼睛躺在沙发上，似睡非睡。不知过了多久，奶奶睁开眼，打了个激灵："老头子，我做了个梦，好像刚才谁来过？"爷爷揉着眼，没好气地说："做个梦也当真？鬼来过！"

两人又闷闷地坐了好长一会儿，爷爷打了个呵欠，起身说道："睡吧睡吧，儿子来电话，说是明天孙女从澳大利亚回国，要来看望爷爷奶奶，早睡早起，准备迎接宝贝孙女！"

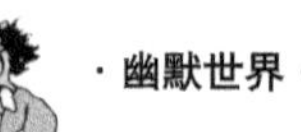

表妹打工

□墨兰子

阿东接到老家电话，表妹要来城里打工，求他给找个工作。表妹来了，阿东带她去饭馆，给她接风，表妹在乡下就给饭馆打工，阿东想让她熟悉熟悉城里的饭馆，还让她干老本行。

菜上来了，表妹却不动筷子，阿东就给她夹菜，表妹勉强吃了几口。吃过饭，走出饭店，表妹突然忍不住跑到路边草丛里翻江倒海吐了起来。

表妹吐完了，气匀了，才说，她以前打工那家饭馆，老板娘怕浪费水，菜总不洗干净，她一吃就能吃出泥巴味，今天这家饭馆也这样。阿东想：天啊，我们可是这里的常客啊！

阿东联系了一家牛奶厂，让表妹去做包装工。没多久，表妹对他说："我不想做了。"阿东忙问原因，表妹说，她干活时，看见有的同事趁领导不注意，就向牛奶里吐口唾沫，因为她们觉得自己辛辛苦苦地工作，却连牛奶都喝不起，心理不平衡，就以此泄愤。表妹觉得恶心，可又不敢声张。

阿东又帮表妹找了一个啤酒厂的工作。过了一段时间，表妹来找他，拿出手机让阿东看她拍的照片，阿东一看，一桶啤酒里漂着两只黄豆粒那么大的绿头苍蝇。表妹说，这就是啤酒生产的过程！阿东不禁看了眼桌下，那里放着一箱啤酒，就是表妹工作的那家啤酒厂生产的，他当时的感觉，就像自己吞了苍蝇那样恶心。

表妹走后，阿东老婆说："你这表妹脑筋不开窍，让她回老家种地吧。"阿东一听，跳起来，冲老婆就喊："不行！"老婆问："为什么？"阿东说："表妹去了饭馆，我们再不下馆子了；表妹去了牛奶厂，我们戒了牛奶；表妹去了啤酒厂，我们戒了啤酒；你让她回家种地，说不定我们还得戒掉粮食，难道你想让我们饿死？"

金奖理发师

□李英梅

王发是一家公司的老板，这天因为有一个重要合同要签，他临时决定去理个发，使自己显得精神些。

王发开车来到街上，看见一家理发店装修豪华，而且店门前挂着一个条幅：“热烈祝贺本店理发师杰克在发艺大赛中获得金奖”，于是，王发走了进去，问：“谁是杰克？”

理发店的主管走了过来，他指着一个头发染得金黄的小伙子说：“他就是。”王发不解地问：“又不是外国人，干吗还叫杰克？”主管赔笑说：“您不知道，现在好多年轻理发师都喜欢起外国名字，显得时尚！”“行了，不管这么多了！”王发摆了摆手，“就让这个杰克给我理发吧！”可主管迟疑了一下说：“您还是找别人吧，杰克现在不能随便给人理发……”

“什么叫‘随便给人理发’？瞧不起我吗？”王发的老板脾气上来了，他摆出了一副财大气粗的架势，“我今天就用他了，要多少费用我都不嫌贵！”见王发这样，主管无奈地笑了笑，把杰克喊了过来。

开始理发了，王发舒服地坐在椅子上，闭着眼睛，享受着金奖理发师的服务。十分钟后，王发睁开眼睛，对着镜中一看，顿时吓了一跳，这叫什么发型啊，耳朵上的头发特别短，头顶的部分简直像个茶壶盖，这还叫他怎么出去签合同？

王发气得一下子从椅子上跳起来，喊来了主管，气愤地质问：“这就是你们店门前宣传的杰克？就是他得了金奖？”

没想到主管一拍脑门儿，说：“哎哟，该死，我忘了把那个条幅拿下来，原来的那个杰克得完奖就跳槽了，这个杰克是新来的，还是学徒呢！”

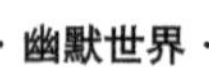

约翰要喝水

□陶　娟　编译

约翰平时工作很忙，三岁的儿子由妻子一人照看。一个周末，妻子临时有事要外出一趟，就让约翰负责照看一下儿子。

起初，小家伙一个人静静地坐在小卧室里玩玩具，约翰照看了一会儿，就走到客厅里，打开电视机，看起了棒球赛。棒球赛很精彩，约翰看得很投入，而且越看越热血沸腾，喊得口干舌燥，他忘了妻子没在家，扯着嗓门喊了一声：“给我弄杯水。”平时这么一喊，妻子就会及时送上一杯水，可今天……约翰突然想起妻子不在家，可就在这时，他看见儿子端着一个小茶杯，摇摇晃晃地走到他跟前，递上了一杯水。

约翰一看，十分激动，接过来一饮而尽，他轻轻抚摸着儿子的头说：“乖儿子，你对爸爸太好了！”

小家伙受到表扬，高兴极了，他接过空杯子，跌跌撞撞地走了出去，不一会儿，儿子又端来了一杯水，约翰又一饮而尽。

就这样，约翰在看棒球赛时，儿子送来了一杯又一杯水，约翰喝得酣畅淋漓。

就在这时，妻子回来了，约翰赶紧表扬起来：“我们的儿子实在太贴心了，我刚一喊口渴，小家伙居然会马上倒水给我喝。”

妻子听了，惊叫起来：“哎呀，我说约翰，你用点脑子想想好不好，儿子才多高？他哪里够得着给你倒水？”

约翰疑惑地问：“那他从哪里弄来的水？”

妻子皱着眉，苦笑着说：“可怜的约翰，我想你应该清楚，儿子现在的身高，也许和我们家马桶的高度差不多吧……”

儿子早熟了

□姚夏吴

罗医生是个心理专家，一天，他的诊所来了个三十多岁的女人，她来为儿子求诊，因为儿子出奇地早熟。她说，她对孩子的教育从怀孕第一周就开始了，当别的孩子刚上幼儿园时，她的儿子正好自学完小学课程，儿子在七岁那年上了初中，然后又跳到了高中。现在，儿子虽然只有十二岁，已经学完了大学四年的课程，他的一举一动，完全成人化了。

“这不可能！”罗医生笑着说，“神童可以拥有和他年龄不相称的智力，但他的心理仍是一个孩子。”

女人焦急地说：“你要是当面和他谈一谈，就相信我的话了，可他不愿意来看医生。”罗医生答应了女人的请求，决定亲自上门和那男孩谈谈。

第二天，罗医生来到女人家，轻轻敲了门。很快，一个男孩把门打开，看了看他，问道：“叔叔，您找谁？”

罗医生说自己是男孩爸爸的同事，男孩说：“我爸爸妈妈都不在家，请您进来坐吧。”

罗医生在客厅沙发上坐下来，男孩给他端来一杯水，然后就坐在地板上，专心致志地摆弄着一辆玩具坦克。罗医生和男孩谈了大约十多分钟，心里已经有数了，于是就起身告辞。

下午，那个女人又来到诊所，罗医生笑着说：“你儿子一点心理问题都没有，既懂礼貌又活泼可爱，我真不知道你还有什么不满意的！”

女人却忧心忡忡，说：“我觉得他的病又加重了。”说罢，她从包里掏出一个小型录音机，放在桌上，说这是罗医生离开后，她回到家时录下的。

一按键，录音机传出了男孩的声音："妈，让我说你什么好？我说过我心理没问题，你居然给我找了个心理医生。我告诉过你们，我早就已经是个大人了，你们为什么不相信呢？"

接着是女人的声音："你知道他是医生？"

"这能瞒得了我？"男孩"嘿嘿"冷笑，"一看他那傻样，肯定是你给我找的医生。他就三十出头吧，我叫他叔叔，是损他，他还傻乐！"

女人问："那他和你谈什么了？"男孩"哈哈"一笑："没啥，我逗他玩呢，他肯定以为我还是个小孩！"

罗医生听罢，目瞪口呆，简直不敢相信这是真的，他急切地问女人："你儿子呢，我想再和他谈一谈！"

"他现在没空。"女人哭笑不得地说，"为了工作的事，他昨天向我要了五千块钱，今天要请几个领导吃饭！"

（**本栏题图、插图**：顾子易　王　俭）

您手中有没有得意之作？本刊辟有二十多个原创性栏目，如中国新传说、我的故事、情感故事、16岁故事、海外故事和中篇故事等；您读到或听到什么有趣事可以和大家一起分享吗？3分钟典藏故事、开卷故事、财富故事、第一推荐、外国文学故事鉴赏和快乐辞典等都是本刊推荐性栏目。热忱欢迎来稿，可从邮局寄发，也可从网上传递。邮寄地址：上海绍兴路74号《故事会》杂志社，邮编：200020；如为电子邮件，本期责任编辑信箱：chin_poet@163.com。

·本刊信息传真·

2011年"岳阳杯"幽默故事创作大赛征文启事

为进一步繁荣幽默故事创作，《故事会》杂志社与上海市松江区岳阳街道决定联合举办2011年"岳阳杯"幽默故事创作大赛，并面向全国征文。

一、征文内容： 1. 内容贴近生活，健康向上；2. 情节生动有趣；3. 语言活泼，具有口头文学特点；4. 作品尚未在公开出版物上发表；5. 篇幅在2000字以内。

二、奖项设置： 本次大赛设一等奖2名，奖金各3000元；二等奖5名，奖金各2000元；三等奖10名，奖金各1000元；创作奖10名，奖金各500元。优秀作品将陆续在《故事会》上发表，并结集出版。

三、征稿时间： 2011年2月1日—2011年12月1日。

四、征稿方法： 1. 从邮局寄发，请在信封上注明"'岳阳杯'幽默故事征文"。本刊地址：上海市绍兴路74号《故事会》杂志社，邮编：200020。2. 从网上传递，可发至各责任编辑信箱，请在主题上注明"'岳阳杯'幽默故事征文"。

本期责任编辑的信箱是：chin_poet@163.com。

483 2011 SEMIMONTHLY 下半月刊 3月

欢迎登录本刊主办“故事中国网”（www.storychina.cn）

2011年3月

下半月刊·绿版

何承伟：社 长、主 编

夏一鸣：副社长

吴 伦：常务副主编（兼绿版负责人）

姚自豪：副主编（兼红版负责人）

本期责任编辑：杭 帆

电子邮箱：hangfan1102@126.com

绿版发稿编辑：

朱 虹 颜轶超 黄美舟

美术编辑：李宝强

电脑制作：郭瑾玮

通 联：归依玲

本社办公室电话：021-64375030

上半月刊编辑部电话：021-64332325

下半月刊编辑部电话：021-64336469

（上海市绍兴路74号 邮编：200020）

主管、主办：上海文艺出版（集团）有限公司

出版单位：《故事会》编辑部

发行范围：公开

制作、发行总监：张 凯

电话：021-64313938

广告业务：上海故事会文化传媒有限公司

广告总监：张 淮

广告业务：021-34010383

广告投诉：021-64333738

广告经营许可证

沪工商广字3100320080016号

发行：中国图书进出口上海公司

·笑话·

一起跳舞

大富发了财，便带着老婆去西班牙旅游。这天，两人在一个广场上游玩时，突然听见响起了音乐声，大富一听，赶紧拉着老婆翩翩起舞。

一曲舞罢，大富方才发觉只有他俩在跳舞，其他人都站在旁边，瞪大了眼睛看他们。大富有点纳闷，他悄声问旁边的一位中国游客：“为什么你们不来一起跳舞呢？”

那位游客强忍着笑，说道：“刚才是升旗仪式，所以奏的是西班牙国歌……”

（赵世英）

（本栏插图：包丰一）

响亮的名字

吃晚饭时，何大爷对老伴说：“老婆子，你知道吗，咱楼上楼下的老邻居都有孙子啦。韩大爷的孙子名叫韩（含）金量，高大爷的孙子名叫高科技。”

“嘿，这名字起得真响亮！”老伴连连称赞道。这时，何大爷突然想到了什么，连忙说：“老婆子，等咱有了孙子，你也给起个响亮的名字。”

“行啊，”老伴不假思索道，“这事儿简单，你不是姓何嘛，咱孙子就叫何（核）武器！”（张　茜）

换个锅底

这天，爸爸带着六岁的儿子来到小区服务中心，找人修理漏水的锅子。一位师傅看了看锅子，然后说：“换个锅底吧，15块。”

这时，儿子轻轻扯了扯爸爸的衣角，小声说：“爸爸，我们还是去对面的火锅店换吧，他们那里不是‘锅底免费’吗？”（丁　强）

帮谁都是帮

大学同学聚会时，有个男生和一个女生互相较劲，谁也不服谁。

男生洋洋得意地炫耀自己，说：“我在政府部门上班。各位有什么事需要帮忙，尽管找我。”女生听了也不甘落后，冲着男生说道：“我在亲子鉴定所工作。你如果需要我帮忙的话，尽管来找我。”

男生一时语塞，只好说：“我……我还没有结婚呢。”

“没关系，”女生微笑道，“你父亲如果需要的话，也可以来找我！”

（蓝昌科）

睡过头

这天午饭后，小李一个人趴在桌上打起了盹儿。迷迷糊糊中，他感觉有人在拍打自己的背部，睁开眼睛一看，竟然是总经理！

小李一个激灵醒了过来，偷瞄了一眼墙上的挂钟，天啊，居然已经下午三点了！

总经理怒气冲冲地问：“办公室怎么就你一个人？”小李连忙解释道：“他们三个都带薪休假去了，中午我一个人有点困，就……”

没等小李说完，总经理接了一句：“就想带薪做梦，是吧？”

（米　娜）

不会迷路

在一艘豪华邮轮上，有位患有忧郁症的游客总担心邮轮出状况，于是，他跑到驾驶室去问船长：“船长先生，在茫茫大海中，这艘邮轮会不会迷路呢？”船长一边抽着雪茄，一边哈哈大笑道：“放心吧！我们有最精密的导航系统，不会迷路的。”

“如果系统突然失灵了呢，那要怎么办？”游客继续问。

“这很简单，我们早有准备。”船长说，“万一出现那样的情况。只要远方出现陆地，我就会派一名水手划着救生艇上岸去买包香烟回来，根据烟盒上面的牌子，我就可以判断邮轮来到哪个国家了！”

（小　白）

·笑话·

如此减肥

约翰向同事们宣布了自己决定减肥的消息。可第二天一早，当他来到公司上班时，手里却拿着一大块蛋糕。同事们见了，都很不解地看着他。

“诸位，这完全是巧合！”约翰笑着说，“刚才，我正好开车经过蛋糕店，看到橱窗里摆放着一块可爱的蛋糕，便在心里默默祈祷，‘上帝，如果您同意我买这块蛋糕，就请在店门口给我留下一个停车位吧。’巧的是，当我第八次绕到蛋糕店时，门口真的出现了一个停车位！”

（一　昌）

成本核算

一个客人在饭店里点了一个粉丝野兔，竟然花了900元，一气之下投诉到了物价局。不久，物价局派人来调查，问这家饭店的老板：“一个粉丝野兔怎么收了人家900元？”

老板一撇嘴，说：“哼，就这样我还便宜他了！”

“怎么？你这里面除了野兔和粉丝还有别的？”

“那是！要说这粉丝是不值钱的，”老板皱着眉头回答道，“可宰杀那只兔子时，却咬伤了我们的特级厨师，光是救护车、抢救包扎等医疗费就花了860元，这还不算误工的费用……”

（张甫文）

戒烟决心

小浩刚谈了个女朋友，女朋友很反感他抽烟，于是他下决心要戒烟，并把自己的QQ签名档改成了：为了爱情，从此戒烟，戒不掉是小狗！以此昭示众人，表明决心。

但是，戒烟谈何容易，特别是像小浩这样的老烟鬼更是困难。他在痛苦地坚持了半个月后，终于崩溃了。第二天，朋友们在QQ上碰到小浩时，突然发现他的签名档已经变成了：戒烟宣告失败，我现在是小狗。汪！汪！

（阿　科）

大有好处

这天，玛丽太太举办了一场晚宴。宴会的菜肴特别丰盛，大家吃得十分开心。第二天，玛丽太太在大街上遇到了一个医生朋友，她连忙上前寒暄道：“你昨晚没能来，真是太遗憾了！原本我想给你介绍一些朋友的，这样会对你的生意大有好处。”

“确实大有好处，”医生说，“宴会结束后，我已经收治了你的五位客人！”（季 忱）

报志愿

高考报志愿时，阿强瞥见同桌三下五除二就填好了，再一看，那上面都是顶尖的名牌大学。阿强感到很纳闷：同桌的成绩明明很差，怎么可能被名牌大学录取呢？他正要发问，同桌先开口了：“嘿嘿，哥报的不是志愿，是快乐！”（文 华）

颜色与营养

吃饭时，妈妈告诉女儿：“宝贝，你要多吃一点各种颜色的菜，书上说，‘颜色的种类越多，营养就越齐全’哦。”说着，她又指着餐桌上的饭菜，问道，“你看到多少种颜色？”

“六种，”女儿不假思索地回答道，“当然，如果算上烧焦的部分，就是七种！”（蓝 天）

小狗杀大狗

一小个子男人匆匆走进酒馆，高声问道：“外面那条大狗是谁的？”话音刚落，一个身材魁梧的大块头男人站了起来：“怎么了？是我的。”

小个子男人面色凝重地说：“不好了，不好了！我家的小狗把你的大狗弄死了。”

大块头男人听了，哈哈大笑道：“别开玩笑了！小狗能弄死我的大狗？要知道我的大狗生性凶猛善斗，而且它从小就经过专门训练。”

“不是开玩笑，”小个子男人皱着眉头说道，“是小狗把大狗的喉咙给卡住了！”（唐育铮）

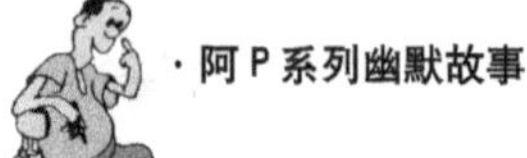

阿P当“富人”

□何洪金

阿P打工赚了几个钱，就想赶时髦去外地散散心，目标是古城西安。

一到西安，阿P便四处打听价格低廉的旅馆。还真让他找到了这么一家，大通铺，一人二十元。不过，这家旅馆条件十分简陋，一溜木板往支架上一铺，扔上两床黑不溜秋的铺盖，就算是床了。阿P也不计较，这总比睡火车站强多了。

第二天，阿P起了个大早，在街上早点摊简单吃了些东西，便拿着地图上了西安的古城墙。一登上城墙，阿P还没喘过气来，就听耳边传来一个嗲嗲的声音：“大哥，需要导游吗？”阿P回头一看，是个年轻女子，他赶紧摆手：“不要，不要！我自己随便看看。”

没想到，那女子精明着呢，又过来套近乎：“大哥，听口音，你是山东来的吧？我们是半个老乡啊，我给你当导游吧！”阿P心说：我明明说的是普通话，她咋个听出山东味来了？他赶紧又说：“我是打工仔，请不起导游的。”

那女子一撇嘴道：“哟，大哥，你骗谁呀？你这种故意装穷的人我看得多了。放心吧，我一个弱女子还能把你怎么的？就让我给你当一回导游吧，一次就一百元，对于你来说，这点钱连九牛一毛都不算吧！”

阿P吃了一惊，心说自己怎么一下子加入到富人队伍里了？再看看自己一身打扮，加起来还抵不过富人的半只袜子，于是说道：“我真没钱，你去找别人吧！”

那女子却不依不饶：“我不会看走眼的！虽然你故意穿了便宜的衣

服，但肩上那个包却是国际名牌LV的，随便一个就得上万啊！说起来，上次有个老头装穷比你还到位，竟在这城墙上找人要钱，要够两个小时，他就转身去了停车场。我还以为他是换个地方呢，没想到，那老头径直钻进了一辆奔驰里，一打方向盘开走了。那车什么价格？我知道这是你们富人在体验生活。对了，你的百万豪车是不是就停在城墙下面？”

阿P哈哈大笑道：“你这女娃子，我保证你今天又看走眼了！什么国际名牌？我这包是地摊上买的，才几十块！”说完，转身自顾自地走了。

两小时后，阿P玩够了，他下了城墙，来到马路边上，正准备去坐公交车。突然，只听“嘎”的一声，一辆奔驰停在了他的面前，车上下来一个小伙子，热络地招呼道：“阿P叔，你咋来西安了？”

阿P仔细一看，这不是村里的钱二娃嘛！早就听说他在西安给大老板开车，没想到居然在这儿碰到了。阿P忙说：“嘿嘿，二娃啊，我来西安旅游，开开眼。”

钱二娃一听，说道：“阿P叔，我现在正好有空。你到哪儿？我送你。”阿P开心极了，二话不说，赶紧上了车。就在这时，那个女子从暗处闪了出来，见奔驰车扬长而去，不由得捶胸顿足道：“该死，又放走了一个大富豪！”

再说，钱二娃送阿P回了旅馆，便和阿P握手告别，开着车走了。这天晚上，阿P买了一点小菜，两瓶啤酒，一个人在房间里吃得开心。过了一会儿，他觉得有些尿急，便想去外面上厕所。没想到，他刚出门，就碰到一个熟悉的面孔，竟是古城墙上的那个女子！她怎么也住这儿来了？真是冤家路窄啊！

阿P想躲已经来不及了。那女子也认出了阿P，眼睛一下瞪得老大，随即连拉带扯把阿P拉到自己租住的房间里，小声说：“大哥，这次我不会再让你忽悠了！你想体验生活嘛，我保证替你保密。不过，我这个导游是当定了！你就只管说吧，别说西安，就是整个陕西我都熟，怎么样？”

阿P哭笑不得，连忙说“你这个女娃子，一上来就把啥都说了，总该听我解释两句吧。”那女子直摇头，撒娇道“不听，我不听！大哥，我姓张，弓长张，老家是汉中的，离你们山东很近哟，老乡见老乡，两眼泪汪汪……”

汉中和山东也是老乡？阿P急了，大声嚷道：“我说的句句都是实话。我真的不是什么富人，那辆轿车也不是我的，碰巧遇到个熟人，带了我一段而已。我说，你要联系生意，还是去找五星级酒店里的大富豪吧！”说完，阿P就想去拉开门。没想到那女子一下堵住了门，说：“大哥，你可以假装不承认，但你如果不答应我当你的导游，我就不让你走！”

这时，阿P已经憋得脸都红了，他一咬牙，说道：“好了，算我怕了你了！要不我给你十块钱，就算刚才你已经给我导游了，行不？”“大哥，你总算承认了吧。”那女子大喜，又开始撒娇道，“怎么样，这导游活儿就让我做吧。”

阿P觉得再也忍不住了，他转身就想强行去开门。没想到，那女子沉下脸来，威胁道：“你真要把事闹大？一会儿把警察招来，孤男寡女的，你可说不清楚！”这下，阿P可吓得不轻，心想：别真惹出什么乱子来，还是花钱消灾吧！他赶紧从身上掏出钱包，拿出一张百元大钞，牙疼似的直哼哼：“好了，就当你今天在城墙上给我讲解过了。”

那女子拿过钞票，在灯光下照了照，笑着说道：“这才是富人的风格嘛！那就说好了，明天我再陪你。”

阿P总算是出了门。进了厕所后，他也不敢出去了，担心那女子还在门口守着自己，便硬是从一扇窄小的窗子里翻了出去，然后回到自己的大通铺，把东西胡乱塞了一气，连夜赶往火车站。到了火车站，阿P想想有些不甘心，自己好不容易出来一趟，还有很多地方没有玩呢。于是，他就在候车室将就了一宿，打算第二天再出去转转。

第二天一早，钱二娃突然打来电话，说老板出差了，他可以陪阿P。这真是小的不去，大的难来！阿P上了奔驰车，感觉棒极了，还真有了点富人的派头。很快，奔驰车开到大唐芙蓉园的门口，阿P下车后，正打算购票进园，突然一个熟悉的身影向他跑来。阿P大惊，只见那个女子满脸堆笑地边跑边喊：“大哥，我亲爱的大富豪，我看你今天还怎么忽悠？”

阿P再也惹不起了，拿出百米冲刺的速度撒腿就跑，边跑还边回头用山东话骂道：“我他妈撞到鬼了，你这女娃子怎么甩都甩不掉啊！老子直接回山东了，看你还缠不缠？”

这次旅游尽管不爽，但阿P一想起自己也被人喊过“大富豪”，心里还是很得意的。

（题图、插图：顾子易）

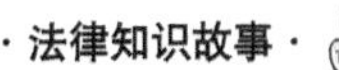

□黄靖武

这天上午，马宽正在工地上干活儿，突然接到老娘的电话：“宽儿啊，快回来，你爹不行了！”马宽一惊，当即放下手头的活儿，火速往家里赶。一进家门，就见老爹手脚已经僵硬，而床边的一个瓦罐里还残留着中药味儿。马宽扑倒在床边，嚎啕大哭。老娘也哭了，说都是因为喝了李福生开的中药，才一个钟头，人就不行了。

李福生是本村人，在镇上开了家中医诊所，专门为乡亲们看病。此刻，马宽已经认定是药物中毒，是李福生把爹给害死的。于是，他叫上村长和亲戚们上门去讨说法。

李福生听说马老爹死了，又是叹气，又是跺脚，嘴里一个劲儿说：“犟脾气啊，我说不行，他非要试。那味药果然只能外用而不能内服，要内服必须先去其毒性啊！”

大家一听，这里面果然有隐情，忙问到底是咋回事？想不到，李福生却主动对村长说：“快去派出所报案吧。”村长也觉得事态严重，就让人报了警。

半小时后，警察和法医赶到，验看了尸体，确认是药物中毒而亡。马宽见有了结论，就一把扯住李福生，要他赔偿十万元。李福生并不否认马老爹是喝自己的药才死的，但却拒不承担责任。警察见两个人拉拉扯扯说不清，内中似有隐情，便把他们都带了回去。

一进派出所，李福生就拿出一张“护身符”来，原来这是一份医疗免责书，上面写着：李福生正在钻研治瘫古方，并无把握；但马老爹中风瘫痪多年，马家二老苦苦相求，愿以身一试。出于同情，李福生同意免费提供药剂，但特别声明，如出现任何意外，包括死亡事故，概不负责，马家人也不得以任何理由索赔。落款双方分别是李福生和马家二老。

事情突然急转直下，马宽见状，一跳八丈高：“这生死状是李福生欺骗我爹娘写的，是无效的！”李福生却一脸无辜地说：“你这不是睁眼说瞎话嘛，那可是你爹娘跪地求我签的呀！”

警察一时也不好判断生死状是否具有法律效力，就建议他们商量一下，先让死者入土为安。李福生马上声明，要赔偿不可能，但出于人道主义考虑，愿意赞助八千元殡葬费。马宽却不答应，还威胁说，如果拿不到十万，就把死人抬到李福生诊所门前，绝不移走。

经过警察和村长的反复规劝，马宽终于同意先处理尸体，但事后，他把李福生告上了法庭，要求对方承担医疗责任，并赔偿十万元。

这事在村里引起了不小的轰动，大家对那份生死状是议论纷纷。有人认为这是双方真实意愿的体现，应该具备法律效力；也有人认为这类似霸王条款，是份无效合同。一时间，观点对立，泾渭分明。

法庭经审理后认为：生死状违背法律以人为本的基本原则，无论在何种情形下订立，都属于无效合同。李福生乱开方剂，致人死亡，应负主要责任；但马家二老确实也有过失，应负次要责任。按七三开的责任划分，李福生须赔偿马家七万元。李福生觉得自己好心被雷劈，冤死了，遂不服判决，提起上诉。虽然二审结果还未出来，但有资深法律人士指出，这事已经是铁定了的。

律师点评：

这个故事说明了这样一个法律问题：具备资质的医生要进行医疗实验和研究，必须经过严格的审核程序，由有关部门批准后才能依法操作，否则，与他人签订的所谓协议就不具备法律效力。李福生说的“医疗免责书”尽管从表面上看双方签字确认，是你情我愿的，但因为其协议本身无效，所以必然导致他承担责任的后果。

（**题图、插图：**安玉民　梁　丽）

戴墨镜的向日葵

□李　婷

我从老家出来打工，在酒吧里找了一份服务员的工作。平时都是晚上工作，白天睡觉，所以，我特意在郊区的一个大院里租了间房子，这里的其他租客都是朝九晚五的上班族，白天他们出门后，大院里就一片安静，正适合我这样的夜猫子休息。

更难得的是，大院里的每间屋子前都有一块空地，有人种花，有人种草，红红绿绿的煞是好看。我也在门前种了两棵向日葵，心想：每天日夜颠倒，总也晒不到日光，那就让向日葵替我多感受一下阳光吧！

这天中午，我正在睡觉，突然被一阵叽叽喳喳的说话声吵醒，仔细一听，似乎有人围拢在我房间外面议论着什么。我轻轻把窗帘拉开道缝，一看不由得愣住了，只见我的两棵向日葵花盘上竟被人戴上了又宽又大的墨镜，几个租客正站在前面议论纷纷呢。

人群中有人问道：“真是怪了，小李的向日葵为什么要戴墨镜呢？”有人立即回答道：“大概是因为人家姑娘长得漂亮，人娇贵，所以花儿也娇贵吧！”“不对吧，”很快有人反驳说，“依我看啊，这花大概和她的人一样，都见不得阳光吧！你们想想，咱大院里哪个像她那样专门晚上上班？”

这话一说，人群里顿时响起一阵哄笑。我的脸“刷”的一下变得通红，浑身打摆子似的抖个不停。虽然我在酒吧里上班，但干的就是一般的服务员工作，我挣的每一分钱都干干净净、清清白白的！

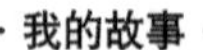

愤怒之下，我跳下床，猛地打开门，围拢在门外的几个人一看见我，轰的一下全都散开了。我含着眼泪跑过去，扯下墨镜一看，才发现那墨镜是手工做的，纸糊的镜架，白色塑料片用墨水涂黑就成了镜片。我把墨镜扯了个稀巴烂，然后跑回房里，扑倒在床上大哭了一场。我下定决心了，一定要揪出这个人来，让他还我清白！

没想到接下来的两天，淅淅沥沥地一直下雨，我眼巴巴地等，也没能等来那个人。第三天下班后，我回到出租屋，先躺在床上眯了一会儿，等早上九点的闹铃一响，便立刻爬起来，把窗帘拉起一角留了道缝，然后就趴在窗前，开始守株待兔。

这时，大院里的上班族都走得差不多了，四周一片安静。大约半小时后，一个身影慢慢朝我的门口走了过来，我一下愣住了，居然是个七八岁光景、戴着墨镜的小男孩。难道就是他？

只见小男孩走到向日葵跟前，拉开自己的书包拉链，伸手往里一掏，掏出一沓黑乎乎的东西来，正是纸做的几副墨镜！然后小男孩踮高脚尖，把墨镜往向日葵的花盘上戴去。我见状，猛地开门冲了出去，一把抓住小男孩，喝道："是谁让你来的？"小男孩吃惊地转过脸来，大墨镜正对着我，说道："姐姐，是我自己来的。"

我生气地说"你一个小孩子，怎么想到用这样恶毒的方法来骂我？"小男孩更吃惊了："姐姐，我没有骂你呀！我给向日葵戴墨镜，是怕它们见多了阳光……"我抬手"啪"的一声扇了小男孩一巴掌，歇斯底里地叫了起来："我的向日葵不怕见阳光，你知不知道？我就是要它们见阳光，越多越好！"

小男孩用手捂着脸，泪水从墨镜下淌了出来，但还是固执地说："不，姐姐，向日葵真的不能见太多阳光。要不……它的眼睛就会跟阿宝我一样了……"说着，这个自称阿宝的小男孩拿下了自己的墨镜，仰起脸正对着

我。我一看愣住了，心说：这是怎样的一双眼睛呀！灰蒙蒙的眼珠，就跟蒙上层土似的，压根分不清眼白和眼黑。

“你的眼睛……”我惊恐地大叫道。这时，阿宝戴上墨镜，缓缓地告诉我，他的眼睛是给灯光烧坏的。原来，阿宝刚出生的时候，爸爸妈妈要干活儿，没空照顾他，于是就在他的头顶上装了盏灯，开亮了逗他玩。有了那盏灯，他就不哭不闹了，醒了就盯着那盏灯看，看累了睡觉，再醒来继续看灯，如此不断反复。后来，等爸爸妈妈发现情况不对，抱他去医院时，他的视力已经严重受损。

“姐姐，阳光比灯光还强烈呢！你的向日葵圆圆的，多像一张孩子的脸。它每天都紧跟着太阳转，我怕太阳会伤害它的眼睛呀，所以才给它戴上墨镜。”说着，阿宝把脸凑了上去，眼睛几乎快贴上花盘了，他费力地给向日葵戴墨镜，一副，两副……

看着他在阳光下忙碌的身影，我突然呆住了，不知道应该怎么办。过了一会儿，阿宝给向日葵都戴上了墨镜，手上还剩下一副。这时，他走了过来，突然叫我弯下腰。我不明所以，顺从地弯下腰，阿宝却取下自己的墨镜，给我戴了上去：“医生说了，为了保护眼睛，阳光下最好戴上墨镜。姐姐的眼睛真好看呢，又大又亮，我刚学会一个词，叫‘纯洁’，姐姐的眼睛就是纯洁的眼睛……”说完，阿宝把剩下的那副纸墨镜给自己戴上，转身走了。顿时，我的泪水汹涌而出。

一阵风吹过，戴在向日葵上的两副墨镜掉了下来。我连忙跑回房间，找出一卷透明胶，把墨镜都用透明胶粘牢。至于阿宝送我的那副墨镜，我把它珍藏了起来，并时刻提醒自己：在灯红酒绿的城市里，不要迷失了自我……

（**题图**、**插图**：安玉民　梁　丽）

绿版编辑部各编辑邮箱：

吴　伦：wulun@vip.sohu.net
朱　虹：zhong98305@sina.com
杭　帆：hangfan1102@126.com
颜轶超：yanyichao1004@sina.com
黄美舟：piggybank81@sohu.com

·微博故事·

记者也搞笑

@ **叮叮糖** 一次，我去采访一个厂长。厂长非常热情，他一边招呼我，一边盯着我的记者证猛看，翻来覆去地看了很多次，还拿在手里掂量。临走时，厂长握着我的手，一个劲儿地说“谢谢，谢谢了！对了，我想顺便问一下，交多少钱能办一个记者证？”我愣了一下，随即故意叹气道“这个……我也不太清楚。不过你可以打听一下多少钱能办警官证，我想价钱应该差不多！”

@ **萧大虾** 刚上班，我就接任务去偷拍传销点授课。于是，我夹着偷拍机混进了窝点。坐了没五分钟，我突然感觉不对劲，看了看四周，顿时晕了：所谓的教室里坐了近二十个人，至少有十个是电视台的！哎，这年头混口饭吃不容易啊！

@ **兔子乖乖** 一次去村里采访，我问当地老农借了一辆自行车，骑着就去找村长了。见面后，我简单介绍一下自己的身份，然后就拿出笔和本子准备开始采访。谁知，村长上下打量我，质疑道：“我看见你刚才是骑自行车来的，现在的记者谁还骑车？再说了，你连个摄像机都没有，是不是记者还说不清楚，现在假冒记者骗吃骗喝的多着呢！”

@ **寒气北来** 前不久，我刚从电视台辞职。这天，我表哥结婚，我便借了台里的机器帮忙拍婚礼。婚礼结束后，我开车去还机器，没想到在路上撞了车。这撞车不大不小也算个新闻了，没多久，就有电视台的人来拍。刚拍了一会儿，只听见那个扛机器的对他旁边的实习生说：“你怎么连电池都不准备，这下怎么办？”我见状，连忙走上前说：“同志，如果你不介意的话，可以去我车里拿一块电池先用着……”

@ **跟肥肉拼了** 一大早，我赶着去采访，在一个路口不小心闯了红灯，交警很快追了上来。我暗叫一声不好，却没有立刻停车，而是一边把车慢慢滑到路边，一边在心里盘算。这时，一位交警骑着摩托过来，下车后向我一个敬礼，正要开口说话，我灵机一动，忙拿着机器钻出了车门，说：“同志，别动！保持这个姿势，我是电视台的，我们这期的主题就是‘风雨交警’……”好，顺利过关！

@ **空想家** 这天，我采访一个小女孩，我问她“你多大了？”她看着我，害羞道：“你先说你几岁了？”我回答：“比你大好多哦。”她点点头：“哦，我今年11岁了。”我又问：“你叫什么名字啊？”她这次大胆多了，看着我笑道：“我叫佳佳，你叫什么名字？”以后的每个问题，她几乎都要问一句“你呢”，我要是不回答，她就不说话，没办法，我只好继续跟她对问对答。采访完了回到台里，光是剪辑带子我就弄了一个晚上……

（**推荐者**：史顺利）

特殊治疗

□韩文萍

叶老太今年七十多，老伴去得早，她便跟儿子、儿媳一起在城里生活，小日子过得顺风顺水、吃穿不愁。前不久，儿媳又生了个大胖孙子，她心里别提有多高兴了。

这天一早，叶老太从菜市场回来，刚走到家门口，就发现对门女主人正站在门口和一个工头模样的人说话，她心里不由一紧，忙问："您家要装修？""是啊！"对方矜持地点了点头，就转身继续和那个工头说话。

叶老太觉得一下子掉进了冰窟窿，心想：孙子刚满月，正是长脑子的关键时刻，每天都需要大量高质量的睡眠，要是周围有人丁丁当当地装修，岂不是要耽误孩子的生长发育吗？回到家，她马上把这事跟儿子说了，儿子也是一筹莫展。叶老太见状，便说："要不……我们直接上门跟她商量一下？"儿子苦笑道："妈，咱都是局外人，怎么好对着人家指手画脚呢？再说了，对门是三年前搬来的，我一共才见过她两次。想必是个资深宅女，这种宅女最烦有人打扰了。"

"啥？宅女？"叶老太纳闷道。儿子连忙解释了一遍"宅女"的意思，叶老太听完，觉得简直不可思议，忍不住道："这城里人可真奇怪，流行啥不好，非流行这个！小猫小狗都得出去遛遛弯，一个大活人能一天到晚呆在家里？"

叶老太不相信，而且，她觉得为了孙子，自己说什么也要找机会跟对门说说，看能不能把这事拖一拖。这以后，她每天都竖着耳朵留神对门的动静，预备只要对门女主人出来，自己也假装出门，然后趁机搭上话。谁知一连等了几天，对门果然一点动静都没有，白天不出门，晚上也不见人影。

这天，等儿子去上班后，叶老太一个人在对门家门口走来走去，拿不定主意要不要摁下门铃。正犹豫着，

楼下突然传来一阵脚步声，她回头一看，原来是对门家的保姆张阿姨来了。叶老太赶紧迎上去和她热络地聊了几句，顺便打探对门为什么又要装修房子。张阿姨神秘地一笑，接着便附在她耳边轻声嘀咕了几句。

原来，对门女主人名叫孙小佳，结婚快五年了，各种方法都用了，可就是怀不上孩子。无奈之下，夫妻俩听从朋友建议，去请了一位高人来家里看风水。据那位高人说，他们家的风水有问题，必须重新装修，还一定得赶在这个月的黄道吉日动工。

叶老太一听，惊得下巴都快掉下来了，说道："这都什么年代了，居然还有人相信这种鬼话！"张阿姨也叹了一口气道："谁说不是啊！不过这事儿也真邪乎，你说他们为啥就是怀不上呢？"

叶老太沉默半晌，突然想起了什么，说道："其实，看病讲究缘分的，兴许他们没有遇到对的人。我们镇上倒是有位神医，专治妇女不孕症的……"张阿姨一听来了兴趣，便催问能不能介绍给孙小佳。叶老太故意叹口气，又说，"只是……她年事已高，这几年都不给人看病了……我只能尽力试试，看她肯不肯出手帮忙。如果真治好了，你们岂不是连装修的麻烦也省了啊！"

张阿姨高兴坏了，连忙冲着叶老太千恩万谢，然后就急匆匆地回去给孙小佳报告喜讯。张阿姨打开大门时，叶老太正好瞥见孙小佳穿着睡衣从客厅飘过，她心里不禁"咯噔"了一下，心想：真是神仙啊，居然真的在家里一连宅了好几天！

过了几天，这天是周六，叶老太的儿子正在家休息，突然听见门外响起了"咚咚咚"的敲门声。他打开大门一看，不由愣住了，竟然是孙小佳！只见孙小佳和张阿姨拎着大包小包的东西，进了大门，便径直来找叶老太，询问事情是否有眉目了。

叶老太说，自己为这事已经打了十几个电话，好不容易通过熟人找到了神医，神医卖她这个熟人的面子，这才答应的。孙小佳一听，很是感激，连忙站起身来，给叶老太鞠了一个躬。叶老太一把扶住她，说："快别谢我了，这都是你俩有缘分！但有一点你务必要记住：这位神医有个怪毛病，凡是找她治病的人，都必须步行至她家，以示诚心……"

话还没说完，张阿姨马上跳起来，说道："可是这里离镇上这么远，走过去还不得一整天啊！"叶老太微微一笑，说道："你以为神医会这么不通情理啊！所谓步行是表示一种诚意，走一段就行了。你们先开车到县城，然后步行过去，两个多小时就可以到了！"

张阿姨听说要走两个多小时，还

想要讨价还价，叶老太马上正色道："这已经是最低要求了，再少就真不行了！"孙小佳见状，一咬牙，居然答应了。叶老太满意地点了点头，然后把她们送了出去。

两人刚走，儿子就在一边好奇地问道："妈，您这是唱的哪一出啊？"叶老太神秘地跟他耳语了两句，儿子马上惊叫道："这……这样成吗？"叶老太拍拍他的肩膀，说道："放心吧，生孩子的事情我比你们男人有经验，这事就包在我身上！"

要说这孙小佳还真是诚心，第二天一大早天不亮就出发了。儿子看着她的小车一溜烟地开走了，不禁有点忧心忡忡。约摸到了晚上七点多钟，儿子终于听到楼下传来了沉重的脚步声，他连忙打开大门一看，果然是孙小佳她们回来了。这时，叶老太听见动静，也跑了出来，她还没来得及开口，张阿姨就抢着代替孙小佳说道："这个神医真是神了！第一个疗程才开始，她就感觉特别舒服，真是谢谢您了！"

儿子听了，目瞪口呆地看着母亲。只见叶老太得意地笑了笑，说道："那还用说，这槌疗法可是独门绝技。只要你们能坚持下去，保证手到病除！"说完，她忙让两人回家休息，养足精神。

其实，镇上并没有什么神医，不过是叶老太特意安排的一个远房亲戚罢了。之所以让孙小佳步行两个多小时过去，是想让她到达后就极度疲劳，在"神医"竹槌的轻捶下快速入睡，没法过多追究"神医"的真假。

叶老太本打算用这种方法先把对门的装修时间拖一拖，等孙子断奶了，自己就可以带回老家去养了，到时候装不装修都没关系。可没想到两个月不到，孙小佳就满脸兴奋地跑来说，她已经怀上了！

叶老太听了，激动地连声说道："看来神医就是神医啊，这法子真是太灵了！"儿子在旁边难为情地捅了

她一下，说道："妈，既然人家已经怀上了，您就别再装神弄鬼骗人了！"谁知，叶老太却白了儿子一眼，说道："你这孩子不懂，当初我是没把握一定能让她怀上，可我也没骗人啊，我这法子可是有来历的！"

原来，叶老太曾听人说过一个故事。传说很久以前，有个大户人家的媳妇一直怀不上孩子，婆家十分着急，特地请了名医李时珍来为她诊治。李时珍看后并不开药，只说他家后山上有个石窝，里面住着很多"孩精"。只要那媳妇能投块石头到石窝里，保准就能怀上孩子。

那家人大喜，忙让媳妇照着做。只是那个石窝在一个悬崖下面，把石头投进去有点困难。媳妇每天去投，一连投了两个月，终于投中了。第三个月，居然就真的怀孕了！从此以后，石窝就出名了，很多不孕的女人都跑去投石头，说来也奇怪，凡投中的，最后竟都怀上了。后来，医学专家们考证过这个传说，都认为李时珍并不是在搞迷信，他让那媳妇去投石头是假，让她去登山运动才是真的，因为只有这样，才能帮助她活血受孕。

当时，叶老太听张阿姨说了孙小佳的事情，便猜想她可能是因为缺少运动气滞血瘀导致不孕，所以才想了个让她步行去看"神医"的法子。没想到还真管用！听完了叶老太的话，孙小佳难为情地说道："看来我以后不能天天宅在家里了，还是要多多运动。大妈，真是太谢谢您了！"

（**题图、插图**：魏忠善）

·本刊信息传真·

故事中国网继续举办2011年度中国最佳故事评选

为了让优秀故事作品具有更大的影响力，优秀故事作家享有更高的知名度，故事中国网2011年继续举办年度中国最佳故事和年度杰出故事家两项评选活动。年度中国最佳故事评选用更为广阔的视野，更为宽泛的标准，更为客观的眼光，遴选2011年发表在国内各家报刊上的优秀故事，集中展现年度中国故事创作的整体实力和魅力。

评选标准：在情节性、艺术性、思想性、文学性方面有突出表现，能够代表年度故事创作最高水平的各类故事作品。**参选条件：**2011年1月1日至2011年12月31日期间在国内正规报刊（省级以上）发表的故事作品均可参加，不限题材、风格、篇幅。**参加方法：**登录故事中国网(www.storychina.cn)推荐或自荐作品。所有参赛作品分为中篇（8000字以上）、短篇（1000-8000字）、超短篇（1000字以下）三组。**奖励：**年度最佳故事作者获得特别荣誉证书及奖金（中篇2000元、短篇及超短篇各1000元），优秀作品将有机会结集出版。

另外，2010年度最佳故事和杰出故事家评选已进入尾声，敬请登录故事中国网关注评选进程。

支持媒体：新浪读书、搜狐读书、腾讯读书、网易读书、和讯读书、凤凰读书。

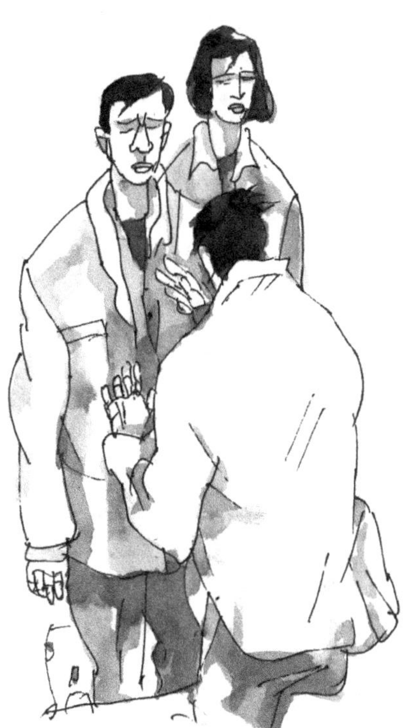

·新传说·

谁也别忘记

□冯海鹏

我替你选择

俗话说：树有根，事有因。可是最近，住在市区文化路的张建却碰到了一件没头没脑的事情。到底是啥原因呢？事情还得从头说起。

张建今年三十多岁，当年他鲤鱼跳龙门，考上大学，从山沟里走了出来。毕业后，张建在市里找了工作，成了家，再加上父母去世得早，渐渐地就和老家断了联系。这些年，张建拼命工作，可还是蜗居在三十多平米的老房子里，为此，妻子经常和他怄气。前段时间，张建一咬牙，决定砸锅卖铁买房子。

这天，张建正在一个刚竣工的楼盘看房子，不知道从哪里跑来一个民工，一把拉住他的胳膊，惊喜地叫道："你是建娃吧？刚才我还不敢认哩！这一晃都多少年了！"张建一愣，只见那人模样脏兮兮的，他用力甩开胳膊，后退几步，说："你是谁？"那人笑道："你牛明哥啊，忘了没？"张建仔细一瞧，终于想起来，是老家村西头的。他连忙点头，表示认出来了。

牛明顿时高兴得哈哈大笑，突然他想到什么，一把将张建拉到旁边，悄声说"买房子吗？我告诉你，房子的好坏你别问开发商，他们打死不会说真话；更不用问建筑商，人家死老鼠也说是活大象！这里面有门道儿哩！"张建一听，疑惑道："那问谁？"牛明用手指了指自己。张建说："问你？"

牛明点点头："是哩，问建筑工人！楼里用多少钢筋，有多粗，混凝

土比例多少，量足不足，咱盖的多，心里清楚得很！”张建想想还真是，就来了兴致：“好，牛明哥，就听你的，咱不要楼脆脆，楼歪歪，楼倒倒！”

于是，两人东奔西跑看了不少楼盘，这些楼盘都是牛明和老乡们以前做过活儿的。不久，张建终于挑选到了一套满意的房子。牛明告诉他：“建娃啊，这房子的质量我可以打包票的，你就安心过好日子吧！”张建却心想：这房子好是好，但超出了原先的预算，这下首付就成问题了！接下来的几天，张建是求爷爷告奶奶地到处借钱，可还差了两万多哩！咋办啊？

俺给你解决

这天，张建愁眉苦脸地正准备出门，远远地就看见有个人正在向邻居打听什么。他走过去一看，那人不是别人，正是老家的牛明。

见张建来了，旁边的人忙指着他说：“这不是你找的人嘛！自个儿来了！”牛明转过头一看，喜出望外地扑过来，又是激动又是责怪道：“哎呀，建娃啊，总算找到你了！你看你，那天走得急，连你住哪里都没告诉我。幸好我听你说过什么文化路，只得一座楼一座楼挨个儿打听过来。”

张建这才注意到牛明胡子拉碴的，满头都是大汗，连忙不好意思道：“都怪我，都怪我！”话还没说完，牛明抢过去又说：“还怪啥，这不是找到了嘛！咱赶紧说正事吧！”张建好奇道：“啥事啊？”牛明不回答，却低下头，把手伸进怀里摸索了好一阵子，才从里面摸出个信封递给张建。见张建一脸的莫名其妙，牛明又笑道：“自己打开看看！”张建打开一看，顿时愣住了，里面是一沓钱！

张建疑惑地看着牛明，牛明笑呵呵地说：“还愣啥？都是给你的！可不是我一个人出的，这是咱村十二户人家专门托我转交给你的，一户两千，总共两万四。都知道你要用钱哩！你点点！”张建更糊涂了，心说：自己和老家多少年都没联系了，这平白无故地送这么多钱来，到底是为啥啊？

牛明看出了张建的疑惑，抬手拍着他的肩，说道：“甭瞎琢磨了，这钱本来就是属于你的，大家给你存着哩，你就瓷瓷实实地用！对了，这是十二家人的名单，你收着，我得赶紧去工地干活儿了。”说着，他递给张建一张纸条，便转身急急忙忙地走了。张建摊开纸条，只见上面用不同的笔迹写着十二个名字，每个名字的上面还按了手印！张建稀里糊涂地捧着钱站在那里，百思不得其解。等他回身上楼的时候，才想起来，自己还没请牛明哥到家里坐坐呢。

这些钱就像及时雨啊，虽然疑惑，但张建还是忍不住把钱用上了。他心想：日后再还上不就行了？这下问题都解决了，张建放心了，妻子看他也越来越顺眼。可是，没多久，张建又碰到了一件莫名其妙的事情。

咱帮你送来

这天下班，张建刚走到大门口，门卫大爷就冲他高声喊道：“哎呀，张建啊，乡下有亲戚就是好啊！咱城里最缺的就是绿色无害的粮食，你快过来看看，人家整整送来六大麻袋啊！”

张建连忙走进门卫室，一看还真是，一袋袋整齐地码在那里。他愣愣地问道：“真是给我的？谁送的啊？”门卫大爷一摊双手说：“这我哪能骗你啊！一个胡子拉碴的农民用车子推来卸在这里的，说的清清楚楚就是给你的。这不，他还留了个纸条。”

接过纸条一看，张建明白了，又是牛明送来的！纸条上依旧写着十二个名字，按着十二个手印。张建仔细看了一眼名字：第一个是张喜来，住在村西，自己应该叫他叔；第二个是牛四清，住在村东，应该管他叫三哥……看着这一个个名字，张建的脑海里立刻浮现出他们的样子，一瞬间，他突然觉得特别亲切。可是，自己已经很多年没回去了，不知道他们现在都什么样了啊。

这天晚上，张建一夜无眠。第二天一大早，他就急急忙忙地买了回老家的车票，心想：自己应该回去一趟，问个究竟。经过几个小时的颠簸，张建终于回到了离开多年的老家。一下车，他发现村子里已经模样大变，土瓦房全换成了小楼房。

张建第一个敲开牛明家的门。一看是张建回来了，牛明先是一愣，接着兴冲冲地说：“哎呀，喜来叔说的没错，你真回来了！”张建一愣：“喜来叔知道我要回来？”“是啊，不知道为啥，但他跟我说过！走，咱干脆都到喜来叔家，一块儿喝一盅。”

一见到张建，喜来叔高兴得不得了，一个劲儿拉着他的手不松开。几个人热热闹闹吃了饭，张建早已迫不

及待地想把这些日子来的疑问弄个水落石出，便问道："喜来叔，咱村里又是给我送钱，又是给我送粮的，这到底是为啥啊？我感激乡亲们对我的这片心意，但也得弄个明白啊！"

喜来叔一副不以为然的表情，缓缓说道："感谢啥啊，那是你应得的，本来就是你的嘛！"见张建还是满脸疑惑的样子，才又说，"我这话可一点不假啊，这钱啊粮啊都是你家集扇儿集出来的，我们本就该给嘛！"

张建听糊涂了："集扇儿？啥叫集扇儿啊？"喜来叔愣住了，突然想到什么，连忙说："你还不知道？我以为你知道哩！哎呀，我好好给你讲讲吧！咱农村啊，以前家家困难，逢大事，像红白事儿啊盖房子啊，单凭一家拿不下来，于是，几家十几家就联合起来。你家办事，别家就无条件添米添面添物件添人手，等下一家办事，别家一样办，等这些人家的事儿都办完，就算集完一扇儿。有话说得好嘛，'集扇儿，集扇儿，集一个圆儿，集一个圈儿，家家户户都过坎儿！'咱这十二家就是集了一个盖房扇儿，你爹娘去得早，其实啊，他们早把别家的集完了，大家都等着给你集哩！建娃啊，我说这是你应当收的，不错吧？"

张建听喜来叔慢条斯理地说完，恍然大悟似的点点头，然后看看一边的牛明，说："所以，牛明哥看到我要买房子，就立马回来跟大家说了，大家就赶紧又是送钱又是送粮还我这个扇儿？"牛明点点头："那是哩，大家都惦记着哩，咱吃了你家的扇儿，咋能不还？那可不是咱村里人的做法儿啊！"

张建突然又觉得不对劲，他皱着眉头说："喜来叔，那也用不着给这么多钱和粮啊？"喜来叔笑了："咋啦？俺们都还嫌少，觉得对你不公平哩！那时候的每家一百块钱、30斤粮，你算算，现在物价涨了多少倍？"

听完这话，张建感慨不已。他长长地舒了一口气，看看满头白发的喜来叔，又看看胡子拉碴的牛明哥，动情地说："大家都惦记着我，惦记着这件事，我已经过意不去了。那些粮我收下，钱我还得送回来！牛明哥，你早就应该跟我说明白啊！"

"是我不让牛明说的！"喜来叔突然抬高声音打断了张建的话。

"为啥啊？"

"为啥？要是说明白了，你今天还会回来这一趟吗？建娃啊，多少年了，虽说你爹妈去世得早，可这里是咱的家咱的根啊！大家没忘你的扇儿，你也不能忘了家啊！没事的时候，多回来走走啊，要不都生分了！"

张建愣住了，他细细地品味着喜来叔的话，重重地点了点头。

（**题图、插图**：谭海彦）

·新传说·

公安备案

□李大勇

欣喜中奖

鲁鹏是一家公司的小职员，整天忙忙碌碌，挣得却不多，日子过得有点拮据。这天，他加完班回到家，拖着疲惫的身子刚把门打开，老婆突然快如闪电地将他一把拽了进去，随即迅速地把门关上。鲁鹏感觉莫名其妙，不耐烦地问："怎么回事？"谁知，老婆一脸幸福地上前双手搂住他的腰，压低声音说："老公，告诉你一个好消息，我们中了彩票三等奖50万！"

一听这话，鲁鹏幸福得都快晕过去了，他怀疑自己是不是在做梦，有些不敢相信地连声问道："真的吗，这是真的吗，你没看错吧？"老婆放开鲁鹏，转身走到电脑旁，打开中奖的网页，然后拿出彩票递给鲁鹏。鲁鹏瞪大了眼睛，一个号码一个号码地对了一遍，果然这一切都是真的！

当晚，夫妻俩躺在床上兴奋地谈论着今后的美好生活。说着说着，老婆突然想起了什么，说："老公啊，你去兑奖的事情，千万不能让别人知道啊，弄不好会惹来麻烦的！"鲁鹏知道老婆说的意思，是怕朋友借钱，也怕小偷惦记。他连忙拍拍老婆的肩膀，安慰道："你放心，不会有人知道的。"

话虽这么说，其实鲁鹏有自己的想法：该彩票有个兑奖规定，凡三等奖以上的大奖，必须到省城的彩票中心去领取。这兑奖的事情，周围的人可以神不知鬼不觉地瞒过去，可万一到了省城，谁敢保证没人盯上你呢？虽然现在兑奖都是转账划到卡里，但听说还是有人打兑奖人的主意，要是被盯上了，多少要出点血的。鲁鹏就听朋友说过，有个人去兑奖，一出来

就被人盯上，结果花了五万多才把事情解决了。万一自己也遇上这事，可怎么办呢？

鲁鹏一夜没合眼，天亮时突然想到了对策。他有个朋友叫二黑，是高中时的死党，两人的关系那叫一个铁。后来高中毕业鲁鹏上了大学，二黑没考上，就在社会上到处找活儿干，一次因为失手伤人进了监狱，半年前才放出来。

鲁鹏心想：二黑在社会上混的时间长，见的世面多，有主意敢扛事，而且人又特仗义。要是让他陪自己去，那就放心了。

“黑道”朋友

第二天，鲁鹏拨通二黑的电话，说：“二黑，我找你有点急事。”二黑忙问：“有什么事尽管说，咱哥们谁跟谁呀！”鲁鹏有些结巴地说：“这……这事电话里说……说不清，你晚上有时间吗？”二黑好像知道鲁鹏的心思，略一思索后，说：“行，兴隆街新开了个‘福隆砂锅’，晚上六点，我们不见不散。”

下班后，鲁鹏准时到了福隆砂锅。进去后，他被服务员领到一个四人台的小包间里，二黑正坐在里面抽烟呢，显然已经等候多时了。见鲁鹏来了，二黑赶忙把手中的烟屁股往烟灰缸里使劲地按了按，说：“哥们，我跟你也不客气，菜都点完了。”

鲁鹏哈哈笑了笑，两个人便坐下闲聊了一会儿，问问彼此最近的生活情况。不久，服务员端上来两个砂锅，两碟凉菜。二黑对服务员说了声：“出去把门关上，我们叫你，你再进来。”服务员出去后，二黑打开一瓶白酒把两个酒盅都斟满了，然后说道：“哥们，这里就你我两人，说话也方便，你就说找我有什么事情吧。”

鲁鹏心想：二黑真是自己的好哥们啊！从今晚的安排，就能看出他对自己的了解。于是，鲁鹏就把自己中奖、想去兑奖、找人陪同等等详详细细地说了一遍。谁知二黑听完后，并没立即表态，目光凝重地对着酒盅，似乎在想什么。过了一会儿，他才说：“不是兄弟不帮你啊，我不能去，你还是找找别人吧。”

鲁鹏急了：“二黑，这趟不是白去，我付劳务费的。”二黑摆摆手，说“不是钱的问题。我就跟你实话实说吧，我目前还在假释期里，离开居住地，要得到监督机关的批准。你说我能跟他们说是去陪人兑奖的吗？”鲁鹏听了，一时也没了主意。

“这样吧，我给你找个信得过的人，让他陪你去，保证没问题！”说着，二黑端起酒盅，“到底行不行，你再考虑考虑吧。咱哥俩今天痛痛快快地喝一场，来，再干一盅！”

酒足饭饱后，鲁鹏正要结账，二黑一把拦住，说：“不用了。地方是我订的，这账当然得由我来结。”鲁鹏见状，便也只好算了，心说：下次再还这个人情吧。

回去后，鲁鹏想着二黑的提议，心里十分矛盾：这事本来就不想让外人知道的，这下二黑去不了，反倒让一个陌生人掺和进来了；可自己一个人去呢，又有点顾虑，到底该怎么办呢？鲁鹏拿不定主意，这样犹犹豫豫的，几天就过去了。

这天，二黑突然来鲁鹏公司找他，把他叫出来，问他想好了没有。鲁鹏也不把二黑当外人，就把自己的顾虑一股脑儿说了出来。二黑点点头：“你的这点心思我早就知道。我就问你一句话，你信任我吗？”鲁鹏连忙说：“那当然。我不信任你，还跟你说这事干嘛！”

二黑说：“好，既然你信任我，那这事我就做主了！我有一个特好的哥们，虽然人没进过监狱，但他在公安局是有备案的，一路上有他照应，我也就放心了。这事我问过他了，他已经答应下来，现在就看你的态度。”

“二黑，你办的这是什么事嘛！”鲁鹏有些生气地说，“你总得让我好好想想吧。”二黑嘿嘿一乐：“就别跟我装蒜了！你犹犹豫豫的，哪像个大老爷们。这事你既然找到我头上了，我就帮你负责到底。”事已如此，鲁鹏心里再不愿意也没办法了，只得点头答应了。

心理安全

第二天一早，二黑领着那个朋友来火车站见鲁鹏。一见面，二黑便向鲁鹏介绍说：“这是我朋友李呈祥，他老家就在省城，也算是半个地头蛇了。”

鲁鹏打量了一下李呈祥，只见他个头不足一米六，精瘦精瘦的，模样看上去很本分，这样的人怎么会在公安局有备案呢？他心里不免犯起了嘀咕。

二黑好像看出了鲁鹏的心事，拍了一下他的肩膀，说道：“人不可貌相，海水不可斗量呀！”这话让鲁鹏

的感觉好了很多，他心说：对呀，海灯法师也不高，却有二指禅的功夫呢。

一路上，鲁鹏和李呈祥并没有什么交谈，鲁鹏本身顾虑对方知道自己太多的情况，而李呈祥不是看着外面的风景，就是坐在那里闭目养神。等下了火车，两人刚出站台，就听有人骂道“你小子赶着投胎呢？”鲁鹏不知道怎么回事，忙停下脚步回头一看，原来一个黑大个正冲着李呈祥发火呢。只见李呈祥委屈地说：“人那么多，我……我又不是故意踩着你的！”

黑大个还是不依不饶：“不是故意的就没事啦？连个‘对不起’都不会说？”说完，他抡起胳膊就给了李呈祥一个大耳光，而后还嘲笑道，“哎呦，人那么多，我又不是故意抽你的！”鲁鹏一看，这事闹大了，他以为这个有公安备案背景的家伙一定会大打出手，没想到李呈祥捂着脸，却是连个屁都不敢放。鲁鹏一见这情形，赶紧上前跟黑大个赔礼，好说歹说，算是把他给劝走了。

看李呈祥这个窝囊样儿，鲁鹏心说：哪有一点该出手时就出手的“黑道”精神呀？但转念一想，也许李呈祥是因为有要事在身，不愿意招惹太多是非。这么一想，鲁鹏也就不再追究了。

接下来，鲁鹏顺利地兑了奖，然后原路返回，一路倒也无事。到了火车站，按照事先约定，鲁鹏给了李呈祥一千元的劳务费，两人就此别过。回到家后，鲁鹏按计划该花的花，该存的存，生活压力一下减轻了不少。

这天，鲁鹏又把二黑约出来一起吃饭。席间，突然想起李呈祥挨揍的事情，鲁鹏便说：“二黑啊，这李呈祥也太怂了！我们刚下火车，他就被人家打了一耳光，竟然连手都不敢还。”

二黑却嘿嘿笑道：“正是因为这样，我才对他放心，他老实本分，是个正经过日子的人。要是真找里面出来的朋友陪你去，我还怕他们瞄上你呢！再说，这趟谁陪你去并不重要，你图的不就是个心理安全吗？”

鲁鹏恍然大悟，原来二黑这是为自己着想啊，但他随即埋怨道“那你也不该糊弄我说他在公安局有备案呀！”二黑乐了：“我真没骗你，他真在公安局里有备案，你知道他是干什么的吗？”鲁鹏摇摇头：“不知道，这一路我们连十句话都没说到。”

二黑神秘一笑，随即得意地说道：“我告诉你吧，其实他是个锁匠，锁匠都得在公安局备案，要不然领不了特种行业许可证啊！”

“原来……你说公安备案的就是个修锁的呀！”鲁鹏大吃一惊，他终于明白了二黑的用心良苦。

（题图、插图：魏忠善）

管家不好当

□孙雪妹

阿宝是一个外来打工仔，三年前刚来城里，就认识了自己的同乡小玉，两人很快便如胶似漆了。不过，阿宝最近感觉有点闹心：自己和小玉也该把事情办一办了，可两人都还住着集体宿舍呢，总不能在宿舍里结婚吧。商量了半天，两人决定房子暂时买不起，但必须租一套像样的房子当临时的婚房。

按说这要求也不算过分，可在短期内租到满意的房子谈何容易？房子倒是找了不少，可房东一听说只租三个月全都大摇其头，阿宝马不停蹄地找了好几天，一直也没有结果。

这天，阿宝又在大街上转悠，走着走着，他看到一个新建的小区，便决定进去碰碰运气。阿宝从包里掏出一块事先准备好的纸板，只见上面用水笔写着：短期租婚房，租期三个月，然后便手拿纸板蹲在小区门口。

阿宝苦等了半天，根本没人搭理他。眼前没有希望了，他正准备起身打道回府，突然从远处走过来一个很时髦的女人，一把拦住阿宝，压低声音说道："大哥，我有一套房子，只要你愿意，现在就可以进去住。"阿宝一听，来了兴趣，但转念一想，这里的房子租金一定少不了，于是怯怯地问道："那价钱怎么算？""价钱好商量，我不但不收你房租，还会另外支付给你工资。"女人回答得很干脆。

世上竟然有这样的美事！阿宝简

直不敢相信自己的耳朵。见阿宝一脸的质疑，那女人赶紧又说，自己叫牛红，是个生意人，平时经常到处出差，几个月不回家。前不久，她刚在这个小区买了套房子，但听说这里治安不好，有点担心。刚才，她在暗处观察了阿宝半天，见他长得膀大腰圆，便想请阿宝来看家，这样小偷就不敢光顾了。

牛红赶时间，问阿宝愿不愿意，要不她去找别人了。阿宝不假思索地说："当然愿意了！"于是，两人签定了一份"管家协议"，上面写着：牛红委托阿宝当房屋管家，并答应支付每个月五百元的工资，租期为三个月。

回去后，阿宝立即把这事告诉了小玉。小玉听完，摸摸阿宝的额头："你没发烧吧，大白天说梦话！""不是梦话，你看。"说着，阿宝拿出了协议。看完后，小玉也很高兴，可转念又担心起来："那里的治安一定很差，要不然怎么会有人做这亏本的买卖！万一遇到坏人，你能应付吗？"阿宝一下紧握拳头，说道："我这体格你还信不过？"小玉点点头，放心了。

第二天，阿宝和小玉就搬进了牛红的房子里。要说这套房子真大，足足有二百多平米，南北通透，两人好好地过了一把住大房子的瘾。租到了满意的婚房，阿宝和小玉很快举行了婚礼，小两口的日子甭提多美了。不过说来也怪，自从他们入住后，这里的治安好得很，一个小偷的影子也没见到。

这天，阿宝刚要去上班，突然接到牛红的电话，接完电话，阿宝对小玉说"老婆，我们要转移阵地了。"原来，三个月租期到了，他们得搬离这套房子。但因为阿宝做得尽职尽责，牛红又给他介绍了另外一家需要看家的房东。能换不同的地方住，又有钱拿，阿宝当然乐意了。牛红作为房东的委托人，又和阿宝签了一份新的"管家协议"，租期还是三个月。后来，牛红又陆续给阿宝介绍了很多生意，小两口接二连三换房住，今天小高层，明天大公寓，两个人住得不亦乐乎。

不久，小玉的生日到了，她邀请了一大帮朋友来家里聚会，大家都羡慕小玉家的复式小公寓又大又漂亮。众人举杯畅饮，玩得正高兴，突然门外有异常响动，像是有人在撬门。

"一定是小偷！"不容多想，阿宝立即冲过去打开门，挥起就是一拳，"好大的胆子，吃我一拳。"一拳下去，那人额头上立刻起了个大包，疼得龇牙咧嘴，用手指着阿宝的鼻子，叫道："阿宝，你睁大眼睛看看我是谁！"阿宝再一看，差点晕过去，这人不是别人，正是牛红！牛红气急败坏地说："这套房子的房东提前回来了，你现在马上给我搬走！"说着，她从皮夹里掏出三百块钱，"这是半个月的工资，多的不用找了。”

阿宝的脸顿时成了猪肝色，他压低声音对牛红说：“我管家当得好好的，为什么要赶我走啊？”牛红听了，哈哈大笑：“什么管家，你就是个托儿！”“托儿？”阿宝顿时蒙了，好好的管家，怎么变成托儿了？

牛红终于说出了真相：原来，雇用阿宝的都是炒房客，因为最近空置房查得严，他们名义上雇阿宝当管家，其实是想让他当托儿，制造这里有人住的假象。现在风声过去了，阿宝也失去了利用价值，自然要被扫地出门。

原来是这样！一旁的朋友们唏嘘不已，识趣地走了。小玉感到丢尽了面子，哭着跑开了。阿宝也咽不下这口气。要知道，阿宝平时最恨炒房客了，没想到竟被这些人利用了。他心说：走着瞧！这口气我阿宝一定要争回来。

可还没等阿宝想到对策，新的麻烦又来了。也不知道是谁把他做房托儿的事儿发到了网上，这下阿宝一夜之间成了名人，连电视台都追着堵着要来采访他。这名出得实在太臭，阿宝成了过街老鼠人人喊打，他都不敢出门了，只得整天缩在宿舍里。一天晚上，阿宝正躺在宿舍的床上睡觉，突然“嗖”的一声，一块砖头砸在窗户上，玻璃渣溅了一地。小玉当下就哭开了：“这样下去，以后的日子可怎么过啊！”阿宝忍无可忍了，“霍”地从床上坐起来，他想了想，打通了一个电话……

第二天，阿宝带着一个年轻男人来到了之前住的复式小公寓楼下。只

见阿宝附在那男人耳边交代了几句，拍了一下他的肩膀，那男人便径直上了楼，摁响了一家的门铃。不久，有人来开门了，竟然是牛红！男人连忙说，自己是个租房客，想要租住这套房子。牛红一听，厌恶地说了一句："这儿没有房子出租，你走错了！"可男人却很执著："没错，我只租半个月，房租都交了。"牛红瞪大了眼睛，叫道："什么？你倒说说看你把房租交给谁了？"

"交给我了！"牛红一愣，循声望去，只见阿宝缓缓地走上楼来。牛红白了阿宝一眼"怎么是你？"阿宝没接话，却拿出一张纸在牛红面前一扬："你看看清楚，这是咱们当初签的管家协议，按协议，还有半个月才到期。我想在这半个月里，把房子借给这位小兄弟住一下。"

牛红早已忍无可忍："好你个阿宝，住了几天好房子，还真拿自己当根葱了，可谁拿你蘸酱啊！"说完，就作势往外撵阿宝。阿宝倒也不恼："让我走也可以，除非让房东出面。"牛红听完，哈哈大笑："阿宝啊阿宝，你还不明白啊，我就是这房子的房东。"话音落地，阿宝却一脸不以为然："空口无凭，除非你能拿出证据来。"

"好，我就让你死个明白！"说着，牛红打开自己的皮包，从里面取出来一摞证书，"啪"地丢在桌子上。阿宝上前一看，全是清一色的房产证，而户主都是一个名字：牛红！

看到阿宝瞠目结舌的样子，牛红得意极了："现在你总死心了吧！实话告诉你，你住的那些房子都是我买的。只不过当时空置房查得严，我没敢声张。现在风声过去了，告诉你也无妨。"

正当牛红得意忘形之际，突然听到阿宝对那个租房客说："刘记者，都拍下来了吧？"租房客做了一个OK的手势："没问题，全在这儿了。"说着，拍了拍自己的大背包。"什么，你是记者？"牛红的脸早已变了色。

原来，自从上次被牛红扫地出门，阿宝就怀疑牛红是炒房客，想给她一点教训。考虑再三，阿宝决定联系采访过自己的刘记者，这才上演了刚才的一幕。牛红说的话，都被刘记者用藏在包里的隐蔽拍摄摄像机原原本本地拍了下来。

牛红顿时慌了，她连忙拉住阿宝，连声讨饶："阿宝兄弟，咱们有话好商量啊！这事千万不能曝光啊。要不，我再让你免费住上半年，怎么样？"

阿宝甩开牛红的手，正色道："就是因为有你们这些人，才让我们买不起房子。你别再费脑筋了，我宁愿在外面花钱租房住，也不让你当猴子一样耍！"说完，他和刘记者一起，头也不回地走了。

（**题图、插图**：谭海彦）

盗奏折

□曾凡洪

吸不得的烟

张颢本是京城的一位富家子弟，只因年少无知，染上了吸大烟的恶习，没几年光景，便吸光了家里的财产，父母也被活活气死。张颢乐得没人管，索性卖了祖屋，在老城墙根的胡同里租了一间四面漏风的房子，整天窝在里面吞云吐雾，继续过他的神仙日子。

可是不久，卖祖屋的钱也吸光了。张颢想去干活儿赚点钱，可身子早被大烟掏空了，哪里干得动？他走投无路了，只有躺在床上等死。

这天，张颢正被烟瘾折磨得涕泪横流昏昏沉沉的，忽然感觉有人推自己。他睁开眼睛一看，只见一个浑身黄毛、龇牙咧嘴的家伙，原来是一只黄鼠狼！这只黄鼠狼他认识，也是一个“瘾君子”。每当张颢吞云吐雾的时候，它就跑出来吸几口漏掉的烟雾。张颢也乐得有个伴，所以没有赶它走，还给它取了个名字叫“小黄”。

小黄今天等了快一天了，也没见张颢吸大烟，烟瘾难忍，就大着胆子来推张颢，还指指烟枪，嘴里吱吱有声，那意思是叫张颢赶快吸两口。张颢闭上眼，有气无力地说“爷爷没钱买大烟了，你还是投奔别人去吧。”小黄似乎听懂了，没有再推张颢，在屋里转了几圈，然后一溜烟跑出去了。

过了一袋烟的工夫，小黄回来了，只见它竟然叼来了一包烟土！张颢眼睛“刷”地亮了起来，他一骨碌爬下床，抢过烟土填满烟枪，然后点亮烟灯，抖抖索索凑近深吸了一口。这时，小黄在一旁急得吱吱叫，张颢

忙向它喷了一口。这以后，小黄每天偷来一包烟土和一只鸡，一人一畜牲便在一起混日子。

几天后，张颢正和小黄一起吞云吐雾，房门被“哐啷”撞开，闯进几个彪形大汉。张颢吓得一哆嗦，烟枪掉在地上，小黄则蹿上屋顶的破洞想逃，却被守在屋顶的人用麻袋兜个正着。

领头的人是聚财烟馆的老板钱二顺。聚财烟馆最近老是丢烟土，而且不多不少，每天一包，钱二顺火了，责令手下人限期严查。几个人轮流蹲在库房门口，终于发现是一只黄鼠狼偷的，但等他们追出去时，黄鼠狼早已穿墙过洞，不见了踪影。后来，账房先生出了个主意，在烟土上拴上风筝线，顺着线就一路找上门来了。

几个彪形大汉把张颢痛打一顿，拖过来跪在钱二顺脚下，张颢哭丧着脸连叫饶命。钱二顺用脚尖挑起他的下巴，恶狠狠地说：“你吃了豹子胆啊！说，要死要活？”张颢连说要活。钱二顺瞪着眼说：“要活，就得乖乖听我的。”张颢连连磕头：“爷，小人以后就是你身边的一条狗，随叫随到！”钱二顺蹬了张颢一脚，骂了句“贱东西”，便带人走了。

偷不得的情

钱二顺之所以留着张颢，其实是想让他和黄鼠狼替自己办事。原来，钱二顺有个远房表妹叫田盈盈，两人偷偷好上了。后来，田盈盈嫁给辅国公溥喜做了九姨太，却仍然和钱二顺勾三搭四。无奈辅国公府戒备森严，出入极为不便，两人难得见上一面。钱二顺少的就是通风报信的人，现在，他要张颢训练黄鼠狼当信使，条件是大烟任抽，管吃管喝。张颢一听，当即答应了。而小黄要依赖张颢吸大烟，对他是言听计从，没几天，就能完全领会指示的意思，指东不往西，指南不往北。

这以后，钱二顺想约田盈盈了，就写张纸条挂在小黄的脖子上。到了晚上，张颢带着小黄来到辅国公府后园围墙外，指指田盈盈的房间，说声“去吧”，小黄就直奔而去。田盈盈收到纸条后，就写个回信，也挂在小黄的脖子上。这样每次完成任务，张颢和小黄都会额外得到一小包烟土的奖赏。

可是好景不长。这天，张颢带着小黄刚走近辅国公府，突然一队卫兵提着灯笼蜂拥而来，把他和小黄抓了起来。原来，最近田盈盈频繁外出，引起了辅国公溥喜的注意。他暗自派人跟踪，发现了田盈盈和钱二顺的奸情，又把田盈盈的贴身丫环隔离审问，弄清了整个事情的来龙去脉。

再说张颢被卫兵押进了书房，只见溥喜坐在太师椅上，旁边站着师爷。师爷喝问道：“你竟敢在皇亲国戚身上作奸犯科，按大清律法，罪当处死！”张颢吓得连连叩头，请求饶命。师爷哼了一声，说道：“饶命不难，只要你从今往后为公爷效力。”张颢忙叩头说：“小人愿听公爷差遣，上刀山下火海在所不辞！谢公爷不杀之恩！”这时，溥喜才慢条斯理地说：“头先寄在你脖子上，留神点，指不定哪天就给你搬了家！”张颢连连叩头，不敢言语。

罢了他的官

溥喜把田盈盈和钱二顺秘密处死后，霸占了钱二顺的烟馆。但他为什么单单留下张颢的小命呢？说来话长。自从欧洲列强把鸦片输入中国后，很多皇亲国戚开起了烟馆，大赚国难财。后来，大烟的危害日益严重，朝廷里有责任感的大臣也上书痛陈鸦片误国。于是，道光帝责令皇亲国戚关掉烟馆，准备着手禁烟。

可是白花花的银子不赚心疼啊！溥喜把京城的烟馆关了，却变本加厉在广州城新开不少烟馆。恰巧两广总督邓廷桢是个禁烟派，他暗自做了调查，把广州城里每家烟馆的幕后主人调查得一清二楚，并写成奏折，快马送到京城。这奏折要是到了道光帝手里，轻则丢掉爵位，重则杀头啊！

就在溥喜焦头烂额的时候，田盈盈东窗事发，张颢和黄鼠狼让他眼前一亮，计上心来。他要让黄鼠狼到军机处偷奏折！溥喜打听到，邓廷桢的奏折明天会到京城，明晚会到军机处，军机处的大臣晚上整理出来，后天早朝时会交给道光帝议事。

溥喜急忙和师爷商量，两人连夜赶写奏折，网罗莫须有罪名，弹劾邓廷桢。然后，派人在驿站等候广州送奏折的驿卒，重金贿赂，在邓廷桢的奏折上擦上烟土粉末。后天早朝时，溥喜揣上黄鼠狼，提前赶到军机处，

让黄鼠狼偷出那本奏折。只要没了邓廷桢的奏折，再乘机弹劾他，罢了他的官，以后就没人敢管烟馆的事了。

张颢听说要去偷奏折，吓得面如土色，连说不敢，这可是掉脑袋的事。溥喜冷笑道："你的脑袋早就掉过一次了。要想留着脑袋吸大烟，就乖乖地听话！"张颢只得俯首称是。

溥喜立即派人把张颢带到一间僻静的屋子里，让他在这里训练小黄。张颢先在一张奏折上撒了烟土粉末，放进桌案上一堆奏折里，然后指挥小黄把撒有烟土的奏折找出来，如此反反复复，直到百发百中……

做了对的事

第三天早朝时，张颢扮成随从，跟在溥喜的轿后进了紫禁城。

小黄偷出奏折后，张颢抱着它急忙回了辅国公府，交给师爷。师爷展开奏折一看，急得大叫道："错了，错了！"张颢急忙抓过奏折一看，只觉得天旋地转。原来，小黄偷回的是弹劾两广总督邓廷桢的奏折！

师爷见事情办砸了，便急忙收拾东西，准备走人。他一边收拾，一边对张颢说："愣着干吗？还不快跑？"张颢却摇摇头说："我好不容易找了个金窝子，有大烟抽，不愁吃不愁穿，哪里能比这里好啊！"师爷呵斥道："糊涂！你都不知道，大祸已经临头了！公爷这回轻则丢爵位，重则杀头，无论哪样，你都讨不了好。看看有什么值钱的东西，拿了偷偷地跑吧。"

张颢一听有理，赶忙到处翻找值钱的东西。突然，他在师爷的桌案下面找到一包上好烟土，不由疑惑道："师爷，你不好这一口，怎么藏着好货？"师爷没有理会，拎着包急匆匆往外走。张颢眼珠一转，上前拦住师爷，得意地说："师爷，你且慢。我明白了，这一切是你在搞鬼！你在弹劾邓廷桢的奏折上擦了上好烟土，而且量大。小黄对烟土最敏感，肯定会偷这本奏折。其实，你早就收拾好了，装得还真像啊！"

师爷坦然说道："没错，是我做的手脚。这些身居高位的人，不顾国家安危民众疾苦，只管自己发财，还不放过邓廷桢这种难得的好官，天理何在！我只不过做了有良心的人该做的事！"张颢又问："公爷上朝时你就可以走了，为什么要等到现在？"师爷说："我要确定偷回的奏折到底是谁的。"说完，头也不回地走了。

后来，道光帝看了邓廷桢的奏折，雷霆震怒，削了辅国公的爵位，同时宣召林则徐即刻入京。不久，林则徐在虎门销烟，轰轰烈烈的禁烟运动开始了！

（**题图、插图**：黄全昌）

安打是棒球运动中的一个名词，指打击手把投手投出来的球，击出到界内，使打者本身能安全上垒的情形。它是棒球中的得分利器，因此，安打数最多的球员也常常成为明星球员。

最后一个安打

□谢庆浩

上个世纪的四十年代，太平洋上有个叫瓦胡的小岛，毗邻美国著名的海军基地珍珠港。在瓦胡岛上，棒球运动十分盛行，几乎老老少少都会两下，而一个叫迪克的小伙子无疑是其中最优秀的击球手。他已经连续在多场比赛中打出安打，而只要再多打出一个安打，就将创造瓦胡岛新的安打纪录。

这天一早，迪克突然收到一封信，打开一看，竟然是挑战书。挑战者叫比尔，也是不折不扣的瓦胡岛人，目前在纽约上大学。比尔说，下个月自己将带着大学棒球队回来，和迪克的球队打一场比赛。迪克当即回信，接受了挑战。

很快，约定比赛的日期到了。这天早上，热情的人们把棒球场给挤得满满当当的。在球场入口，迪克和比尔打了个照面，只见比尔双手交叉抱在胸前，一脸傲慢地说："迪克，有我在，你休想打破我父亲的安打纪录！"原来，多年以来，岛上最好的安打纪录保持者一直是比尔的父亲。为了保住父亲的荣耀，比尔决定亲自回来阻止。

得知这一切后，迪克一声叹息道："对于我来说，荣誉并不重要，但我要为了爱情而战！我和玛利亚相恋三年，他父亲说过，必须打破目前的安打纪录，才能同意我们的婚事。"

比尔愣住了，心说：天底下怎么有这么蛮横的父亲？但转念一想，他突然明白了：玛利亚的父亲曾经是个投球手。当年，父亲打出的安打很大一部分是在他手上取得的。可以说，父亲的荣耀一直都反衬着他的耻辱，所以他才会提出这样过分的要求。

不久，比赛开始了。比尔不愧是大学里的最佳投球手，他投出的球又刁又转，而且速度飞快，迪克压根无法击打到球，只能黯然出局。又一个轮次开始，迪克再次出场，但还是一样的结果。时间一分一秒过去，比赛所剩的时间不多了，迪克又一次拿起球棒站到比尔面前，这是他的最后一次机会了！迪克绝望地握紧手中的球棒，目不转睛地盯着比尔。只见比尔得意地笑着，把球放在手上颠了几下，这才上前两步，弯腰扬臂，奋力把手中的球投了出来。

出乎意料的是，这球速度虽快，但角度太正，而且几乎没有什么旋转。迪克不假思索，奋力挥动球棒，只听“啪”的一声响，球在空中被砸了个正着，瞬间改变方向，掉头径自朝远方飞去……

“安打，又是安打！迪克创造了新的安打纪录……”观众席上爆发出一阵雷鸣般的欢呼声。迪克觉得这欢呼声太强大了，简直跟炸弹爆炸似的，震得他脑袋疼。他连忙扔下球棒，飞一样跑上垒，然后回头望向观众席，这才吃惊地发现，观众席上一片狼藉，到处是残缺的椅子，而他的玛利亚一动不动地倒在了血泊中……

原来，刚才响起的不只是欢呼声，还真的有爆炸！

“玛利亚……”迪克发狂地朝玛利亚跑去。这时，爆炸声更频繁了，连续不断在前方响起。当迪克抱起玛利亚冲出球场时，他赫然看见不远处的珍珠港已经变成了一片火海，无数绘着太阳图案的轰炸机正如蝗虫一般疯狂地俯冲轰炸。迪克明白了，是日本人偷袭了珍珠港……

珍珠港事件后，美国宣布对法西斯轴心国开战，联邦政府开始向全体公民大规模征兵。迪克报名参了军，到部队报到的第一天，他遇见了同样身穿军装的比尔。不久，两人随部队一起开赴战火纷飞的缅甸战场，他们很快上了前线，同日本人打了几场恶仗，所幸的是，两人都活了下来。

这天，迪克和比尔接到任务，要去前方侦察一处敌情。正赶着路，比尔突然停下了脚步，迪克感到十分奇怪，回头问道：“你怎么啦？”

比尔摆了摆手，小心翼翼弯下腰，然后伸手指了指脚下。迪克一看，顿时惊呆了，比尔脚下赫然踩着个黑乎乎的东西，是致命的德国S型地雷！S型地雷是跳雷，一旦不慎踩上了，只要一松脚，它就会呼啸着弹跳而起，然后在空中爆炸。这种跳雷已经给盟军战士造成了重大伤亡，想不到，现在比尔也不小心踩中了它。

这时，比尔脸上淌着汗水，说："迪克，你快走，地雷快要爆炸了！"迪克却摇摇头，反而冲他走近了几步，弯下腰仔细地观察起来。比尔急了，冲迪克大声喊道："没有时间了，你不要枉费心机想要拆除地雷，这样的话，我们两个都会送命的！我要你活着回去告诉我父亲，他的儿子是个堂堂正正的男子汉，在棒球场上不曾退缩过，在战场上也一样！"

迪克低吼一声："你是勇敢的男子汉，难道我就是胆小的孬种？什么话都不用说了，我一定要救你！"看着迪克坚毅的目光，比尔一声叹息，喃喃说道："没用的，迪克。我们没有拆雷工具，你拿什么来救我？时间已经来不及了呀……"

"没有工具，并不一定拆不了雷。你不要忘了，在棒球场上，你是投球手，而我是击球手。来吧比尔，我喊'一二三'时，你就撤脚，我们来合作打出个安打吧！"说着，迪克站起身，从背上取下步枪，两手握紧枪管，摆出一个打棒球的姿势。

比尔明白了，迪克是想拿步枪的枪托当球棒，在自己脚下的跳雷跳上来，还没来得及爆炸前把它给打出去。但这样做太冒险了，万一打不上的话，迪克就得陪自己一起死。他为什么一定要这样做？

"很简单，因为我欠了你一个安打！"迪克看着比尔，轻轻一声叹息，"那场棒球比赛别人看不出来，但我却知道，最后的那个球是你为了成全我和玛利亚而故意放水的。你的恩情，我永生难忘，更不可能放弃这样的朋友而独自逃生！"

比尔知道无法说服迪克了，只得默默地点了点头。迪克给了比尔一个鼓励的眼神，提醒他做好准备，然后深吸了一口气，喊道："一，二，三！"话音刚落，比尔迅速一撤脚，"啪"的一声响，一个滴溜溜转动着的铁丸子呼啸而起，迪克手中的枪猛地一挥，枪托不偏不倚砸在跳雷上，跳雷顿时飞了出去，落在了一堵矮墙后面。比

尔抱住迪克一起卧倒在地，耳边只听见轰隆一声巨响，矮墙应声而倒。幸运的是，两人都没有受伤，劫后余生的喜悦让他们紧紧地拥抱在了一起……

四年后，日本政府代表在美国战舰“密苏里”号的甲板上签署了无条件投降书，消息传出，瓦胡岛沸腾了。此时，迪克和比尔早已结束战事回到家乡，他们含着热泪紧紧拥抱在一起。在惨烈的战争中，比尔失去了一只手，迪克失去了两条腿，但他们毕竟都活了下来，而且最终迎来了胜利。

良久，两人才分开。坐在轮椅上的迪克突然说“比尔，你能不能答应我一个要求？我想再和你打一场棒球赛！”比尔愣住了，迪克为什么还要打比赛呢？

“因为四年前的比赛，玛利亚没有看见我跑垒，就被可恶的日本轰炸机给夺去了生命！你知道的，真正的安打必须以上垒为准，而她，没能看到我真正打出安打的那一刻……现在我们打败日本人了，我想到玛利亚的墓前，再打一个安打，以告慰她的在天之灵！”迪克喉头哽咽地说。

比尔伸出仅存的左手，轻轻搭在迪克的肩膀上：“这有什么不可以的呢？我们走。”

两人来到玛利亚的墓前，比尔简单划定了一下垒位，把迪克的轮椅推到指定位置，自己也站好了，随即轻轻抛出了手中的球。坐在轮椅上的迪克努力直起腰，奋力把手中的球棒一挥，“啪”的一声砸中了球。灿烂的阳光下，球在空中划出一道优美的弧线，落在远处的草地上。迪克眼里噙着泪水，双手奋力摇动轮椅，朝不远处的垒位赶去……

(题图、插图：佐　夫)

第15期故事创作研讨班招生

本刊将于2011年5月在上海举办“《故事会》第十五期故事创作研讨班”，邀请有培养潜力的新作者来沪学习。凡录取者，差旅食宿等费用均由本刊承担。参加研讨班的条件：编辑部以培养故事创作人才为目的，所有报名者，不论资历，公平竞争，以作品和创作潜力为衡量标准。具体为：1.提供本人创作简历一份；2.提供数篇新创作的故事；3.需注明本人真实姓名及联系方式。

报名截止期为2011年5月15日。

一对小夫妻在职场上打拼多年，在事业和家庭的双重压力下，他们该如何选择……

赚钱离婚

□刘自忠

大海和小丽在一个公司上班，两人在平时的交往中，互生好感，不久就闪婚了。可结婚没多久，他们的性格差异就慢慢地显露出来，小两口是三天一小吵，五天一大吵，都有点精疲力尽了。这晚正吵着，小丽一咬牙，叫道："看样子，我们很难再一起生活下去了，不如离了算了！"大海也叫道："离就离，这日子还真的没法过了！"

第二天一早，两人打算一起去民政局，刚走到楼下，就碰到住在一楼的工会主席老张。老张看了他们一眼，笑道："二位昨晚嗓门不小啊，好像还嚷嚷要离婚什么的，不会真的去办手续吧？"

小丽一怔，急忙亲昵地挽着大海的手，笑道："我们好着呢！"说罢快步离开了。大海这时也醒悟过来，心说：这离婚的事，还真不能说出来！

原来，公司有一条奇怪的规定，凡是职工结婚要请同事的，必须先签协议，保证婚姻是慎重的选择，一旦十年内离婚，双倍退还礼金。当时大海和小丽结婚，很多同事都来参加婚礼，礼金自然也不少。如果现在离婚，按照当初的协议，就得翻倍退还所有同事的礼金，那可不是一笔小数目啊！

这么一想，两人都感觉眼前有很多只手伸着，就等他们将礼金加倍奉还呢。两人逃也似的跑回家里，过了半晌，小丽才说："要是现在去办手

续，老张立即就会叫我们还礼金。这事儿还是缓缓再说吧。”

此时，小两口已经铁了心要离婚，可眼前的一道坎，实在不知道怎么过。要知道，他们的收入本来就不高，结婚时，还欠了一屁股的外债。如果跟父母要钱来离婚，别说拿不到，被骂个狗血淋头那都是轻的；至于去借钱离婚，人家知道了不得笑死？

讨论半天也没个结果，小丽便说“还是想办法凑钱来还吧。反正每人出一半，自己想办法去挣，等钱够了就离！”大海自然没有意见。从此，两人分房而睡，在外人面前还得假装恩爱，回到家里则是各顾各的。反正已经决定离了，也就没什么可吵的，家里一下子安静下来。

为了挣钱，小丽晚上就去替人看店，每个月能拿几百块，尽管不多，但一时找不到别的门路，而且，这也避免了两人在家里面面相觑。

大海一看小丽已经行动了，自然也不能落后。这天，他正一个人在街上乱转，想找个什么事情做，突然肩上被人拍了一下，回头一看，身后站着一个留小胡子的男人。见大海一脸的惊诧，那人哈哈笑道：“怎么，不认识老同学了？”说罢，揭起贴在嘴上的小胡子。大海一看乐了，叫道：“原来是小朱啊，你这是在做什么？”

小朱是大海的高中同学，在另一家公司上班。只见他晃了一下身后的袋子，说道“摆地摊啊，怕熟人看到，只好在脸上做些手脚了。”大海吃了一惊：“你这是打算辞职了？”小朱摇了摇头，叹息道：“那倒没有。哎，哥们现在又要供房子，又要养孩子，那点工资怎么够啊！只好晚上出来弄点奶粉钱了。”

两人一路走，来到一处街头。小朱将袋子放了下来，拿一块布摆在地上铺平，然后将袋子里的饰物一一摆上，说：“最近天气好，晚上出来的人特别多，生意还不错。”说着，他打开一张凳子让大海坐下，自己则坐在台阶上，说，“摆地摊其实并不难，心理问题才是最难克服的。你要是没事，陪我在这儿聊一聊吧。”

大海点点头，便和小朱闲聊了起来。交谈中，小朱告诉大海，自己出来摆地摊已经好几个月了，收入还不错。他们这样摆夜摊的人，行内俗称叫“走鬼”。就这样，小朱一边说着话，一边不断地与顾客砍价成交，不知不觉中夜已深了，眼见路上已无行人，两人才收摊。粗算了一下，今晚的成交额也有三百多块钱。小朱笑道：“托你的福，今晚生意挺好。”

大海突然心里一动，忙说“我最近手头也挺紧的，要不……明天我也跟你一起摆地摊吧！”小朱笑道：“好啊，这样我就有伴了。”

于是，大海就开始跟着小朱摆地

摊，为防熟人看到，他也弄了个假胡子戴着。小朱不断地向他传授一些小窍门，从物品的选择，到兜售的技巧等等，几天后，大海就自己进货销售了。

过了半个月，这天大海在公司里遇到了工会主席老张，老张一把拉住他，问："你和小丽是不是闹矛盾了？"大海一惊："没有啊，我们很好啊！"老张笑道："还骗谁啊？你俩每天晚上都出去，夜深了才先后回来。有人怀疑，你们是不是各自出去约会了？大海啊，这样可不好啊！"大海听了，连忙摇头否认。

下班回到家里，小丽也冲大海叫道："不好了，公司里已经有人怀疑我们了！"原来，老张也找她谈话了。

看来两人的行动已经引起大家的注意了，如果让人知道他们是为了离婚出去挣钱，这面子可真丢尽了。两人正商量着对策，小丽突然说："不如……我和你一块儿去摆地摊吧。这样，我俩总在一起，也就没人疑心了。何况帮人看店，挣钱太慢了，还不如跟你摆地摊。"大海想了想，也只能这样了。

晚上，小朱看到大海连老婆都带出来一起摆摊了，竖起大拇指，连连说道："真是恩爱夫妻，有福同享有难同当啊！"小两口听了，对视了一眼，只是苦笑。

就这样，两人每天下班后一起出门，晚上又一起收摊回来，看起来真像恩爱的一对。只有他们自己知道，这般辛苦，其实是为了早些离婚。

秋风一过，天气变凉了许多，地摊的生意也跟着差了许多。这晚正好降温，不少摊子早早就收了，还没到八点，街头就只剩大海和小丽两人在蹲着。大海招呼小丽也走吧，小丽却说"没人摆了更好，独家生意更好做！"见她不想回去，大海也不好先走，只好陪着。又过了一会儿，见行人越来越少，小丽也感到身子冻得有些发抖，

这才说："看来真没什么生意了，我们回去吧！"

两人收拾好东西，一前一后慢慢往回走。突然，大海发现迎面急速驶来一辆货车，那车前的两只灯像是醉汉似的不停摆动。此时，小丽正走在靠着车道的地方，眼看车子马上就要来到她身前，大海急得大叫一声："快闪开！"接着，身子扑了出去，把小丽猛地一拉。

只听一声刺耳的刹车响，车子从大海身前擦过，"嘎"的一下停了下来。小丽被这一拉，跌倒在路旁，等她爬起来一看，只见大海就躺在地上。她惊叫一声，扑上来扶起大海，喊道："你怎么了？"大海爬了起来，笑道："没事，只是被车擦了一下。"

这时，货车司机也跳了下来，见大海并没受伤，他才长舒一口气，说："真是吓死我了！"大海却气得叫道："你是怎么开车的？"司机连声道歉，说："真对不住！今天开了一天的车，困得眼皮直打架，刚才突然一阵迷糊……幸好你及时将她拉开，要不然……我的罪可大了！"

说完，司机提出可以带大海去医院检查。大海动了动身子，没觉得有何异样，也就算了。等司机将车开走了，小丽突然一把抱住大海，眼中的泪涌了出来。

有了这晚的经历，以后每次出来摆摊，大海都守着小丽寸步不离。再后来，天气越来越冷，他们出来摆摊的次数也少了许多，似乎都不急着赚这钱了。

这天是星期天，小两口刚下楼来，突然看到一个小伙子站在楼下，却是小朱。大海高兴地叫道："小朱，你怎么会来找我？走！到家里去坐坐。"小朱一愣，随即笑道："哦，我……我不是找你的……正好来亲戚家有点事。"

说话间，老张从屋里走了出来，看到几个人的神态，他笑道："小朱是我的亲侄子啊，没想到吧！其实……这次是我叫他想办法引你们去摆摊的。"

大海和小丽都大吃一惊，问道："这是怎么一回事？"

原来，老张早就看出了两人的心事，一直想让他们重归于好。正巧侄子小朱在摆摊做第二职业，于是，老张就让他想办法引大海也去摆摊，再用话激小丽跟大海同行。其实，就是想让小两口互帮互助，增进感情。

听到这里，大海和小丽都乐了。其实这些天来，他们早就和好了。只是没想到，这事背后还有老张的策划，两人连声道谢。

老张呵呵笑道："公司出这样一条规定，也是有意给想离婚的人增加一点难度，让大家考虑清楚了，避免一时冲动，做出后悔的决定来啊！"

（**题图、插图**：魏忠善）

绝雕无痕

□陈 平

来者不善

登州府有个柳一刀，祖传根雕的独门绝技，从他手里出来的根雕，那是雕鸟鸟似飞，雕虎虎生威，而且没有一丝雕琢痕迹，竟像天生地长的一样。一时间，柳一刀的根雕成了达官贵人热衷收藏的物件。

这天，柳一刀的徒弟张万财进城送货刚回来，“咕咚咕咚”一瓢凉水还没喝完，就听院外传来喊门声。他连忙迎出门，听说是找柳一刀的，就把来人让进院里，向屋里喊了声：“师父，有人找！”

柳一刀从屋里迎了出来，一打照面，只见来人一身公子哥打扮，后面还跟着两名官差。寒暄几句后方知，来人正是知府的义子，人称朱大少，是个人见人怕、鬼见鬼愁的主儿。朱大少说自己是慕名而来，接着，他拿出一幅“龙翔九天”的名画，要求照图制作一件根雕。柳一刀细一端详，说：“这画的是五爪腾龙，要雕成器物的话，只有皇家才能享有。我一个山野村夫，岂敢造次？”

朱大少呵呵一笑：“你这村夫，还算有些见识。这‘龙翔九天’就是要献给当今圣上的寿礼！”说着，又一竖大拇指道，“这是我义父知府韩大人交办的事，你要不惜代价，精工细雕，务必在圣上生辰前赶制出来！”

听朱大少这狂妄的口气，柳一刀眉头一皱道：“能为当今皇上效力，是草民的荣幸。但这根雕讲究‘三分雕琢，七分天成’，必须是量材而做，方可不留一丝刀痕，制作‘龙翔九天’的根材可遇不可求啊……”

没等柳一刀说完，朱大少面色一凛：“当我是傻子？你送出那么多根雕，都是天生地长的？想要银子，你尽管开口。这上通天子的大事，要是搪塞不干的话，那可是死路一条！”见柳一刀无动于衷，他又声色俱厉道，“这活儿你愿意得接，不愿意也得接，三天后必须开工，告辞！”话音一落，随即甩袖而去。徒弟张万财见朱大少负气而走，赶忙赔着笑脸将他们往官道上送去。

过了一会儿，张万财回来了，他好奇道：“师父，这是咱扬名得利的好事，干吗要得罪官府呢？”却见柳一刀一声不吭，紧咬牙关，脖子上青筋暴突，张万财见状，忙把要劝的话又咽了回去。

转眼三天过去。这天一早，柳一刀把张万财叫到身边，不无遗憾地说：“看来三天期满，为师我大难临头了！只可惜这祖传的绝技成了绝响……哎，我怕你过分依赖这‘无痕刀’的手法，而荒废了基本功，本想等你出师前再传，没想到……”柳一刀哽咽着拍了拍徒儿的肩膀。师徒俩正说着话，村里突然有人带来口信，说张万财的父亲病重，要他回家看看。柳一刀一想正合心意，恰好让张万财躲过这场是非，就替他收拾了一些银两，嘱咐说：“好好在家里呆着，不见我的口信，万不可回来！”

张万财走后，柳一刀索性横下一条心，是死是活听天由命吧。没想到三天期满，朱大少竟没上门纠缠，也不知打的是啥鬼主意，柳一刀心里没底，他总有一种不祥的预感……

祖传绝技

熬到了第十天，朱大少还是带着官差来了。他压根不问“龙翔九天”做没做，押上柳一刀便走。柳一刀被押进了知府大院，只见院中摆着一块巨大的根材，旁边还架着一口油锅，下面火焰熊熊。前面的一把太师椅上坐着一人，朱大少冲那人施了一礼，随即大吼一声：“大胆刁民，见到知府大人还不跪拜！”

坐在太师椅上的韩知府看了柳一刀一眼，板着脸说：“我现在给你两条路：要么雕出‘龙翔九天’，要么跳进油锅，是生是死由你选！”

柳一刀早有赴死准备，并无怯意，可一抬眼看到那根材时，他却面容失色。眼前的根材俨然是“龙翔九天”的雏形，居然还是他柳一刀的刀法！一旁的朱大少阴笑着讥讽道：“不要敬酒不吃吃罚酒，你柳一刀空怀绝技，还不如你徒弟识时务！”

原来，那天张万财送朱大少出来，被他威逼利诱动了贪心，于是演出了一场“父病”的假戏。张万财跟随柳一刀多年，略知他擅用“蚁工雕木”，便让朱大少搜来这块根材，再用糖稀诱使蚂蚁雕木。哪知，蚂蚁引来不少，却不“做工”。韩知府气恼之下，打断了张万财的双臂，把他投进大牢，这才去押柳一刀进府。

柳一刀听了，虽对张万财很是失望，但毕竟师徒一场，不忍心见死不救，他仰天哀叹一声，说："罢了罢了！蝼蚁尚且贪生，看来，这活儿我非接不可了。"朱大少一撇嘴说："哼！你早该如此，何苦还要知府大人费这心思！"

见柳一刀松了口，韩知府早就忍不住了，忙问："难道你真是用蚁工雕木？"柳一刀点点头，顺手从口袋里取出一个小瓷瓶，拔开瓶塞，往地上滴了一滴液体，一眨眼的工夫，那地上就聚起黑压压的蚂蚁；再取出另一瓶，液滴一落，蚁群又迅速散开。

在场的人都看傻眼了，心说：这是什么神药？这么霸道？柳一刀解释说：第一瓶是"蚁饵液"，用蚂蚁爱吃的野果取汁加蜜糖熬成；第二瓶是"驱蚁液"，是用中草药熬制的。根雕雏形雕好后，用毛笔将这两种液体分别涂上，需要深雕的地方凿出糙面，将"蚁饵液"渗得更深一些；不需雕的地方则涂上"驱蚁液"。这样，蚂蚁就会按意图啃嚼木屑，出来的效果就像天然长成的一样。

韩知府听完，连连称奇，并催柳一刀赶快动工，让大家一开眼界。柳一刀却摇了摇头，说这根雕雏形刀法还很糙，要做成绝世佳品，必须重新雕刻，五天后施放蚂蚁。而且，那些工蚁是山上独有的种群，个头比一般蚂蚁大几倍，又经自己多年驯化。凡此种种，只有回家后才能完成作品。韩知府允准了，派人送柳一刀回去，并让官差日夜盯守，寸步不离。

天理昭昭

回去后，柳一刀日夜雕琢，不眠不休，五天后，根雕雏形如期完成。第二天，韩知府坐着官轿，一行人浩浩荡荡来到柳家。柳一刀迎上前说："大人，现在到了雕木的关键时刻，工蚁最怕惊扰，官差可否留在门外？"韩知府点头应允，只让朱大少一人随行。

柳一刀将二人带到后院的栅栏屋，这就是蚁工雕木的地方，涂满了

液体的根雕雏形就摆放在地上。柳一刀跺了跺脚，只见地上冒出一行行赤褐色的蚂蚁，向根雕爬去。一时间，上面爬满了密密麻麻的蚂蚁，一对对钳式大牙齿咬在木头上，头一甩一甩的，木屑便“刷刷”地往下掉落。

韩知府目不转睛地盯着看，惊愕得合不拢嘴。一旁的朱大少眼珠子贼溜溜地一转，问柳一刀：“这是最后一道工序？”柳一刀答道：“最后一道是防虫蛀，用‘驱蚁液’浸泡一下即可。”

话音刚落，突然“当啷”一声，朱大少拔出腰刀，凶光毕露道：“看来已经大功告成了，而要让‘龙翔九天’成为绝世孤品，天下就不该再有柳一刀！”韩知府在一旁听了，也拍掌大笑。

“且慢！我知道会有这天，一个将死之人，总要死个明白！”说着，柳一刀一把撕开衣襟，亮出胸膛上的一个大疤痕，“还记得这个吗？你们草菅人命，泯灭天良，真是天理不容！”

朱大少一愣，见那疤痕竟然是个“蚁”字形状，蓦然想起七八年前的往事。那年，朱大少去逛庙会，一眼看见人群里一个小娘子姿色娇美，他顿起歹意，上前动手动脚百般调戏。随后赶来的丈夫厉声呵斥，朱大少一怒之下，令人把他绑在树上，下刀在其胸上刻了个“蚁”字，还指着他的鼻子说：“整死你，跟踩死只蚂蚁一样！”刚巧韩知府从那儿路过，小娘子急忙向前求救，不想韩知府竟昧着良心，当众指责她不该勾引富家子弟。小娘子含羞带愤，一头撞向石墙，当场气绝身亡……

柳一刀竟是当年那个苦命的丈夫！朱大少纵声狂笑道：“没错，你就是一只蚂蚁！今天也逃不出被踩死的下场，少爷我送你去夫妻团聚！”柳一刀却冷冷一笑：“哼，你们视民如蚁，今天就让你们葬身蚁腹！”

顺着柳一刀的目光，韩知府和朱大少低头一看，惊出一身冷汗。不知什么时候，身上竟爬满了厚厚一层的蚂蚁！原来，柳一刀早有准备，他先在自己身上涂抹了“驱蚁液”，刚才扯开衣襟的时候，又暗将盛有“蚁饵液”的瓷坛绊倒，浓浓的饵液撒了一地，百步之内的蚂蚁倾巢而出。韩知府父子吓得不停地跺脚拍打，这下蚁群被惊得骚动起来，钳齿带着毒液咬进两人肉体……

很快，两人就像雪人般溶化下去，轰然倒地。当官差们找到栅栏屋时，只见地上无数的蚂蚁，下面埋着两具森森白骨……

后来，“龙翔九天”几经周折，辗转到了当朝天子的手上，满朝大臣连连赞叹：“此物只应天上有，人间妙手偶得之！”只是没人知道，为什么底部的落款是“蚁民莫欺”！

（题图、插图：杨宏富）

两种百合花

一个男孩在德国留学，空闲时，他便在一家花店做兼职。这家花店已经传承了四代，生意十分不错。

这天，花店老板要外出一个月，他对男孩交代道："店里有两种百合花，一种是早上采摘，上午送来的；一种是中午采摘，下午送来的。千万记住，早晨的要每枝贵10欧分，不要混淆了。"临出门，老板还不放心，又补充了一句，"超过中午11点送来的百合，就算是下午的百合了。"男孩点点头，心里却暗笑老板的迂腐。

接下来的几天，男孩认认真真打理着花店，将两种百合分插在两个木桶里。可没多久，他就分不清哪个是上午百合哪个是下午百合了，索性一律按上午的价格卖。

一个月后，老板回来了。他一看账本简直不敢相信，摇摇头说"这个月成绩那么好？"男孩颇为得意，继续整理着刚送来的花束。老板则拿着账本一丝不苟地查看着，突然，他发现了什么，问道："送花工下午没有送过百合吗？怎么账上所有的百合都是上午的价格？"

男孩得意洋洋地回答："我把所有百合都算作了上午的。这样算下来，一个月多赚一百多欧元。"老板一听，脸色大变，吃惊地问："这个月你都这样卖百合？"见男孩点点头，老板突然一甩手，愤怒地将账本扔在地上，然后快步走出门去。

不一会儿，老板回来了。他的手里拿着一块小黑板，上面写着几行德文：凡是上个月在本店购买过百合花的顾客，一律按每枝10欧分退钱。抱歉，上午和下午的百合混在了一起。

男孩顿时羞红了脸，他终于明白了这家花店传承四代的秘诀。

（**推荐者**：波　波）

（**本栏插图**：安玉民　梁　丽）

留住她的温暖

母亲今年五十多岁，她有一个习惯，每天都给女儿打电话，可她听到的总是语音信箱的留言“对不起，我现在很忙，有事请留言哦！”原来，女儿早在一年前因车祸去世了。女儿走后，这个手机再也无人使用，可母亲仍然按时缴纳月租费。每天听着这条留言，她就觉得女儿并未离开。

这天，母亲又习惯性地拨打女儿的手机，可听见的却是对方已关机的提示音，那条留言竟然消失了！原来，电信公司的语音系统正在进行升级，已经请大家将留言转换到新的系统保存，否则会丢失。而母亲并不知道，她彻底崩溃了：“这是我女儿留在世界上唯一的声音啊！以后，我该怎么办……”

电信公司的工作人员知道此事后，花了一个月的时间，从数百万用户的语音信箱中，找到了那条珍贵的留言，然后拷贝到光盘里，赠送给了这位母亲。日夜盼望的母亲终于又听到女儿活泼俏皮的声音，一瞬间，她开心地笑起来：“听到了！听到了！”

也许我们都是凡人，无法阻止灾难的发生。但我们能够用自己的关怀去缝合一位母亲破碎的心，留住她的温暖。

（**推荐者**：小　白）

最担心的是你

有个小青年正在开车，突然，一辆车紧贴着从他旁边超了过去，只听“吱”的一声，他的车门被刮出一道长长的划痕。小青年立即把车停到路边，正想骂人，却看到一个中年女人面如土色，匆匆走过来认错：“实在对不起！我刚学会开车，技术还不熟练。”可当女人一回头，发现自己的新车也“挂了彩”，突然忍不住失声痛哭起来。

小青年吓了一跳，忙问怎么了。女人抽泣道：“这是老公给我买的新车啊！”小青年一听，不由心软了，但不管怎样，先得解决正事，事故报告书上需要填写驾驶证和车辆保险的相关信息。于是，女人打开储物箱，拿出一个装有相关材料的信封，说：“这是老公为我应对突发状况准备的。”

可是，当她看到材料的一刹那，眼泪又一次流了下来。只见第一页上用粗笔大大地写着：亲爱的，万一你真出了事故，一定要记住，我最心疼的并不是这辆车，而是你！

（**作者**：宋丹龙；**推荐者**：蓝昌科）

幸运齐临

□黄艳丽

上帝的礼物

刘易斯是一个长途货车司机，收入一般，尽管他和妻子珍妮过着简朴的生活，却还是常常感觉捉襟见肘。

每次出门前，刘易斯都怀着愧疚的心情对珍妮说:“亲爱的，等我攒够了钱就买一个农场，到时候我会为你建一个花园，种上你喜欢的玫瑰花……”珍妮却总是体贴地说“我不想要什么玫瑰花园，我只要有你的爱就够了！”

这天，刘易斯开车送一批货物去外省，回家的路上，他心血来潮买了一张彩票，没想到竟然中了一等奖，虽然要和另一个中奖者平分奖金，但也有一百万啊！刘易斯开着破货车在马路上飞驰，他的心欢快得都要跳出来了，真没想到，原来梦想可以实现了！

等刘易斯到家时，珍妮早已进入梦乡，他想把妻子叫起来，可是突然想起今天是愚人节，珍妮一定不会相信的，连他自己都不敢相信呢。要知道这些年来，他一直在研究彩票，可从来没中过一美元。刘易斯突然觉得再也呆不住了，他要马上动身，把属于自己的东西拿回来才踏实。

刘易斯开车行驶了十几英里，到达兑奖中心时天还没有亮，他才意识到人家不可能这么早上班。于是，他决定到旁边的一家“时光酒吧”去喝一杯。酒吧里很冷清，除了刘易斯，只有一个模样猥琐的男人，那男人盯着刘易斯的酒杯直咂嘴巴，显然是一个没钱的酒鬼。刘易斯微笑道:“朋友，过来喝一杯吧。”

男人急忙坐了过来，一口气喝了两杯，然后有点不好意思地说:“先生，你别看我现在这样，我……我以前可是一个百万富翁啊！”刘易斯打

趣地说道："哦？您不会是中过大奖吧。"男人端起酒杯一饮而尽，答道："跟中了大奖一样！"

男人说，两年前一个英国老富翁的律师找到他，说那个老富翁把所有的财产都留给了他。男人说："据说那个老富翁年轻时和我父亲是朋友，还当过我的教父，后来他去了英国才断了联系。于是，这样一大笔财产就找到了我，不是和中了大奖一样吗？"

刘易斯听了，啧啧赞叹道："是啊，真是天大的幸运！"不过，他觉得有些奇怪，既然男人如此幸运，又怎么会变成现在这样？

男人叹息道："当时，我和妻子都高兴坏了，我们先去夏威夷玩了几天，接着我妻子去做了整容手术，我也换了一辆新车。可是没多久，我……我酒后驾车出了事故……"说着，男人撸起裤管叫刘易斯看他的义肢，"更不幸的是，我妻子竟然跟别人好上了，还卷走了所有的钱！"说到这里，男人流下了眼泪，"我一直以为我们的感情很好，没想到她竟然这样对我，我真后悔当初得知有一大笔遗产时，没有好好考验一下她啊……"

看到男人一脸痛苦的样子，刘易斯若有所思地点了点头。

美丽的情人

天亮后，刘易斯顺利地领走了奖金。可是现在，他反而不那么兴奋了。酒吧里那个男人一瘸一拐的身影，不停地在他的脑海里闪现。他考虑再三，还是决定考验一下珍妮。

于是，刘易斯开车回到家，假装惊恐地对珍妮说："亲爱的，我……我撞了人，那人恐怕凶多吉少！他的家人说除非我拿出一百万，否则就送我去坐牢，呆上个十年八年。珍妮，你会等我吗？"

刘易斯心里暗暗祈祷，只要珍妮轻轻点一下头，自己就会告诉她，他们没有遇到那样的祸事，反而成了百万富翁！可是珍妮既没回答，也没点头，只是喃喃说道："一百万，他们要一百万……"刘易斯又追问道："珍妮，如果你有一百万，一定会救我吧？"可是珍妮只说了一个"我"，就再也说不下去了。刘易斯彻底失望了，他觉得幸好在酒吧里遇到了那个男人，否则自己一定会作出错误的决定。

第二天早上，刘易斯发现珍妮的眼睛有些浮肿，显然是没睡好。他突然有点内疚，想了想，决定过两天就告诉珍妮，那个人没有伤得那么重，自己也不需要去坐牢。

于是，刘易斯还是像往常一样出门，继续他的工作。中午的时候，刘易斯正在路上行驶，碰到一个女孩要搭车。刘易斯让她上了车，交谈中得知，女孩叫杰西卡，刚和男友吵了几句嘴，就被丢在了路上。杰西卡长得十分美艳，刘易斯不觉有点心动，这要是过去，他会觉得对不起珍妮，可是现在一切都不一样了。刘易斯故意讨好地说："你男朋友做得太不对了，不管因为什么，也不能把这么漂亮的女孩子丢在路上啊！"

杰西卡生气地说："他已经不是我的男朋友了！"刘易斯听了，不由心中窃喜。他们又兴高采烈地聊了起来，刘易斯觉得杰西卡的眼睛又大又亮，比宝石还动人。这天晚上，他们在旅馆里度过了销魂的一夜……

等刘易斯醒来时，杰西卡已经走了。刘易斯觉得一切都像是一场梦，他又在旅馆里呆了半天，才依依不舍地回家。到了家，刘易斯告诉珍妮，那个人伤得没那么重，可是珍妮一点笑模样都没有。刘易斯不由得心想：难道珍妮已经不在乎我了吗？

刘易斯对珍妮死心了，他开始回味起杰西卡的一切。可就在他以为再也见不到杰西卡的时候，杰西卡却突然出现在他面前，深情地说："我以为我和你在一起，是为了忘记失恋的痛苦，可根本不是那回事，你相信一见钟情吗？"刘易斯没有回答，而是一把抱住了杰西卡……

丈夫的选择

这以后，刘易斯把杰西卡安排在旅馆里，每天以工作为借口和杰西卡私会。但他知道这并非长久之计，自己必须作出一个选择了。刘易斯很苦恼：珍妮虽然不好，可毕竟跟他过了多年苦日子；杰西卡很爱他，但这爱也许只是一时的激情。于是，他决定对杰西卡也进行一次考验。

这天，刘易斯来到旅馆，一进门便抱住杰西卡，假装痛苦地说道："亲爱的，恐怕我得和你分开了！"杰西卡的眼泪一下子流了下来，刘易斯有点于心不忍，可还是硬着头皮说道："我撞了人！警察现在找到了我，杰西卡，我会受到审判，说不定要在监狱里呆上十年八年。"

杰西卡的眼泪流得更凶了，抽噎着说："亲爱的，不管是八年还是十年，我都等你！""可是，监狱里面什么事情都可能发生，说不定我会死在那里！"刘易斯又说。

杰西卡眨着闪亮的大眼睛说："那我们就逃吧！逃到外国去，或者逃到乡下，只要能跟你在一起，我什么都无所谓！"刘易斯再也演不下去了，心说：一个漂亮的女孩愿意跟着一个货车司机亡命天涯，除了爱，还能因为什么呢？他紧紧地抱住杰西卡，说："原谅我，亲爱的！我刚才之所以那么说，是为了在你和我妻子之间做一个选择……"

于是，刘易斯决定和珍妮离婚。没想到，事情办得出奇地顺利，珍妮什么也不要，就同意了。刘易斯扬着离婚协议书，兴奋地告诉杰西卡这个消息。杰西卡睁大了眼睛，结结巴巴地问："你……你真的离婚了？"

刘易斯说："我知道你不敢相信，我真的自由了！我要带你去加勒比海度假，我们要尽情地享受日光浴……"杰西卡惊喜地问："可是我们有钱吗？"刘易斯一边亲吻着她，一边说："我们当然有钱……"

意外的故事

接下来的一个月，刘易斯和杰西卡四处游玩，十分开心。这天，他们住进一家海滨酒店。刘易斯洗完澡后，舒服地靠在松软的沙发上，杰西卡出去买东西了。这时响起了敲门声，刘易斯心说：一定是杰西卡忘了带门卡。于是，他连忙起身去开门，可是门外却站着一个身材高大的男人，他对刘易斯诡异地笑了一下，说："我是来送信的。"

刘易斯还没反应过来，男人已经闯进了屋，并把门反锁上了。接着，男人从怀里掏出了一封信，递给刘易斯。刘易斯抖抖索索地接过来一看，信是珍妮写的！他疑惑地打开了那封信，只见上面写道：

"刘易斯：你去外省那几天，我无意间看到你研究的彩票号码，就买了一注，没想到竟然中了一百万……"

刘易斯惊诧不已：天哪，原来珍妮就是另一个中奖者！他连忙往下看——

"我正要告诉你这个好消息，可

是你突然说自己撞了人，要赔偿一百万。一想到一百万一下就没了，我就心疼不已，但为了你也是没办法的事。可是，我突然想到了艾米的故事。艾米就是我们那位新邻居，她原本是一个富家小姐。为了一个穷小子，她不顾父母的反对，带着钱和首饰跟那男人私奔了。没想到，那男人竟然暗中勒索她父母，她的父亲也因此意外去世了。所以，艾米告诉我不要相信男人，而要守住自己的钱……"

刘易斯忍不住咒骂了一句，心说：讲什么破故事啊！他继续往下看，下面的话太让他惊异了——

"那晚我一夜没睡，心里一直在想：我这样为你值得吗？你会永远爱我吗？于是，我决定考验你一下……"

珍妮在信里说，杰西卡是一个酒吧女，珍妮只是叫她试验一下刘易斯，没想到，刘易斯竟然真的爱上了她！珍妮渐渐对丈夫失望了，当刘易斯向她提出离婚时，她毫不犹豫就答应了。

看到这里，刘易斯简直不敢相信，他和杰西卡的相识竟是一场圈套！刘易斯突然想到杰西卡已经出去很长时间了，他连忙去翻行李箱，可把里面的东西翻了一个底朝天，也没找到他的银行卡。要知道昨天晚上，他和杰西卡浓情蜜意时，他说出了那张卡的密码……

刘易斯想去追杰西卡，可是那个送信的男人拦住了他。男人从那些乱七八糟的东西里捡起一张相片，说"如果你想去找这个女人，我看就不必了，我来的时候看到她已经坐船离开了。你还是看完这封信吧。"

刘易斯颓丧地坐在床上，继续看珍妮的信——

"我买了一个农场，可是我却不想种玫瑰。没有你，这些还有什么意义呢？我觉得活着没有意思，可是又没有勇气去死。前两天，我在酒吧里碰到了罗恩，他答应帮助我结束这一切，然后把我埋在农场里，并种上玫瑰花。他还答应我把这封信转交给你，刘易斯，我后悔去考验你，也恨你没有经受住考验，否则，我们就能幸福地生活在一起了！不过，我们很快就会相见了……"

突然，刘易斯觉得胸口传来一阵剧痛。在失去意识前，他的心里懊悔万分：如果不是听了两个破故事，他们就是拥有两百万的富翁了！他们会有一个农场，里面有一个花园，开满了玫瑰花。可是，一切都太晚了……

十分钟后，男人走出了海滨酒店。他是一个有信誉的杀手，完成这最后一桩生意后，作为报酬，他将获得珍妮的农场。从此以后，他就是一个农场主了。

（题图、插图：佐　夫）

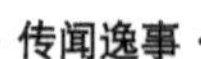

·传闻逸事·

八角琉璃灯

□徐晓宁

难得的孤品

民国年间，北京城有两家古玩店无人不知、无人不晓，分别是谭家的“墨文轩”和沈家的“鹿鸣阁”。借着祖上的关系，这两家和前清的王爷贝勒们来往甚密，经常出入府邸淘换古董珍玩，积攒下了殷实的家底。

可是这年，祸从天降，谭老板和沈老板因为得罪了张作霖，双双被抓进了大牢。两家人顿时如同热锅上的蚂蚁，乱成一团。谭老板有个儿子叫谭士英，本来在燕京大学上学，听说家里出了事，立马赶回家来。他和沈老板的女儿沈小溪是青梅竹马的玩伴，两人便在一起想办法。

一见面，沈小溪急切地说：“士英，合咱们两家的财力，无论花多大代价也得把爹爹救出来啊！”谭士英点点头：“这是一定的，可是……等我们上下打点，疏通关系，黄花菜都凉了，两位老人还指不定怎么样呢？”

“那你说怎么办？”沈小溪焦急道。谭士英也是一筹莫展，在屋子里乱转了半天，突然想起爷爷弥留之际曾经拉着他的手，颤巍巍地说：“将来……万一家里遇上什么过不去的坎，就去库房最里边……找灯笼……”那时候，家里人把库房找了个遍，也没找到什么灯笼。谭士英心想：不妨再去自家库房看看，说不定另有收获。

于是，谭士英带着沈小溪来到了库房，径直走到一个阁间前面，拿出钥匙，打开三道沉甸甸的黄铜锁，才进到库房的最里边。只见这正中央有三个巨大的博古架，那上面放满了金石、字画、古玩等等，全是稀世珍品。谭士英扫视了一圈，目光落在了一个紫檀木云纹描金的“灯笼框”上，便把它拿在手里把玩。只见那个灯笼框有七寸高，一共分八格框，每格框里有细细的凹槽，似乎可以插进什么薄片。

谭士英忽然想起来，小时候去沈小溪家玩，看见过一个八角形的紫檀木“八音盒”，据说是祖上传下来的一件宝物，可是知道其中秘密的人都已经不在了，慢慢地竟沦为了小女孩的玩具。当时，沈小溪说过：“我太爷爷把这个八音盒留给我的时候，还送我一条小项链，说这俩是一对儿，以后能保佑我化险为夷、平平安安。”

谭士英心想：要揭开老一辈留下的哑谜，看来还得把灯笼框、八音盒放在一起思量思量。于是，他让沈小溪马上回家里，拿来了八音盒。只见那八音盒上面确实有八个黄铜螺丝插口，正好可以放上这个灯笼框，两个东西搁在一起，严丝合缝，还真像一座灯笼！谭士英心里电光火石般一闪：莫非这就是爷爷遗言里所说的灯笼？但是这灯笼框上细细的凹槽又是做什么用的？正想着，他一眼瞥见墙上的一幅墨宝，那上面写的是一首宋代的词，名字叫《九张机》。

突然，谭士英想起，父亲珍藏有八张“冰玉牍片”，那牍片上面写的，正是这《九张机》的前八句。不久，谭士英在阁间的一个角落里找齐了八张冰玉牍片，小心翼翼地将它们插进格框的凹槽里，这架灯笼顿时玲珑剔透起来。谭士英看得不由得失神了，喃喃道：“难道……这就是失传已久的‘八角琉璃灯’？”

沈小溪有点纳闷：“一架灯笼有什么稀奇？”谭士英也不接话，而是给底座上的八音盒上好发条，那八音盒立刻带动上面的灯笼缓缓转动起来，一阵悦耳的音乐响起，那八面冰玉牍片反射灯光，在四壁上隐隐约约映照出诗词和图画。

这时，谭士英才缓缓说道：“古董珍玩分为珍品、极品、孤品。这八角琉璃灯正是难得一见的孤品啊！小溪，有了它，我来设个局，不怕救不出咱们的爹爹！”

第一等谜题

再说奉军大帅张作霖，最近得到了少帅张学良进献的五张冰玉牍片，大帅真是爱不释手。但是冰玉牍片上只有《九张机》的一、三、五、七、八句，缺了四句，弄得他好生心痒。而

且据说，这冰玉牍片里还隐藏着一个巨大秘密，关系到前清的一件绝世宝贝。张作霖百思不得其解，便在北京城贴出告示，重金悬赏能解谜之人。

一连三天，古董行的名家、琉璃厂的老手来了不少，但没有一个能破解谜题，无不被打得皮开肉绽，颜面无存。这天，有一对年轻男女上前揭了告示，立刻被请进了大帅府。那个清秀俊朗的正是谭士英，面容娇美的则是沈小溪。

张作霖一见这对璧人儿，心里就有点欢喜，问道："你们两个小娃娃天造地设的一对，何苦来趟这浑水？现在带你媳妇儿回去，我让人给你们包十块大洋当贺礼。否则要是解不出这题目，哼哼……"说着，他一摆手，几十个警卫兵立刻冲进大厅，一个个凶神恶煞的样子，用枪托"哐哐"敲着大理石地面。

沈小溪脸都吓白了，谭士英将她拉到身后，面不改色地望着张作霖。张作霖冷森森地对谭士英说："解不出这题目，她要挨的四十军棍全算在你身上。八十军棍打下来，保准你媳妇儿今天就成小寡妇！"

谭士英回头看看沈小溪，只见沈小溪紧拉他的衣袖，泪珠儿涟涟。谭士英咬咬嘴唇，说道："大帅，如果我解出这题目，请您答应我一件事。"张作霖哼哼冷笑："不知天高地厚的小子，说吧，什么事？"

"我俩的父亲都被关进了大牢。如果我解出了谜题，请您放了他们。"张作霖点点头道："好，我答应了。拿冰玉牍片出来！小娃娃，只怕你救人不成，反把自己搭进去！"

动人的隐情

这边，谭士英接过警卫兵递过来的冰玉牍片，心里不禁暗暗好笑。其实，这一切都是他设的局。谭士英有个同学，正好在给张学良少帅当副官，这五张冰玉牍片是他故意交给同学，然后通过少帅张学良进献给张作霖的。

只见谭士英假装思索片刻，从随身携带的包袱里摸出另外三张冰玉牍片，说道："大帅，其实这冰玉牍片一共有八张，上面写的是宋代传唱极广的一首词，名字叫《九张机》。"

张作霖茅塞顿开："难怪我这五张上的诗词总是连不起来，左思右想也不对，原来其余三句在你手里！"

谭士英摆摆手："大帅，这还不是答案所在！冰玉牍片只是冰山一角，看我给您慢慢道来。"说着，他又从包袱里掏出灯笼框和八音盒，一步步地组装好八角琉璃灯。然后，谭士英把灯面朝窗口在手中一转，只见那冰玉牍片在阳光的映衬下，温润如宝玉、璀璨如水晶，整个八角琉璃灯顿时显出灵性来。

大堂里一片鸦雀无声，警卫兵看到那谭士英手里变戏法一样变出一架八角琉璃灯来，一个个都伸长脖子看傻眼了。谭士英心想：好戏还在后面呢！他对着张作霖恭敬地说道："大帅，麻烦您让手下人把窗帘拉上，再给我扯一个电灯泡过来。"张作霖捻着胡须呵呵笑道："照你说的办，看你小子还有什么鬼花样！"

四面的窗帘一拉上，大堂里顿时暗下来。谭士英把一个灯泡小心翼翼放进八角琉璃灯里，然后给底座上的八音盒上好发条，整座灯缓缓转动起来，一阵悦耳的音乐轻轻响起来。谭士英走到电闸前，大声道："各位，看好了！"说完，合上电闸，灯泡立时亮起来，炽热的白光打在八张冰玉牍片上，《九张机》的诗词被投射在粉白的墙上，煞是好看。

在场的人惊奇地发现，那墙上不仅有《九张机》的诗词，还有精美的水墨画，分别绘着兰花、芙蓉、月季、牡丹、石榴花、玫瑰、秋菊、腊梅八样花卉。花下画着一个满清皇族打扮的少年和一个少女，两人或者一起执笔写字，或者共剪西窗烛花，恩爱甜蜜，堪称天作之合。张作霖不禁好奇道："画上这男娃儿女娃儿是什么人？"

谭士英叹了一口气，说道："画上那个穿皇袍的少年，就是顺治皇帝！旁边的少女是他的爱妃董鄂妃，她是满人，最得顺治皇帝的宠爱。可是满族的王公贵族们害怕她万一登上皇后的宝座，会破坏一直以来的满蒙联姻，更重要的是，她生下的皇子将来会继承大统，于是就……"张作霖面部肌肉不禁颤动："就怎样？"

"于是就密谋毒死了董鄂妃的儿子，董鄂妃受此打击一病不起，不久也撒手人寰。顺治皇帝万念俱灰，出家当了和尚。孝庄皇太后主持大局，对外宣称顺治皇帝得了天花暴病而亡，扶持年仅八岁的爱新觉罗·玄烨上位，就是后来的康熙皇帝。"

张作霖听到顺治皇帝和董鄂妃凄婉的爱情故事，沉默半晌，有所动容。谭士英趁热打铁道："大帅，骨肉分离就算搁在皇家都让人肝肠寸断，何况我寻常百姓家！"张作霖默默点头，

起身站立，大声说："国宝，好一件国宝！看在你们两个娃娃解出谜题、又献出这么一件宝贝的份上，放了你们家的老爷子！"

不多时，警卫兵把谭老板和沈老板从大牢里放了出来。谭士英和沈小溪见大功告成，正十分欢喜，忽然听见张作霖厉声说道："谭士英，你不是说这首词叫《九张机》吗？明明有九句诗词，可这宝贝上面只有八句，第九句在什么地方？说不出来，老子把你们四个一起丢进大牢里！"

谭士英心里一惊，心想：张作霖着实厉害，自己故意设计这个局，本想忽悠他上钩，谁成想反把自己给忽悠进去了，顿时后背一片冷汗。这时，沈小溪站出来，大大方方地说"大帅，第九句在哪里，我已经想出来了！"

大堂上所有人的目光齐刷刷落在沈小溪身上。只见她把自己脖子上挂的小项链拿出来，摘下晶莹剔透的项链坠，安在灯顶上。顿时，一道光线从项链坠底透上来，在大堂屋顶上投射下《九张机》的最后一句诗词。

张作霖拍着座椅哈哈大笑："妙哉妙哉，第九句所藏的地方果然和词里写的一样。'都将春色，藏在里面'，原来是藏在女娃娃的项链里！"

（题图、插图：黄全昌）

（本栏目欢迎来稿。来稿可从邮局寄发，也可从网上传递。如为电子邮件，请发以下信箱：hangfan1102@126.com）

都是房子惹的祸

□罗列超

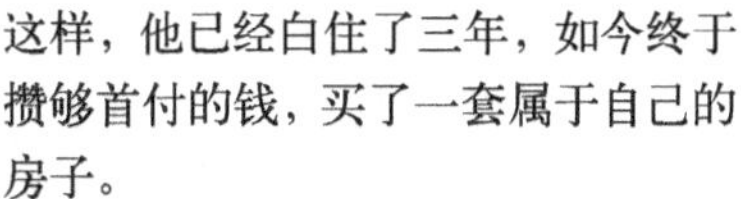

这年头，房子就像一道紧箍咒，套在每个大龄男青年的头上。这不，郭小杰今年都二十八了，还讨不到老婆，就是因为人家嫌他没有房子。为了能够早日买房，郭小杰是挖空心思，省吃俭用，什么招都用上了。

这天，郭小杰在网上看到一个帖子，题目是《在上海“白居”很容易》，发帖人说，他在上海租房从来都不用掏钱，而是用技能抵房租，或者帮房东做饭，或者给房东孩子当家教，就这样，他已经白住了三年，如今终于攒够首付的钱，买了一套属于自己的房子。

郭小杰看完，眼前一亮，马上也发帖求租这类房子。为了提高命中率，他把自己会的技能全写上去了，包括英语、笛子、乒乓球、游泳、表演等等。还真是技多不压身，没多久就有人回帖。网上一交流，郭小杰发现对方是个女孩，房子就在他公司附近，当下觉得十分满意。不过，那女孩似乎有点不放心，希望郭小杰能把身份证扫描了发过去看一下，郭小杰立即爽快地答应了。

没想到，对方收到后，居然回帖问道：“你真的叫郭小杰？那么你是不是在城郊的育红小学念过书？”郭小杰奇怪道：“是啊，你怎么知道？”原来，那女孩竟然是郭小杰的小学同学唐悠悠，这世界可真是太小了！两人相互感叹了一番，便马上约定当晚就见见面。

到了晚上，郭小杰按照地址找到了唐悠悠家，一进门，就发现唐家的房子很大，而且装修得十分豪华。他环视了一下四周，艳羡地说道："按目前的市价，这套房子最起码也能值三百万吧！"

唐悠悠叹了一口气，说道："值再多钱又有什么用？"原来两年前，唐悠悠的父母不幸遭遇车祸身亡了，如今就剩她一人住在这空荡荡的房子里。郭小杰一时语塞，他连忙转开话题，说道："老同学，没想到你真是女大十八变啊！你这么好的条件，想必追求者一定排到黄浦江了吧！"

没想到，唐悠悠尴尬地笑了笑，说道："这年头，好男人岂是那么容易找的？"见郭小杰一副打死也不相信的样子，她继续又说，"知道我为什么要把房子租给你吗？"原来，唐悠悠已经有一个十分心仪的对象，只是家里没有长辈，一直也不方便让对方来家里坐坐。正好郭小杰发帖说自己有表演天赋，所以，唐悠悠想让他暂时住在这里，扮演一下自己的哥哥，等男朋友上门时好陪着说说话。

一听这话，郭小杰马上明白了唐悠悠的心思：她现在年纪也不小了，既然已经有了心仪的对象，肯定想马上结婚，只是女孩子家毕竟矜持，有些话不便明说，所以想找个人帮忙。想到这里，郭小杰一拍胸脯，说道："你就放心吧，这点小事情就包在我身上了！"

唐悠悠满脸羞红地说道："那就多谢你了！其实，你的情况我也了解了，你放心，等我结婚后，你可以继续住在这里，再住上一两年也没关系！"

郭小杰惊奇道："怎么，你结婚后不准备住这里？看来你男朋友的房子比这儿还好！"唐悠悠没有接话，只是说："你别多问了，反正我不住这儿！"见她如此说，郭小杰也不便多问，而且一想到自己居然能在这里白住上一两年，他心里别提有多高兴。

第二天，郭小杰就收拾一下东西搬进来了。他心想：既然人家都把你当哥哥了，自然要拿出点做哥哥的样子来。所以，郭小杰刚住下来，就表现得十分勤劳，每天抢着做家务，把唐悠悠伺候得舒舒服服的。

可是这天，唐悠悠却叫住他，为难道："小杰，以后家里的活儿还是我来干吧！"郭小杰满脸惊奇地问道："这怎么行呢？我白住在这里，怎么能……"话还没说完，唐悠悠就打断了他的话，说道："其实……我也不小了，我想学着干点家务嘛！"说着，她的脸羞红了起来。

郭小杰立刻明白了，心说：唐悠悠肯定是想在男友面前表现得贤惠温柔一点。天哪，她男友到底是何方神圣啊，居然让悠悠如此心甘情愿去迎合他？郭小杰心里不禁对这个尚未谋面的“准妹夫”充满了期待。

这天周末，一大早唐悠悠就敲开了郭小杰卧室的门，难为情地说自己男朋友马上要过来。郭小杰一听乐坏了，忙说：“你放心，我今天一定会好好表现的！”唐悠悠见他信心满满的样子，犹豫了一下，说道：“我男朋友小张有点大男子主义倾向，所以，待会儿麻烦你也显得有派头一点！”郭小杰立刻心领神会地点了点头。

正在这时门铃响了，唐悠悠打开门一看，正是男朋友小张到了。见小张手里提了一大篮水果，郭小杰连忙抢上去接了过来。放好了东西，他正准备去烧饭，好让两人有时间单独相处。没想到，唐悠悠一把抢过围裙，笑眯眯地说道：“哥，我来烧，你去陪小张说说话吧！”郭小杰这才想起唐悠悠刚才的提醒，便立刻摆出一副大哥的样子，以家长的身份跟小张聊了起来。

聊了一会儿，郭小杰才知道，原来小张在一家网络公司供职，虽然薪水也不错，但和唐悠悠相比，并没多大优势。不知他到底是哪点迷倒了唐悠悠，郭小杰真有点百思不得其解，脸上也不知不觉流露出些许轻蔑之色。

小张见状，生怕被未来大舅子小瞧了，连忙表态说：“再等两年，我就能存够首付买房了，到时候一定风风光光地迎娶悠悠。”

郭小杰心想：既然两人情投意合，何必还要再等两年呢？自己受人所托，一定要忠人之事。于是，他语重心长地对小张说道：“其实……你俩也都不小了，房子可以慢慢买，但感情的事情拖久了不好。反正我妹妹已经有了这套房子，你们不如先把婚结了，买房子的事情以后再说嘛！”

谁知，小张一听这话，马上惊奇道：“怎么，这房子你不要了吗？”“这房子我怎么能……”情急之下，郭小

杰差点说漏了嘴，他顿了顿，连忙又说，“爸妈临终前，让我好好照顾悠悠，这房子自然先给她用！”

正在这时，唐悠悠过来叫他们去吃饭。饭桌上，小张突然说道：“悠悠，你哥哥对你可真好啊，连房子都让给你了！”一听这话，郭小杰得意地冲唐悠悠笑了一下。没想到，唐悠悠的脸马上拉了下来。郭小杰被弄糊涂了，赶紧转头去看小张，只见小张的脸上也堆满了阴云。他俩这都是怎么啦？郭小杰纳闷极了。

吃完饭，小张就起身告辞了。送小张回来后，唐悠悠“砰”的一声关上大门，然后拿起沙发垫狠命朝墙上砸去，一边砸，一边嘴里还骂道：“该死的房子，怎么老是坏我的大事！”

郭小杰看不明白了，问道：“悠悠，你怎么啦，你知道现在房子多重要吗？没房子的男人都没人要！”说完，他不禁沮丧地低下了头。唐悠悠却没好气地说：“那是你们男人，对我们女孩来说，这房子就是个祸害！”见郭小杰不解地看着自己，她这才道出了实情。

原来，唐悠悠父母去世后，给她留下了这套大房子，随着房价的不断攀升，她的身价也跟着水涨船高。就因为这个，有些优秀男青年都对她望而却步，偶尔有几个不介意的，她又怀疑别人是冲着房子来的。就这样，不知不觉中，唐悠悠被“剩”下来了。痛定思痛，为了能谈一场单纯的恋爱，唐悠悠决定给自己找一个霸道的“哥哥”，让他假装已经霸占了父母留下的那套房子。所以，她才让郭小杰装出一副大男子主义的样子，自己则扮演受气的小妹，以此来迷惑对方。

唐悠悠本来想等小张买了房子，再公布真相。没想到，郭小杰误解了她的意思，好心办坏事，无意中竟泄露了天机！得知唐悠悠居然比自己先“富”起来，爱面子的小张已经明显对她冷淡了很多！

郭小杰这才如梦方醒，他重重地叹了一口气，说道：“房子啊房子，怎么老跟我们的爱情过不去呢！”

（题图、插图：刘斌昆）

三国人物微博

◇ 关羽：没有最红，只有更红。俺是当仁不让的“三国”第一红星，看俺的脸就知道了。

◇ 刘备：早知道有眼药水卖，我就不用成天忙着挤眼泪出来骗别人的地盘了，眼睛都差点哭瞎了。

◇ 刘禅：俺知道俺老爸创业难，可当一个成功的富二代更是难上加难！

◇ 小乔：（周郎）可惜不是你，陪我到最后，曾一起走却走失那路口……

◇ 董卓：人生能有几何，恋爱岂能三角，我这血一般的教训真是太深刻了！

◇ 曹丕：现在的大鳄都喜欢玩资产重组，所以俺把“大汉股份有限责任公司”重组了。

◇ 吕布：俺就是搞不懂了，同样是闭着眼睛打瞌睡做梦，曹操做梦时把别人给杀了，而俺做梦时却被人逮住给做掉了，悲哀呀！

◇ 马超：俺是马超，“超级女声”的“超”。

◇ 庞统：长得丑，又爱吼，加上又是个农村户口，因此，俺求职四处碰壁。

◇ 黄盖：这个月薪水老夫就不要了，多给我发点止痛药或是喷雾剂什么的就成了。

◇ 张苞：俺发誓，俺真的没有假摔，俺把自己的命都给摔没了。

◇ 张松：身高不是距离，真的！

◇ 黄忠：年龄也不是问题，也是真的！

◇ 马谡：有高文凭，没有工作经验，这真的是个很大很大的问题！

◇ 袁术：资产不良，却要借壳上市，太难了。

◇ 袁绍：盘子大了，反而不好进行炒作，这是资本市场永恒不变的真理。

（**作者**：代淑蓉；**推荐者**：吴亚兰）

市民给银行的还钱提示

一位市民在ATM机上取款，提取400元，结果ATM机吐出4000元。银行请市民还钱，不久，银行收到这样一封回信，内容如下：

◇ 请于规定的时间段来我家取钱，时间是周一至周五的7：00–8：00，19：00–21：00。其余时间我要上班和休息；

◇ 请在我家过道口取号，然后在楼梯间蹲着等待叫号，并请在门口黄线外等待；

◇ 请提供你的有效证件，在我奶奶那里领取申请表，填好后签名，盖公章；

◇ 你要是问我取了多少钱，对不起，请支付查询费，一笔2元；

◇ 请提供你的单位证明、委托书等资料(注意这个“等”字，到时候万一想起还需要什么，你自己回去拿）；

◇ 手续全部完成后，请交纳取款手续费，每笔4元，然后留下电话号码，我会把资料提交到我老婆那里审批，20个工作日后，到我家领取。当然，来领取时请重复步骤1、2、3。

（**推荐者**：罗春香）

·快乐辞典·

毕业后，班级的QQ群这样发展

【毕业一年】

前程如何

A：各位亲朋好友，我现在驻扎首都，已成功打入公司内部。目前，手上在做一个大项目，好几个亿呢！

B：各位兄弟姐妹，下个月我要出国了，公司在美国有一个项目，我要过去组织施工。我会想念大家的，同时，我会好好欣赏那边的美女！

C：哪位推荐一下实用的醒酒方法？我又得去要工程款了……

【毕业五年】

家庭生活

A：小弟本月十五日结婚，各位赏脸，把手头几千万的工程放一放，来喝杯喜酒。要是实在不行，人不到，礼也得到啊！

B：我生了，不，我老婆生了个儿子，各位帮忙取个名，要求不多，与我们专业无关就行！

C：哪位爷们包过尿不湿，我老婆不在，女儿大便了。

【毕业十五年】

炫耀资本

A：最近准备换台车，上个月买的那宝马，坐着太不舒服了！

B：哪位要房的？我手上有几套，友情价转让。最差的一套在武汉，长江边上，五室三厅。

C：各位现在都喝啥酒？我喝1980年份的法国红酒都腻味了。

【毕业五十年】

生老病死

A：群里还有人活着不？

B：哥我还活着。

C：姐依然坚挺！

【毕业一百年】

这个群很安静很安静，突然……

A：我是A的曾孙子，大家好。

B：我是B的曾孙女，你好。

A：你单身不？

B：嗯。

A：嘿嘿，不如……

（推荐者：冯向阳）

（本栏插图：顾子易）

银楼里，各方势力粉墨登场、斗智斗勇。一桩离奇命案的背后，是两代人纠缠不清的恩怨情仇……

银楼风波

□王永坤

1.怪异婚事

民国初年，河南首府开封鼓楼街上有座深宅大院，宅主人是个姓章的太太，这个外地迁居来的寡妇虽说年过四十，却风韵犹存，尤其她口中一对金牙，更是显眼。章太太频频出入于各大酒楼舞厅，出手十分阔绰，没多久，便成了开封政商界的“女闻人”。

偌大的章宅，只有四口人：一个年方十六的小姐圆圆，一个经管家务和料理母女俩生活的老女佣吴妈，还有一个是新雇的门房老王头。

这天，吴妈特意来到门房，说她受太太所托，让老王头做媒，替太太招个上门女婿。老王头一听，惊得目瞪口呆，心想：小姐年轻俊美，又上过女子洋学堂，美名早传遍了开封城，前来求婚的公子哥儿几乎踏破了门坎，可太太一个也没看上眼，咋会让我这个连半个阔人都不认识的看门老头说媒？

吴妈见状，笑道：“这有什么大惊小怪的？太太手里有的是钱，她如果招个公子哥儿做女婿，怕那些公子哥儿花心，不服管，万一骗了钱脚底板抹油溜了，那可咋办？倒不如招个大字不识的平头百姓子弟做女婿稳当、

放心！”

老王头觉得吴妈的话有几分道理，但仍担心道：“就算太太有这意思，可小姐是喝过洋墨水的，能愿意嫁个睁眼瞎的穷小子？”吴妈突然双眼一翻，凶巴巴地说：“这事儿由不得她一个黄毛丫头！”

听吴妈这口气，好像她才是一家之主似的，老王头不由吓了一跳。但他还是留心在自己认识的人里头物色起来，可一连介绍了七八个，章太太和吴妈见了，不是嫌对方家中有父母兄弟，就是嫌小伙子太过精明。老王头心说：听她们这意思，莫不是要找父母双亡、无兄弟姐妹、又大字不识一个的傻蛋做上门女婿？

转眼到了深秋，这天一大早，老王头来到内院，找到正在捅火炉的吴妈，吞吞吐吐地说了件事儿。原来昨晚，老王头在大街上碰到一个老家邻居的儿子。那孩子如今父母双亡，无亲无故，又因为家乡遭灾，无法过活，便来到城里当了乞丐，被老王头暂且收留在门房……

说完，老王头小心翼翼地问吴妈：“太太不是要招上门女婿吗？我看这小伙子……”吴妈一听，眨了眨眼说：“也罢，让我先看看这乞丐是否合适，然后再禀告太太！”说罢，踮起小脚随老王头来到门房，像打量牲口一样，前后左右打量起来。

只见那小伙子二十出头，长得倒也眉清目秀，就是满脸菜色，举止畏畏缩缩，一看就是个没见过世面、又有几分傻气的乡下小伙儿。吴妈又盘问了他半天，最后点点头，大包大揽地说：“我看这傻小子……哦，不，这小伙子挺合适，这事儿包在我身上了！”

果然，吴妈回到内房一禀报，章太太便发下话来，把那乞丐叫到正堂，隔着帘儿一番张望后，真的同意招他当女婿！不过，她给乞丐重新起了个名儿，叫“王长生”。小伙子呆愣了半天，没明白。一旁的老王头急了，赶忙冲他挤眉弄眼，说：“长生，还不快谢过太太！”他才“扑通”一声趴倒在地，对章太太磕了头，又转过身来给老王头磕头。

章太太交际广泛，又讲究礼数，几天后便在开封最高档的“福地春饭庄”摆了十几桌酒席，为女儿举办订婚仪式。除了一省最高长官赵督军缺席外，省城里有头有脸的达官贵人几乎悉数出席。酒宴上，经过章太太调教的王长生一身西装，端着酒杯，挨桌向客人们敬酒，倒也中规中矩。而章小姐却面若寒霜，脸腮带泪，分明是对这桩婚事极为不满，却又无可奈何。

在众多的客人中，有一位富商叫刘德山，他是开封城最大的珠宝首饰店“金凤银楼”的老板。刘德山原本是个小货郎，仗着与前任大总统袁世凯的五姨太是表亲，一来二去便发达了。酒宴快结束时，刘德山挤到章太太面前，将一个红包递给她，笑容可掬道：“章太太，令爱大婚在即，您看敝店金银首饰，应有尽有……”

章太太当即回敬一杯酒，春风满面地说：“哟，刘老板不愧是位经商高手，贺喜都不忘做生意啊！我正打算给小女操办几样拿得出门的黄货白货呢。放心，我们哪儿都不去，就认准您的金凤银楼了！哦，对了，还有我的这个毛脚女婿王长生，他也要打两个大方戒。”刘德山听了，乐得两眼眯成了一条缝，连忙说：“敝店明日恭候大驾光临……”

“明日不成的。”章太太掐掐玉指说，“明天黄参议长的宝贝孙子过生日，后天欧阳厅长的老娘七十大寿，我都得亲自登门道贺。这样吧，大后天我们一定前来拜访！”

刘德山听了，头点得像鸡啄米。

2. 十全宝壶

这金凤银楼坐落在开封城商业最繁华的马道大街。这天一大早，刘德山便早早吩咐伙计将“本店今日歇业”的牌子挂了出去，然后虚掩了店门，单等章太太一行光临。

九时整，随着“当啷啷”一阵马铃响，一辆双开门描金玻璃窗的洋马车停在了店门口，章家除了老王头，人全来了。只见章太太和章小姐都是一身时尚旗袍，王长生则身穿灰青色长衫，头戴礼帽，颇有几分富家阔少爷的儒雅相，围着月白水裙的吴妈则跟在后面。

“上香茶！”随着刘德山大嗓门一声叫，一个小伙计麻利地在茶几上摆上一溜景德镇白瓷盖杯，另一个小伙计则手执长柄铜壶，逐一冲上茶水，顿时茶香四溢。章太太闻了一下，咧嘴赞道：“好香的碧螺春！”

“太太好深的茶道功夫！”刘德山奉承道，“要说我这茶啊，真是正宗的太湖东山坞碧螺春，喝了消渴生津，延年益寿。只有最尊贵的客人光临时，我才端出来招待的。”

听刘德山把茶说得如此神妙，王长生不知是因为好奇，还是真的口渴，竟忍不住端起茶杯“咕嘟”就是一大口，却被烫得手一抖，茶水溅出大半，把长衫前襟都泼湿了，惹得伙计们捂嘴偷笑，心说：哼，狗肉上不了席，到底还是一个乡巴佬！

章太太见毛脚女婿出了洋相，面露愠色，身后的吴妈忙上前拽拽王长生的后襟，悄声提醒道：“少爷，别忘了礼数，香茶要先敬给太太！”王长生慌忙端起另一杯香茶，捧到章太太面前。章太太左手接过茶杯，噘起鸡血似的嘴唇，抿了一小口，然后用右手的无名指指甲优雅地在茶杯沿上一旋，重又盖上茶杯盖，往茶几上一放，说道：“茶不忙着喝，还是先挑货吧。”

刘德山赶紧一拍巴掌，银楼的二掌柜便领着两个内柜伙计从内门走了进来。只见他们抬着一个金丝绒布垫底的大托盘，托盘上码着一层层精致小巧的玻璃盒，盒子里尽是各式各样的金银首饰。

章太太示意章小姐先选，章小姐却虎着脸，别过头去。吴妈见了，忙掩饰道：“看来小姐是不好意思。也罢，就由我这个老婆子代劳了。”接着，她一边挑一边絮叨，“大喜的事儿，一副喜鹊登枝赤金雕花的手镯是少不了的，嗯，还要配这个石榴莲子的镶宝石钻戒才好——连生贵子嘛！对了，再来对牡丹花开富贵的金簪子……”

刘德山见了，不由暗叹：到底是大户人家的老女仆，挑的尽是最值钱的内行货，好眼力！

吴妈挑完，小伙计又将托盘抬到章太太面前。章太太嘴里说着人老珠黄了，还摆什么俏，可眼和手却没闲着，指点着玻璃盒一口气挑了十来件，随后又对王长生一努嘴。王长生笨手笨脚将玻璃盒拨来拨去，尽拣个头大的挑。刘德山和小伙计又是一阵暗乐：这小子，把黄白货当作桃杏瓜果了！

总算挑选完毕，两个小伙计开始打包，二掌柜则拉高嗓门报单子，最后又拿出算盘，"噼里啪啦"一通响，报总账道："共须大洋两千零三十块，减去零头，章太太，您付个整账得了。"这时，刘德山满脸笑意，早乐开了花，心说：今天这单生意，顶平常半年的赚头呢！

章太太点点头，从小皮包里夹出一张银票。刘德山喜得伸手就要去接，不料，章太太却将手缩了回去，笑道："且慢，还有一件事儿要麻烦刘老板。昨天，我在欧阳厅长家吃寿席时，遇到了赵督军，他顺手给了我一个大红包，还责怪我那天为小女办订婚宴没请他。我呢，自然要回礼了，明天我请了赵督军来寒舍作客。如今，水酒薄菜倒是准备好了，只是还差一套酒器，要向贵店借用一下。"

刘德山一听，心中"咯噔"一下，嘴里却道："甭客气，只要敝店有的，尽管开口！"章太太屈起手指，又道："赵督军一省之长，大驾光临寒舍，普通酒器岂能入他老人家的法眼？我想向贵店借用一套十件的镶金嵌银二龙戏珠松石绿执壶！"

刘德山大惊失色，心说：这套执壶，乃是当年乾隆八十大寿，和珅为讨好乾隆献的一件寿礼。以天山松石绿玉为壶体，壶面壶底镶金嵌玉，缀满珍珠玛瑙，组成二龙戏珠图，并由能工巧匠花了两年工夫，才做成这套天下独一无二的十件执壶，因此得名"十全宝壶"。这套宝贝原本深藏在大内府库，堪称皇家的镇殿之宝，可近年来由于宣统退位，时局动荡，守宫的太监们疯狂盗卖内府宝物。几年前，刘德山去了一趟北京城，依仗袁世凯之势，软硬兼施从太监手中将这套十全宝壶挖了过来，秘藏店中。这事隐秘至极，没想到这个章寡妇竟如此神通广大，不知从何处探得了底细。

当下，刘德山急得额上冷汗直流，结结巴巴地说："章……章太太，实在对不住，您说的这……这套执壶，敝店没……没有。"章太太目光如炬，直视着刘德山，问道："真的没有？""真……真的没有！"

这下，章太太生气了，她将银票往皮包里一塞："算了。这些首饰我们不要了，到对面的福瑞银楼看看去！"说罢，便从沙发上站了起来。一旁的二掌柜不明就里，又舍不得这笔大生意黄了，连忙说："太太，好商量，好商量！"说着，一边向章太太打躬，一边拿眼望着刘德山。

眼看煮熟的鸭子要飞，刘德山尽管肉痛不已，但他心中更明白：今非昔比，袁世凯已死，自己没了靠山，一旦十全宝壶露了白，便会招来数不清的黑道白道人物你争我夺，甚至惹来杀身之祸！思量至此，他一咬牙，招呼伙计："买卖不成仁义在，端茶送客！"

一个小伙计走上前，端起章太太原先喝过一口的茶递了上去。章太太接过茶杯，顺手递给王长生："长生，你不是口渴吗？喝了这杯茶，咱们走人！"王长生听话地接过茶杯就要喝，一抬眼见吴妈正瞪着自己，顿时想起了喝茶讲究礼数文雅，便右手举杯，左手高扬，宽大的衫袖遮住了大半个脸，然后"滋儿滋儿"地喝了大半杯。

喝了茶，一行人正要走，王长生突然"嗷"的一声叫唤起来。章太太吃惊地问道："我儿，你怎么了？"王长生捂着肚子弯下了腰："我……我肚子好难受！"

刘德山厌恶得直皱眉，心说：哦，这小子是想拉屎呀！便对一个小伙计说："扶王少爷去盥洗间！"不料，没等小伙计伸手，王长生一声惨叫，倒在了地上。

3.人命关天

"我儿，我儿！"章太太一边叫，一边和吴妈去搀扶王长生，只见王长生四肢一阵抽搐之后，再也不动弹了，只是大张着嘴，出气多，进气少。

刘德山慌了，心说：这乡巴佬不知犯了什么毛病，若是真死在店里，就要带来晦气了！他连忙命一个伙计快去请郎中。伙计出了店门，刚上马路，就见一个长须飘飘、戴着黑框夹鼻圆眼镜的老郎中挎个药箱子迎面走来。伙计急忙上前，不由分说，一把将那老郎中拉进店里。

老郎中看见地上躺着个人，立即蹲下身，号了一下王长生的脉搏，又用手在他嘴上试了试，连连摇头道："脉搏早没了，呼吸也停了，没救了！"

人死了！顿时，店堂里一片鸦雀无声。吴妈最先反应过来，连忙催促章小姐快哭丈夫。章小姐脸孔憋得通红，也没哭出声来。"我的好孩儿啊！"倒是章太太像乡下妇人那样呼天抢地般嚎啕起来，完全没了贵妇人的风度。

章太太哭了一阵，就柳眉倒竖地冲刘德山嚷道："好你个刘德山，我儿来时还活蹦乱跳的，才喝了你一杯茶便死了，分明是你们茶中有毒！走，咱们到督军府说理去！"

刘德山急了，连忙辩白道："章太太，咱们远无怨，近无仇，好端端的我害你女婿干吗？你女婿分明是得了急症！"

一旁的吴妈帮腔道："哼，分明是因为我家太太退了你们的货，你便恼羞成怒，让小伙计在茶里下了毒！那杯茶不是你让人端上来的吗？本来你们想要毒死我家太太的，不料却毒死了我家少爷！”刘德山不由语塞了，他觉得：这事儿跳进黄河也说不清了！吴妈又提醒道“太太，哪来那么多废话，柜台上有电话机，快报警，直接报给赵督军，请他派法医来验尸，验茶水！”章太太听了，抹抹眼泪，踮起小脚就去抓那台手摇式电话机。

刘德山吓得丧魂落魄，心说：做生意的最怕缠上官司，而这个赵督军原本是个拉杆子的土匪，一惯敲诈勒索，吃人不吐骨头。况且，他与章太太关系非同一般，一旦惊动了这个恶魔，他会像抽水机似的把金凤银楼抽干，说不定，还要把自己绑上刑场吃枪子！这么一想，刘德山连忙奔到柜台前，奋力护住电话机，然后对章太太连连拱手，语无伦次地说：“章太太，好商量，我赔，我赔……”

章太太却不依不饶：“赔什么？一条人命你赔得起吗？”刘德山一手紧紧攥住电话机摇把，一手指着刚包装好的那一大包金银首饰，说“这些首饰，你……你们全拿走，本店白送！”

不料，章太太大嚷道：“什么，我女婿一条命就值两千大洋？我女儿已经和他订了婚，如今他死了，我女儿就要守望门寡啊！告诉你，我女婿就是我章家的顶天宝，是宝！你明白吗？”

锣鼓听声，话里听音，刘德山冷汗直冒，心说 这娘们莫……莫不是要十全宝壶？一旁的吴妈见状，索性直接挑明道：“刘老板，再加上你那套什么执壶还差不多！”“老娘不稀罕你的什么壶，老娘只要你一命还一命！报警，我要报警！”章太太声嘶力竭地叫着，扑上来死抠刘德山的手。

“别，别，别！”刘德山想清楚了，活该自己倒霉，今天不破财是难免灾了！他带着哭腔道：“我……我全赔，全赔！”说罢，跌跌撞撞来到密室，抱出一个包得严严实实的铜箱子，打开锁，里面果然是那套金灿灿、亮闪闪的十全宝壶。顿时，宝壶宝光四射，令

全店的黄白之物黯然失色。

吴妈解下月白水裙，变戏法似的一抖，竟是一条宽大的口袋！她不慌不忙地将十全宝壶连同那包金银首饰一件一件地收进了口袋里。刘德山和伙计们哭丧着脸，木然地看着这一切。这时，没人注意到，那个老郎中的嘴角却一直挂着冷笑。

4. 警察记者

就在章太太一行准备离开时，店堂门突然“哐”的一声被推开，只见一个小乞丐领着三个警察闯了进来，为首的正是负责鼓楼街治安的牛巡长！见来了警察，众人顿时大惊失色。

牛巡长看了一眼地上的王长生，随即“啪”地向章太太敬了个礼，说道：“章太太，你好！本巡长刚刚接到小乞丐报告，说你女婿在这儿买首饰时突然暴亡。请章太太放心，本巡长一定将此案查个水落石出！”

刘德山蒙了，心说：真是越怕鬼越来鬼！到底是谁报的警啊，那小乞丐怎么知晓王长生死在这里？他不由瞅了一眼章太太，却见本已揩干泪痕、气定神闲的章太太此时也是脸色大变，那对金牙在上下对咬，眼睛还直瞅着同样发愣的吴妈。

接下来的事情，更让刘德山摸不着头脑了。回过神来的章太太竟支支吾吾对牛巡长说：“我……我女婿他没有死，他是……是犯羊角风，过一会儿就……就会好的。”说着，推着那个老郎中，让他为自己的话作证。吴妈则侧过身，悄悄从水裙兜里掏出一个羊脂玉扳指，塞到老郎中手里。

不成想，老郎中却把玉扳指重重地往茶几上一放，气呼呼地说：“你女婿都挺尸了，小老儿行医几十年，难道还分不清死人活人吗？你们想用玉扳指堵小老儿的嘴，没门！”章太太和吴妈的脸一下子红到了脖子根。

牛巡长一番察言观色，顿时明白了：一定是章太太的女婿王长生犯了急症死在了银楼里，而章太太仗着与赵督军的关系，趁机想要讹诈刘德山！

牛巡长转了转眼珠，皮笑肉不笑地说“章太太，本巡长知道你和赵督军挺熟，可县官不如现管，你女婿死在本巡长管辖的路段，还得先由本巡长处理！”说罢，他扭头命令两个手下，“把王长生的尸体抬到巡警局验尸去！”随即又一抡胳膊，冲众人说道，“人命关天，也请在场的诸位到局子里走一趟！”

章太太和吴妈急了，见两个警察挽起袖子正要抬尸，她们连忙上前阻拦道：“慢、慢、慢！”一边说着，一边把刚才揣在腰间的金戒指、银耳环什么的大把大把往外掏，塞进牛巡长他们的口袋里。

牛巡长这么做，原本就是装腔作势，他知道，这事儿别说到了督军府，就是到了巡警局，有什么好处也轮不到自己！他见兜袋已塞得满满的，便打起了哈哈道：“民不举，官不究。既然你们愿意私了，本巡长也就不过问了。章太太，快买口棺材葬了你女婿，别影响人家刘老板做生意！”说着，领着两个警员就要走。

不料，他们刚抬脚，店门又突然被推开，只见一大群胸挂相机的记者蜂拥而至，照相机的闪光灯对准王长生的尸体“啪啪啪”地响成一片！

众人都有点傻眼了。这时，一个最新式的麦克风举到了牛巡长面前，一个记者连珠炮似的对他刨根问底道：“巡长你好！我们是《民国日报》驻本地的记者，刚才接到消息，说金凤银楼有顾客被毒死。请问巡长，您能介绍一下案情吗？凶手到底是谁？我们已在明日的报上预留了头条版面……”

一听是《民国日报》的记者，牛巡长紧张了，他知道《民国日报》是中央大报，就连赵督军都礼让三分。看来这事儿遮掩不住了，更何况那记者说王长生是被毒死的！

牛巡长急忙“变脸”，手忙脚乱地掏出兜里的黄白首饰，接着一拍柜台，手指着刘德山和章太太：“好大的胆子，你们竟然私了人命，又公开贿赂警察！”说着，他命令两个警员，“将银楼中的一干人等，无论死的活的，男的女的，统统带回巡警局！”

两个警员也学牛巡长的样子，掏光了口袋里的东西，然后哭丧着脸去抬尸体。不料，他们的手刚碰到尸体，那尸体突然一个鲤鱼打挺，站了起来。两个警员当即吓得大叫一声：“诈尸了！”就直往柜台下钻。

5.可疑郎中

只见王长生站起来，拍拍长衫，揉揉眼睛，傻里傻气地说：“我怎么睡着啦？咦，咋围了这么多人？你们拍

我干吗？我又没死。”

章太太最先反应过来，但她却不敢正视王长生，而是堆起笑容，吞吞吐吐地对牛巡长说：“牛巡长，我……我早说过，我女婿得……得了羊角风。”随即又对记者们说，“你们都看到了吧，这儿没有人被毒死，快走吧，我……我们还要谈生意呢。”

“死人”竟然突然活过来了！这样的稀罕事记者们哪肯放过，手里的闪光灯依旧闪个不停。牛巡长闹了个空欢喜，一肚皮火气正没处撒，便一把揪过那个小乞丐，“啪”地扇了他一耳光，吼道：“你个小叫花子，谁让你报的案？谎报是要关禁闭的！”小乞丐一脸委屈，捂着腮帮子，指着老郎中说：“是……是他叫我报案的。”

牛巡长狐疑地望着老郎中：“原来是你让小乞丐谎报案子。对了，刚才你还一口咬定王长生死了呢，莫非你也趟了这趟浑水？”

“不，”王长生走上来，挡在老郎中前面说，“是我故意装死的，不关老郎中的事。”章太太和吴妈一听，顿时面面相觑。接着吴妈一努嘴，章太太急忙上前，拉起王长生的手，关切道：“长生，你……你没事就好，咱们走吧。”

这时，王长生却像换了个人似的，一把甩开章太太，端起那个被他喝了大半的茶杯，继续对牛巡长说：“今天确实有人要毒死我，毒就下在这杯茶中。不过，这茶我可没敢喝，全倒在这儿呢！”说着，一扬左手衣袖，从里面掏出一个皮囊，往另一个茶杯一倒，果然是清香扑鼻的碧螺春。

老郎中见状，连忙打开药箱，拿出两根银针，往两个茶杯里分别一试，银针顿时全变成乌黑！牛巡长倒吸一口凉气说：“奶奶的，还真有人下毒！”

一旁的刘德山急了，本能地大叫道：“不是我下的毒！”“对，不是刘老板下的毒，下毒者另有其人。大家请看这茶杯口有什么？”老郎中提醒道。众人探头一看，只见茶杯口有个猩红的唇痕，不由一齐向章太太投来疑惑的目光。

章太太顿时脸色发白。倒是吴妈挺镇静，她走上前为主人辩解道："不要冤枉我家太太，这茶是我家太太先喝的，试想，天底下哪有用嘴下毒的？"王长生却"嘿嘿"一笑，拿右手无名指做了一个挖鼻孔的动作。老郎中立即会意，他大步上前，一把攥住了章太太的右手。章太太吓得大叫起来："你……你要流氓！"

老郎中一声冷笑，手一用力，竟将章太太右手无名指那个鼓鼓的长指甲拧了下来。大家一看，竟是一个犀牛角做的假指甲！老郎中又端起一只未曾喝过的茶杯，将假指甲一弹，只见一撮白色粉末抖落杯内，再用银针一试，银针果然变得乌黑！

刘德山彻底明白过来，忍不住破口大骂："奶奶的，原来是你们自个儿下的毒，专门来讹诈老子的！"见把戏被人给戳穿了，章太太抿紧嘴巴，不再吭声，还惊惶地回头看吴妈。没想到，吴妈竟不满地瞪了主人一眼，大声道："怕什么，大不了打场官司，反正又没毒死什么人！太太，快给赵督军打电话，就说我们遇到了麻烦。"可章太太依旧一言不发，吴妈急得脸色发白，直跺小脚。

牛巡长在一边冷眼旁观，他隐隐感到整个事态的发展，似乎都在老郎中的掌控之中。这老郎中究竟是何方神圣？老郎中见牛巡长盯着自己看，不由哈哈一笑，随即伸手扯下长胡须。牛巡长一见老郎中露出真面目，不由惊道："啊，是您？陈二爷、陈教习！您……您老怎么到开封来了？"说着，他"啪"地敬了个礼。

原来在北洋警界，提起陈二爷，可谓无人不知，无人不晓。他本名陈春山，原是前清排名第二的京师四大名捕之一。后来，天津巡警学堂成立，他被聘为刑侦科目的特别教习，专门为学员讲授疑难案件，而牛巡长恰是从天津巡警学堂毕业的！

6.天网恢恢

陈二爷看着牛巡长，幽幽地问："你还记得老朽当年在学堂上讲过的'京师举人毒毙案'吗？"牛巡长赶紧说："记得记得。那案子离现在有十几年了……"陈二爷点点头，接着便说了起来：

那是光绪三十年，清廷举行了最后一次春闱大比，其中有个来自商丘的金举人，名落孙山之后却在京城逗留月余，原来他被一个姓章的年轻女子给迷住了。那个章姓女子，镶了一对挺好看的金牙。一天深夜，她带着一个吴姓中年女仆，敲开了金举人的寓所，说自己本是一个京官大佬的小妾，因大佬犯法被斩，便成了飘零无

主的苦命人。天上掉下个林妹妹，喜得金举人忘记了家乡的妻儿老小。而且，更令金举人喜出望外的是，这个章姓女子还用自己的私房钱，为他谋了一个五品官职！

准备走马上任前，春风得意的金举人携新婚夫人和女仆，来到京城最有名气的绸缎庄做官袍。不料在讨价还价时，正感口渴的金举人喝了店中一杯茶，当即七窍流血而死！

这下事情闹大了，天子脚下，堂堂朝廷的五品命官竟被毒死，而身披重孝的章姓女子又哭哭啼啼四处哀告，顿时轰动朝野，刑部会同九门提督府共办此案，最后店老板以“含忿投毒”之罪被抓进大牢，病死狱中，百年老店也倾家荡产，而得了一笔重金赔偿的章姓女子则扶棺离京……

说到这里，陈二爷长叹一声道：“当时，老朽也参与了此案的审理，深感其中大有蹊跷，怎奈人微言轻，无力左右九门提督的定夺。直到两年后，金家派人千里迢迢寻找金举人，我这才知道章姓女子连同金举人的灵柩竟然神秘失踪，如此一推敲，金举人死得不明不白啊！”说完，陈二爷转过头来，目光如炬地直视章太太。

章太太向吴妈望了一眼，面如死灰，两腮突然一阵抖动，闭上了眼睛。吴妈的双腿也不由打起颤来。

陈二爷继续说：“后来，老朽打探到江湖中有一种专靠造假骗人过活的红赝班子。他们先看准一家财产丰厚的商家，称之为‘扣眼’；再以色相骗得一个在当地举目无亲之人充当至亲，叫做‘死扣’；最后瞅准机会在商家店中害死这个无辜者，以讹诈商家钱财；整个骗局谓之‘结网套白鸽’。可怜金举人，就是这张网的一个‘死扣’！”

“不过，老朽尚有一事不明，那章姓女子如何将毒下在商家的茶中？”陈二爷停顿了一下继续说，“两年前，老朽辞去教务，检点生

平，觉得此案未破，深感遗憾。不过，老朽深信：尝到甜头的红赝班子绝不会金盆洗手！恰巧这时，金举人的儿子金平长大成人，他千里迢迢来到京城，恳求老朽弄清其父的死因。于是，老朽和金平便乔装打扮，追查章姓女子一伙的下落。真是皇天不负苦心人，两个月前终于查实，这十几年来她们一直打一枪换一个地方，前不久已经辗转来到了开封。她们就是大家眼前的章太太和吴妈！后来，老朽又从老王头口里打听到章太太要招女婿的消息，心中便明白：她们又要故伎重演了！”

听到这里，牛巡长不觉脱口而出道：“于是您便串通老王头，让金平假扮傻里傻气的乞丐，将计就计打进章家。今天，终于把她们钓上来了！”

陈二爷点点头，随即又冲着牛巡长冷笑道：“老朽记得当年在巡警学堂里，你也是个优等生。这次来开封，老朽特意让小乞丐向你报案，本想给你一个立功受奖的机会，不成想你的良心竟然被狗吃了！幸亏老朽留了一手，事先将此事捅给了报社。”记者们恍然大悟，又“噼里啪啦”地对着牛巡长拍了起来。牛巡长面色发赤，头耷拉得像只烧鸡。

“我终于明白父亲是怎么死的了！”王长生，不，是金平，他双眼喷火地对章太太道，“今天吴妈做的早点特别咸，又不曾烧茶，我便明白最后的时刻到了。多亏陈老伯早有准备，让我在衣袖里藏了一只水囊！”

这时，章太太终于睁开了眼，她双眼泪水滚滚，颤抖着嗓子对金平道：“你……你果真是金举人的儿子？难怪初见你时，感到挺面熟。”接着，她又转头对陈二爷说，“当年，我也是被逼着进红赝班子的，可上贼船容易下贼船难！别看我在外面挺风光，但在班子里，我只是个小角色，真正的班子头儿是她——吴妈！”吴妈一听，两腿一软，差点栽倒在地。

在陈二爷的目示下，牛巡长掏出了两副手铐。吴妈一边挣扎，一边不甘心地大叫：“姓陈的，你只知其一，不知其二！我们每结一个网，除了要看准‘扣眼’和‘死扣’，更重要的是找‘活扣’，就是重金收买那些官高位显的大人物，让他们庇护我们。当年，我们在京城时找的活扣是九门提督，而今我们找的活扣也不妨告诉你，不是别人，就是赵督军！其实，乾隆皇帝的十全宝壶就是他透露给我们的，而且得手后也是要进献给他的，我们不过得些金银首饰罢了！你敢铐我，敢铐赵督军吗？”

陈二爷沉声道：“老朽也许不能将赵督军怎么样，但人在做，天在看！当年那个九门提督不是在辛亥年被革命军正法了吗？老朽敢说，

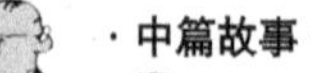

赵督军也会有这么一天！”

只见牛巡长走上前来，“咔”的一声铐上了吴妈，随即又来到了章太太面前。“慢！待我把话说完，你再铐我也不迟。”这时，章太太反倒平静下来，她将章小姐拉到金平跟前，说道，“其实，我对你父亲并非毫无感情，尽管是我害了他，但他是我初入江湖遇到的第一个男人……你父亲死时，我……我身上已有了他的骨肉，圆圆就是你同父异母的妹妹啊！”金平同章小姐互望一眼，惊得目瞪口呆！

章太太接着说“这两年，圆圆渐渐长大成人，吴妈一再逼我拉她下水，我宁死也不从。我明白善恶有报，做此伤天害理之事岂能有好下场？”随即，她又无限怜爱地对章小姐道，“圆圆，跟你哥哥回商丘认祖归宗，嫁个好人家吧……”话没说完，她口鼻里突然流出黑血来，人也软软地倒退几步，倒在了沙发上。

陈二爷这才发现，章太太口中的金牙不见了，不由惊叫道“你……你吞掉了金牙？”章太太苦笑道：“是的，金牙里有巨毒。其实，我也是个‘死扣’，一旦失手，就必须自尽灭口！这些年来，口含着有巨毒的金牙，我夜夜做恶梦，今天，恶梦总算醒了……”她的声音越来越低，终于头一歪，一动不动了。

“妈！妈妈……”清醒过来的章小姐扑倒在章太太身上，撕心裂肺地痛哭起来……

（**题图、插图**：杨宏富）

· 本刊信息传真 ·

阿P系列幽默故事征文

阿P系列幽默故事栏目开辟二十多年来，深受读者欢迎。阿P是个有多重性格的喜剧人物，他正直、朴实，却又染有许多不良习气；他自作聪明，却又往往事与愿违，弄巧成拙；面对屡屡受挫的现实，他却能自我解嘲，很有点阿Q的精神姿态，让人啼笑皆非。

为了把这个栏目办得更好，本刊再次面向全社会征稿，希望有更多的人来关注阿P，把您身边的阿P故事写得更精彩，更有现实意义和典型意义。

来稿方法：1. 从邮局寄发，请在信封上注明“阿P故事征文”字样，本刊地址：上海市绍兴路74号《故事会》杂志社，邮编：200020。2. 从网上传递，可寄以下信箱：wulun@vip.sohu.net，请在主题上注明“阿P故事征文”字样。凡已和我刊编辑有联系的作者，稿件可继续投给联系的编辑。

爱的托付

□张春风

林珊和丈夫薛蒙结婚几年了，两人都非常喜欢孩子，可惜一直没有怀上。薛蒙是个整形外科医生，收入颇丰，他怕妻子太闷，便给妻子开了家婴儿用品店。

这天晚上，林珊正准备打烊，突然，从外面进来一个长发女子，她身穿一件蓝色连衣裙，脸色看上去十分苍白。见生意上门，林珊赶紧招呼道："大姐，你想买点什么？"女子一声不吭，径直走到奶嘴区，挑了半天后，叹息道："唉，这里没有我要的奶嘴！"

林珊好奇地问："你想要什么样的奶嘴？"女子焦急道："我也说不清楚，反正明天就要，不然宝宝要饿坏了！"林珊点点头："那我明天就去进货！"女子说了声谢谢，匆匆走了。

第二天晚上，女子又来了。林珊笑眯眯地说："大姐，我将所有的奶嘴都凑齐了。瞧，有草莓型的，有苹果型的，绝对有一款适合你的宝宝！"谁知，女子看了看，摇摇头说："唉，这些都不适合。"说罢，又走到奶粉柜台，问，"有没有小太阳奶粉？"林珊摇头说没有，女子显得很焦急："可是宝宝只认这种奶粉啊，你能帮我打听一下哪里有卖吗？"林珊爽快地答应了。女子道了谢，又转身走了。

第三天晚上，女子如约而至。林珊热情地说："大姐，我打了很多电话，好不容易调了两罐小太阳奶粉过来。宝宝没饿坏吧？"女子笑了笑，说："谢谢，宝宝很好。不过，我现在不需要了！"说罢，转身就走。

这时，丈夫薛蒙正好来了，林珊撅着嘴巴说："折腾死我了，不知道她究竟要什么？"薛蒙笑嘻嘻地问："说谁呢？""刚才出门的大姐呀！"薛蒙却说："瞎说什么呢，店里分明就你一个人！"刹那间，林珊吓出了一身冷汗："我……我不会撞鬼了吧？""什么撞鬼了？"薛蒙嬉皮笑脸地说，"好啦，你一定是怪我太晚接你下班，我错了，快回家吧。"任凭怎么解释，薛蒙就是不信，林珊只好又气又怕地回家了。

隔天晚上，林珊想早点打烊，刚要锁门，那女子又出现了，幽幽地问："你要打烊了吗？"林珊带着哭腔问："大……大姐，你究竟想买啥？"

女子想了想说："我想订一套婴儿装：白底绿花的泡泡裙，加一顶同花色的太阳帽，还有一双白色的小皮鞋，谢谢！"说罢，她翻了翻衣兜，不好意思道，"对不起，我身上没带钱。这样吧，我留个电话号码给你……"林珊只想快点撵她走，迫不及待地说："没事，这婴儿装我送给你也行。"女子笑了笑，在柜台上写下一串数字，说："记住，这个号码很重要！"说罢，又匆匆走了。

林珊正在愣神，丈夫薛蒙突然跌跌撞撞地冲进来，颤抖着说："刚才，我……我在街上撞鬼了！"原来，薛蒙刚才开车时，突然看见前面有个女子一闪而过，他来不及刹车，将对方重重地撞在地上。薛蒙连忙下了车，并拨打120急救电话。可等救护车到了，一转眼间，那女子竟然不见了……

林珊听罢，突然问道："那女的长什么样？"薛蒙想了想，说："她长发披肩，穿一件蓝色连衣裙。"话音未落，林珊尖叫了起来："天哪，真的是她！"接着，她将这几天的怪事说了一遍。薛蒙大吃一惊，但又安慰道："没事！明晚我陪你一起在店里等，看她还来不来。"

第二天清早，林珊却突然接到了福利院的电话。原来，夫妇俩一直没有孩子，便决定去领养一个。刚巧，福利院最近新来了几个宝宝，院长就让他们去看看。很快，夫妇俩赶到了福利院。院长指了指婴儿床，笑眯眯地说："这些都是符合你们要求的宝宝。"夫妇俩满心欢喜地看看这个，又抱抱那个，不知该怎样选择。

突然，隔壁房间传来了一阵婴儿的啼哭声，这声音勾起了林珊内心的母爱。她诧异道："是哪个宝宝在哭？怎么没人哄呢？"院长尴尬地说"也是新来的宝宝，不过，你们一定不喜欢的……"

林珊却好奇地走到隔壁房间，这才发现那里躺着一个女婴。突然，她大叫起来："亲爱的，你快来！"薛蒙赶紧跑进来，只见林珊颤抖地指了指女婴，说："你看她的穿着，泡泡裙、太阳帽、白色小皮鞋……跟那个女子说的一模一样！"说完，她又转身问院长，"这孩子哪里来的？"

院长叹了口气，说"你说这个唇裂儿呀？她太可怜了！因为她的长相，父亲抛弃了她们母女。三天前，她妈妈抱着她上街，谁知迎面撞上一辆汽车。生死一刻，妈妈将她扔到了草地上，自己却被撞飞了。妈妈去世后，她就被送到了这里……"

那一刻，林珊突然明白了：女子死后，一直放心不下孩子，想找个好心人托付。于是，她几次三番来买东西，就是想试探一下林珊的为人。通过几次接触，她觉得林珊是个有爱心的妈妈，而那次精心策划的车祸，也验证了薛蒙是个正直的爸爸。

奇怪的是，宝宝一见林珊就不再哭闹，还咯咯笑了起来。林珊对宝宝也有一种说不出来的亲切感，她将宝宝搂在怀里，哽咽道："亲爱的，就领养她好不好？千万不能辜负了她妈妈的托付。"薛蒙红着眼睛说："好，就听你的！"

"你们真的决定了吗？她可是个唇裂儿。"院长诧异道。薛蒙点了点头，说："是的！我想，她妈妈将一切都考虑到了，因为我是个整形外科医生！"院长越听越糊涂，突然她想起了什么，掏出一张银行卡，说"这是在宝宝妈妈身上发现的，谁也不知道密码。既然你们领养了她，就给你们吧。"

当天，夫妇俩就将宝宝带回了家。很快，薛蒙亲自为宝宝动了唇裂修复手术。手术相当成功，宝宝的脸上几乎看不出一点瑕疵。

过了好久，林珊才记起那张银行卡。可是，她也不知道密码。这天，林珊偶然瞥见了柜台上的一串数字，才想起那女子反复强调过，这个号码很重要，莫非有什么玄机？林珊跑去银行试了试，果然，密码就是这串数字，而且卡里竟然有15万，想必是那女子的全部积蓄。

后来，林珊夫妇将这笔钱捐给了"天使基金"，那是一个专门为唇裂儿成立的基金会，他们希望更多的唇裂儿能够康复。

（题图、插图：魏忠善）

“岳阳杯”幽默故事创作大赛征文选登

本活动由上海市松江区岳阳街道与本刊共同举办

调皮的鹦鹉

□巴萨吕　改编

这天，杰克刚刚做完手术，正躺在病床上翻看杂志，住同一病房的病友突然开口说道：“嗨，闲着无聊，说个笑话给你听听吧！”杰克直起身子，连忙说：“好啊，好啊。”

病友清了清嗓子，说道：“一天，有个人看见酒吧里挂着一只鹦鹉。服务员说，这只鹦鹉十分聪明，你在它的前后左右不同位置拍手，它能说出不同的话来。那人觉得有趣，便在鹦鹉面前拍了拍手，只听鹦鹉说道，‘你好’；他跑到右边拍了拍手，鹦鹉说了声，‘谢谢’；接着，他又换到左边拍手，鹦鹉说，‘再见’；最后，他跑到鹦鹉的背后拍了拍手……”这时，护士进来了，说是手术时间到了，随即把病友推了出去。杰克忍着好奇心，一直在等他回来，但是很不幸，病友的脑部手术失败，去世了。

不久，杰克康复出院了。这天，他坐火车到外地出差，旁边的一个乘客饶有兴趣地对他说：“朋友，闲着无聊，讲个笑话给你听听：有个人到酒吧去喝酒……”杰克一怔，这跟之前的那个故事一模一样，他不禁屏住呼吸静静地听着。谁知，刚讲到一半，那个乘客到站了。看着他离去的背影，杰克真是懊悔得不行。

又过了两个月，杰克参加一次聚会。席间，主人兴奋地给大家讲了一个笑话：“一天，有个人去酒吧喝酒……”杰克一惊，又是那个故事！这时，他早已按捺不住，急得大声叫道：“快说，最后怎么了？”

主人笑了笑，缓缓说道：“最后，那人跑到鹦鹉的背后拍了拍手，谁知鹦鹉猛地一回头，大叫一声，‘他奶奶的，吓我一跳！’”

潜规则

□蒲玉海

高明今年三十出头，刚从海外留学回国。这天，他参加一个同学聚会。很快酒过三巡，菜过五味，到了埋单的时刻，大家纷纷抢着付钱。高明当然也不含糊，掏出钱包加入了“埋单大军”。可不知为啥，服务员单单收了高明递过去的钞票。

回家路上，高明觉得事有蹊跷，便问同行的大刘：“你说那么多人埋单，为什么偏偏收我的钱？”大刘哈哈笑道：“难道你没发现只有你掏的是现金，他们掏的全是卡呀！”

原来如此！高明十分懊恼，一心想把这面子讨回来。不几日机会来了，大刘告诉他又有个同学聚会。这次，高明多了个心眼。埋单时，他故意也掏出了信用卡。要说服务员还真给高明面子，又把他的卡给收了。待人散了后，高明沮丧地问大刘：“这事怪了！为什么偏偏只收我的卡？”

大刘反问道：“你拿的是金卡吗？”高明点点头：“那当然，这卡可以透支十万块呢！”“这就对了！”大刘笑道，“这要是一般的信用卡，谁知道是不是还有透支额度呢？但你那张金卡却是保证没问题的！”高明听完，又傻眼了。

过了几天，高明主动邀约这帮同学。这次，高明学乖了，特意挑了一身寒酸的衣服，还把自己的金卡换成普通卡。他心想：这下应该万无一失了吧！可惜事与愿违，埋单时服务员还是认准了高明的卡。回家的路上，不待他开口，大刘主动问道：“你今天怎么穿了这身衣服？”高明不解道：“怎么了？这同埋单有关系吗？”

大刘笑得差点岔了气：“今天在座的哥几个，除了你，哪个不是衣着光鲜？这么高档的酒店，就你这身打扮，一看就知道是有求于人。服务员都是懂那套潜规则的，要是不收你的钱成全了你，还害怕你生气呢！”

训猫妙招

□ 刘国栋

王老太太七十多了，身板十分硬朗，就是耳朵有点不太好使。

这天晚上，她一个人早早地上床睡觉了。半夜里，家里的小花猫大概被冻着了，“腾”的一声蹦上床，撅着屁股想往被窝里钻。老太太正“呼儿呼儿”睡得香呢，猛然感觉有啥东西在动，睁眼一看是小花猫，便没好气地说：“你来干啥？还不赶紧走！”

谁知，小花猫耍赖地用头蹭老太太的脸，就是不愿下床。老太太生气地推了小花猫一下，说：“你再不滚蛋，我可要打你了啊！”

小花猫“喵呜”叫了一声，打个滚儿，用舌头舔老太太的手，还是不愿走。这下，老太太火了，“呼”地从被窝里坐起来，大吼一声：“你叫啥？再不走，我把你从楼上扔下去，摔死你个东西我可不管！”这一嗓子，吓得小花猫“刺溜”一声，连忙跳下床跑了。老太太这才躺下安心地睡觉。

第二天一大早，王老太太起来早锻炼，经过门卫室时，几个保安一见到她就直乐，还伸出大拇指连连夸道：“大娘，昨晚您真勇敢啊！不仅抓住一个小偷，还把他的腿弄瘸了呢。”老太太简直丈二和尚摸不着头脑，忙问咋回事呀？

保安连忙说：“大娘，经过我们审讯得知，昨晚那小偷一进你家的门，就被你发现了。你说，‘你来干啥？还不赶紧走！’小偷吓了一跳，不敢再动了。紧接着，你又说，‘你再不滚蛋，我可要打你了啊！’小偷压低嗓音，顶了你一句，‘再嚷嚷，我捅了你！’没想到，你却回答，‘你叫啥？再不走，我把你从楼上扔下去，摔死你个东西我可不管！’小偷这下真怵了，直说你是双枪老太婆，会武功的，然后‘嗷’的一声抱住头就想溜，结果慌乱中滚下楼梯，腿也摔瘸了，正好被我们逮了个正着！”

王老太太听到这儿，也“嗷”地叫了一声，昏过去了……

最新型吆喝

□霍伟华

李龙是个尖子生，什么功课都要争第一。这天，教社会学的老师布置了一项实践作业，要求大家观察一种民俗文化，并写成报告。

李龙心想：民俗文化大到传统戏曲，小到剪纸雕刻，选什么好呢？突然，他灵机一动：听说这小贩吆喝声自古就有，而且花样繁多，十分好听。选这个，一定能得高分！

但等李龙一上街，却傻眼了：大街上倒是有不少小贩，可人家早就不吆喝了，而是直接放录音："新到的荔枝，十块钱一斤！""吐血大甩卖，最后一天啊！"他转悠了几天，也没碰到一个用肉嗓子吆喝的。

情急之下，李龙只得向死党张超求救。张超听了，沉默了半晌，突然，他想起了什么，说道："我有办法了！我有个二叔在广场摆水果摊，平时我也常去帮忙。据我观察，传统的吆喝早没了，不过倒有一种最新型的吆喝十分流行！"

李龙半信半疑，跟着张超来到了一个广场，两人就站在张超二叔的水果摊旁边。可身处各色小贩的包围之中，李龙翘首期盼了整整两个钟头，也没听见一句吆喝声。正当他等得不耐烦时，旁边的张超凝神侧耳一听，神情突然变得紧张起来，一边收拾水果，一边说："大龙，我先走一步。你等着吧，马上就开始吆喝了！"说完，推起小车一溜烟儿跑了。

李龙纳闷之极，他朝四下看了看，只见广场上的小贩们都乱作一团，纷纷手忙脚乱地收拾摊子，没命地四处逃窜。他再手搭凉棚向西一望，只见远处尘土弥漫，几辆车子正浩浩荡荡地向广场驶来。

这时，一个小贩扯着嗓子喊开了："城管来了！大家快跑啊！"

小刘的玩笑

□张　德

有个公司包车去庐山旅游。夜行路上，大家都有点昏昏欲睡，办公室主任老黄突然想搞搞气氛，就站起来拿着话筒，说道："我们来讲讲小段子，岔岔瞌睡吧！"一听老黄的提议，大伙儿像打了鸡血一样，纷纷来了精神，你一句我一段争先恐后地讲了起来。当然，大多都是带了点"颜色"的荤段子。车厢里不时发出"轰"的一片怪笑声，一时间，把气氛推向了高潮。

这时，老黄发现司机小刘一直在专心地开车，没吭过声。这个小刘二十出头，看上去有点腼腆，他是旅行社派来开这趟包车的。老黄便跟他开玩笑道："小刘啊，怎么样？你也来一个？"小刘急得面红耳赤，连声说："我、我不会讲……"

旁边有个女同事故意逗他："年轻人怎么这样害羞啊？不行，刚才你偷听我们的故事，你也得来一个！"车厢里又爆发出一阵大笑，小刘更是支支吾吾地说不出一句话来。

老黄见状，笑道："玩笑开够了。小刘啊，找个地方让大家解个手吧。"谁知，小刘立刻停下了汽车，一行人下了车前后一看，却都傻了眼。只见公路两旁是光秃秃的平地，找不到一处遮拦，这总不能"就地解决"吧！

就在这时，小刘探出头来，说道："反正天黑也看不见，大家就用客车做屏障吧。"众人没办法，也只得如此了。于是，男女在汽车两旁各占一边，面对着车身"解决"起来。忽然，老黄感觉眼前有些异样，还没等他回过神来，汽车猛地加速向前开了出去，紧接着尾灯打开，现场一片大亮……

一群人面面相觑，停留了大概千分之一秒，便"啊"地大叫起来。随即，男的女的慌作一团，全都提着裤子就往两旁的地里钻。这时，小刘停下车，从驾驶室伸出脑袋来，淡淡地说了句："不好意思啊，开个玩笑！

找厕所

□袁永民

这天，大毛正在路上走，突然他觉得肚子“咕噜咕噜”地闹腾了起来，可顺着马路向前，走了半天也没有一个厕所，不得已，只好拐进了路边一家公司的大门。

大毛进去的时候，门卫看了他一眼，并没有说什么。然而，当他方便完了要出来的时候，那门卫却拦住了他，问：“喂，进来干什么的？”

“找个人。”大毛向来好面子，便想说个谎话圆过去。

“找谁？”

“哦，找……找那个办公室主任，可他现在不在公司。”大毛本以为自己这么一说，就该放他走了。没想到，那门卫用手指了指不远处的一个中年男子，说：“那不是办公室王主任吗？走，我带你过去找他。”大毛一愣，心里一阵懊悔：早知道刚才直接说是来借厕所的，也不至于如此尴尬！没办法，他只得硬着头皮跟门卫去找王主任。

见了面，大毛正不知该怎么说才好，王主任却先开口了：“小伙子，你一定是‘大力’搬家公司的吧？你们经理也真是的，说好了来两个人的，怎么只来了你一个？”

大毛这小子贼精贼精的，他见王主任误把自己当成了搬家公司的工人，当下就毫不犹豫地点头道：“对对对，我是‘大力’搬家公司的。”

于是，王主任领大毛来到一个旧仓库门口，让他把里面的货物用板车装了，倒腾到几十米外的一个新仓库里去。大毛顿时傻眼了，可虽然心里有一百个不情愿，事情到了这一步，他也只得脱下外套，进去搬起了货物……

大毛足足忙活了一个多小时，直

累得手脚发软，才把那些货物给倒腾完了。这时，王主任过来说"这次的搬运费，我们会和前几次的一并付给你们。小伙子，你先回去吧！"大毛听了，如获大赦，连忙走人。

走出那家公司的大门，大毛长长舒了口气，心说：今天这厕所上得可真不容易！一阵冷风袭来，大毛不由得抱紧了双臂，这下他突然想起：坏了，外套还在旧仓库里放着呢！

大毛急匆匆地往回赶，走到那家公司大门口时，觉得还是得和门卫打个招呼为好。这时，传达室的门虚掩着，大毛走到近前，刚要敲门，突然听到一个声音从屋里传了出来："老张啊，现在公司里还有啥零活儿没有？"大毛听出这是王主任的声音。王主任话音刚落，从屋里就传来了那个门卫的声音："没有了，一点儿都没有了。"

王主任嘿嘿笑了几声，说道："哎，今天好不容易想出个倒腾货物的活儿，也被刚才那傻小子给干完了。没办法啊，谁让这年头好面子的傻瓜如此多呢？这已经是今天的第四个了！"

（**本栏插图**：顾子易　包丰一）

·本刊信息传真·

法律知识故事征文

本刊推出的"法律知识故事"，通过发生在我们身边的、短小而具体、在法理上容易混淆的个案，生动、形象地宣传法律知识。这些知识注重现实性、实用性，真正起到解剖一个案例、明白一个道理的作用。

为鼓励作者深入生活，写出高质量的法律知识故事，我刊决定面向全国征文，优秀作品除在《故事会》发表并参加评奖外，还将结集出书（具体评奖方法稍后公布）。

本次征文也欢迎读者和法律界人士提供相关素材、案例，一经录用，即付稿酬。

来稿方法：1. 从邮局寄发，请在信封上注明"法律知识故事"字样，本刊地址：上海市绍兴路 74 号《故事会》杂志社，邮编：200020。2. 从网上传递，可寄以下信箱：wulun@vip.sohu.net，请在主题上注明"法律知识故事"字样。凡已和我刊编辑有联系的作者，稿件可继续投给原编辑。

484 2011 SEMIMONTHLY 上半月刊 4月 STORIES

欢迎登录本刊主办的"故事中国网"（www.storychina.cn）

故事会
STORIES

2011年4月
上半月·红版

何承伟：社　长、主　编
夏一鸣：副社长
吴　伦：常务副主编（兼绿版负责人）
姚自豪：副主编（兼红版负责人）
本期责任编辑：郑继文
电子邮箱：zjw002@vip.163.com
红版发稿编辑：
姚自豪　吕　佳　叶小萌　李天然
美术编辑：李宝强
电脑制作：郭瑾玮
通　　联：归依玲
本社办公室电话：021-64375030
上半月刊编辑部电话：021-64332325
下半月刊编辑部电话：021-64336469
（上海市绍兴路74号　邮编：200020）
主管、主办：上海文艺出版（集团）有限公司
出版单位：《故事会》编辑部
发行范围：公开

制作、发行总监：张　凯
电话：021-64313938
广告业务：上海故事会文化传媒有限公司
广告总监：张　淮
广告业务：021-34010383
广告投诉：021-64333738
广告经营许可证
沪工商广字3100320080016号
发行：中国图书进出口上海公司

·笑话·

听岔了

有个人第一次去滑冰，他勉强在冰面上站稳，刚开始晃晃悠悠兜圈子，背后就有几个女生一起冲他喊："帅哥！帅哥！帅哥！"

这人听了很得意，吃力地回过头，冲那几个女生笑了笑，谁知这样一来，他再也控制不住身体重心，一屁股摔在冰面上。

那几个女生乐得哈哈大笑："让他摔一个，他就真的摔了一个！"

原来，她们喊的是"摔一个"，而不是"帅哥"。

（玉　名）

（本栏插图：包丰一）

公司规定

这天，爸爸因为违反公司规定被扣了奖金，气冲冲刚回到家，正在做作业的儿子就问他："做四则运算时，为什么要先算乘除，再算加减？"

爸爸不懂这个问题，随口就说："这是公司的规定，故意跟你为难的。"

（张海妃）

习　惯

这天，马面急匆匆地跑来向阎王禀报："阎王爷，你刚才安排看守油锅的小鬼是个变态。"

阎王大吃一惊，问："怎么回事？"

马面说："以前的小鬼推人下油锅，都是一个一个推下去，这个小鬼却是把人扭在一起，两个两个扔进去。"

阎王松了一口气，说："这有啥嘛！忘了告诉你，那个小鬼生前是炸油条的。"

（宋　琪）

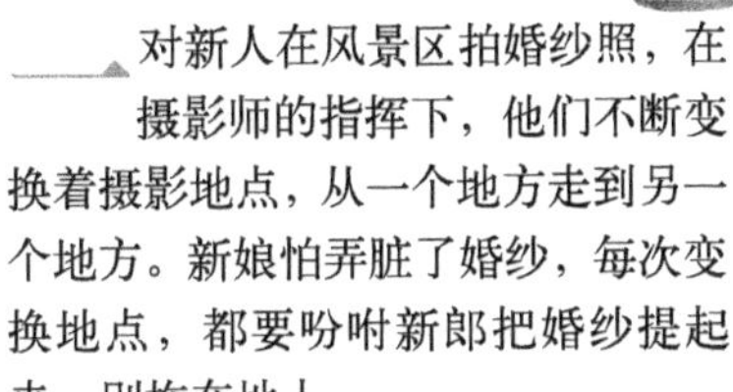

集体行动

这天中午，一所大学的辅导员发现有间宿舍的男生都没去上课，就问："你们怎么一起逃课了？"

寝室长有气无力地说："节省体力。"

辅导员又问："你们吃饭没有？"

另一个人声音弱得像蚊子，说："没有。"

辅导员来气了，说："大白天的你们一个个躺在床上，像什么样子？都给我起来吃饭去！"

这些男生一个个晃晃悠悠从床上下来，到水房喝了一通自来水，又走回来，爬到床上继续睡觉。

辅导员一把拉起寝室长，大声问："你们这是咋回事？"

寝室长耷拉着头，说"现在是月底，大伙的钱都花光了，又没脸向家里要，正在集体节食。"

（盛　宣）

遗产

男人拿着一只蓝花碗，非常郑重地对妻子说："你以后不要再摔碗了，这碗是你妈留下的，现在只剩两只了，其他的都让你给摔了。"

妻子白了丈夫一眼，说："那你以后也不许气我，我也是我妈留下的，只留了我一个。"

（安　陆）

新人妙语

一对新人在风景区拍婚纱照，在摄影师的指挥下，他们不断变换着摄影地点，从一个地方走到另一个地方。新娘怕弄脏了婚纱，每次变换地点，都要吩咐新郎把婚纱提起来，别拖在地上。

新郎觉得很好玩，就说："我这样提着你的婚纱，感觉像在牵头驴。"

新娘见新郎这样调侃她，非常生气，说："你再胡说八道，我一脚踢死你！"

（焦淳朴）

没人了

一场激烈的战斗后，一直躲在战壕的指挥官好久没听到外面有什么动静，就派传令兵出去察看情况。不一会，传令兵跑着回来，向指挥官伸出左手，竖起了食指和中指，做了一个胜利的手势。指挥官看了非常高兴，兴奋地问："敌人撤退了？我们胜利了？"

传令兵摇摇头，说"刚才的战斗真激烈，两边的人都打光了，现在就剩咱俩了！"

（焦淳朴）

带刺的玫瑰

两只相爱的蝴蝶在花丛间飞舞，公蝴蝶深情地对母蝴蝶唱道："你是我的情人，像玫瑰花一样的女人！"这时，它看到前方正好有一丛玫瑰花，便飞了过去。

母蝴蝶正要跟着飞过去，忽听前方传来公蝴蝶的一声惨叫，于是急忙唱道："亲爱的，你慢慢飞，小心前面带刺的玫瑰！"（李思瑶）

上帝保佑

有个家伙慌慌张张跑进教堂，问牧师："上帝是不是会保佑每个信徒？"

牧师一看，这家伙是正在被通缉的罪犯，他犯下的罪行令人发指，但还是说："是的，上帝会保佑他的信徒！"

罪犯大喜，忙说"我是上帝的信徒，快点保护我，把我藏起来！"

牧师不予理睬，罪犯仍是不停哀求，就在这时，警察冲进教堂，抓住了这个罪犯。

罪犯被带出教堂前，扭过头对着牧师咆哮："你骗人，上帝根本没有保佑我！"

牧师冷笑一声，说"刚才如果不是上帝保佑你，我早就杀了你这个十恶不赦的家伙！"（马文涛）

一抓一个准

有个人经常受到促销电话的骚扰，又不知是谁泄露了他的资料，于是想了个办法：在注册新浪时，他取名袁新浪；注册雅虎时，就叫袁雅虎……

这天，他接到一个向他推销二手房的电话，对方开口就说“是袁星星小姐吗？”

他挂了电话，马上就给星星网打了个电话，愤怒地质问：“你们怎么可以出卖我的个人资料？”

（佚　名）

心理平衡

小刘今天迟到，被领导逮住，扣掉了一百元。他垂头丧气回到办公室，闷声不响打开电脑，突然，他的情绪大为高涨，竟然哼起了小曲。

同事很困惑，问他：“你不是刚被扣了一百元吗？怎么这样开心？”

小刘指指电脑上的网页，说：“快来看，今天奥迪A6售价直降四万块，领导昨天刚买了这款车，这下他赔大了，我那一百元算个啥？”

（张小雷）

以身作则

公园内，一位少妇牵着一条大腹便便的狗在散步，这条狗突然不肯走了，少妇蹲下来，耐心地对狗说：“多走动有好处，我像你这样子的时候，每天都要出来散步的。”

（董会敏）

目测

体检结果出来了，老婆拿着体检报告，难过地对老公说：“医生在体检报告上说，我的体重超标了。”

老公满不在乎地说：“这个还用医生告诉你？一般人目测一下就知道了……”

（许海莉）

本栏欢迎来稿，读者、作者可将有新鲜感、有精彩细节的笑话佳作投寄给我们。来稿一经采用，最高稿费为一则100元。本期责任编辑电子信箱：zjw002@vip.163.com。

看看你住在哪里

□石高杰

不期而至

我来郑州打工四年多了，至今也没混出个名堂来。这天，突然接到我爸的电话，说他已经到了郑州火车站，我急忙赶过去，一看，嗨！这还是我爸吗？一身衣服穿得齐齐整整，灰白的头发变成一头黑亮的短发，胡须也刮得干干净净的，肩上背的是弟弟留在家里的双肩包，如果不细看那双布满老茧的双手，没人会相信他是个乡下老头。

爸爸可能是看到了我的惊讶，不好意思地笑了笑，说：“我头一回进城看你，不能给你丢人，嘿嘿……”

我心头酸酸的，赶紧岔开话题，问：“爸，你来郑州有啥事儿？”

爸爸说“没事儿，你长久没回家了，我来看看你。”

爸爸这一说，让我脸上发烫。我出来四年，除了每年春节硬着头皮回家呆几天，其他节假日从来不回去，后来更是连电话都懒得打。现在倒好，让年过花甲的父亲坐五个多小时的长途汽车来看我。

我带爸爸到小饭馆吃了碗面，爸爸从背包拿出张郑州市地图，用笔在火车站的位置标上记号，然后问：“你住在哪里？给我说说。”

我在地图上指了我住的大概位置，爸爸在那个地方认真地作了标示，然后掏出一个小本子，要我把详细的地址写上，我接过笔和本子，写上租住的城中村地址，爸爸又问：“从这里到你住的地方，坐几路车？要不要转车？”

“不用转车。”我说，“再往前走一段，坐909路公交车可以直达。”爸爸赶紧在小本子上记下，又问我下车的站名，他这一连串的举动让我觉得怪怪的，以前非常粗线条的一个大老爷们，怎么变得这么婆婆妈妈？他今天唱的是哪一出？

上了公交车，爸爸在靠窗的位子坐下，目不转睛地看着车外，一路上很少跟我说话，每当公交车转弯，或是经过有明显标志的建筑，才会转过头来问我是哪里，然后在地图上细心地记下。

问题多多

公交车到站后，爸爸一下车就对我说：“这四周都是高楼，坐上车我就迷了方向，下了车又分不清东南西北。”我帮他指好方向，便带着他往住处走，我租的房子很偏僻，爸爸走得很慢，总是走走停停，不断地在小本子上写写画画。我忍不住好奇，问：“爸，你在写啥呢？”

爸爸头也不抬地说：“我在画图，你住址上没写街名和门牌号，我得画出来，要不我记不住。”

我苦涩地笑了笑，我在这里住了快两年了，还不知道这里的小街小巷是否有名字，就问：“爸，你记这些干什么？”

爸爸很随意地说：“呵呵，我只想记住你住在哪里。”

晚上，我对爸爸说“明天我不上班，陪你在郑州看看。”

爸爸连忙说“我明天就走，你照常上班，别管我。”

我知道他的性格，没有多挽留，第二天一大早，我想送他到车站，好让他早点坐车回家，爸爸却说什么也

不答应，只是说："你去上班吧，我记着路呢，自己去车站就行了。"

我只好作罢，刚要出门，爸爸突然又叫住我，拿着地图和小本子，说："差点儿把重要的事情给忘了，你在地图上标上你们单位，再在本子上写下单位地址和坐哪一路公交车，上下车的站名都要写清楚。"

我不知道他葫芦里卖的什么药，有些不耐烦地说"爸，你记这些东西干什么？"

爸爸脸一沉，说："让你写，你就写，问那么多干啥？难道我会害你不成？"

我只好一一照做，他接过本子，似乎还不太满意，想了想，又让我把老板的名字和单位的电话也写上。我本来就为工作上的事窝着一肚子火，这下再也忍不住了，生气地说："爸，你就别干涉我的工作了，行吗？"说完，摔门而出。

到了公司，我刚坐下来没多久，不经意间往窗外一看，竟然看到爸爸站在外边，正跟老板说着什么，我的脑袋顿时"嗡"地一下，心想：这下完了，不知道父亲会给我捅下什么娄子。

过了一会，老板走到我跟前，说："小石啊，你爸大老远来看你，你怎么也不跟我打声招呼？好了，今天我放你一天假，你好好陪陪你爸。"

我连忙收拾一下，出了公司，追上爸爸，怒气冲冲地说"你刚才跟我老板说什么了？你还想不想让你儿子在这儿工作了？"

这句话吓着爸爸了，他像个做错事的孩子似的，轻声说："我没、没说啥，就是想认识一下你的老板，问清楚你们单位的电话。"

接着，爸爸又说"你还是回去上班吧，我去车站了，这次真的走了，不给你惹麻烦了。"

我有些不忍心，但又拗不过他，只好随他去了。过了十来分钟，他又打来电话，几乎以命令的口气说："还有一件事忘了说，以后你要是换了工作，或是换了住的地方，必须打个电话告诉家里。"

我连忙说："好，好，我记住了。"

一片苦心

下班回到住处，我估摸爸爸应该到家了，就给家里打了一个电话。电话是妈妈接的，我忙问："妈，我爸到家没有？"

妈妈说："你爸下午打回电话，说他已经坐上去广州的火车，看你弟弟去了。"

我一下愣住了，怪不得爸爸坚持不让我送他去车站，原来他是要坐去广州的火车。他不只是来郑州看我，还要去千里之外的广州看弟弟。我急忙问妈妈："妈，我爸这是怎么了？你们是不是有事情瞒着我？"

妈妈倒是不急，说："没事儿，他就是想看看你们兄弟俩住在哪里。"

我不信，接着追问："妈，你把实情告诉我，到底是怎么回事？"

妈妈叹了口气，说："顺才出事了。"

我大吃一惊，忙问："顺才出啥事了？"

顺才是村子里跟我一起长大的伙伴，他这些年一直在外打工。妈妈说，十几天前，顺才的父亲因儿子很久没给家里打电话，有些不放心，就拨了顺才的手机，却没打通，一连打了一个多星期，都无法打通。顺才的爸妈再也坐不住，想到城里找顺才，但他们却不知道顺才在哪个单位上班，更不知道他住在哪里，也就不知道该上哪里找他，急得不得了。直到半个月后，乡派出所来了两个人，才知道顺才在城里出了车祸，至今仍昏迷不醒，因为他出事时身上没带身份证，手机被肇事车碾得粉碎，警察无法确认他的身份，后来，警察还是以顺才骑的助动车为线索，花了半个多月时间，才找到了顺才的家人。

出了这事后，我爸妈再也坐不住了，因为他们同样不清楚我和弟弟在哪个单位上班，住在哪里，便给我和弟弟打了电话。没想到我们都是敷衍两三句就不肯再说了，爸爸和妈妈悬着的心一直放不下，最后决定到我们打工的地方亲眼看看，把想知道的事情问清楚。

听了妈妈的叙述，我鼻子酸酸的，泪水一个劲地往下流，我平时给家里打电话太少，说得最多的就是"一切都好，你们放心"这句话，从来没想到孩子不在身边，父母有多牵挂。

放下妈妈的电话，我赶紧拨打弟弟的手机，我要告诉弟弟，让他做好准备，好好回答爸爸的提问。

（**题图、插图**：谭海彦）

·手机版故事·

阴差阳错

他是一位王子，悄悄爱上了一位女子，并为此放弃了王子身份，隐姓埋名迁到这位女子的家乡。后来，他取得了女子父亲的好感，女子父亲临终前，把女儿的终身托付给了他。没想到，女子却不肯接纳他，说自己心里已有别人，王子问女子心上人是谁，她却一直不肯说。

就这样，他们住在一个村子里，仅仅是好朋友。

转眼间，王子和女子都老了，女子终于告诉他："我心里放不下的那个人，是我小时候见过一面的小王子，因为我们地位悬殊，我只能在心里喜欢他，却也因此容不下别人了。"

这句话让王子心如刀绞，说："我就是你说的那位小王子，后来我也对你一见钟情，因为担心身份的差异让你疏远我，不敢告诉你我曾经是王子……"

女子听了，禁不住悲从中来，号啕大哭…… （**作者**：张宏涛）

金点子

又到了收采暖费的时候，大明供热集团下了悬赏，谁能提高东湖小区住户的供热率，重奖五千！

这几年由于供暖热力不达标，采暖费又年年涨，东湖小区的居民全体申报停止供热。今年，集团老总签下"军令状"，保证供热温度，可居民给冻怕了，压根不相信，军令状公布了好久，竟然没有一户申请恢复供热。

这天，员工小林揭了榜，同事们正等着看他笑话时，东湖小区住户的供热率竟然"噌噌"往上蹿！

小林喜滋滋领了奖金，请同事们出去吃了一顿。大家纷纷询问他想出啥金点子，小林笑而不答，后来挡不住大家软磨硬泡，才说："其实，我只是在居民中间散布了一个消息。"

啥信息这么值钱？大家大眼瞪小眼，小林"扑哧"一乐，说："最近东湖小区搬来一位老大爷，在小区弄出不小动静，我就把他的身份给捅了出去：那是市长他爸！"（**作者**：李　谦）

多疑的司机

这天晚上十点多钟，一辆出租车突然冲到110巡逻车边上停下来，司机迅速跳下出租车，冲巡逻车上的警察大喊："快，那女的拎着个汽油桶在车上，她肯定有事儿！"

110警察一听，立即跑过去，拉开出租车门，看到里面果然有位女乘客，抱着个白塑料桶，就问女乘客："你桶里是什么？"

女乘客说"桶里是汽油，刚才我的车开着开着突然没油了，只好拿塑料桶去加油站买了油，然后打他的车回去。"

原来是这么一回事，这位女乘客事先竟然没发现车子快没油了，看来也够粗心的，可怎么会让出租车司机认为她"有事"呢？

警察转头问出租车司机："你怎么就感觉她有事儿？"

司机说："我闻到她拎的桶有汽油味，有些担心，就问她弄汽油干什么？她不回答，只是一个劲地笑，这还没事儿？"

警察又问女乘客："你为啥要发笑？"

女乘客一听又乐了，说"我知道司机想歪了，看着他胆战心惊的样子，实在忍不住就笑了。"

（作者：李其志）

灯亮着

吴燕是局人事科长，住在局机关大院，这天晚上，她从外面回来，看到办公室还亮着灯，就想起下班时叮嘱过新来的大学生李璐，让他写一个学习方案，看来他很努力，正在办公室加班。

第二天晚上，吴燕发现办公室的灯又亮着，很是高兴；第三天晚上，她看到办公室的灯仍亮着，就想上去看看李璐。谁知她上楼掏出钥匙打开门，发现办公室里根本没人。但既然上来了，就顺便进去理了理办公桌上的东西。做完了这些，她正要回家，这时局长来了，站在门口对吴燕说"我看到你们办公室灯亮着，就上来看看，原来是你在加班，你在忙什么呀？"

吴燕不知怎么回答才好，只好支支吾吾地说："没啥，局里要组织学习，我准备写个学习方案。"局长听了很高兴，说："好，明天上班时把学习方案给我看看。"

局长一走，吴燕马上打电话给李璐，问他学习方案写好了没有。李璐说"这两天我在外面玩，准备星期一写。"

吴燕一听就懵了，看来，今天晚上她得加班了。

（作者：徐翠英）

（本栏插图：安玉民　梁　丽）

·新传说·

领导来了

□马少华

家里要来贵客，对东溪村老王头来说，真是件大事。

天还没亮，老王头两口子就起来了。今天，他们外出打工的宝贝儿子要回来了，跟他一起来的还有那家工厂的经理、副经理和车间主任。昨晚接了儿子的电话，老王头两口子就兴奋得一夜没合眼，连夜把家里彻底打扫了一遍。现在，老王头一一上门，把村支书、村主任、村会计全都请来作陪——这次来的是大领导，自己一个没见过世面的庄稼汉哪能陪得了人家？村主任和会计一请就应承下来，村支书刚开始还摆谱儿，后来听说来的是省城的企业家，马上也答应了。接着，老王头到小店买了两挂鞭炮，挂在村口的大柳树上，准备在儿子陪领导进村时燃放。

忙活停当，老王头赶紧跑到村口迎候，不一会儿，他看见一辆小车往这边开过来，车里伸出头朝这边看的，正是儿子王强，于是赶紧把两挂鞭炮点上，硝烟弥漫中，那辆车开过来了，王强从车窗探出头，喊道:“爹，你咋在这儿站着？赶紧回家去吧，哪能让领导在这儿下车？”

老王头应了一声，转身就一溜小跑往家里赶。

这时，村支书、村主任和村会计已经站在老王头家门口，车子一停下，村支书立刻抢着上前开了车门，王强赶紧下车，在旁边介绍说:“这位是孙经理，这位是林副经理，这位是陈主任……”

众人一番寒暄，互相谦让着进了屋，喝了一会儿茶，老王头就张罗着上菜，不一会儿，香气就飘满了整个屋子。村支书说:“乡下没啥好东西，吃的就是个绿色无污染，各位别嫌弃。”老王头在一旁笑着，也说：“是啊！没好酒，也没好菜，别嫌弃。”

孙经理笑道：“在城里这些就是好东西，尤其是这羊蝎子，一般人想吃还吃不到呢。”

村支书也笑道：“孙经理真是见多识广，我们这儿的羊蝎子是远近一绝，滋阴补肾，养颜壮阳，就算是东北的老山参，也未必比我们这儿的羊蝎子强，可惜知名度没打出来，孙经理回去多给我们宣传宣传啊！”

孙经理说“一定，一定！我这次回去开个董事会商量一下，看能不能帮上忙。”

村支书连忙表示感谢。

林副经理在一旁说道：“我们这次能来这里，还得感谢村上培养了王强，小王到我们厂子后，进步非常快，在电焊方面技术非常强，成了工厂不可缺少的特殊人才。我们孙经理一般不到员工家去，这次出来考察投资环境，就顺便来小王家看看。”

村支书满脸堆笑看着王强，不停地点头，说：“王强这孩子我清楚，从小就聪明，做事特认真，现在又经过贵公司的培养，跟以前简直是天上地下啊！”

孙经理点点头，说“像王强这样的特殊人才，我们一定要重用，重用！”

眼看喝得差不多了，孙经理抬腕看看表，说：“时候不早了，我看这次就到此为止吧！下次到省城一定别忘了找我老孙，到时咱们再把酒言欢！”

村支书领着村主任和会计一起站起来，说：“一定！”

孙经理拿出钱包，说：“按照我们的规矩，今天这顿饭算我的，不管多少，我留下五百块钱，多了就算我送给老王的，少了就让小王吃点亏……”

还没等孙经理说完，老王头忙上前推开他的手，说“不能！千万别这样……”

村支书也跟着说道：“孙经理你这就不对了，你们大老远来，哪能让你们掏钱？老王家也不缺这点钱。还是那句话，你们能来就是给我们村天

大的面子，哪能再要你们的钱？”

这时，林副经理在一旁说道：“我看就别推来推去了，到员工家里做客，按市价付钱一直都是我们厂子的规矩，这次孙经理亲自来，更不能坏了规矩，老王一家忙活这么半天，我们本来就过意不去，要是吃完饭就拍屁股走人，那成什么样子了？”

众人争来争去，最后还是留下了钱，老王头又收拾了三只鸡、三只鸭，放到车子的后备厢里。然后，村支书带着村主任和会计把客人送到村口，村支书一直看着车子走远了，这才回过头，对老王头说：“真看不出，你们家王强出去才两年工夫，就变得这么有出息。”

老王头乐呵呵地说：“外面锻炼

人啊！这孩子现在真的懂事了。”

村主任跟着说：“王强以前是个闯祸惹事的刺儿头，现在变成对社会有用的人才了。以后，我们要改变对他的看法了。”

这话让老王头感动得流出了眼泪。

再说另一边，小车上的几个人也正说得热乎。王强说：“老孙，你这经理装的，比正宗的派头还足！”

“孙经理”哈哈大笑，说：“那当然！你以为我天天陪领导白陪啊？”

王强又把头转向“林副经理”，笑道：“大林也不错，那几句话说得很有水平。”

大林笑道：“不就那几句话吗？天天听来听去的，还不会说啊？”

正在开车的“陈主任”笑着说：“王强你看你爹那个兴奋劲，还有你们村支书、村主任和会计的巴结劲儿，就知道我们今天的活动非常成功！”

王强点点头，说“前几年真没少给我爹惹祸，让他在村里灰头土脸抬不起头。今天你们为我演了这场戏，今后他能直起腰杆做人了。”

老孙沉吟一会，说：“王强，再怎么说，现在只是我们给你脸上贴金，以后到底怎么样，得靠你自己了。”

王强说：“是啊，我一定得活出一个人样来，再不能让父母操心劳神了……”

（题图、插图：安玉民　梁　丽）

·新传说·

谁来埋单

□张维超

老同学请客

最近，梅素芬遇上件难事：她女儿茵茵考上了艺术学校，还没开学，就说要买一把进口小提琴。这些年，梅素芬日子过得紧巴巴的，一把进口小提琴少则七八千，多则一两万，她一下子还真拿不出这么多钱来。

其实，茵茵已经有一把小提琴，是她姨妈送的。茵茵的姨妈在一家制作小提琴的公司上班，他们生产的小提琴没有商标，属于三无产品，茵茵一直觉得这把小提琴没档次，现在她上了艺术学校，担心同学们看不起，就给妈妈提了这个要求。

梅素芬正在左右为难时，接到了高中同学大虎打来的电话，说老同学“金不换”从美国回来了，想请大家聚一聚。这金不换原名金非桓，是梅素芬高中时的同桌，这人很念旧，也很仗义，同学们就给他起了个外号叫“金不换”，意思是说同学间的情谊黄金也不换。大虎还说：“金不换在美国拥有两家公司，资产过亿，他好不容易回来一趟，咱们不吃他吃谁？”

梅素芬心里搁着事，不想参加这次活动，就说：“这合适吗？”

大虎哈哈大笑，说：“怎么不合适？都是老同学，别见外。再说，金不换这小子在国外混了几年，钱多得屋子都堆不下，出点钱对他不算啥。他有这份心意，我们也不能太冷淡。”

这一来，梅素芬不好推脱了。

金不换请客的地方是当地最高档的国际大酒店，梅素芬赶到时，同学

们差不多都到齐了，金不换把他的宝贝女儿也带来了，一脸自豪地对大家说："我闺女拉小提琴，在美国也是一流的，拿了一屋子奖……"

梅素芬说"这儿要是有琴，请你女儿拉一曲多好，太可惜了！"

金不换一听就站起，说："可惜个啥？小提琴就在车上，我下去拿。"

不一会，金不换就拿着女儿的小提琴上来了，金不换的女儿情面难却，勉强拉了一曲，赢得一片叫好声。

梅素芬跟着同学们喝彩，眼睛却直盯着金不换女儿那把小提琴，金不换见了，就问："素芬，你有事儿？"

梅素芬尴尬地笑笑，反问"你女儿用的这把小提琴，是什么牌子？"

金不换说："伯拉仙奴，国际名牌。"

梅素芬又问："多少钱一把？"

金不换说"不贵，才4000美元。你问这个干啥？"

4000美元，将近3万块人民币！梅素芬结结巴巴地说："没、没什么。随便问问。"

金不换摇摇头，说："你别瞒我了，我知道你女儿考上了艺术学校，是不是也想给孩子买一把？"

梅素芬没想到金不换居然知道茵茵考上艺术学校的事，心里一阵感动，随口说："是想买一把，可这琴太贵，我们买不起。"

金不换说："考上艺术学校多不容易啊！孩子有出息，就该下大力气培养。这把小提琴，我送给她！太好的你一定不好意思收，就送和我闺女一样的，伯拉仙奴！"

同学们一齐叫好："金不换呀金不换，你对得起我们给你起的外号！"

梅素芬不敢收这么贵重的礼物，连忙站起来，双手直摇："不行，绝对不行！这么贵重的礼物，我要是收下了，还礼也还不起。"

打折的名牌

梅素芬这句话把大家都惹笑了，大虎知道梅素芬的性格，绝对不肯轻易接受别人的好处，便问金不换："你在美国有没有做小提琴生意的朋友？让他给梅素芬打个折。"

金不换拍拍脑袋，说："我还真有一个做小提琴生意的朋友，只要我向他开口，他最多要个成本价，2000美金铁定拿下。素芬，我打折价买的送给侄女，你不会见怪吧？"

梅素芬说："如果是2000美金，我们还出得起，不用你破费的。"

这下金不换不高兴了，大着嗓门说："你怎么能这样？看不起我是不是？我当大伯的送孩子一把小提琴咋啦？再说，2000美金对我不是什么大数目。我看你就别说了，这把小提琴我送定了！"

梅素芬也是倔性子，当即站起来，说："你要是白送，我肯定不要！"

金不换苦笑着摇摇头，说："你呀，还是高中读书时那脾气，一点也没变。要不这样吧，你多少给我个面子，让我也表示一下，2000美金咱俩一人一半，各出1000美金，如何？"

大家听着他们唇枪舌剑互不相让，都为金不换的同学情意所感动，纷纷劝说梅素芬："素芬，金不换这小子拔根汗毛比我们的腰都粗，甭跟他客气，我们替你拿主意了，就按他说的办吧！"

这样一来，梅素芬也不好再坚持，就说："那好，改天我备好钱，给你送过去。"

过了两天，梅素芬想方设法凑足了15000块钱，给金不换送了过来，金不换一看钱数，立马就发了火，说："咱不是说好一人一半吗？ 1000美金，换成人民币是6500，你拿这么多干啥？"说着，抽出6500块，把剩下的还给了梅素芬，并说一回美国就把

·新传说·

小提琴给梅素芬寄过来，梅素芬让他直接寄到女儿学校去。

说不出的苦涩

过了一个多月，这天，梅素芬接到茵茵从学校打来的电话，说美国寄来的小提琴收到了，是伯拉仙奴的，国际名牌，还说这把进口小提琴实在太好了，她喜欢得不得了，一定要好好练琴，将来当一名小提琴演奏家……

梅素芬见女儿这么高兴，心里对老同学金不换充满了感激。

周末，茵茵带着那把伯拉仙奴小提琴兴高采烈地回家了，一到家就把琴拿出来，指指点点不停地说着这把琴的好处，这时，茵茵的姨妈正好过来，她接过琴，将这把琴仔细打量一番，悄悄把梅素芬拉到一边，问："姐，我不是送了茵茵一把小提琴吗？你怎么又买了一把？"

梅素芬说："你们公司生产的是没有商标的'三无产品'，这把可是在美国买的国际名牌。"妹妹连连摇头，说："你啥眼神啊？把那上面的商标遮住你再看，是不是跟我送的那把一模一样？别看我们公司生产的小提琴没有商标，那是因为我们的产品不是直接在市场销售，而是全部出口，外商从我们公司以300块一把的价格买走，再打上商标就能以几十倍、甚至上百倍的价格卖出。"

梅素芬大吃一惊，问："你们公司的产品有出口美国的吗？"

茵茵的姨妈说："有，数量还不小。那个美国老板是个华裔，姓金。对了，我这里还有他的照片呢。"妹妹说着，拿出公司的一本宣传册子，翻出一页，指着上面的一个人，说，"就是他。"

梅素芬一看，照片上的那个金老板，正是自己的老同学金不换。

此后好长一段时间，梅素芬都不愿相信这是真的，因为金不换是同学们给他起的外号，他应该对得起这个外号，不会做这种事……

这天，同学大虎又给梅素芬打来电话，说："金不换又要回国了，他说要和同学们再聚聚。对了，还有一件特逗的事儿，金不换上次走的时候对我说，上次我们聚会的费用，已经有人替他埋单了，我问他是谁，那小子却死活也不说。"

听了大虎的话，梅素芬满眼是泪，只觉得一把刀子在她心尖上狠狠地捅了一下……

（题图、插图：魏忠善）

红版编辑部各编辑邮箱：

姚自豪：yaobianji@126.com；
郑继文：zjw002@vip.163.com；
吕　佳：lujia411@yahoo.com.cn；
叶小萌：xiaomeng.ye@gmail.com；
李天然：chin_poet@163.com。

·新传说·

老乡见老乡

□曾宪涛

陆文和江韵是两口子，陆文在学校教书，江韵是个医生，他们都是外地人，大学毕业留在这个城市，在这里举目无亲，平时遇上一点事，想找个帮忙的人都难。

这天，有个老乡通知江韵参加江苏老乡聚会，她不想参加这种活动，丈夫陆文忙说：“这是好事，你应该去啊！现在做什么都得讲关系，多认识几个老乡，以后遇到事情也好找个帮忙的。”

江韵拗不过陆文，极不情愿地去了，直到很晚才回来，一进门就冲陆文发脾气，说：“我说不去，你一定要我去，这不，一去就带着麻烦事回来了！”

陆文忙问咋回事，江韵说，吃饭的时候，同桌一个叫邱仁和的老乡，听说她在医院工作，便马上提出要去她工作的医院住院做手术，要江韵为他找个好医生。其实，他只是长了个小小的皮下囊肿，街道卫生院都能做这种门诊小手术，可邱仁和一定要在大医院找名医做，还说做完手术再做个病理切片，好确认囊肿是不是良性，都是些不着边际的要求。他还告诉江韵说，他在税务局工作，今后有事可以找他。

陆文说：“好不容易认了个老乡，你就帮帮他嘛！”

江韵白了陆文一眼，说：“我是内科医生，跟外科的医生很少打交道，为这点小事去求人，这不是笑话吗？再说，他也不是什么真正的老乡，他老家在苏北，你老家在山东，他跟你一样是北方人，应该跟你认老乡，我

可是苏州女子。”

陆文知道江韵说的有道理，但他很想在这个城市多几个熟人，就说：“好了，好了，能帮就帮他一回，他不是在税务局吗？说不定以后有事会找他帮忙。”

江韵眼睛一瞪，说：“你一个教书的，又不偷税漏税，要他帮什么忙？”

陆文笑着说：“税务局的人，关系广得很……”

第二天下班回家，江韵告诉陆文，那个邱仁和真的去了她的医院，江韵为他找了普外科主任，还找到了护士长，让他住进了条件最好的病房，陆文一个劲夸江韵能干，江韵叹了一口气，无奈地说：“等手术后我再去看他一次，干脆把好人做到底。”

本来是一个门诊小手术，邱仁和硬是住了七天医院，直到病理切片检验结果为良性，才出了院。住院这几天，不少人拎着礼品来看他，弄得他比上班还忙。

这天一早，陆文和江韵准备带着孩子去海滨公园，正要动身时，门铃响了，江韵开门一看，竟是那个邱仁和站在门口，手里还拎了一袋东西，江韵连忙请他进来。

邱仁和先是说了几句感谢的话，然后就一屁股坐在沙发上，跟陆文天南地北侃起来。陆文先是出于礼貌应付，谁知邱仁和说起来没个完，陆文知道老婆孩子在一旁肯定等得着急了，便不再接茬，邱仁和只好起身告辞，陆文也不挽留，邱仁和走到门口，突然问陆文在哪儿工作，陆文说在学校，邱仁和又问是哪所学校，陆文说了学校的名字，邱仁和听了好不高兴，大声说：“太好了！明年我儿子要上的中学就是你们学校，到时你可得给我帮忙，挑个好班。”

江韵本来正等得着急，一听这话就乐了，忙说：“行，到时候你来找他，他在教导处，跟校长关系可好了，一准为你孩子找个好班。”

陆文狠狠瞪了江韵一眼，现在初中不分重点班，弄得每个家长都到处找关系挑好老师，应付这样的事，别提多头疼了，但话是自己老婆说出来的，他没有办法拒绝，只好点点头，应允下来。

邱仁和见陆文答应了，高兴得紧握陆文的手，说：“这可太好了，这事我就拜托你了……”

江韵看着邱仁和下了楼，一下笑得弯了腰，问：“怎么样？还想找老乡不？现在知道老乡见老乡的滋味了吧？”

陆文受了江韵的作弄，恼怒地说：“你——”

江韵学着陆文的语气，说：“能帮就帮他一回吧！他在税务局，关系广得很……”

没过几天，一个老乡通知陆文，

说老乡们准备搞一次聚会，成立同乡会。陆文听了非常兴奋，得意地对江韵说："哈哈哈，以后我们也有同乡会了。"

江韵说："你就乐吧！有你头疼的时候。"

这次聚会安排在一个档次挺高的饭店，陆文走进包间，就吃了一惊。怎么了？老婆那个叫邱仁和的老乡，竟然和他坐在同一张桌子上，陆文问邱仁和："你怎么会在这里？"邱仁和好像事先就知道似的，一点也不惊讶，说："我也是山东的，和你是老乡呀！"

陆文说："你不是和我老婆是老乡吗？"

邱仁和笑着说："是呀，我和她是老乡，和你也是老乡。"

陆文有些恼火了，不客气地说："我不懂你的话。"

邱仁和笑着解释："我既是江苏人，也是山东人，为啥呢？我们老家那个村子跨着界，既占着江苏的地，又占着山东的地。"

竟然有这样的事？陆文正在疑惑，邱仁和拍拍他的肩膀，得意地说："怎么样，我的老乡比你多吧？"

陆文无奈地说："是啊，你有两省老乡，我只有一省。"

邱仁和连连摇头，说："你说的不对，我不止两省老乡，我们那个村子地处苏鲁豫皖四省交界处，我有四个省的老乡。"说着，他从包里拿出三本通讯录叫陆文看，这些通讯录上面都有邱仁和的名字。

邱仁和接着说："等这次山东老乡的通讯录搞好了，我就有四本通讯录了。"

陆文听得目瞪口呆，难道中国真有一个苏鲁豫皖四省交界的村子？回到学校，他马上问地理老师是不是有这么一个村子，地理老师说，他没听说过，不过理论上还是有可能的。

到了第二年，邱仁和的儿子要上中学了，他果然如期来找陆文，陆文

没办法，只好拉下脸去求校长，说了一大堆好话，总算把邱仁和的儿子分到一个好班。

办好这件事后，邱仁和就再也没露面了。这天，学校开家长会，陆文正好被安排到邱仁和儿子那个班，代表校方跟家长沟通。他到了班上，没看到邱仁和，一问，来的是邱仁和的父亲，说一口纯正的本地方言，陆文感觉很奇怪，就问他是哪儿人，老爷子说："我是土生土长的本地人。"

陆文愣了，说："你儿子不是邱仁和吗？他说老家是苏鲁豫皖四省交界的村子呀！"

老爷子一听就乐了，说"你别听他胡诌，我们家往上数三代，都没离开过现在这地儿。"

陆文惊愕得张大嘴巴，却说不出话来。

（**题图、插图**：张恩卫）

您手中有没有得意之作？本刊辟有二十多个原创性栏目，如新传说、我的故事、情感故事、东方夜谈、幽默世界、16岁故事、海外故事和中篇故事等；您读到或听到什么趣事可以和大家一起分享吗？3分钟典藏故事、外国文学故事鉴赏和快乐辞典等都是本刊推荐性栏目。热忱欢迎来稿，可从邮局寄发，也可从网上传递。邮寄地址：上海绍兴路74号《故事会》杂志社，邮编：200020；如为电子邮件，本期责任编辑信箱：zjw002@163.vip.com。

·本刊信息传真·

故事中国网继续举办2011年度中国最佳故事评选

为了繁荣故事文学创作，让优秀故事作品具有更大的影响力，优秀故事作家享有更高的知名度，故事中国网2011年继续举办年度中国最佳故事和年度杰出故事家两项评选。

年度中国最佳故事评选用更为广阔的视野，更为宽泛的标准，更为客观的眼光，遴选2011年发表在国内各家报刊上的优秀故事，集中展现年度中国故事创作的整体实力和魅力。

评选标准：在情节性、艺术性、思想性、文学性方面有突出表现，能够代表年度故事创作最高水平的各类故事作品。**参选条件：**2011年1月1日至2011年12月31日期间在国内正规报刊（省级以上）发表的故事作品均可参加，不限题材、风格、篇幅。**参加方法：**登录故事中国网(www.storychina.cn)推荐或自荐作品。所有参赛作品分为中篇（8000字以上）、短篇（1000-8000字）、超短篇（1000字以下）三组。**奖励：**年度最佳故事作者获得特别荣誉证书及奖金（中篇2000元、短篇及超短篇各1000元），优秀作品将有机会结集出版。

另外，2010年度最佳故事和杰出故事家最终结果即将揭晓，敬请登录故事中国网关注评选进程。

支持媒体：新浪读书、搜狐读书、腾讯读书、网易读书、和讯读书、凤凰读书。

·新传说·

□任黎明

寻找珠宝盒

搬运工老头

宋家英是个单身女人，这天，她要搬新家，就叫了辆小货车，又请小区一位保安帮着找个农民工来搬东西。这保安是宋家英的老乡，很是热心，很快帮宋家英找来个老头。

这老头皮肤黑黑的，满脸皱纹，看上去身子骨蛮弱，宋家英一看就皱眉头，连说不行。

保安朝老头嚷道："看看，我说不行，你还缠着要来！"

老头急了，连连朝宋家英恳求："大姐，我力气大得很，求求你，我现在正缺钱，你就让我搬吧！一准行的。"说完，不等宋家英回答就进了屋，把两个大皮箱一摞，用绳子一捆，直接就背到了背上。宋家英看他下楼时颤颤巍巍的样子，很是担心，但也不好意思再拒绝了。

老头手脚倒也麻利，宋家英只上了个厕所，几个大件行李就搬完了。她出来一看，心里突然一阵紧张，因为她的珠宝盒放在一只大行李箱里，本来是要拿出来随身带的，竟在这当口，那只箱子被老头搬到车上去了，她只好闷声不响地上了车。

到了新家，老头又手脚不停地将东西一件件搬进来，宋家英看他累得浑身大汗，心下不忍，多付了老头二十块工钱。

老头千恩万谢地走了，宋家英开始收拾东西，那件有珠宝盒的行李箱被压在最下面，收拾了大半天才清好上面的箱子，打开那只行李箱时，已经是晚上了，宋家英怎么也找不到里

面的珠宝盒，珠宝盒装着她的金项链、金戒指等金器，加起来要值一两万块钱，她急了，把箱子里的东西全部倒出来，还是没找到。她清楚地记得那盒子是最后放进行李箱里，还给行李箱拉上了拉链，刚才拉链是完好的，说明珠宝盒不可能掉出来，她怀着侥幸的心理又回了趟老家，找遍了旧屋，却压根儿没见到珠宝盒的影子。

这下，宋家英不得不怀疑那个搬运工老头了，第二天，宋家英找到那个帮忙的保安，将情况跟他一说，保安急了，说："阿姨，我也不认识他，这可怎么办呀？"宋家英说："小区外边经常有民工蹲在路边找活，他们一般都互相熟识，你调出那天的监控录像看看，如果能找到他，就转到电脑上打印出来，让那些民工认认看，没准能找到他。"保安点点头，说："阿姨，人是我帮你找的，我一定要打听到他，帮你把东西要回来！"

没过几天，宋家英接到那个保安的电话，说是找到了那个老头。

留条后路

宋家英马上赶到保安那边，两人来到一个大杂院，那里住着不少民工，也不知老头住在哪一间，向院子里的人一打听，有个人指着一间房屋，说"你们找的是刘大柱吧？他就在那一间。"宋家英和保安按照那人指的方向，敲开了一间房子，开门的果然是那个老头，他看见宋家英和保安，露出一脸惊讶，说："是你们啊！找我有事吗？"

保安"砰"地一声关上门，一把揪住刘大柱的衣领，凶巴巴地说："好你个老不要脸的，宋阿姨是来要回自己东西的，识相的就乖乖交出来！"

刘大柱使劲掰开保安的手，涨红着脸，看了看宋家英，低声说"大姐，我不知道你们在说什么，我要出去找活了！"保安又一把抓住他，说："你装什么蒜？你拿了宋阿姨的珠宝盒，里面有一两万块钱的金器，你要是再不交出来，我们就让警察来处理，让你坐牢去！"

这下刘大柱着急了，连忙低声说："大姐你要相信我，我真的没拿你的东西，你们让开，让我出去找活吧！"宋家英伸手拦住他，心平气和地说："我没报警，是给你留条后路，你把东西还给我，这事就算过去了。"

刘大柱突然"呜呜"地哭起来，说："大姐，我真的没拿你的东西，你要怎样才相信我？"保安说"今天不交出东西，你走不出这间屋子！"

刘大柱一听这话，转身拿起案板上的菜刀，将左手放在案板上，咬着牙说："大姐，我现在说啥你也不会相信了，那我只好剁根指头来证明自己，请你相信我刘大柱！"还没等宋家英和保安反应过来，刘大柱已经挥起菜刀，手起刀落，将一截手指硬生生砍了下来，宋家英吓得惊叫一声，保安顿时也没了主张，刘大柱痛苦地按住喷血的伤口，说："大姐，别怕，手指头是我砍下来的，跟你没关系，请你们回去吧！"

宋家英赶紧和保安一起将刘大柱送到医院，刘大柱拒绝把剁下的指头接上去，只是让医生止住血，把伤口缝合好就回去了。

宋家英回到家，越想心里越觉得不安，第二天，她买了些营养滋补品来到刘大柱住的地方，但不论她怎么说，刘大柱就是不给她开门，还让她以后别来了。

这件事像块石头，一直搁在宋家英心上，她叫保安留意刘大柱，保安告诉她，刘大柱仍然在卖苦力，还是挣不了几个钱，宋家英心里越发难过，就委托一个开超市的朋友把刘大柱招进超市做工，她再每月交给这位朋友五百块钱，让他和工资一起打到刘大柱的卡里。

守住清白

半年后的一天，有人来敲宋家英家的门，宋家英开门一看，是那位一直在帮自己的保安，保安见了宋家英，身子一闪，宋家英这才看到他后面还有一个人：刘大柱！

保安说"阿姨，他一定要我带他来见你。"

宋家英连忙将他们让进屋，倒上茶，递给刘大柱，刘大柱没接杯子，却从衣兜里掏出一叠钱来，说："大姐，我今天是来向你赎罪的，你的那个珠宝盒的确是我偷的。"

宋家英吓了一大跳，说"你这是干什么？你既然拿了珠宝盒，还我就是了，何苦要剁下自己的手指头？"

刘大柱摇了摇头，叹了口气，说了事情的来龙去脉。

原来，刘大柱有个儿子叫刘成，今年二十多岁了，刘大柱带他出来打工，他却成天和一帮小混混在一起。前不久，刘成把一个小青年打成了重伤，那个小青年的父母说，如果刘成赔一万块钱，这事就算结了，否则，一

定要把刘成送进监狱。刘成这回真怕了，求父亲帮他花钱消灾，并发誓以后好好做人，刘大柱哪里出得起这一万块钱？四处奔走，找老乡和熟人借，也没借到几个钱，眼看离期限只剩最后一天了，刘大柱急得团团转，正好他被请去帮宋家英搬家，看见宋家英特意将那只行李箱放在一边，便猜想里面可能有贵重东西，于是趁她上厕所时赶紧将行李箱搬上车。车子开动后，坐在车厢里的刘大柱偷偷拉开箱子的拉链，把里面的珠宝盒悄悄拿了出来，卸货的时候，还故意将那只行李箱压在最下面。

从宋家英家出来，刘大柱马上到一家金店，将珠宝盒里面的金器押了一万块钱，赔给了儿子伤害的那户人家，本以为事情就这样了啦，哪知这时候宋家英找上门来，逼刘大柱交出珠宝盒，刘大柱哪里还交得出？再说，如果儿子知道自己是用偷来的东西救了他，只怕他再也不会悔改了。无奈之下，刘大柱毅然剁下自己的手指，用一截断指应付宋家英。

刘大柱说完，禁不住掩面大哭，说："大姐，我一世清白，这回为了儿子，却干起这种丢人的事来。剁根指头，也是对我做小偷的惩罚。没想到你一直在暗中帮我，让我心里更内疚。现在，我那孩子改邪归正了，我们父子一起苦干了半年，挣了这点钱，算是补偿你的损失。"

宋家英这才知道了事情的来龙去脉，她叹了一口气，把钱推了回去，说："浪子回头金不换，你能让儿子改邪归正，我看，再大的代价也是值得的。那几件金器，就算我送你们的。"

刘大柱非常坚决地把钱递给宋家英，说："大姐，你收下这钱，才是真的帮我，不然我会愧疚一辈子的。"

一旁的保安看得好生感动，他说："你把感激、忏悔放在心里就可以了，何必说出来让我们知道呢？"

刘大柱摇摇头，说："你们都是好人，只有你们原谅了我，才能擦去我身上的污点，让我觉得自己这一生仍然是清白的！"

（**题图、插图**：佐　夫）

·新传说·

砸脚的石头

□吴治江

善良的救助者

孙玉是个生意人，他走南闯北，做了几十年的生意。这天，他要去一个新地方，乘车经过一条山沟时，看见干涸的河沟里有不少人在翻找东西，便向车上的当地人打听，原来这些人都在捡玉石。这个当地人说，几年前，有人在河沟中捡到翡翠原料石发了财，后来，山上又发现了玉石矿，正在开采。孙玉觉得这地方很眼熟，便又问："这条河沟叫什么名字？"这个人说："蟒子沟。"

孙玉一听这名，心头一惊：这地方他来过，不但来过，还在这里干过一件极不光彩的事。

那是三十年前，二十来岁的孙玉做起了倒卖电子手表的生意，他初次入行，上了别人的当，进了批价格很贵的电子手表，只好跑点远路，希望能卖出高价少赔点。当时交通很不方便，这天，他搭乘一辆顺路的货车赶路，半路上货车抛锚，他只好下车步行，背着两大包六七十斤重的电子手表，来到这个叫"蟒子沟"的地方，累得实在走不动了，便坐在一条田塍上歇脚。突然，一个东西"刷"地一声擦着他头顶飞过，吓得他猛一下掉进沟里，一个五十来岁的中年人赶紧奔过来，把他拉了上来。

两个人一聊，孙玉知道这个中年人叫陈大山，专门在这一片放鹞捉麻雀，刚才从头顶飞过的，正是追赶麻雀的鹞。他还是个木匠，在四乡八里为别人做家具，算是村里的富户。孙玉看到陈大山很善良，心里突然生起一点邪念。

趁陈大山过去招呼鹞时，孙玉下到旁边的河沟中，经过一番精挑细

选，找了块重量合适的石头，用黑色塑料袋包好，然后找到陈大山，诉说了自己做生意的辛苦和难处，还说自己已经快一天没吃饭了。陈大山连忙把他带到家里，招待孙玉好好吃了顿饱饭。饭后，两个人聊得非常投机，孙玉打开包，让陈大山看满满一大包电子手表，说：“我现在身无分文，只有这些电子手表，哪怕只卖出一部分，也能缓过劲来。”

陈大山看着眼前的电子手表，叹了口气，说：“一分钱难倒英雄汉啊！要不，我把这些年的积蓄暂时借给你，等你赚到钱再还给我。”

孙玉喜出望外，忙说“太好了！我先向你借五百元钱，抵押三百块电子手表在你这里，最多三个月，我一定来取回电子手表，还清借款，再付你五十元酬金。”

三百块电子手表远不止五百元钱，陈大山很放心地拿出自己的五百元积蓄，交给孙玉。孙玉当着陈大山的面数了三百块电子手表放进黑色塑料袋，却悄悄跟那块石头掉了包。陈大山把黑色塑料袋放进一只小木箱，仔仔细细地钉好木箱，贴上封条，让孙玉签上字。孙玉认真地在封条上写了“人信人，心换心”六个字，交给陈大山。

陈大山接过木箱，说“兄弟你放心，我说到做到，哪怕等你一辈子，也会把封条完好的箱子交给你。”

孙玉忙说“三个月后，我一定回来取走箱子。”

揣着陈大山给的五百元钱，孙玉一走就没回来。

奇特的原料石

想不到这次竟然回到老地方，而这里陆续发现翡翠玉石，很可能是个重大商机，孙玉决定提前下车，留下来看看。

孙玉在县城找了家宾馆住下，很快打听到城里有一条翡翠原料石交易街。到那里一看，有几块原料石很显眼，老板报价都在七十万以上，它们有个共同的特点，上面都有些奇特的纹路和斑点。孙玉突然觉得，三十年前他在河沟捡来骗陈大山的那块石头，也有相同的纹路斑点。因为当时要找一块跟三百块电子手表重量差不多的石头，他很花了些时间，所以到现在还印象深刻。

回到宾馆，孙玉咬了咬牙，决定重回陈大山家，把那块石头赎出来。他想，以陈大山的为人，应该仍原封不动保存着那只小木箱；假如那块石头不含翡翠，他赎出石头也花不了几个钱；如果那块石头真的是翡翠原料石，就会大赚一笔。万一陈大山已经打开那只木箱，发现上了当，对陈大山这种善良老实人，他孙玉一定能花言巧语应付过去……

第二天，孙玉提着一份礼物，一路打听着来到陈大山家，一看，当初的矮土房已变成漂亮的楼房，这时的陈大山已经是七十多岁的老人了，他看到孙玉，一眼就认出来，上前一把握住他的手，激动地说："我就知道你会来！"

孙玉红着脸，问："老哥，你身体还好吧？"

陈大山笑哈哈地说："好，好得很！你那只木箱没取走，我可不能死！"

孙玉还要说话，陈大山手一挥，说："先喝酒，喝完再说其他的事。"

不一会，陈大山摆出一桌丰盛的酒菜，取出一瓶珍藏的好酒，和孙玉你一杯我一杯地喝上了。交谈之下，孙玉知道陈大山的老伴过世了，现在和儿子住在一起，儿子陈松做翡翠生意，发了点小财。

这时，屋外突然传来汽车喇叭响，陈大山高兴地说："我儿子回来了。"他话音刚落，外面走进一个三十多岁的男子，陈大山指指孙玉，对男子说："松儿，这位可是稀客，你还记得我当命一样保存的那只小木箱吗？这位就是小木箱的主人。你快去把那只小木箱取来，还给他。"

陈松跟孙玉打过招呼，上楼取来木箱，孙玉一看，正是当初那只木箱，上面的封条原封未动，虽然纸已发黄，但"人信人，心换心"六个字仍然清晰可辨。陈大山接过木箱，重重地叹了一口气，对孙玉说："这箱子我保存了三十年，这三十年我没动它一指头。兄弟，你打开看看，里面三百块电子手表有没有少。"

孙玉满脸通红接过木箱，哪里还敢打开。这时，一旁的陈松说话了："当年，你借走我家的五百块钱，一直没有归还，那可是我家的全部积蓄啊！那些年，我们家可没少过苦日子。"

陈大山连忙制止儿子，说："你胡说些啥？孙先生今天来了，比什么都好。他当初没来，一定是有原因的。"

·新传说·

难言的哑巴亏

孙玉拿出早已备好的五千块钱，递到陈大山手上，说：“老哥，当年你的五百块钱帮了我大忙，那时我卖了电子手表，正准备到你这儿来时，却生了场大病，后来病治好了，钱也用光了，只好一路颠簸着继续打拼，直到现在才安定下来，实在对不住你。这点钱，请你一定收下。”

陈大山一把推开孙玉的钱，说：“五百就是五百，我怎么能多要呢？”

孙玉说：“我还的是五百块，另外四千五，是我的一点心意，请你一定收下。”

陈大山还在推辞，一旁的陈松已经接过钱，说：“爸，这钱得收下，孙先生这么诚心，你也不能太见外。”

陈大山这才点头同意，又对孙玉说：“孙先生，你把箱子打开，看看里面的电子手表少没少。”

孙玉说：“不用了，老哥，天色不早了，我这就告辞，下次再来看你。”

陈大山看看的确天色不早，就不再挽留，起身和儿子陈松一起，一直把孙玉送到村口公路边，直到孙玉坐上了到县城的长途客车，才挥手作别。

孙玉回到宾馆，马上把那木箱打开，一看，还是那黑色塑料袋，再一看，他惊得目瞪口呆——里面根本没有石头，而是一包两三块钱一只的那种廉价电子手表，上面还附着一张纸条，写着——

“今天，我瞒着我爸，用高超手法偷偷开启了封条，打开了木箱，发现你放在里面的竟然是一块石头。你这个骗子，这些年把我爸骗得好惨！不过，凭我做翡翠生意的经验，我感觉它是一块翡翠原料石，剖开一看，里面含的是极品翡翠，价值不菲。我爹善良老实一辈子，我怕他伤心，决定不让他知道你的骗子面目，一直保持箱子的完好。如果哪天你良心发现回来取箱子，那就还给你三百块电子手表。”

原来那块掉包的石头竟然是极品翡翠，孙玉悔得一拳砸在自己头上……

（**题图、插图**：张恩卫）

我爸叫大巴

□王　标

阿财前不久刚当上协警，这天，他和搭档阿强正在街上巡逻，看到前面有辆摩托车撞了路边一个老头，骑摩托车的扶起车子就要开溜，阿财连忙追上去，一把抓住摩托车，喝道："别走！"

骑摩托车的是个小胖子，年纪不大，见了协警却一点也不慌张，大大咧咧地问："咋啦？"

阿财说："你把人撞了！"

小胖子满不在乎地说："不就是撞个人嘛？喂，老头，你死了没有？"

那老头被他一撞，骨碌碌滚出好几米，谁知这时一眨眼就爬起来，阿财走到他身旁，问："你还好吧？有没有被撞伤？"老头上上下下摸了好一阵，摇摇头，说："没伤着。"

阿财对小胖子说："既然老人没事，你就跟人家道个歉吧。"

小胖子一听，立刻嚷起来："道歉？老子撞个人还用得着道歉？"

一旁的阿强也火了，说："走，到派出所处理去！"

小胖子一愣，奇怪地打量着阿财和阿强，说"你们敢拉我去派出所？瞎了你们的狗眼，我爸是吕大巴！"

阿财冷笑道"你爸是吕大巴，那又怎样？"

"怎样？嘿嘿！"小胖子神气活现地说，"你敢动我，我就叫我爸弄死你，铲你家房子，抓你家女人！"

阿财听了心里这个气啊，真想抡起巴掌扇过去！想想自己是协警，不能打人，只得把怒火硬生生压下来。

这时，阿强冲阿财一打眼色，把

·情节聚焦·

阿财拉到一边，嘀咕道：“这人可能有来头，不是官二代，就是个富二代。”

阿财一想也是，普通人没这么飞扬跋扈的，就说：“是又咋样？”

“兄弟呀，”阿强语重心长地说，“遇上这种人，还是避开吧！”

阿财看看小胖子，只见他大模大样地坐在路旁，洋洋得意，倔脾气顿时起来，走过去冲小胖子喝道：“哪怕你爸是县长，今天我也要给这位老人家讨个说法！”

小胖子顿时暴跳如雷，跳起来大声嚷嚷：“你试试看！”

阿强见阿财把脸皮撕破了，急得直跺脚，忙过来把阿财往回拖，说：“兄弟，跟这种人斗没有好结果！”

阿财梗着脖子嚷道：“大不了我不干了，你要是怕，就别插手！”

阿强想了想，说：“别急，先搞清楚这小子到底什么来头。”说着，他摸出手机，给人事局的朋友打了个电话，悄悄问：“兄弟，你知道吕大巴吗？咱们县一级领导有没有这个人？”朋友非常肯定地回答：“没有！”

阿强稍稍松了口气，又问吕大巴是不是县里什么局长或处长。朋友回说不是，全县几十个局长，都没有叫这个名字的。阿强还要问，朋友不耐烦了，说：“你等等，我给你查一下。”

不一会，朋友回话过来说，他查遍了全县副科级以上干部名单，没一个叫吕大巴。

阿强又松了一口气，悄悄告诉阿财：“他爸不是当官的，这小子可能是哪个老板的儿子。”说罢，他又给一位在银行工作的亲戚打了个电话。

亲戚正在电脑前，马上一搜索，很快就回复阿强，银行存款超过十万的，都没有叫吕大巴的。

阿强脸露喜色，对阿财说：“这小子是个穷光蛋，家里没多少钱。”

阿财心说，这回你总不怕了吧？谁知阿强说：“还得再查，万一他老爸是个黑道人物呢？”

阿财再也忍不住了，说："连黑道都怕，咱们这身衣服是白穿的？"说着，走到小胖子面前，大声说："现在有两条路供你选择：要么向老人家道歉，要么跟我们到派出所去。"

小胖子猛一下跳起来："我说过我爸是吕大巴，你们聋了还是瞎了？"

阿财哈哈大笑："猪鼻子插大葱，你装什么象？吕大巴算什么东西？"

小胖子吼了起来："好啊，我现在就把我爸叫来，看你们怎么死！"说完，他掏出手机打起了电话："爸，你在哪？刚从市里回来？太好了！你快来，派出所有两个家伙要抓我……"

打完电话，他趾高气扬地指着阿财他们说："你们别走，我爸已经从市里回来了，看他怎么收拾你们！"

阿强吓坏了，把阿财往后拉了拉，轻声说："糟了，刚才只顾着查县里，没想到吕大巴是在市里当官啊！"

阿财胸膛一挺，说："管他是市里还是省里，我今天豁出去了！"

这时，街上"突突突"开过来一辆拖拉机，到这里停了下来，从驾驶室跳下一个大胖子，小胖子一见，立刻欢呼雀跃："爸，你拉砖回来了？"

大胖子走过来，笑呵呵地给阿财和阿强打了个招呼，说："我是蛤蟆乡蛤蚧村的村长，叫吕大巴，两位给我个面子，有什么事就算了。"说着，又指指儿子的脑袋，说，"别看我儿子牛高马大的，这儿却有点不好使，两位别跟他一般见识。"

原来吕大巴是个村长，阿财和阿强忍不住都"扑哧"一声笑了，阿强脸一板，说："算了？说得好轻松。你儿子把人撞了，态度还这么蛮横，不给个说法不能走！"

吕大巴不住地求情，他儿子不乐意了，说："爸，你怎么怕他们呀？"

"闭嘴！"吕大巴恼羞成怒，赏了儿子一巴掌，"你以为这是啥地方？"

儿子摸着被打红的半边脸，瞪着眼问："爸，你不当村长了？"

吕大巴说："我这个村长的权力，在你这傻瓜的眼里比天还大，到了这儿，你爸屁也不是！"

（**题图、插图**：魏忠善）

·微博故事·

爱，从未离开过

@信天云 我因车祸而失明，所以从不知女友长什么样。那年，她得了胃癌，临终前她将眼角膜移植给了我。我恢复光明后的第一件事就是找她的照片，然而我只找到她留给我的一封信，信里有一张空白照片，照片上写有一句话“别再想我长什么样，下一个你爱上的人，就是我的模样。”

（二等奖作品）

@夏正正 外婆离开人世的那个黄昏，外公在病房里陪伴着她走完了她生命的最后一段旅程。外婆临去前对外公说“放学了”。一直假装平静的外公听完这句话后像个孩子似的大哭起来。葬礼结束后我问起外公这三个字的含义，外公告诉我说，这是从前他和外婆还在上小学时，外婆常说的一句话：“放学了，我们一起回家吧。”

（二等奖、最佳催泪作品）

@方文山 他大她快二十岁，他对她很好，百般呵护，他们认识不到一年，他就执意要娶她。朋友都很羡慕她，她却犹豫不决，因为小时候一场手术意外造成她不孕，他是独子，庞大的家族事业等他继承，她不想耽误他。终于，她鼓起勇气向他坦诚不孕的事实，他说我知道，当年那刀是我开的，这些年来我一直在找你！

（优秀奖作品）

@kangbanvzi123 长墙就是创作园地，一幅幅画面相继出现在粗糙的墙壁上，没人知道他为何如此执著地作画。十里长墙，画有千幅，画师神情专注，形容枯槁。画作完成，他约一位女士乘车观赏作品，车子迅疾而过，那些静穆的画面瞬间活跃起来，电影一样播放。车到终点，女士激动地拥抱画师：“我也爱你！”

（优秀奖作品）

@沙漠蝎子在垦丁 他向她求婚时，只说了三个字：相信我；她为他生下第一个女儿的时候，他对她说：辛苦了；女儿出嫁异地那天，他搂着她的肩说：还有我；他收到她病危通知的那天，重复地对她说：我在这；她要走的那一刻，他亲吻她的额头轻声说：你等我。这一生，他没对她说过一次“我爱你”，但爱，从未离开过。

（优秀奖作品）

以上选自2010微小说大赛获奖作品，由新浪微博（http://t.sina.com.cn）独家授权刊登。本刊今年将与新浪微博合作推出全新活动，敬请关注。

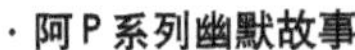

阿P回家

□邱同强

眼看春节快到了，阿P一家也准备回家乡过年。这天，老婆小兰对阿P说："阿P，我们在城市打拼也好多年了，这次回家可不能让人看低了！"这一说，说到阿P的软肋。阿P是个要面子的主儿，他在城里开出租，一直想能挣到大钱，好在乡亲们面前风风光光一回。想法挺美好的，可现实不争气，到现在，靠牙齿缝里省啊省，存折上的数字才刚刚接近一万块。

小兰见阿P不开口，就有些急了，说："阿P，当年我要嫁给你，我爹死活不同意，就是嫌你穷，如今我们还是不死不活的，哪还有脸回去？"说到这里，她拉开抽屉，拿出存折，往阿P手里一拍，说："现在回家车票不是难买吗？去！你马上给我买部车回来，咱们开车回去！"

阿P吓了一跳，真是死要面子活受罪，全部家当都抛出去，今后万一有个头痛脑热的怎么办？再说了，这点钱能买什么车？阿P有想法，但他对小兰向来是言听计从，指东不会朝西。于是，阿P揣着钱到了二手车市场，找了一个下午，总算买了一辆车主准备报废的车子，又找人给车子里里外外做了美容，整得像新的一样，这才把车子开回家。

不久，阿P要回家乡了。上路前，阿P对小兰一再叮嘱"回家后一定要统一口径，说这车是五万块钱买的，不然面子就丢大了！"小兰也挺给面子，一个劲点头："你放心，这次我一定让你出尽风头！"

说到开车，阿P的确有两刷子，车子出市区后，一直开得顺利，上了高速，又走了省道，接着就走乡间公路。这条公路要穿过一座镇子，这时镇上正好是春节前最后一个集日，赶集的人特别多，村民和摊贩占了大半边公路，阿P开进镇子，不停地摁着喇叭，缓慢前行。谁知只走了一半，车上的喇叭突然不响了，阿P左拍右拍，不管怎样使劲，仍是没动静。阿P叹了口气，对小兰说：“你把头伸出窗外，喊一喊，请大家让个路。”小兰却把头扭到一边，说：“这里离家不远了，我要是伸出头扯着嗓子喊，没准会有熟人看见，我可丢不起这个人。”

无奈，阿P只得自己喊：“借光，借光……”才喊了两声，小兰骂开了：“五万块买个喇叭都不响的车，你骗鬼呀！”阿P一想对呀，这不是抽自己嘴巴嘛，所以赶紧闭嘴，但这也不行啊，车子慢得像蜗牛爬，照这个速度开下去，到家恐怕年也过完了。突然，阿P想起后座有把电子玩具枪，那是小兰买给儿子的玩具。阿P马上让小兰把玩具枪递过来，拆开包装，上好电池，一拨开关，玩具枪马上“呜拉、呜拉”地响起来，跟警笛声一模一样，车子前面的人以为后面来了警车，纷纷让开道路，阿P踩下油门，加快速度开出了镇子。

由于在镇上耽误了很长时间，不一会天就黑了，阿P连忙打开夜灯，才走了没半里路，夜灯就不亮了，小兰起了疑心，说：“阿P，这车你到底花多少钱买的？怎么又哑又瞎，整个一三等残废。”

见老婆怀疑自己谎报价格，阿P有些急了：“买车钱我可是一分也没贪污。你放心，车子瞎了，我照样把它开回家！”他把车开到一家路边小店，下车买了两只手电筒，递给小兰一只，自己拿一只，说：“你这个是远光，给我照远方的路；我得开车，我的这只手电筒当近光用。”

小兰只得照办，按照阿P“高一点、低一点、远一点、近一点”的指令，不断晃动着手电筒，阿P右手握着方向盘，左手拿着手电筒，看到对面有人和车过来，就让小兰打开玩具枪，发出警笛声，让对方避让。还别说，这样一来，车子走得很顺溜。

眼看村子就在眼前了，偏偏这个

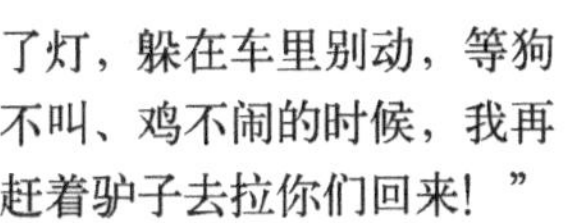

时候，车子熄火了，阿P不停地转动钥匙开启发动机，直打得头上冒火，车子还是发动不起来，小兰实在受不了了，跳下车就要自己走回家，阿P大喊一声，叫住小兰，说："别，别！五万买的新车，趴在村口，你让村里人看见了怎么说？"

小兰被阿P的话镇住了，呆呆地问："那怎么办？难道我们把车背回去？"

老婆的话启发了阿P，他一拍大腿，说："看我阿P的！"说完，他掏出手机，给父亲打了个电话，说："爹，我到村口了，你把家里的小毛驴牵过来。"

阿P爹初以为儿子要让小兰骑着小毛驴回家，后来明白是咋回事后，把阿P好一通臭骂，说："现在去给你拉车，碰到村里人怎么办？你们不要脸，我还要这张老脸呢！你们赶紧熄了灯，躲在车里别动，等狗不叫、鸡不闹的时候，我再赶着驴子去拉你们回来！"

阿P一听，很是佩服爹的老到，赶紧和小兰关了手电筒，呆在车里。车子不发动就没暖气，越到半夜，寒气就越重，两个人冻得缩成一团。直到过了下半夜，阿P爹才牵着家里的小毛驴过来，把车子拉回了家。

一到家，小兰已顾不得面子了，指着阿P的鼻子大骂："好你个阿P，这一路，吓了个半死，累了个半死，饿了个半死，还冻了个半死，你说，这车到底多少钱买的？"

阿P顾不得听小兰唠叨，先把毛驴卸下来，然后赶紧让娘做饭吃，他和小兰饿了一天一夜，再不吃就要饿晕了。

第二天，乡亲们听说阿P回来了，都过来问候，一看阿P买了新车，都夸他有苗头。阿P正得意着呢，他的小学同桌阿旺来了，阿旺是开拖拉机的，一见阿P买了新车，就羡慕地问："阿P，你这车多少钱买的？"没等阿P回答，小兰就抢着说："不贵，才五万！"阿P立即跟着吹嘘说："这车我开着非常顺手，我看十万也值的。"

阿P越这么吹，阿旺越是手痒，他一头钻进驾驶室，一摁喇叭，咦，怎么不响？再按，还是不响，阿旺跳下车，打开车头，捋了捋里面的电线，再一摁喇叭，喇叭马上就响了。

阿旺又扳了下夜灯开关，灯不亮，他脱下鞋对着两只夜灯各“啪啪啪”拍了三下，灯立即就亮了，阿旺一边穿鞋一边说：“阿P，这车你到底花多少钱买的？我看你怕是被人斩了。”

阿P怕被揭了老底，正要申辩，阿P爹从屋里出来了，问阿P：“你把为我买的车开回来了，你自己的车呢？”原来，阿P爹在屋里把阿旺的话听了个一清二楚，见阿P抵挡不住，马上出来救场。

好个聪明的阿P，一听就心领神会，说：“这次我先把你的车送回来，下一次再开我自己那辆回家。”

“你这小子就是不会办事。”阿P爹冲着阿P数落说，“过年就该开新车，过会你赶回去，明天给我把新车开回来！”

阿P送走阿旺，苦着脸对爹说：“我是没钱才买这辆破车的，你这一嚷，我到哪弄钱去啊？”阿P爹瞪了阿P一眼，从屋里拿出一本存折，说：“钱大还是面子大？给，这是我的棺材钱，五万块，你马上给我开一辆像样的回来！”

第二天，阿P果然开着一辆新车回来了，阿P爹坐在前排，指挥阿P开着车子在村子里兜了三圈，他把头探出窗外，扯着嗓子大喊：“车子来了，车子来了，劳驾让开点，别碰着您了！”

阿P握着方向盘，得意地吹着口哨。他想，这车看上去很新，其实是租来的，等过了年，我把车一还，再把爹的五万元通过邮局寄回来，让爹再在村里显摆一回！虽说这回买了辆破车损失不小，可挣了这么大的面子，值啊！

（**题图、插图**：顾子易）

·本刊信息传真·

阿P系列幽默故事征文

阿P系列幽默故事栏目开辟二十多年来，深受读者欢迎。阿P是个有多重性格的喜剧人物，他正直、朴实，却又染有许多不良习气；他自作聪明，却又往往事与愿违，弄巧成拙；面对屡屡受挫的现实，他却能自我解嘲，很有点阿Q的精神姿态，让人啼笑皆非。

为了把这个栏目办得更好，本刊再次面向全社会征稿，希望有更多的人来关注阿P，把您身边的阿P故事写得更精彩，更有现实意义和典型意义。

来稿方法：1. 从邮局寄发，请在信封上注明“阿P故事征文”字样，本刊地址：上海市绍兴路74号《故事会》杂志社，邮编：200020。2. 从网上传递，可寄以下信箱：wulun@vip.sohu.net，请在主题上注明“阿P故事征文”字样。凡已和我刊编辑有联系的作者，稿件可继续投给联系的编辑。

帮人不留名

□杨名贵

流落异乡

清朝末年，广西梧州有个富商叫吴三，在白州遇上劫匪，携带的钱财被洗劫一空，他身无分文流落在白州，在城里转了两天，肚子饿成了一张薄饼。情急之下，他写了封求助信，恳求好心人借他五两银子作盘缠，待他回梧州后，必以十倍奉还。

吴三把求助信摆在大街上，眼巴巴等了老半天，连停下来看的人都没几个，吴三何曾受过此等苦楚，一时既羞愧又悲伤。正在这时，求助信前忽然蹲下来一个汉子，手里拿根甘蔗，一边吧嗒吧嗒地咬着，一边看信。这汉子看完信，哈哈一笑，说："老兄，你这招不管用的，照我看，还不如去找小孟尝夏一爷。"

吴三眼前一亮，忙说："请大哥指条明路。"

汉子说："夏一爷视钱财如粪土，仗义疏财，人称小孟尝，他包管会帮你。"

说罢，他站起来拍拍屁股，扬长而去。

吴三拿不准汉子说的是真是假，但好歹抓到了一根救命稻草，当下急忙把信收起，向旁边一位大嫂打听小孟尝夏一爷的住处。那大嫂听了嘴一努，说："他呀？你往前走就是了。"

吴三一路向人打听，被问到的人一听说要找夏一爷，马上就给他指出

方向。吴三暗暗高兴，心想：看来这夏一爷还真是名声在外。

哪知七拐八弯走了半天，最后居然走到了城外，却依然没看见夏一爷的家。吴三又急又疑，停下来向一位担柴进城的老汉打听，老汉呵呵笑着说："你再往前走一百步，就到了。"

吴三将信将疑，又往前走了一百来步，看见旁边有几间破旧的草房，除此以外就没有什么人家了。

他失望透了：这分明是一个穷人住的地方，哪有什么小孟尝夏一爷？想想这几天吃的苦头，禁不住一屁股坐在地上，抱头大哭。

这时，草房里走出一个衣衫褴褛的女人，打量吴三一眼，问："这位大哥，你这是怎么了？"

吴三止住哭，擦了把眼泪，看女人面善，就求她给碗水喝，女人转身进屋，给他端了碗菜汤，又拿出几块红薯，带着歉意说"我本该给你做点饭的，可家里没米了，请不要见怪。"

吴三连声道谢，一阵狼吞虎咽，把菜汤和红薯吃得干干净净。女人又问他从哪里来，吴三把自己的遭遇说了出来，最后恨恨地说"没想到那些人如此可恶，不帮我也罢了，还捉弄我这个落难的外乡人！"

女人忙说："大哥，你错怪他们了。白州的确有小孟尝夏一爷这个人，但你走错了路。"

吴三又惊又喜，问："真的？"

女人指指前面，说："你从这里进城，一直往西走，看见夏府就到了。你路上千万别再向人打听，免得又走错了。"

吴三知道女人是个好心人，弯下腰给她鞠了一躬，掉头就往城里跑。

有求必应

吴三记着女人的叮嘱，入城后只管向西，走了两条街，前面果然有一座大宅院，大门上方挂着"夏府"二字。

吴三不敢贸然进去，在大门外等了一会，忽然看见一个丫环打扮的女孩要进去，他急忙叫住女孩，说自己想找夏一爷。

女孩问："是小孟尝夏一爷吗？你找他干什么？"

吴三把自己的来意说了，请女孩帮忙告知一声。女孩答应了，叫他在这等着。

吴三满心欢喜在大门外坐下，谁知一等就等了半个时辰，里面却没有消息，又等了好一阵，一个打着赤脚的矮小汉子从里面出来，大声问："谁找夏一爷？"

吴三连忙站起来，说："是我，请大哥帮帮忙，千万让我见见夏一爷！"

汉子从怀里摸出一块银子，说："这是五两银子，是夏一爷送给你做盘缠的，不必还了。夏一爷身染怪病，不便见客，请见谅。"

吴三喜出望外，冲里面拜了又拜，千恩万谢地走了。

吴三有了这五两银子，终于顺利回到梧州，从此，他念念不忘白州仗义疏财的夏一爷，自己也时常做点善事资助穷人，遇到落难流落的异乡人，更是如招待老友一般，接到家中，好酒好菜侍奉，临走再送上盘缠。一时间，他在梧州得了个小孟尝吴三爷的大名。

眨眼过了一年有余，吴三要到北海经商，途中要经过白州。他估摸夏一爷的怪病应该好了，便备下厚礼，准备向夏一爷当面道谢。

来到夏府前，他请一个家丁把自己的名帖递进去。那家丁见他穿着不俗，又提着许多礼物，不敢怠慢，飞也似的跑了进去。

过了一会，家丁搀扶出一个六十多岁的老头，说："这就是我们夏老爷。"老头冲他拱手笑道："恕夏某人老糊涂，记不起阁下是哪位朋友了。"

吴三上前一拜，说道"多谢老爷的相助之恩，吴三永生不忘！"

那夏老爷闻言一怔："什么？你再说一遍。"

吴三又是一拜，大声说"老爷遇难必帮，仗义疏财，担得起小孟尝这个名字……"

"混账！"夏老爷不待他说完，已经勃然大怒，把吴三的名帖往地上一摔，"什么狗屁小孟尝？你是存心寻开心来了？滚！"

吴三顿时愣在当地，做声不得。这一幕被对面一家店铺的老板瞧在眼里，他拉着吴三到店里坐下，听吴三说了来龙去脉，忍不住"扑哧"一笑，说："你知道刚才那老头是谁？"

吴三瞪大眼睛，说"他不就是小孟尝夏一爷吗？"

老板又忍不住笑了，压低声音道："他姓夏不假，可这个夏老爷小气到了一毛不拔的地步，人称铁公鸡，他怎么会平白无故送你五两银子？你喊他小孟尝，那不是骂他吗？"

人穷心善

吴三一时间糊涂了，那老板又说："你要找夏一爷，该从这里往东走，出了城门，不远就到了。"

吴三心里一动：那不是上次给他指路的女人的家吗？难道夏一爷真住在那里？转念一想，那个女人也对他有恩，自己本来也要去回谢的，不妨先去那儿。

于是他又折回头，一路出了城门，走到那几间破草房前，叫了两声，里面走出来一个女人，问："这位大哥，你找谁？"

吴三激动地上前说"大嫂，你还认得我吗？"

女人打量吴三一番，摇了摇头。

吴三又问："小孟尝夏一爷住在这里吗？"

女人笑着点点头，请他进屋。

吴三进了屋内一看，灶上正生着火，吴三探头一瞧，锅里煎的竟然是米糠饼。

女人笑着说："家里只剩一些米糠。这些东西不能招待客人，等我丈夫回来，让他去赊点酒菜招待你。"

吴三这才知道这女人是夏一爷的妻子，忙问："夏一爷哪去了？"

女人叹了口气，告诉他，夏一爷正在河里为夏老爷家挖沙，只因去年有个梧州落难人向他求助，他向夏老爷借了五两银子的高利贷，要给夏老爷挖两年沙抵债。这一年多他天天在河里挖沙，又时常有人上门相求，只好再向夏老爷借高利贷助人，旧债未清，新债又至，算下来，至少还要给夏老爷挖十年沙。

吴三听罢，震惊不已，"扑通"一声跪在女人面前，说："大嫂，我便是那个梧州人。去年你为何不向我明说？早知如此，我便是一辈子留在白州，也决不能要那五两银子。"

女人赶忙扶起吴三，含泪说道："当初我若说了，只怕你也不肯相信。正好那时我丈夫在夏老爷家做活，我就叫你去那里找他。他当时怕你不肯接受帮助，拿钱给你的时候，也没有明说。"

吴三这才明白，去年夏府门前那个打着赤脚送银子的矮小汉子，就是夏一爷。

女人接着说："我丈夫本名夏一叶，本来有点家业的，只因有次在外地落难时，受贵人相助捡回了一条命，回来后就有求必应，帮了人，还不求别人回报。那天我若不指点你去找他，他知道后只怕要把我打个半死。"

吴三听得感动至极，大声说道："小孟尝算什么？这番古道热肠，胜过孟尝君百倍！"

过了一会，夏一爷回到家，与吴三一见如故，两人痛饮一场，从此结为生死至交。

（题图、插图：谢　颖）

管住自己

□李宗儒

这人哪，大都有个毛病：管别人容易，管住自己难。特别是有点权力，或是有点特殊身份的人，尽管多数人不会触红线，越雷池，但瞅着别人不注意，给自己开个方便之门这样的事，往往会管不住自己。殊不知，图的是小方便，弄不好就会惹来大麻烦，甚至灾祸……

近年来，各地交警都在严查“酒驾”，无论是谁，一律不得酒后驾车，但有个叫王强的警察，仗着自己酒量大、车技好，偏偏不理这个茬。为啥？查“酒驾”的是警察，他也是警察，万一哪天真查着了，也没有警察为难警察的道理啊!

这天晚上，王强开着车去跟朋友聚会，一时高兴，喝了半斤高度白酒，朋友见他已现醉态，劝他别自己开车，叫辆出租车回去。王强听了一个劲直乐，说“今天咱们才喝多少？上回我一喝就是一斤半，照样把车开回去，屁事也没有！”

王强说完，跟朋友挥手告别，开着车就上了路。

一路上果然没人查，过了前面的裕华路口，再拐个弯就到家了。就在这时，王强的酒劲上来了，脑袋沉沉的抬不起来，想想马上就到家了，就硬着头皮继续往前开，车速却一点也没减。就在这时，他刚拐了个弯，前方突然有个白衣女子正在横穿马路，他说声不好，连忙踩刹车，但为时已晚，在尖利的刹车声中，他眼睁睁看着白衣女子倒在车前。

刹那间，王强的酒全醒了，浑身冷汗直冒，瘫在了驾驶座上。

过了片刻，王强渐渐恢复了常态，强打着精神打开车门，下车一看，周围根本不见白衣女子，再往黑黢黢的车下看，也没有人影，他从后备厢拿来手电筒，打着寻找，四周和车底依然空荡荡的没有人影。

王强顿时心头一松：看来，刚才肯定是自己酒劲上头，出现了幻觉。于是，他启动车子，顺利地回了家。

几天后，王强又一次酒后驾车，奇怪的是，就在裕华路口上次那个地方，他又遇上一位白衣女子撞倒在他的车下，他停了车，下去一看，四周及车底照样是什么也没有。同样的人，同样的感觉，同样的结果，这究竟是怎么回事呢？难道真的是撞着了鬼？

王强不信世上有鬼，但两次完全相同的经历，他实在想不通。这天，他偷偷到交警大队找到事故科一个叫陈斌的哥儿们，打听裕华路的拐弯处最近有没有发生交通事故，陈斌说："有呀，那地段属事故多发处，半个月前刚发生一起'酒驾'伤人的事。"

王强问："伤人？人怎么样了？"

陈斌说："死了。是位年轻的女子，好可惜。"

王强心里一动，又问："那女人是不是披肩发，穿白色连衣裙？"

陈斌好不惊讶，说："是的，你咋知道得这么清楚？"

于是，王强向他说了两次撞鬼的经历。陈斌一听，半开玩笑道："这是鬼在提醒你呢，往后别再酒后开车了。不然，就是我们不查，鬼也不会放过你的。"

王强弄清是鬼在玩恶作剧后，心里有了底，就没把这事儿再放心上。

这天半夜，王强在外面应酬，又一次喝多了，照旧开车回家，经过裕华路口时，他又看见那个女鬼，因为今天气温很低，一般人都穿着厚衣服，那女鬼却穿着白色连衣裙，正要过马路，王强想起这个鬼两次作弄他，把他吓个半死，越想越气，酒壮人胆，他猛一踩油门，朝着前面那女鬼就撞了过去，眼看着那女鬼被撞翻在地，连车也没停，直接就把车开回了家。

这时已是后半夜了，家里的灯却还亮着，王强进屋一看，母亲正在客厅看电视，忙问："妈，这么晚了你还不睡觉？玉珍呢？"

玉珍是王强的妻子，母亲听王强这么问，马上不满地说"刚才玉珍接了个电话，说要出去一趟，俺心里空空的睡不着，就在客厅等你们回来。"

王强也觉奇怪，又问："谁来的电话？玉珍没说到哪儿去？"

母亲说"不知道是谁，听声音是个女的，像是说去裕华路口什么地方，这半夜三更的，跑到那儿有什么事呀？"

王强突然慌张起来，结结巴巴地问："妈，玉珍走时穿什么衣服？"

母亲嘟囔着说："我就是越看越觉得奇怪嘛，玉珍放着现成的厚衣服不穿，却翻箱倒柜找出一条很久没穿的白色连衣裙出去了。"

王强一听，叫了声"坏了"，转身就往外跑。他开着车，又回到裕华路口，就在他刚才撞女鬼的那个地方，停着一辆闪着警灯的警车，几个交警正在现场查勘，一看就是事故现场。王强忙上前探问，维持秩序的交警见王强也身着警服，便告诉他说，这里刚发生了一起车祸，一位女士被撞，司机肇事后逃逸。王强又问伤者怎么样了，交警说，已送往急救中心。

王强急忙赶到急救中心，医生以为他是来处理事故的交警，就让他进了抢救室。王强一看，顿觉天旋地转——躺在急救床上的正是他的爱妻玉珍！他连忙问："医生，伤者有没有生命危险？"

医生摇摇头，说："情况很糟糕，即使保住命，恐怕也是植物人。"

王强强忍悲痛，走出抢救室，眼泪再也忍不住，一个劲地淌下来，这时，交警大队事故科的陈斌过来了解情况，见王强这个样子，上前拍拍他的肩，严肃地问："是你干的？"

王强点点头，述说了肇事经过，哽咽着说："我撞的是我妻子啊！"

陈斌叹了口气，说"你让我咋说你？连鬼都提醒你两次，你还是我行我素，这不，鬼找上你了。"

王强问："我又不认识那个鬼，她为啥要跟我过不去？"

陈斌听了直摇头："跟你过不去？是你跟那些无辜的生命过不去！她就死在你们这些'酒驾'的车轮下，劝了你两次你都不改，她当然要惩罚你！"

王强悔得直抓自己的头发，陈斌上前把他的手拉下来，王强手一松，手上竟然抓下了一把头发！

陈斌连连叹息，说："早知今日，何必当初？明天一早到我们科投案自首吧！做错了事，不论伤的是谁，都必须承担责任。"

王强悔恨不已，点头答应。

（**题图、插图**：刘斌昆）

·外国文学故事鉴赏·

本篇改编自克莱顿·洛森的小说。克莱顿·洛森（1906－1971），美国推理小说作家、编辑。美国推理作家协会（MWA）创始人之一。

奇特的衣服

怪人

在伦敦郊区一条偏僻的小街上，有一家小裁缝店，老板叫康瑞。一年前，康瑞娶了一个名叫安娜的德国难民为妻，从这以后，康瑞有了发泄对象，每当遇到不痛快的事，他就狠狠地殴打安娜，痛苦的安娜非常怀念远在老家的表哥奥图，从小到大，表哥奥图一直是她的保护者，孤独的安娜把店里的木头模特幻想成表哥奥图，每当康瑞外出，安娜就对着这个木头模特自言自语，诉说着自己内心的痛苦。

这天，店里来了一个顾客，说："我叫史密斯，打算定做一件衣服。"

康瑞说"好的。我这里有很多衣料，你可以挑选。"

史密斯说"不用，我自己带了衣料。"说着，他打开提包，拿出一块衣料来。

这是一块非常奇特的衣料，在昏黄的灯光下，它一会儿呈灰色，一会儿又好像是金色，再仔细看看，还有些绿色，摸上去非常滑溜，康瑞从来没有见过这种布料，就说："这么不一般的料子，做起来肯定会很费劲，但我一定能做好，请你脱掉外套，让我来量尺寸。"

史密斯摆摆戴着大钻戒的手，拿出一张图纸，说："尺寸有现成的，样式也画好了，你只需按这张图纸上的要求做就行了。"

接着，史密斯又说："钱不是问题，只要你寄账单来，我肯定按账单上的数目付给你。但是，我这张单子上标示的，你只能照着做，一点也不能修改，不要管它合不合身，更不要管它好不好看，明白吗？"

康瑞不停地点头，史密斯将图纸交给康瑞，确保他全部明白之后，又叮嘱了一番才走。

接下来，康瑞开始小心地剪裁那块衣料，一心一意地按图纸要求操作，一直忙活了十来天，终于将衣服做好了，挂到衣架上一看，这衣服的外形非常奇怪，领子特别高，上衣没有口袋，袖子非常长，裤脚又肥又大。

安娜说："这衣服看起来好怪！"

康瑞不耐烦地喝斥道："你管它怪不怪，去拿熨斗熨一熨！"

安娜烧热了熨斗，却怎么也熨不好这套衣服，康瑞气得打了安娜一巴掌，亲自动手，仍然熨不好。他急等着用钱，就直接把衣服装进盒子，给史密斯送过去。

奇 事

按照史密斯给的地址，康瑞来到一座破旧的公寓前，按了四楼左边的门铃，好一会儿也没见动静，就径直走上四楼，轻轻敲了敲门，里面马上有人回应，说："进来！"

推门进去，康瑞看到房间里陈设简陋，屋角有一只老式皮箱，房子中间挂着一幅破旧的门帘，心里不禁有些失望：看来史密斯并没有他想像的那么有钱。这时，史密斯从里间走了出来，说："你是送衣服来的？太好了。这衣服做起来很不容易吧？"

康瑞说："的确很不容易，那料子非常奇怪，而且——"

史密斯不耐烦地挥挥手，说："好了，你不要再说了，我知道你做得很辛苦。"

康瑞迟疑了一下，说："那么，现在请试试衣服吧，要是不合身，马上就可以改。"

史密斯更加不耐烦了，说："衣服是为我儿子做的，只要你按我的要求去做，绝对会合身，你快点把衣服给我。"

康瑞有点急了，说："先生，你应该付给我工钱。"

史密斯像是才明白过来，问道："我该给你多少钱？"

康瑞一狠心，大声说"五百镑。"

史密斯满不在乎地说："没问题，你回去把账单开过来，我会付给你的。"

康瑞早已准备好了账单，一听这话马上就拿出来，在上面填了数字，交给史密斯。

史密斯立刻摇摇头，说"这样不好办，你得按规矩来。我家里不可能放这么多现金的，你还是回去把账单

寄给我，我收到后马上付给你，绝对不会少你的钱。”说完，他又伸手过来拿衣服。

康瑞急忙往后退，边退边说：“我一定要先拿到钱。为了这套衣服，我把别的活儿都推了，你要是现在不把钱给我，我连吃饭的钱都没有了。”

史密斯非常着急，说“现在我也一文不名，但过几天我就有钱了，因为那时我的儿子回来了，请你等两天，我保证给你钱。”

康瑞说“你真会开玩笑，戴着这么大的钻戒还说没钱……”

史密斯连忙将手上的钻戒摘下，晃了晃，苦笑道：“这是假货，值不了几个钱。你快点把衣服给我吧！”说着，他又来拿衣服。

康瑞又往后退，却被身后一道布门帘挡住了，他拉开布门帘，看到里面有一台巨大的电冰箱，正在“呜呜”作响，顿时气得骂了起来：“你连这么大的冰箱都用得起，还说没钱？”

史密斯连忙跟过来，解释说：“这冰箱是为我儿子买的，那套衣服也是为他定做的，没法子，我必须这样做。现在，请你快点把衣服给我！”

康瑞推开史密斯的手，一把拉开冰箱，说：“我到现在连早饭都没吃，让我看看你冰箱里有什么好吃的。”这一拉冰箱不要紧，康瑞一下子惊呆了：这个冰箱没有隔层，里面是个完整的大柜子，一个年轻人的尸体占满了整个冰箱。

康瑞连忙关上冰箱，指着史密斯大叫：“你、你杀人了！”

史密斯一把卡住康瑞的脖子，叫道：“那是我的儿子，他是病死的，你快把衣服给我！”

康瑞不仅没要到钱，还遇上个杀人犯，这些天的辛苦白搭了，他气得一把扯开史密斯的手，抓起身旁的一把椅子，猛地向史密斯砸去，正好砸在史密斯的头上，史密斯晃了晃身子，康瑞接着又砸了一下，把史密斯砸倒在地。他看着史密斯在地上挣扎了一会儿，就一动也不动了。

授魂锦衣

康瑞上前探了探鼻息，发现史密斯已经停止了呼吸，他先是很紧张，但很快就镇定下来，抬头看到屋角的那只皮箱，就想，我这些天不能白干，也许箱里有钱，或者贵重的东西，于是上前把箱子打开，发现里面装的全是一本本很旧的书，他拿了面上的几本，然后拿起那个装着衣服的盒子，一口气跑回自己的店里。

康瑞回到家就翻阅这几本破旧的古书，其中有一本是用德语写的，他勉强能看得懂，原来这是一本传授邪术的秘本。正要继续往下看时，安娜走了进来，轻声说："这本书我小时候看过，说的非常离奇，你在哪儿找到的？"

康瑞被吓了一跳，张嘴便骂："你这么鬼头鬼脑地进来干什么？谁要你信了？赶快给我出去，把盒子里的那套衣服烧掉！"

说完，康瑞把安娜推了出去，关上房门继续看那本奇书，那上面写着召唤术、驻颜术、隐身术、行尸术、锦衣授魂术……尤其是最后一章，上面写着怎样织造授魂锦衣，让没有生命的人获得生命。

康瑞这才明白史密斯的用心，原来史密斯定做的那套衣服，就是书上说的授魂锦衣，史密斯想用这套衣服让死去的儿子还魂，真是个疯子。他气得一把将这本书扔进了火炉。

接着，他走下楼，看见那套为史密斯定做的授魂锦衣正套在木头模特身上，安娜站在那个木头模特跟前，正和木头模特喃喃细语："……奥图！你是我……真愿……能说话……他又打我，说不定……我会死的。"

康瑞气得大吼："你赶快把模特身上的衣服脱下来，烧掉！刚才我送衣服时和史密斯发生了争吵，我把他打死了。"

安娜吓坏了，说："天哪，你竟然杀了人！快向警方自首吧，我会作证，让他们相信你是自卫。"

康瑞气急败坏地说："自首？你想要我去上绞架？"他目露凶光，"啪"地一声关掉灯，突然伸出双手，死死卡住安娜的脖子，用力掐了下去。

安娜拼命挣扎，朝木头模特高喊："奥图—救我—"

康瑞更加用力地掐安娜，安娜的身体一点点瘫软下去，突然，木头模特身上的衣服发出一阵强光，它举起双臂，双脚开始向前移动，康瑞吓得大叫一声，放下安娜转身就跑，哪里还来得及？刹那间，木头模特坚硬的臂膀勾住了康瑞的喉咙，让他发不出任何声音……

警察在第二天闻讯赶来，发现康瑞已窒息而亡。

（**改编**：谷永庆）

（**题图**、**插图**：佐　夫）

莫要花钱如流水

□李茂华

新手机

刘二在职业学校开了个小卖部，这天中午，一群男生大汗淋漓从球场上下来，拥进刘二的小卖部，一个男生朝刘二喊道："刘老板，来十五瓶可乐。"

刘二循声一看，这同学他认识，叫赵毅，赶紧从冰柜里拿出可乐，赵毅拿着一瓶瓶发给大家，末了又说："再来两包云烟。"刘二拿出香烟，说："赵毅，上回的账你还挂着，什么时候来结了？"赵毅说："别急，下个月我爸送生活费时，一块跟你结。"

这群男生喝完可乐，把瓶子放到柜台上就走了。刘二打开记账本，把赵毅的赊欠记下来，不禁摇摇头，自言自语地说，这个赵毅真是花钱如流水，有钱人家的孩子，一点也不知道赚钱的难处啊！

转眼间一个月过去了，赵毅没有按时来还钱，又过了一阵子，学校开始放暑假了，毕业的学生也陆续开始离校，刘二翻出记账本，看到上面只剩下赵毅一个人的欠账还挂着，数目还不小，正准备到他宿舍去催一催，正好看见赵毅拎着大包小包走出来。刘二赶紧迎上去，说："赵毅，你这是毕业了要离校吧？先把挂着的账结了吧？"

赵毅一看是刘二，脸一下红了，说："刘老板，我爸生意忙，钱到现在还没送来，我过几天再来还你，行不？”

刘二摇摇头，禁不住抬高了声音，说：“你都毕业要离校了，现在不还钱，以后我到哪里去找你？”

一些过路的学生以为他们吵起来了，纷纷停下来观看，赵毅窘得满脸通红，将手里的包狠狠往地上一扔，掏出一部手机，在刘二面前晃了晃，说：“你看好了，这款新手机的价格是两千五百多元，我买了不到一个月，先押给你，过几天我拿钱来取！你也不问问，我赵毅是欠钱不还的人吗？”说完，将手机往刘二手里一塞，提起行李，头也不回地出了学校。

旧工棚

到了中午，赵毅的手机突然响了起来，刘二以为是赵毅打来的，连忙按了接听键，哪知电话那头是一个中年男人的声音，说：“赵毅，你前几天不是要钱吗？晚上过来拿。”

刘二愣了愣，马上反应过来，问：“你是赵毅爸爸？赵毅的手机落我这儿了，我现在也找不到他，要不，你到学校来一趟？”他想，只要赵毅爸爸来了，再跟他说明情况，子债父还，能省不少麻烦。

谁知对方一听，马上显得很着急，说：“他怎么把手机弄丢了？我现在过不来，因为跟别人约好了，马上要出去一趟。”

刘二说：“那你给我个地址，我给你送过来。”赵毅爸爸连声道谢，给了刘二地址。

傍晚时分，刘二揣上赵毅的账单，带着赵毅的手机，按照地址找了过去，到了才发现是一个正在施工的工地，就按上午打进来的那个号码拨过去，电话很快接通了，但接听的是另一个人，不多久，一个戴着安全帽的工人走过来，对刘二说，他是赵毅爸爸的工友，赵毅爸爸下午出去还没有回来，走的时候交代，让刘二把手机交给他。刘二摆摆手，说：“我这次

除了还手机，还有件事要跟赵大哥面谈。”这位工友以为刘二不相信他，就掏出自己的手机拨通了赵毅的电话，说：“你看，老赵平时都是用我的手机跟他儿子联系的，前几天他儿子说要一千多块钱，老赵到处借钱，今天上午才有位老乡同意借给他，他这是去取钱，你还信不过我？”

刘二连连摇头，说：“我不是信不过你，是真的有事找赵大哥。”

工友说：“那好，我带你到老赵的宿舍，你在那里等他吧。”

刘二跟着这位工友到了赵毅爸爸的宿舍，一进去，就禁不住皱起了眉头。这里说是宿舍，其实就是一个简陋的工棚，挨挨挤挤摆满了床，满屋子的汗味。工友指着角落的一个下铺，说：“老赵就睡这儿，你坐在这儿等他吧，我还得干活去，不陪你了。”

刘二谢过这位工友，就在赵毅爸爸的床上坐下，一个劲地摇头叹气，看赵毅平时的穿着打扮和花消，以为他是个富家子弟，完全没料到他爸爸竟然生活工作在这种地方。他拿出赵毅的账单，将上面的“云烟”改成了“学习用品”。

记账本

又等了一阵子，赵毅爸爸还没有回来，刘二有些坐不住了，看到床头有本破书，便拿过来翻翻，哪知翻开第一页，才发现这是一个记账本，也许是封面破了，主人拿了一张小说书的封面粘在上面。刘二好奇心顿起，便一页页翻了下去。

这个账本记得非常详细，每月一篇，开头一行是工资一千块，接下来是各项开支，包括饭钱、日用品、电话费、公交费等，每月所有的支出加起来，不到二百块钱，每个月剩下的近八百块钱，全部给了赵毅。最后一页还记着一些账目——三月四日：刘东五百；四月五日：赵旺六百；五月六日：李满仓五百……刘二一看就明白，这是赵毅爸爸向别人借的债。

刘二想不出用二百块钱过一个月是什么日子，这时，他看到旁边有只塑料袋，里面装着五只大馒头，禁不住鼻子一酸，想，这一定就是赵毅爸爸一天的伙食了。他再也坐不下去了，将账本放进口袋，离开了工棚。

第二天上午，刘二刚开店门，赵毅昂着头，像只骄傲的公鸡走进来，从衣兜里掏出一叠钞票，往柜台上一拍，说："刘老板，我来结账！"

刘二淡淡地看了眼柜台上的钱，说："我早就知道你今天会来，昨天晚上去你爸那儿拿钱了？"

赵毅点点头，说"我爸说跟你通了电话，但你没等他回去就走了。"

刘二掏出赵毅爸爸的账本，放在赵毅面前，说："这是你爸爸的账本，我给你带来了。"

赵毅疑惑地拿起账本，一页一页翻着，一张脸先是变得通红，后来又变得煞白，一颗颗汗珠从脸上流了下来。

刘二拿起柜台上的钱，在手里掂了一下，问："我想知道，你这样花你爸爸的钱，心里有没有愧疚？"

赵毅合上账本，嗫嚅地说"爸爸从没让我去他的工地，每次都说他赚的钱很多，够我花……我——我对不起他！"

刘二一把将钱塞到赵毅手里，说"这些钱是你爸爸向别人借的，我不想子债父还，你把钱拿去还给你爸爸，你欠我的钱，我给你时间，等你用自己挣的钱来还我。"

赵毅的眼泪涌出来，使劲地点点头，收好钱，然后朝刘二深深鞠了一躬。

（题图、插图：谭海彦）

·本刊信息传真·

第十五期故事创作研讨班招生

为培养故事创作的骨干力量，本刊将于2011年5月在上海举办"《故事会》第十五期故事创作研讨班"，邀请有培养潜力的新作者来沪学习。会议期间，编辑部将组织各类富有针对性、实效性的学习活动，使参加学习的作者在故事创作方面取得新的成效，从而缩短作为一个故事作者的成熟周期。凡录取者，差旅食宿等费用均由本刊承担。参加研讨班的条件：编辑部以培养故事创作人才为目的，所有报名者，不论资历，公平竞争，以作品和创作潜力为衡量标准。具体为：1.提供本人创作简历一份；2.提供数篇新创作的故事；3.需注明本人真实姓名及联系方式。

本期研讨班的报名工作正在进行中，报名截止期为2011年5月15日。

详情请见《故事会》2011年1月下半月、2月上半月。

·传闻逸事·

押运官的险遇

□吴大江

倒霉的押运官

清乾隆年间，这天晚上，云南河阳县令刘明德在家中摆起香案，祈求神仙保佑，千万不要让他当上滇铜押运官。

刘明德这样做，大有原因。清代铸钱用铜主要产自云南，云南冶出的粗铜，经马帮运至四川泸州精炼，再用船沿长江出川，经湖北湖南进入京杭大运河，送至京城铸钱，前后要用九个多月的时间，必须由一名知县级官员押运。这押运官可不是什么好差事，必须在九个月又二十五天内到达京城，超期一月，官降一级；超期五个月，革职为民。这还不算，所运滇铜不得短缺，否则由押运官自掏腰包赔偿，一大半押运官都赔过缺少的铜，有的甚至赔得倾家荡产。这样一来，谁都不想干这项苦差，云南总督无奈，只好采取抓阄的办法，由各州府官员亲自到总督府抓阄，抓到的再把这顶官帽戴到下属某位县令头上，所以，滇铜押运官又叫“阄官”。

就算刘明德求了神仙，可霉运来了，神仙也帮不了他。三天后，“阄官”的帽子还是落到刘明德头上，县衙主簿罗云同时被任命为副押运官。接到文书，刘明德就傻了眼，无奈之下，只好到后院向夫人讨主意。

刘明德进入内室，见夫人正在为他准备出门行装，大为惊讶，问道：“夫人已知道我当上阄官了？”

夫人平静地说：“我早就算准这

回必是你当阄官。”

刘明德不明白，又问：“你是怎么算的？”

夫人说：“河阳府已三年没抓到阄了，府属四县，就你还没当过‘阄官’，今年不是你，还能是谁？”

刘明德叹了口气，说：“既然非我莫属，我该如何应对？”

夫人拿出一个密封的小木匣，说：“这是我特制的小木匣，这样的小匣，我做了一大箱子，到时你用铜线把这小木匣绑在每件铜饼上。如果一切顺利，到达京城时，你再取下匣子带回；如果途中出事，小木匣会保佑你逢凶化吉。”

刘明德细问其中的原因，夫人浅浅一笑，说：“你按我说的做就是。”

夫人向来聪明，刘明德遇到难处，总是向她请教，每次总能圆满解决。刘明德不再多问，带着这些木匣上了路。他领着罗云和一干手下，不多日到了泸州，又忙了好多天，总算把九十四万斤精铜装上了十三只船，这些精铜由一块块一千多斤重的铜饼组成，刘明德命人把木匣用铜线牢牢绑在铜饼上，罗云见了，忙问：“刘大人，这木匣有何用处？”

刘明德说：“这是我夫人的安排，她说这些木匣能保佑我们平安。”

罗云听了哈哈大笑，说：“但愿真如贵夫人所愿，让我们一路顺风顺水。”

神奇的木匣子

刘明德带着船队，没两天就进入流水湍急的三峡，他一直小心前行，眼看就要出三峡了，不想一艘船触上江中礁石，转眼就沉没了，船上的七万斤铜饼随船一同沉入江底。刘明德仿佛当头挨了一闷棍，立即派人向当地官府报告了此事，然后继续赶路，在规定时间内到达京城，把八十七万斤铜交割完毕，又连忙和手下一起往回赶，等他赶到沉船处时，已是两个月以后了，当地官员派人守候在沉船处，等他来捞沉在江底的铜。如果不捞上这七万斤铜，刘明德就是倾家荡产也赔不起。

无奈之下，刘明德只好留下来准备长期打捞，罗云虽不负赔偿之责，也主动留了下来。

刘明德给家里写了一封信，说了这里的情况，让夫人不要牵挂。

没过多久，夫人的回信来了，叮嘱刘明德每天多看江面，说要不了多久，沉在江底的铜饼就会一斤不少地捞上来。

刘明德看完夫人的信，望着滚滚奔流的长江水，忍不住一阵苦笑。这里滩陡浪急，又不知沉船的位置，每天只能安排两只小船带着滚钩在江底滚动，希望能钓住江底的铜饼，但这些天来，一只铜饼也没钓到。

没想到，夫人的话又一次灵验

了。这天，刘明德忽然看到江面上有个红色的东西在波浪中沉浮，渐渐地，这些红色的东西越来越多，全漂浮在一处。他忽然想起夫人让他绑在铜饼上的小木匣子，每只匣子上，不都缀着这样一朵红色的小花吗？他忙叫船工捞一朵花上来，船工捞了一朵花，用力扯了扯，回头大声说："大人，这朵花下面还有东西！"

刘明德高喊："每朵花下面都有一块铜饼，你们顺着花，就能找到铜饼！"

一位水性好的船工听了，带了根绳子潜入江底，顺着花连着的线，果然在江底找到了铜饼，他用绳子绑好铜饼，再浮出水面，船上的人一起用力，很快将这块铜饼打捞上来。

很快，船工们用这个办法，把剩下的铜饼一一打捞上来，竟然一块不少。

罗云看着眼前的奇迹，目不转睛地盯着绑在铜饼上的木匣子，朝刘明德竖起了拇指。

刘明德把这些打捞上来的铜饼又运到京城，交割完毕，马不停蹄赶回家中，一见夫人当头便拜，说："夫人，你不仅保住了为夫的前程，更是救了我们这个家啊！"

夫人急忙拉起丈夫，诉说了两年的离别相思后，夫人说了制作木匣子的来龙去脉。原来，阉官丢失的滇铜，多半丢在滩险浪急的长江上，于是，她制作了一种木匣，在匣中装入草籽，如果铜饼沉入水中，水会浸入绑在铜饼上的木匣里，逐渐让匣内的草籽发胀，顶开匣口，弹出缀着红绸花的花托，这花托是用一种很松软的木头做的，能漂浮在水面，而它的下面是用线连着的木匣，顺着这根线自然就能找到沉在水底的铜饼。夫人知道丈夫迟早会当上"阉官"，几年前就开始悄悄准备了。

刘明德得知原委，对夫人佩服得五体投地，想到自己这次化险为夷，更是乐不可支，没想到夫人却说：“你别高兴得太早，只怕后面还有事。”

刘明德大吃一惊，问：“这是为何？”

夫人摇摇头，笑而不答。

猜不到的结局

果然，一个月后，刘明德收到总督府发来的公文，说他有七万斤铜迟到了半年，理当处罚，将刘明德的官职由七品降为九品，到外县当一名主簿，而副押运官罗云，却坐上刘明德的位子，当上了河阳县县令。

送达公文的差役是刘明德的朋友，他悄悄告诉刘明德，罗云走了总督的门子，花大钱买通了总督，总督才找了个由头贬了刘明德。刘明德气了个半死，送走朋友后，大骂罗云是无耻小人。

夫人却不生气，她淡淡地一笑，问：“事到如今，不知夫君作何打算？”

刘明德气冲冲地说：“还能有何打算？九品主簿大小也算是个官，还得干。”

夫人说：“你打算重新从九品主簿做起，辛辛苦苦一步步再升到七品县令，然后再去当那倒霉的阄官？”

刘明德一听，恍然大悟，说：“对啊，这样做下去毫无趣味。”当即展纸研墨，写下一份辞呈，马上交了上去。

接下来，刘明德和夫人来到铜矿区，用积蓄买下一个铺面，做起了生意。因为有夫人相帮，刘明德把生意做得顺风顺水，好不开心。

转眼间又过了一年，又到了选阄官的日子，刘明德问夫人：“你看今年会是哪个县令当阄官？”

夫人笑着说：“不用猜，肯定是河阳县令罗云。”

刘明德惊讶万分，问：“这又是为何？”

夫人说：“罗云当主簿时，我就看他一心想往上爬，上次他一直陪着你打捞沉铜，亲眼看到了木匣子的秘密，我就知道他必然会在这上面做文章。因为有了这样的木匣子，运铜进京，就不会再缺失铜了，而如果能提早进京，就会受到朝廷封赏，甚至皇上接见，这可是飞黄腾达的好机会，罗云咋会放弃这样的机会？果然，罗云一回来就下了手，先是当上县令，接下来肯定是去争当谁也不想干的阄官。”

没多久传来消息，罗云果然主动上书总督，毛遂自荐当上了阄官。

又过了几个月，一个更大的消息传了过来，说运送滇铜的船队遭遇水盗抢劫，阄官罗云为水盗所杀。

刘明德听到消息，高兴得哈哈大笑，说：“真是机关算尽太聪明，到头来丢了自己性命啊！”

（题图、插图：谢　颖）

有理也输官司

□路遥东

张小丽是一家公司的白领，前段时间，突然发现老公王大强有了外遇，这下她欲哭无泪，在劝说无效的情况下，决定和王大强离婚！

小姐妹告诉张小丽，夫妻离婚闹上法庭，法官判决时，无过错一方在财产分割时往往能得到更多的补偿。想想自己帮王大强苦苦打拼了七八年，使他有了独立经营的建筑公司，现在要离婚了，这多年付出的辛劳一定要想法子补回来！

于是，张小丽找到一家私人侦探所，把自己的要求说了。这私人侦探所的效率也真是高，不到一个月，他们就把搜集到的一大堆证据拿到了张小丽面前。看着王大强和情人刘思思亲密的照片，瞅着两人在网上聊天记录里的甜言蜜语，张小丽气得七窍生烟，她原本只是想多分些财产，现在是真想一刀子把他俩全都捅了。

想想自己为老公付出这么多，可老公还是变了心，张小丽恨透了王大强，更恨透了王大强的小情人刘思思。决不能就这样便宜了她，一定要让这个狐狸精尝点苦头儿。

私人侦探所提供的信息很多，其中包括刘思思同事和亲属的地址。张小丽一气之下把那些照片和聊天记录全部用电子邮件发给了他们，还趁机用恶毒的语言把王大强和刘思思臭骂了一顿。

不久，张小丽得到消息，法院已

经受理了她和王大强的离婚案。这天，她正在准备整理法庭上要说的话，手机响了起来，电话里传来一个陌生的声音："你好，请问是张小丽吗？请你马上到法院来领一下起诉书。刘思思起诉你侵犯了她的隐私权和名誉权。"

张小丽一开始没反应过来，自己没告刘思思呀？再后来才听清楚，是刘思思起诉自己，一时气得哇哇乱叫："你们还讲不讲道理？刘思思破坏别人家庭，竟然还倒打一耙，你们不要理睬她，像她这种不要脸的人，就应该叫她无脸见人！"

法院的工作人员没空和张小丽多探讨，只是淡淡地说："你来了再说吧。"

到了法院，张小丽才了解到事情的来龙去脉。

原来，刘思思上班发现同事们交头接耳，窃窃私语，看自己的眼神都是怪怪的，正在疑惑不解，弟弟刘二刚打来电话说："姐，你快回来吧，咱妈都快被你气死了。"回到家里，刘思思就被家里人骂了个狗血喷头："做什么不好，偏偏学人家做'小三儿'，真不知道丢人，老刘家从今往后没你这个闺女！"

刘思思气得跌跌撞撞回到了公司，刚进门，她最要好的朋友李艳就把她拉到一边，说："思思，这几天公司里很多同事都收到了你和王大强在一起的照片，还说你不要脸，当小三儿勾引别人老公，你知不知道？"

刘思思顿时感到天旋地转，她平时孤傲清高，惹得很多女同事嫉妒，如今大家都知道自己早就当了小三儿，肯定有人落井下石，自己也没有什么颜面在公司呆下去。

回过神来的刘思思马上去调查，很快就查明是张小丽干的。本来，刘思思因为充当了第三者，心里有些愧疚，可现在张小丽这么一逼，她索性也破罐子破摔，一纸诉状把张小丽告

上了法庭，起诉张小丽侵犯了自己名誉权和隐私权，要求张小丽赔偿精神损失费5万元。

再说张小丽接到起诉书，心里愤愤不平，她坚信这个官司自己不会输！不料，庭审中，法庭却认定张小丽侵犯了刘思思的隐私权，一审判定张小丽赔偿刘思思精神损失费4500元。这下，张小丽怎么也想不通了，明明是刘思思破坏了自己的家庭，道理明明在自己这一边，自己却成了被告，而且还要赔钱，这天底下还有没有公理了？

张小丽到处喊冤，还是小姐妹们提醒她，去听听律师是怎么说的吧……

律师点评：

根据法律有关规定，自然人享有的私人生活安宁与私人信息（即“隐私权”）依法受到保护。隐私权作为基本人格权利属名誉权范畴。本故事中，尽管因第三者插足导致张小丽婚姻破裂，如果张小丽仅从批评和揭露不良行为的角度出发，发表看法和观点的话，还是合法的，而她却采取了极端措施，利用所谓的侦探所（我国目前为止尚不允许设立私人侦探所），查找相关信息，将刘思思的隐私在社会上扩散，对刘思思的名誉和隐私造成了侵犯，这就构成了侵权，导致有理也输官司的结果。

（**题图、插图**：刘斌昆）

·本刊信息传真·

好故事有时会影响人的一生

《故事会》杂志隆重推出“高考作文素材”增刊

据专家透露，关注社会、关注生活、关注人与自然、关注自我成长、关注时政热点是近年高考作文命题的总体方向，而五大内容在《故事会》杂志中时有反映，时有聚焦。更令人惊奇的是，高考作文居然多次与《故事会》中的故事“巧遇”，在被考生“借鉴”后成为满分作文，如：1999年《假如记忆可以移植》（借鉴《人头移植》）；2000年《豆角月亮》（借鉴《弯弯的月亮》）；2003年《最美丽的鸟》（借鉴《爱的误区》）……

鉴于此，我们今年在广大读者的倡议下，特组织资深编辑和优秀教师编选了这本《故事会》“高考作文素材”增刊，旨在为莘莘学子写作提供灵感与素材，以期在高考时下笔如有神，赢得高分！

就算他位卑人轻，你可以骂他、欺负他，甚至可以让他受胯下之辱，但是，有一件事你不能做，做了，就必须道歉……

你必须道歉

□侯传金

1.不能骂我娘

这天晚上，老天下了一场大雪，一大早屋子就让白色晃得耀眼，村民刘老实再也睡不着，爬起来打开门，拿起屋檐下的扫帚，将院子里的积雪扫成一堆，然后抄起铁锨，准备把这些雪撂到院墙外。哪知才撂了第一锨，便听院墙外“嗷”的一声大叫，接着便是一长串脏话隔着院墙传过来。

刘老实没想到这么早院墙外就有人，急忙打开院门，一看，有个人正在甩头，拿手挠着脖子，把脖子里的雪掏出来，这个人不是别人，正是村长牛兴武，这下把刘老实吓得可不轻，他倒吸一口凉气，连忙走向前，一边拍打牛兴武身上的雪，一边赔着不是。

牛兴武一把推开刘老实，骂道：“瞎眼的货，你真他娘的大胆了！”

刘老实不住地打躬作揖，一个劲地说“村长啊实在对不起，我真的不知道你在外面，我不是故意的。”

牛兴武继续骂道：“你娘的个瘸子，看你干的好事，快进屋拿毛巾来给老子擦擦。”

刘老实阴着脸，进屋拿了块毛巾，递给牛兴武，牛兴武只看了一眼，一把扯过来甩到刘老实的身上，骂道：“不要了，老子嫌脏！”

刘老实不再道歉了，他阴着个脸，红着眼睛瞪着牛兴武，牛兴武冲他一瞪眼，说：“咋啦？我堂堂一村之长，骂你几句还不行？看你那个熊样子，不服气还是咋的？”

刘老实脸憋得通红，说：“你骂我没事，哪怕揍我都行，但你不该骂我娘！”

牛兴武“扑哧”一声笑了，说：“你娘的，在咱村这一亩三分地上，我还是第一次听说我不该骂人。哼！我就骂你娘个瘸子，你能咋的？”

刘老实正要辩解，身后突然响起一个响亮的嗓音，说：“村长骂得对，我就是个瘸子，怎么就不能骂？”

刘老实转头一看，是娘从屋里出来了，他连忙上前，说：“娘，外面这么冷，你快进屋去。”

老实娘没接儿子的话，继续对牛兴武说“村长，我家老实是个死心眼儿，你大人大量，别跟他一般见识，我给你赔礼了。”说着，她给牛兴武鞠了一个躬。

刘老实急得跺脚，喊道：“娘！”

牛兴武看了老实娘一眼，火气消了不少，一下住了嘴，正要走人，刘老实连忙伸出双手拦在牛兴武面前，说：“村长，我娘没有得罪你，你不能骂我娘！你……你得给我娘道歉！”

牛兴武刚消的火气一下又蹿了上来，一把推开刘老实，喝道：“滚一边去，我没空听你瞎咧咧！”说完，扬长而去。

刘老实看着牛兴武晃着个肩膀走出老远，才扶着娘进了屋。

老实娘问儿子：“这一大早的，你怎么惹着这个瘟神了？”

刘老实叹了口气，说“谁知道这家伙一大早会在这里溜墙根啊！”

说到这里，娘儿俩都不吱声了，他们心里都明白牛兴武为什么会一大早在这里“溜墙根”。

说起来，这件事儿在村里也不是什么秘密，刘老实娘儿俩最清楚不过。牛兴武一大早来溜墙根，准是为了找王秀花，王秀花就住在刘老实家的东边，早两年，王秀花的丈夫在外面打工，牛兴武和王秀花的关系有些不明不白，但后来王秀花不理牛兴武了，这次牛兴武不知为什么又来了，看那样子，没准是在王秀花那儿碰了一鼻子灰，这才把一腔火气全发在刘老实身上了。

刘老实进灶间给娘做好了早饭，看着娘热腾腾地吃了，这才说：“娘，他牛兴武凭什么骂你？我不能让他这样骂

过就算完，我得让他向你道歉！”

老实娘一听，气得把手里的碗往桌上一放，说“你忘了我平时怎么跟你说的了？咱们平头百姓，不要跟那种有权有势的人斗。他骂我？我啥也没少，他骂我他就得好处占便宜了？他能骂出个啥来？”

刘老实说：“不行！谁也不能骂我娘，他牛兴武就更不能骂！”

老实娘气坏了，说“他骂我我当他放了个屁，你老是不听我的话，要把我气死了！”话没说完，就喘了起来，喘得腰都弯了下去。

刘老实连忙上来给娘捶背，说：“娘，你别着急！我听你的就是了。”

2. 村长不道歉

说起来，刘老实娘俩都是苦命人，刘老实自小就没了爹，娘怕儿子受委屈，硬是没再嫁，一手把刘老实拉扯大，刘老实对娘也特别孝顺。只是因为家里穷，年轻时一直没说上媳妇，三十五岁那年，邻村倒是有个寡妇想嫁刘老实，只提了一个条件：让老实娘自己单过。刘老实一听就回绝了，说“这辈子没媳妇就算了，我不能没有娘。”所以刘老实都五十岁了，仍旧打着光棍儿，这些年娘钻天打洞四处张罗着给刘老实找媳妇，刘老实却一点也不着急，还回绝了好几个。有一次，他架不住朋友一个劲的追问，跟朋友说了实话“我心里根本不想娶媳妇。为啥？娶了媳妇，生了孩子，家里一下子多出好几张嘴，日子过得紧巴巴的，媳妇儿肯定会嫌我娘是累赘，不会给我娘好脸色。要是那时让我娘吃苦受气，还不如就一直跟我娘过，多挣点钱，让我娘过过宽心适意的好日子。”在他心里，天大的苦都愿意自己一个人受了，但绝不肯让娘受一点点委屈。

今天牛兴武一大早就骂了娘，还不肯道歉，刘老实越想心里越难受。虽说娘不让他再找牛兴武，但刘老实一想到牛兴武骂娘的那个猖狂劲儿，心里就像刀剜一样难受，想：你牛兴武哪怕是皇帝老子，我也得让你给我娘道歉！

这天，刘老实跟娘说到地里看看麦子，娘嘱咐他早点回来吃饭，刘老实嘴里应着，身子一拧出了门，径直去了牛兴武家。

牛兴武住在村东头，是个二层小楼，宽阔的朱漆大门外一对石狮子蛮横地张牙舞爪，一般人见了都绕着走。刘老实也是第一次来牛兴武家，心里不免有些紧张，但他一想到娘受的委屈，就什么也不怕了。他深吸一口气，举手轻轻地拍着门环，但里面半天也没回应，刘老实看看门没上锁，知道里面肯定有人，就接着拍门环，里面总算传出牛兴武的声音“门没插，进来吧。”刘老实使劲把门推开一道缝，侧着身子挤进去，便看到牛

兴武拿着一块肉骨头在喂家里的那条大狼狗，刘老实又往前走了一步，脸上硬挤出一丝笑来，说：“村长，你……你……上次骂了我娘——”

牛兴武没吱声，却把拴狼狗的铁链子解了下来，猛一拍大狼狗的屁股，那只狼狗咆哮一声，直奔刘老实冲了过来，刘老实吓得大叫一声，连忙跑出门外，一把拉上了牛兴武家的大门，站在门外，就听到牛兴武在院子里哈哈大笑，刘老实气得跺了跺脚，快快地回了家。

这天，刘老实在地里看麦苗，突然听到牛兴武用大喇叭通知村干部到村委开会，刘老实马上赶到村委，站在门外，一直等到会开完，看到几个村干部和牛兴武一起出了门，连忙跑到牛兴武跟前，说：“村长，马上就要过年了，你啥时去向我娘道歉？”

牛兴武轻蔑地看了一眼刘老实，对身旁的干部说：“你们看看这个货，是不是很可笑？他把雪扔到我的脖子里，我骂了他一句，他纠缠我到现在，没完没了！”

刘老实说：“村长，我不是故意把雪扔到你的脖子里，我跟你道歉了，你还骂了我，我也认了，可你还要骂我娘，你怎么能不道歉呢？”

刘老实这一说，牛兴武脸上挂不住了，他冲刘老实吼道：“刘老实，你给我老实点儿，你再胆敢无理取闹，胆敢干扰村干部办公，我马上让你蹲派出所。”

跟着牛兴武的几位村干部连忙劝刘老实先回家，肚量要大一点。他们这一劝，把刘老实的倔性子劝出来了，他梗着脖子把那天早上的事说了一遍，要大伙评评理，大伙都打着哈哈，说：“多大个事呀？不都是在气头上嘛！过去就算了。”村会计一边说，一边推他走。

刘老实把推他的人用力推开，又问牛兴武：“我娘又没得罪你，你为什么骂她？”

牛兴武笑呵呵地说：“你娘没教育好你这个不开窍的货，就该骂！她又不是王母娘娘，我骂她咋了？”

刘老实气得浑身直哆嗦，指着牛兴武，说：“你——你真是忘恩负义，我娘可是对你有恩的，你竟然这样对她！”

牛兴武哈哈大笑，说“你娘什么时候对我有恩？我怎么不知道呀？你现在当着大伙的面说说看，你娘对我有什么恩。”

刘老实还是指着牛兴武，结结巴巴地说：“你——你——”

牛兴武一瞪眼，大声喝道“好你个刘老实，真是个吃鼻涕流脓的货，竟敢跑到村委来闹事，今天看在大伙的面子上，我放过你这一回，下次你再这样，我跟你没完！”

众人一看牛兴武生了气，连拉带

拽把刘老实架走了。

不仅没能让牛兴武对娘道歉，还当众受了牛兴武一番窝囊气，刘老实被人架回家后就病了，躺在床上起不来，娘见他这样子，既生气又心疼，端茶送饭照料了好几天，刘老实这才好起来。

时间过得真快，转眼间就过完了春节，这段时间里，刘老实没提让村长牛兴武向娘道歉的事，谁知节后的一天，刘老实从地里回来，竟然在半路上遇上了村长牛兴武，刘老实站在牛兴武跟前，看着牛兴武，一声也不吭。

牛兴武嘴上叼着一根烟，也看着刘老实不发话。两个人就这样对视了好一会，牛兴武突然把烟一扔，笑了笑，慢声细语地问刘老实："你是不是还想让我给你娘道歉？"

刘老实点点头，说："是啊，年都过完了，你还没有向我娘道歉。"

牛兴武摸了一下嘴巴，露出一脸的坏笑，又问："是真的想？"

刘老实又点点头，说："你必须给我娘道歉。"

牛兴武大声说："好，今天我就答应你，我可以给你娘道歉，但是，我也有一个条件。"

刘老实不知牛兴武想玩什么花样，就问："什么条件？"

牛兴武突然叉开双腿，说"你只要从我的胯下钻过去，就像戏里那个韩信一样，我就去给你娘道歉！"

刘老实没想到牛兴武竟然用这招儿来羞辱他，愣在那里半天没吱声。

牛兴武却不耐烦了，吼道"你到底钻不钻？我可是给你机会了，如果你不钻，这辈子休想我给你娘道歉。"

刘老实心一横，紧咬牙关说："好，只要你向我娘道歉，我钻！"

牛兴武把腿往外分了分，故意将胯部压得很低，笑眯眯地看着刘老实。

刘老实走到牛兴武跟前，趴在地上，靠着膝盖用力，低着身子，从牛兴武胯下钻了过去，整个人趴在地上，放声哭了起来。

刘老实哭了一阵子，爬起身一

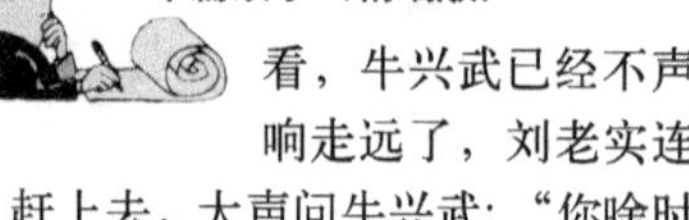

看，牛兴武已经不声不响走远了，刘老实连忙赶上去，大声问牛兴武：“你啥时去跟我娘道歉？”

牛兴武还是一个劲往前走，只是闷声闷气说了一句：“你等着吧！”

刘老实在家里等了半个多月，也没见牛兴武来道歉。他非常气愤，越想心里越难受，可牛兴武是村长，自己根本斗不过他。怎么办呢？他想来想去，突然想到牛兴武见了乡长像乖儿子，把这件事告诉乡长，乡长肯定有办法治他。

第二天一大早，刘老实就赶到乡里，找到乡长，结结巴巴地把那天早上清雪惹出的事儿跟乡长说了，乡长耐着性子听完，和气地说：“你把雪扔到他头上，他又骂了你娘，你俩都有错，这是很小的一个纠纷，事情都过这么久了，你心胸就放宽一点，不要再计较吧！”

刘老实急了，说：“我娘又没惹他，他怎么能骂我娘呢？我连他胯下都钻了，他为什么还不给我娘道歉？”

乡长听说刘老实受了胯下之辱，不由得皱起了眉头，说：“这事也不是什么大事，你也知道我事情很多，今天你先回去，下次开会时，我会狠狠批评牛兴武，然后让他跟你娘道歉，行吗？”

刘老实见乡长表了态，连忙点头同意，告别乡长，回了家。

3. 我娘对你有恩

刘老实回家就包了顿饺子，和娘每人吃了一大碗。娘问他：“今天既不逢年又不过节，你这是怎么了？”

刘老实开心地说：“娘，今天遇上喜事，心里特高兴，你说，能不吃饺子吗？”

娘一听也跟着乐了，说：“啥喜事？你说出来让娘也高兴高兴呀！”

刘老实笑呵呵地说：“这喜事不说也罢，反正到时候，包你开心。”

娘见刘老实这神秘样，以为他的婚事有了着落，心里好不开心……

从此，刘老实天天盼着牛兴武上门来给娘道歉。他得意地想：牛兴武啊牛兴武，现在乡长都发话了，要你牛兴武向我娘道歉，你能欺负我，但你敢不听乡长的话？

刘老实等呀等，一直等了两个多月，还没等来牛兴武道歉，正在琢磨要不要再去趟乡里，提醒乡长别忘了让牛兴武道歉，不想这天突然出了件大事：县检察院来人抓走了牛兴武。过了没多久，法院出了判决书，牛兴武因贪污公款罪，被判处五年徒刑。

刘老实乍一听到这个消息，真是悲喜交加，喜的是政府为村里除了一霸，牛兴武这个恶人终于遭了报应；悲的是牛兴武五年后才能出狱，那时牛兴武是刑满释放人员，他不会再那么霸道了，跟他讲道理，他准会当面向娘道歉，可娘年纪大了，身子骨一天不如一天，真不知道能不能等到牛兴武出狱那一天……

这天，刘老实带了些生活用品，专门跑到牛兴武服刑的监狱，去看望他。牛兴武自打进了监狱，村子里没一个人来看他，没想到刘老实竟然跑了几百里路，带着生活用品来了，大嘴一咧，竟呜呜呜地哭开了。

刘老实静静地等牛兴武哭好了，又迟疑一会，才说："我这次来看你，还有一件事儿，就是等你出去后，请你给我娘道个歉。"

牛兴武一听，脸一下就红了，说"老实哥，真对不起，当时我一手遮天，欺负了你，真对不住你。那天早上我更不该骂大娘，等我出狱后，我一定当面去给她老人家赔礼道歉。"

听了这番话，刘老实的眼泪吧嗒吧嗒地流了下来，说"我没啥，主要是我娘，活一辈子，没享我一天福，我不能再让她跟着我挨人骂。你给她道个歉，我们之间就啥恩怨也没有了。"

这时，牛兴武突然想起一件事来，问刘老实："老实哥，那天你在村委门口说大娘对我有恩，我知道你不是乱说话的人，所以回去后想了好久，却硬是没想起啥时受过大娘的恩，你能不能告诉我，到底是咋回事？"

刘老实说："那件事已经有些时日，我娘一直不让我说，你就别问了。"

这一说牛兴武急了，说"有恩不报，那还算是人吗？不行，你一定得告诉我！"

刘老实支支吾吾好半晌，才说："那是三年前的事了，有一次你从乡里开好会回来，估计是多喝了不少酒，把摩托车开得东倒西歪的，偏偏又开得飞快，正巧我娘在一旁经过，看到路中间有一块石头，你若是骑着摩托车撞上去，肯定会撞得飞起来，于是，她拼着老命把那块石头搬了起来，将石头往路边放的时候，一个没留神把脚砸伤了，后来治疗没跟上，她的腿就瘸了。唉，你当时喝得醉醺醺的，估计根本没看见。"

牛兴武这才恍然大悟，说"原来

大娘真的有恩于我，我不但不报恩，反而还骂她老人家，我——我真是对不住她老人家了……”

可是，刘老实的娘没等到牛兴武刑满出狱，就因病去世了。刘老实肝肠寸断，哭得死去活来，说娘吃了一辈子的苦，自己却没让娘过上一天好日子，他在娘坟前念叨着娘吃过的苦，受过的冤，数着数着，数到牛兴武骂娘那件事上了，刘老实哭着说：“娘啊，你养个儿子真没用啊，不光没享着福，还连带着挨别人的骂啊！那个牛兴武，以前不肯向你道歉，后来他落了势，同意给你道歉了，可他现在还关在牢里出不来！娘啊，儿子再没用，也不能让你受这个冤屈，等牛兴武从牢里出来，我一准让他来你坟头，让他磕头、道歉！”

第二年，牛兴武刑满释放，又回到了村子，刘老实当天就去牛兴武家看望他，牛兴武好不感动，临走的时候，他送刘老实出了大门，分别时，刘老实红着脸，说了让牛兴武去娘的坟头向娘道歉的事，牛兴武听了，半天没吱声。

刘老实回到家里，心里很是纳闷，五年前牛兴武亲口答应出来后向娘道歉的，怎么一回来就反悔呢？

这天天刚擦黑，刘老实又来到牛兴武家，牛兴武一见刘老实，就知道他还是为道歉的事来，就说：“老实哥，如果大娘还活着，我亲自去你家，当面向她道个歉，这是应该的，可她现在已经去世了，阴阳相隔，这事儿，有点不好办啊！”

刘老实疑惑了，问：“你没向我娘道歉，对我来说，就是我娘这辈子未了的一个心愿。你到她坟上道个歉，让我娘了结这个心愿，怎么就不行呢？”

牛兴武沉吟好一会，说：“老实哥，大娘如果活着，我说几句违心的话，安慰她，这没事儿，可她现在不在了，头上三尺有神灵，我不能对死去的人说假话啊！”

这下刘老实不高兴了：“你本来就应该给我娘道歉，哪用得着你说假话？你这不是强词夺理吗？”

牛兴武说“老实哥，你既然这样说，那我就对不住了。你上回说大娘为了我搬石头砸伤了腿脚，让自己成了残废，过后我翻来覆去不知想了多少回，没想起有这件事；再说，就大娘那身子骨，搬得动一块大石头吗？你这不是骗我吗？”

牛兴武这一说，刘老实的脸顿时涨得通红，一下站起来，手指着牛兴武，哆嗦着说：“我娘就是对你有恩，我没有骗你！”脚一跺，气呼呼地回了家。

4. 掩不住的实情

第二天一大早，刘老实就起了

床，跑到牛兴武家把他喊了出来。牛兴武知道又是说道歉的事，摇摇头，说：“老实哥，我佩服你对大娘的孝心。这几年我在监狱服刑，也明白了不少做人的道理。做人得讲良心，更要有原则。如果你当时不编个故事来骗我，再三说谎，说大娘对我有恩，我是一定会向大娘道歉的，但你错在前面了，真对不起，我也不能违背自己的原则。”

刘老实像根木桩似的立在牛兴武跟前，说：“如果我娘真的对你有恩，你会不会到我娘的坟前，向她道歉？”

牛兴武说：“这还用说吗？如果大娘对我有恩，那就证明你没说谎，我如果再不向大娘道歉，那我还是人吗？只怕连禽兽都不如。”

刘老实梗着脖子，说：“我娘的确对你有恩！”

牛兴武也犯了倔脾气，说：“那你告诉我，大娘什么事对我有恩？只要你说的是真话，我不光要在大娘坟头向大娘道歉，还要向大娘磕头、赔罪！”

刘老实急得把脖子扯得老长，说：“可是我赌咒发誓答应过我娘，这件事这辈子我只能烂在心里，对谁也不能说！”

牛兴武把两手一摊，摇摇头，说“你不说我怎么能知道呢？老实哥，真的对不起，你的要求我做不到！”说完，转过身子就要走。

刘老实一把拉住牛兴武，大声说“你要怎样才能相信我娘真的对你有恩？”

牛兴武不想再理会刘老实，他眼睛看着前方，异常冷淡地说：“老实哥，你不要再说了！”

刘老实突然掏出一只瓶子，打开瓶盖，一仰脖子，把一瓶子液体喝了个精光，然后把瓶子一扔，大声对牛兴武说“刚才我喝的是剧毒农药，我用我一条命，换你相信我娘对你有恩，这总行了吧？”

这时，四周已泛起一股刺鼻的气味，就算刘老实不说，牛兴武也知道刘老实喝的是剧毒农药，他惊呆了，连忙大声喊道“不好了，刘老实喝农药了，快来救人啊！”

村民们闻讯全拥了出来，几个精壮汉子七手八脚把刘老实抬上担架，但刘老实喝的是毒性极强的农药，又喝了整整一大瓶，虽然村民们很快将他送到了乡卫生院，还是为时已晚，刘老实永远离开了这个世界。

村民们把刘老实葬在他娘坟旁。

刘老实死了，乡亲们无不惋惜，说他是个好人，只是性子太倔了，太认死理了，但更多的人为刘老实感动，说他是死在对娘的孝心上。也有人说，牛兴武也是个倔性子，也是个认死理的人，两个爱认死理的碰到一块了，才会发生这样的悲剧。旁边的

人一听，马上反驳说：“他牛兴武根本不是认什么死理，而是骨子里还残留着当村长时的那种蛮横霸气，根本不把别人当人，要是他懂得给人让一步，刘老实又怎么会死！”

很快就有人附和说：“就是这么回事！他牛兴武坐了五年牢，表面上蔫了，骨子里还是不把别人当人，刘老实就是他给逼死的！”

这个观点得到了广大村民的认同，从此，村民们只要见到牛兴武，就像见到一坨牛粪，全都绕开走。

这天，牛兴武正在村子西头的一片树林子里遛弯，突然，一个人风一般冲到他跟前，“啪”的一声，给了他一记响亮的耳光！

牛兴武给打懵了，定神一看，跟前站着个怒气冲冲的女人，不是别人，正是跟他有过暧昧关系的王秀花。

这事说起来要扯到好些年前了，那时候，王秀花的丈夫外出打工，把王秀花一个人留在家里，牛兴武对年轻漂亮的王秀花垂涎三尺，经常有事没事往她家里跑，王秀花没架住牛兴武的甜言蜜语，就跟牛兴武好上了，来往了好一段时间才断开。这次牛兴武冷不丁挨了王秀花一巴掌，倒也不敢发火，只是嗫嚅着说：“你——你怎么打我呀？”

王秀花圆瞪双眼，说：“我打的就是你这个脑子被驴踢的东西！”

牛兴武说：“你这是怎么了？有话好好说嘛！”

王秀花指着牛兴武的鼻子，继续骂道：“你这个忘恩负义的东西，你今天能活在这里，你知道靠了谁吗？要不是刘大娘，只怕你今天尸骨在哪儿都不知道！”

牛兴武大吃一惊，说：“刘大娘？她替我做过什么？”

王秀花往地上“呸”地啐了一口，说：“你这个猪油蒙心的东西，真是啥也不记得了！那你总该记得，我们最后在一起的那一回，我丈夫突然回来了，你被堵在里面，吓得像条狗！”

王秀花这一说，牛兴武终于记起

来了，那一次，牛兴武偷偷跑去跟王秀花幽会，谁知王秀花的丈夫突然回来了。王秀花的丈夫天生一副火爆脾气，又有一身蛮力，发起火来根本不计后果，敢跟人拼命，村里没有不怕他的。这次他突然回来，正好把牛兴武堵在里面，牛兴武吓得浑身发抖。这时，王秀花的丈夫正拿钥匙开门，因为里面反锁着，门怎么也打不开，他正在门外自言自语地犯嘀咕，正好这时，刘老实的娘过来喊王秀花的丈夫过去帮一个忙，牛兴武这才得到机会，偷偷溜出了王家，打这以后，他和王秀花没再来往过。

牛兴武想到这里，说："那次刘老实娘过来喊你丈夫帮忙不假，但那是碰巧了，算不上对我有恩吧？"

王秀花冷笑一声："碰巧？你真以为你做的那些肮脏事儿谁都瞒得过？大娘她每次都看在眼里，心里跟明镜儿似的。"

接着，王秀花说了件牛兴武从来不知道的事。

那次王秀花丈夫被刘老实的娘喊去，过了好半天才回家，他告诉王秀花，刚才老实娘给石头砸了脚，刘老实没在家，他把大娘背到村卫生所去了。

第二天，王秀花带了点东西去看老实娘，老实娘看看四周没人，突然拉着王秀花的手，苦口婆心地说："闺女，人就活一世的光阴，拉扯出一个家多不容易啊！你是个好孩子，趁没走太远，赶紧回头，好好过日子吧！"王秀花听了，一下羞红了脸。后来她知道，昨天她丈夫回来时，老实娘知道要坏事，赶紧让刘老实避起来，自己装作不小心把猪圈上的一块石头扒拉下来，砸在脚上，然后喊王秀花的丈夫过来，把自己背到村卫生室，给牛兴武和王秀花腾出了时间，但老实娘没想到那块石头砸下来真不轻，又没钱治，后来就成了瘸子。

经过这件事后，王秀花断绝了与牛兴武的来往。

刘老实见娘受了这么大的罪，很是为娘抱屈，娘却告诉他，她不光是救了王秀花一个家，也救了牛兴武一条命，吃再大的亏也值。她让刘老实当她的面发了毒誓，这件事他得一辈子烂在肚子里，哪怕死也不能跟第二个人说。

牛兴武这才明白了事情的来龙去脉，他狠狠地扇了自己一巴掌，朝天喊道："老实哥，我对不住你啊！"

第二天，牛兴武请来县电视台的记者，当着全村人的面，在刘老实和他娘的坟头，办了场隆重的祭奠仪式，牛兴武一身孝服，长跪在刘大娘坟头，喊道："大娘，我狗眼看人低，我不是个东西，我胡言乱语伤害了您！现在我牛兴武正式向您道歉，您就原谅我这个不知好歹的人吧！"

（题图、插图：杨宏富）

用什么设防

□吴宏庆

生逢乱世，防得了君子，防不了小人；防得了小偷，防不了强盗，真是防无可防、防不胜防！那么，一个不设防的人，他会有平安吗？

1. 探子落网

故事发生在清朝末年，安徽全州一个名叫东山坳的山村。时近年关，闲下来的村民都呆在老菜饭馆听大书《说唐》。这天上午，说书先生说累了下去休息，村民便三五成群在一起扯起了闲天，这时，饭馆的门帘被掀开，走进来一个人，谁？此人名叫小义，在东山坳也算一个人物，他七八岁时流落到此，村民们见他可怜，就东家一口西家一口地接济他，让他活了下来。他干脆就在东山坳落了脚，十来年过去，他已是十七八岁的小伙子了，仍是无家无业，一人吃饱，全家不饿。

小义一进门就往人堆里凑，他见这堆人正在争论刚才大书里的人物，一个说秦叔宝武功高强，一个说尉迟敬德才是万人难敌，直争得面红耳赤，几乎要抡起拳头动武，小义连忙插到他们中间，说："二位大哥，我说你们争个啥？书上说的，跟真人不一样呢！"

两个争论的人都不以为然，说："你怎么知道不一样？难道你见过他们？"

小义哈哈大笑，说：“真别说，我昨晚上就见过他们！”

大伙一听，都当他在吹牛，小义一本正经地说：“不信是不？不信以后可别后悔。这么说吧，秦叔宝是白脸黑须，尉迟敬德是红脸虬须——”说到这里，他就大大咧咧往桌子上一坐，不再开口。

大伙被他吊起了胃口，忙催他接着说，小义却只是呵呵笑着，饭馆老板见了，笑呵呵端来一碗面条，小义毫不客气地接过来，呼啦啦三两下就灌到了肚子里，把嘴一抹，桌子一拍，说：“昨天夜里，天寒地冻，把我给冻醒了，我肚子饿得咕咕叫，便出门去找点吃的——”

小义说，他想起白天周大观周老爷家施舍过一群乞丐，便想去周家看看有没有剩下的馒头，他来到周家门口，正要叩门，眼前突然一花，竟看到两条人影从周家的大门上走了下来，这两人都身穿铠甲，一个手执钢锏，另一个手握铁鞭，都是威风凛凛，小义一看，这不是周家贴在大门上的两个门神吗？小义知道这两位门神分别是秦叔宝和尉迟敬德，又使劲揉揉眼睛，还想再看，尉迟敬德一把抓住小义的脖子，猛地往外一扔，小义吓得惨叫一声，连滚带爬地跑了。

大伙听了哈哈大笑，都说小义在胡扯，小义扯开自己的脖领，说：“你们看看，话能假，这个能假吗？”

大伙凑上前一看，小义的脖子上，有一道红红的抓痕，顿时都惊得呆了，说：“你这脖子是谁捏的？难道、难道真的是门神在周家显灵？”

饭馆老板一直在旁边听着，这时也插嘴说“我看这事假不了，这年关节下，世道越来越乱，周老爷这样的好人，门神爷爷自然要显灵保护他。”

提起周老爷周大观，大伙一个个点头称是，这周老爷在外闯荡几十年，前些年带着万贯家财回乡养老，一回来就修桥铺路，广行善事，东山

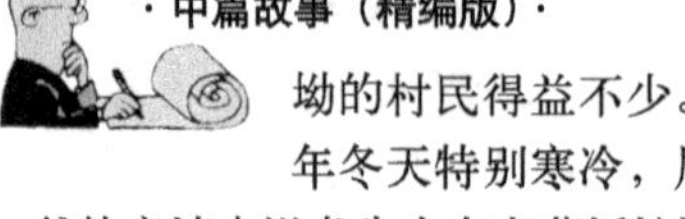

坳的村民得益不少。今年冬天特别寒冷，周老爷特意请来说书先生在老菜饭馆讲大书，还供给书场每天烧的木炭，让东山坳的村民有了个窝冬避寒的地儿。

转眼间，周老爷家的门神显灵一事就传开了。四乡八里的人都跑到周家门口来瞧稀奇，他们发现周家的门神跟别家不同，是用毛笔一笔笔画出来的，画得活灵活现，一打听，这门神是村里的书生何长柳画的。这何长柳自小读书，读成了书呆子，一家老小跟着他穷困潦倒，吃了上顿愁下顿，没想到他能画出这样好的画来，于是，大家纷纷跑到何长柳家去买他画的门神。

这消息传来传去，竟传到果子山上的土匪耳朵里。临近年关，果子山上当家的王得海一直想做一票大买卖，他听到周家门神显灵的事，"扑哧"一声就乐了，说："这分明是怕人抢使的障眼法，太好了，这周家是只大肥羊！"他马上安排两个手下去东山坳打探。

两个探子扮作货郎，来到东山坳，见周家果然是处大宅，气派不凡，到了晚上，两人又进东山坳，来到周家大门前，探看周家晚上的防卫情况，两个人在暗处窥探好久没见到动静，胆子渐渐大起来，直接来到周家大门前，贴着门缝朝里观看，突然，一个探子觉得脖子后面冰冰的，回头一看，一个身穿铠甲的神人手持钢鞭，正点在自己脖子上，再看同伴，正被另一个身穿铠甲的神人捏着脖子，缩成了一团，顿时吓得双眼一翻，晕了过去。

2. 周家不设防

王得海没等回探子，却得到两个手下被人绑成粽子送到县衙的消息，还说，两个探子一上堂马上就招了，还说是被显灵的门神爷爷抓住的。王得海哪里肯信，一边大骂两个手下是脓包，一边说："东山坳巴掌大的一个村子，竟敢抓老子的人，老子这就去踏平它！"一旁的师爷说："听说周大观在外面闯荡数十载，带回了万贯家产，看来，这是个高人，得小心应对。"

王得海不耐烦地说："不就是个破宅子嘛，装神弄鬼的，一把火烧掉不就完了？"师爷摇摇头，说："越是这样装神弄鬼的，越是油水多，怎么也得好好捞一把。"

王得海说："你老是说自己通晓兵法，研习奇门遁甲，熟悉机关消息，那周大观不是老充善人吗？干脆，你亲自出马，混入周家，把他家的机关摸摸清楚，然后来个一锅端。"

师爷沉吟片刻，点点头，说："看来，只好我亲自跑一趟了。"

计议停当，师爷装作一个秀才，来到东山坳，求见周大观。周大观亲自出来接待，问："不知这位先生有何见教？”

师爷看看周大观，六十上下年纪，长得慈眉善目，连忙拱手说道：“在下王吉，出门游学误了归期，现在前方大雪封山，不好行走，想在贵府借住几天，不知可否？”

周大观马上说“这等小事，有何不可？先生但住无妨。”说完，叫来管家，吩咐把师爷安排妥当。

管家把师爷带到一间设置齐全的屋子，师爷拉住管家，问道：“不知贵府有什么禁忌，如有不方便的去处，请你告诉我，我也好回避。”

管家一听就笑了，说：“我家老爷向来以诚待人，这么大一个院子，除了女眷住处，你想去哪里都行。”

这话把师爷吓了一跳，想，这周大观竟让陌生人随便住进家中，还可以随意在家中走动，真是太自信了，看来，里面的机关消息，一般人根本看不出来。他假装欣赏，将周府里里外外看了个遍，既没看到墙头设暗箭，也没见到院内设陷阱，房梁也没装罗网，他越看越糊涂，想：这周大观，唱的到底是哪一出？

到了夜里，师爷又顺着院墙转了一圈，仍然没有看到任何防御设施，连巡夜的人都没看到，反倒是半路上遇到了管家，他把管家拉到自己房间，几杯酒下了肚，师爷问管家：“你家怎么连巡夜护卫的人也不安排？”

管家说“我家老爷不喜欢，他倒上床便能睡着，不喜欢巡夜打更的声音吵醒他。”

师爷又说“如此乱世，周家这么富有，难道你们就不怕土匪上门？”管家叹道：“谁说不是呢？可老爷他说自己一生坦荡，从没做过亏心事，也不怕土匪上门。”

送走管家，师爷仍然不信周大观会不设防，这时，他想起两个探子落网的事，便想去门口探个究竟，等到三更天，师爷走到周府大门，看到门倒是闩得紧紧的，但根本没人把守，便轻轻拨开门闩，将头伸出门外，正

在左探右看，突然，脖子上一紧，被人一把抓着，揪到门外，摔了个大趴叉，掉转头一看，两个身穿铠甲的神人，正威风凛凛瞪着自己，师爷顿时吓得惨叫一声，晕了过去。

师爷醒来时，发现正躺在自己房间里，周大观正关切地看着他，他想起晕倒前的一幕，猛地坐起来，叫道："门神，果然是门神显灵！"周大观无奈地摇摇头，说："哪里有什么门神？也不知是哪个在背地里装神弄鬼，让你受了惊吓，实在抱歉。"他亲自将师爷放平躺下，又说，"我已请郎中给先生看过了，你除了惊吓别无大碍，请先静养数日，在我家过完年再回去。"说完，他又转身吩咐管家："你好生伺候着先生。"

吃饭时，管家端来一碗鸡汤，说这是老爷特意吩咐的。师爷喝着香浓的鸡汤，问道："你家老爷对每个人都这样吗？"

管家得意地说："当然。老爷从小到大都这样，连蚂蚁都不忍心踩死一只，他在外闯荡时，跟巡抚称过兄弟，也跟土匪拜过把子，认识他的人，没有不佩服他的。"

次日一早，师爷便向周大观告辞。周大观挽留不住，又拿出二十两银子给他做盘缠，亲自送他出了村口。作别时，师爷朝周大观深深一拜，说"但愿真有门神保佑你，愿你逢凶化吉，平安如意。"

师爷一路不停回到果子山，见到大当家王得海，说"周家我已打探清楚了，那里抢不得！"

王得海大吃一惊，问"难道那里戒备森严？"

师爷摇摇头，说"周家根本没设防，只是周大观是个大善人，神仙都在保佑他，我们抢不得！"说罢，把他遇到门神显灵的事说了一遍。

王得海一听就笑弯了腰，说"想不到你也是个呆子，他家要是真有门神爷爷护着，那我就是托塔天王了。"

师爷摇头苦笑："当家的，我们一直自称替天行道，劫的是不义之财，像周大观这种积善人家，万万劫不得。"

王得海一声冷笑"不劫他，你让兄弟们喝西北风啊？"

师爷说"盗亦有道，我们走到今天也是无奈，切不可再干伤天害理的事！"

王得海瞅瞅师爷，说"你说这些屁话能填饱肚子吗？你不想抢，就给我在山上好好呆着！"说完，命手下将师爷关起来，接着马上召集人马，开始布置起来。

果子山离东山坳有一百多里地，王得海带着全部人马白天隐蔽，晚上赶路，花了两天多时间才到东山坳，他带着喽啰躲在山上的树林里，准备等夜深了再进村。几十号人不敢点篝火，吃的又是干粮，一个个冻得瑟瑟发抖，好不狼狈。

王得海看看时辰已到，马上集合人马，正要出发，忽听“嗖”的一声，一枝箭飞速而至，一个手下惨叫一声，仰头栽倒。紧接着，箭如飞蝗射来，果子山的土匪一个个倒下，王得海知道中了埋伏，高喊一声：“风紧，扯呼！”话一出口，便听有人大喝：“官兵在此，土匪快快投降！”王得海领着手下，拔刀便往外冲，他砍翻了几个官兵，总算逃出了包围，回头一看，跟着自己逃出来的只有三个人。

3. 最好的防卫

王得海万万没想到，向来不堪一击的官兵这次竟然包了自己的饺子，他越想越憋屈，又想，只剩这几个人，果子山是回不去了，那周家不是没设防吗？现在已过了近三个时辰，官兵大获全胜，肯定班师回衙，东山坳肯定也归于平静，不如现在杀个回马枪，去抢了周家，带着财产远走高飞。他把想法跟三个手下一说，这三个人很是赞同，二话不说，又杀回了东山坳。

一切正如王得海所料，此时的东山坳一片寂静，四人来到周大观家门口，门前既无人看守，里面也没有一点动静，王得海拔出刀子，插入门缝，想将里面的门闩拨开。正在此时，忽听脑后一阵风响，王得海情知不妙，连忙抽出刀子，往后一挡，只听“当”的一声响，一把钢锏竟被王得海碰得飞出丈外，紧接着，一根铁鞭又砸了过来，王得海仍是一挡，又是“当”的一声，铁鞭也飞了出去。

王得海再一细看，攻击自己的是两个门神，这门神如此不济事，分明是人假扮的，他高兴得哈哈大笑，伸腿一扫，秦叔宝便被绊在地上，这时，尉迟敬德一声大吼：“打土匪呀！”飞身一跃，抱住了王得海，一口咬在王得海的脖子上。这时，秦叔

宝也爬了起来，也喊着“打土匪呀”，扑上来咬住了王得海提刀的手，王得海一时甩不开两人，对旁边的三个喽啰吼道：“你们傻站着干什么？还不上来帮忙？”不想三个喽啰被两个门神不要命的打法吓呆了，站在那里都忘记怎么迈步了，王得海悍性大发，猛一使力，将秦叔宝摔了出去，一拧腰，又将尉迟敬德摔在地上，就在这时，一把锄头狠狠砸在他的头上，紧接着，一大群手持锄头木棒的村民蜂拥而至，灯笼火把将现场照得如同白昼。村民们手里的家伙一起朝四个土匪身上砸去，没几下便让他们见了阎王。

村民们扶起躺在地上的秦叔宝和尉迟敬德，虽然他们身穿铠甲，脸上涂满油彩，还是看得清清楚楚，不是别人，正是村里的小义和何长柳。

原来，小义和何长柳经常受周大观接济，眼下快到年关，不时听到其他地方有被偷被抢的传闻，周家却一点也不做防备，很是放心不下，于是，小义找到何长柳商量对策，他看到何长柳画的门神，便想出假装门神、暗中护卫周家的计策。而村民们在抓到果子山的探子后，早已在暗中做了准备，一听小义和何长柳报警，便迅速赶来，救了周家。

这时周家早已打开大门，周大观朝着众位村民深深一拜，感谢村民搭救之恩。

接着，周大观赶往县城，感谢县衙出兵剿匪，并通报村民合力打死土匪的事情。知县得报，把周大观引入后堂，那里有个人一见周大观，纳头便拜，周大观一见，此人正是前几天借住在家的那个自称王吉的秀才，大吃一惊，连忙将他扶了起来。

知县指着这个人，对周大观说：“想不到吧？他是果子山上的师爷，这次剿灭那帮悍匪，全靠他的举报。”

师爷红着脸，说：“我感念于周老爷的善行，回山后力劝王得海不要抢周家，哪知他一意孤行，连门神显灵也吓不住他。其实我也知道门神是假的，那天我惊吓过度以为真是门神显灵，后来细想，力度动作，都不可能是神仙所为，便知周家根本无力抵抗王得海，我不忍心周老爷全家死在王得海这样的恶人手中，便想法从关押处脱身，向官府禀报，让知县派兵设计埋伏，总算剿灭了这帮祸患。周老爷，当下兵荒马乱的，你家大业大，不可不防啊！”

周大观先谢过师爷，又叹了一口气，说：“我何尝不知这个道理，但如果人心坏了，你费再大的劲，又能防得了多少？只有行善积德才是最好的防卫！”

知县在一旁听得连连点头，说：“积善之家，必有余庆，这的确是最好的防卫！”

（题图、插图：黄全昌）

借钱不能瞒老婆

□梅纪国

慷慨解囊

俗话说，若要人不知，除非己莫为。有的人总以为自己能瞒天过海，到头来却给自己找了一身麻烦。

这天，叶凡下班刚回到家，老婆美娟就问："咱家存折上的钱咋少了一万块？是不是你拿了？"

一听这话，叶凡心里就暗暗叫苦，那一万块钱，还真是他拿了。

原来，前几天他在街上碰到以前的恋人林晴，站在路边聊了几句，叶凡这才知道，林晴现在过得很不好，两年前她和丈夫离婚，后来又下岗待业，如今找了家饭店想接手，却缺少资金。

听说以前的恋人有了难处，叶凡的豪气顿时涌了出来，说："缺多少钱你说个数，三两万的我能帮上忙！"

林晴说，再有一万块钱，那家小饭店就能开业了。

叶凡马上回家拿存折，取出一万块钱交给林晴……

谁知才短短两天，老婆就发现家里的存折上少了一万块钱。

叶凡够聪明，他的脑子转得飞快：林晴借钱的事绝对不能跟美娟说，平日自己和异性多说两句话，她都要甩脸色，要是知道自己把钱借给以前的恋人，后果将不堪设想。于是，叶凡"嘿嘿"一笑，说："瞧把你给紧张的，这一万块钱，我借给别人了。"

美娟板着脸，问："借给谁了？"

叶凡摆出一副神秘的样子，悄悄说："我借给楼上的大吴了，那天刚好你没在家，对不起，我没有及时向你汇报。"

美娟根本不信，说："大吴这阵子炒股赚了不少钱，他会问咱借钱？"

叶凡接着信口胡诌，说：“唉，一家不知另一家的难，大吴炒股赚钱不假，但他来咱家借钱时，还倒了一肚子苦水呢，你要是不信，明天亲口问他。”

美娟这才松了口气，没有继续追问下去。

临睡觉前，叶凡偷偷跑到卫生间，用手机给大吴打了个电话：“吴哥，如果哪天我们家美娟问你，你一定帮我圆个谎，就说你从我这里借了一万块钱……”

大吴很仗义，满口答应下来。

这天中午，美娟从外面买菜回来，得意地对叶凡说：“今天总算出了一口气。”

她说，刚才碰到了大吴的老婆，大吴老婆伸出右手，夸张地说“美娟你看看，我们家大吴也真是的，非要花一两万买枚钻戒给我戴上，这玩意儿不能吃不能喝有啥用？干家务还嫌碍事……”美娟一看，大吴老婆的右手无名指上戴了枚硕大的钻戒，脸上有些挂不住了，就说：“是啊，现在时兴铂金钻戒，我们家叶凡也说了，等大吴把借我们的那一万块钱还了，他也要给我买一枚……”

大吴老婆一愣：“什么，大吴借了你们家一万块钱？”

美娟点点头，一副满不在乎的样子，说：“没事没事，那钱你们只管用……”

大吴背了黑锅

听美娟说完，叶凡惊得眼珠子差点没蹦出来：“什么？你把大吴借咱钱的事给他老婆说了？”

美娟一撇嘴，说“谁让她老是臭显摆，我就是要让她下不了台。”

叶凡一时急得团团转，就在这时，手机响了，号码正是大吴的，叶凡硬着头皮接了电话，大吴在电话里说：“这下糟了，我老婆一回家就和我闹，非要问我借你一万块钱派什么用场了，我现在是帮不上你的忙了，你小子自己干的事，自己收场吧！”

挂上电话，叶凡故作无奈地冲美娟长叹一口气，说：“唉，你看看你干

的什么事，大吴家现在成一锅粥了……”

美娟白了叶凡一眼，没好气地说：“兴他借，就不兴我说啊？”

叶凡说：“不是不能说，而是不能给他老婆说！你知道大吴借钱干什么用吗？他是想帮一个人，这个人还是个女的……”

美娟一听来了兴趣，忙问：“大吴背着他老婆在外面有了女人？”

叶凡连连摇头，说：“那倒没有，大吴就是诚心想帮帮那个女同事。”接着叶凡把自己借钱给林晴的事，换成大吴借钱给女同事的版本，一五一十讲给美娟听了。

美娟听了却不明白，问：“既然是这样，大吴为什么还要瞒他老婆？”

叶凡硬着头皮继续解释：“大吴老婆这个人你还不知道？十足的醋坛子，大吴敢不瞒着她？现在倒好，让你一下子就给捅破了，现在他们正闹得不可开交呢。”

一听这话，美娟也急了，连忙拉着叶凡上楼来到大吴家，只见大吴正在一旁抽闷烟，他老婆绷着个脸坐在另一旁，美娟赶忙上前赔着笑脸，对大吴老婆说：“嫂子，你误会了，其实大吴压根就没问我们借过钱，要怪都怪我们家叶凡，他见大吴炒股发了财，心里像长了草似的，也偷偷拿家里的钱去炒股，结果没多久就赔进去一万多，被我发现后，又不敢说是炒股赔了，就诓我说钱借给大吴了。要不是刚才我问得紧，直到现在我还蒙在鼓里呢。”

大吴老婆一听这话，反倒有些不好意思了，说：“美娟，其实我也没啥，就是想要他一句实话……”

叶凡和美娟又劝了大吴两口子一会儿，总算让大吴老婆消了气。

这事过了没多久，到了一个周末，美娟对叶凡说：“上次为那一万块钱的事，害得大吴两口子吵了一架，心里怪不好意思的，不如今天咱请他们吃顿饭吧？”

叶凡正觉得欠着大吴一个人情，想也没想就答应了。

美娟马上上楼，邀上大吴两口子，说说笑笑上了街，七拐八拐走了

不少路，在一家饭店门口停下，美娟说："这家饭店开张不久，菜肯定不错，咱们就在这儿吃吧。"

大吴两口子马上说好，叶凡却在心里暗自叫苦，这家饭店正是林晴开的，他想让老婆换一家，却找不到合适的借口，只得硬着头皮跟着走进去，同时心中暗暗祈祷，千万别遇到林晴，不然，她来一句"那一万块钱，我过两天就能还你"，自己就得吃不了兜着走了……

好难吃的菜

美娟要了个包间，点好菜，美娟

一边等菜上来，一边和大吴两口子聊着闲天。

叶凡说："咱们得吃快点，一会儿我还有事。"

美娟说："大周末的你有什么事？我看你一进来就魂不守舍的，是不是有事瞒着我呀？"

叶凡讪讪一笑，说："我哪敢……"

这时，服务员端上一盘油焖菠菜，美娟用筷子夹了一口，刚放进嘴里马上就吐了出来，说："呸，咸死了！服务员，把你们老板叫过来。"

叶凡的头猛一下大了，忙说"别急，别急，我先尝尝——"夹了一筷子放进嘴里，天啦，这菜咸得能惊死卖盐的！他胡乱嚼了两下，故意说："咸是咸了点，不过，一咸三分味，油焖菠菜咸点好吃……"说着，又夹了一筷子放进嘴里，对服务员说"这菜还行，你别去叫老板！"

美娟说："就这菜还能吃？你要是认为能吃，就全吃了它！"

叶凡连忙一个劲地往自己嘴里夹菜，说："我吃，我吃！"

他好不容易解决了那盘油焖菠菜，没想到新上的一锅"水煮鱼片"竟然没有放盐。

美娟气得一拍筷子，说"有这样烧菜的吗？还让不让人吃？服务员，你把你们老板叫过来！"

美娟话音刚落，叶凡赶紧说"鱼

就是要少放盐。”

美娟气呼呼地说：“你胡说个啥？你会吃这样的鱼吗？”

叶凡一把将鱼拉到自己跟前，说：“我吃，这样的鱼我最爱吃了！”说着，夹了一大筷子放进嘴里，虽然难以下咽，却装作津津有味的样子，又一口气吃光了这锅水煮鱼片。

两样菜下了肚，叶凡的肚子已经圆溜溜了，他心中默默念叨：千万别再出状况啊！这时，服务员端上一盘“辣子鸡丁”，叶凡只看一眼，心里就叫苦不迭：一大盘通红的辣椒上，只有几小块鸡骨头，美娟指着盘子，对叶凡说：：“这是辣子鸡丁吗？要不要叫老板，你自己看着办！”

叶凡平时最怕吃辣的，看着这一大盘红辣椒，差点没吓晕过去，他故意绷着脸，对服务员说：“这叫什么辣子鸡丁？去，叫你们老板过来！”他看着服务员出去叫老板，突然一捂肚子，说：“哎哟，肚子突然有点不舒服，我去方便一下……”

叶凡躲进卫生间，估摸着老婆跟饭店老板交涉得差不多了，这才悄悄回到包厢，里面果然没见林晴，就故作轻松地问美娟：“老板怎么说的？”

美娟说：“刚才服务员说，老板出去办事，过会才回来。”

叶凡一听又暗暗叫苦：好家伙，刚才白躲了！

这时，服务员推门进来说：“我们老板回来了，请问，还要让她过来吗？”

美娟说：“要！马上叫她过来。”

叶凡又捂住肚子，说：“哎哟！又疼上了……”正要走出门，林晴已经推门进来了，她像是没看到叶凡一样，径直过来拉着美娟的手，说：“嫂子，菜合你胃口不？”

美娟指着叶凡，哈哈大笑，说：“合！太合我胃口了！”

一旁的大吴和老婆跟着也哈哈大笑起来。

叶凡彻底懵了：这是咋回事啊？

美娟指着叶凡，气冲冲地说：“叫你借钱瞒老婆！”

事情很快弄明白了，林晴的饭店开张后，生意很是红火，赚到钱后，她就去还借叶凡的钱，谁知那天叶凡正好不在家，美娟听她说明来意，这才知道事情的来龙去脉，把她气了个半死，为了教训一下叶凡，她让林晴做了几个“特制菜”，然后故意把叶凡领到林晴的饭店……

叶凡羞得满脸通红，赶紧向美娟认错，说：“老婆，对不起。”

美娟气得直戳叶凡的额头，说：“你呀你，做了这么多年夫妻还不了解我，我会是那么小气的人吗？”

叶凡点头称是，说：“老婆，我错了。”

（**题图、插图**：安玉民　梁　丽）

"岳阳杯"幽默故事创作大赛征文选登

本活动由上海市松江区岳阳街道与本刊共同举办

你不出来我还说

□陶百军

有一天，一个打扮入时的妙龄女郎来到临江宾馆，使劲敲808室的门，喊道："邱大庄，你给我出来！你为了躲我跑到这儿来了，告诉你，老娘不是吃干饭的，这家宾馆的人我都认识，知道你带着几个人住这里！"

这时，一个戴眼镜的人打开房门，说"小姐，邱局长不能见你……"

妙龄女郎一听就急了："他不能见我？你告诉姓邱的，我肚里的孩子坚决不打掉，他必须马上离婚！姓邱的，你不出来我还说……"

眼镜皱了一下眉头，说"你还有什么要说的吗？"

"当然有！"妙龄女郎气冲冲地说，"跟他这两年，我替他担着风险！别人给他送礼，他叫人家把钱打到我卡上，那卡是他拿我的身份证办的，办完后却不告诉我密码。姓邱的，你不出来我还说……"

眼镜点点头："还有要说的吗？"

妙龄女郎此时已是不管不顾了，说："你去告诉姓邱的，他还让我替他送钱！他给那个赵副市长一次送了30万，自己不去，让我去，说是买一幅字画，结果那幅画一到姓邱的手上就给扔了……"

眼镜忽然变得一脸严肃："你说得太好了，请进来详细谈谈，好吗？"

妙龄女郎刚要抬脚进门，忽然又停下来，说："不行，我不能上当！姓邱的雇了你们好几个人，我要是进去了，被你们杀人灭口怎么办？上回他就雇人把他的对手打成重伤。"

眼镜摇摇头，说"我们不是他雇的，他被双规了，不能见你！"

妙龄女郎一下子傻了。

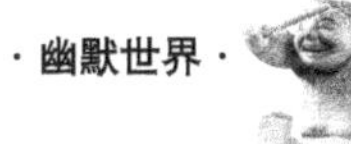

村主任的奖励

□湛鹤霞

有个村子为了建立文明村，决定推行奖励政策，村民只要是做了好事，哪怕只是扶起倒在地上的笤帚，也要予以奖励。

但是，有一个人不喜欢奖励，她就是村主任老婆，这个人蛮横不讲理，经常撒泼骂街，是个典型的母夜叉，压根就没做过值得奖励的事。

村主任老婆没得奖，就整天跟村主任闹，说再不给她颁奖，就死给村主任看。村主任没法子，答应想法给她颁一个奖。

这天，村主任老婆跟邻居吵架，站在邻居家门口破口大骂，连人家祖宗八代都骂到了。邻居看在村主任的面子上，一句话也没有回骂她。这件事村里人都看在眼里，当天晚上，村委会就决定给这位邻居颁一个奖——忍耐奖。

村主任老婆听说丈夫要亲自给那位邻居颁奖，气得把丈夫大骂了一顿，坚决不许他去颁那个奖，村主任当然不会听她的，她气急败坏，拿起一瓶农药，说：“你今天如果去颁奖，我就死给你看！”

村主任理也不理她，亲自把奖状送到邻居家里。等他回家时，一看，糟糕，老婆真的喝药自杀了，他连忙喊来村医，把老婆救了过来。

接着，村主任马上召开村委会，要求给他老婆颁奖。

委员们很奇怪：这样一个泼妇，又是喝农药自杀，有什么值得奖励的？

村主任解释说：“她动不动就对我说要喝农药自杀，却从来没有真喝过，想不到这次她竟然兑现了自己的承诺，我认为应该给她颁发一个‘诚信奖’。”

委员们恍然大悟，马上全票通过，给村主任老婆颁奖。

再来一碗

□厉有为

小边是个工薪族，特别省吃俭用。他最爱吃米粉，但最近米粉价格一路飙升，从三块一碗，涨到了五块一碗。

小边舍不得天天花五块钱吃早餐，就改成单日在街上吃米粉，双日在家里喝粥。

这天，小边下夜班回家，走在路上，肚子饿得咕咕叫，看见一家米粉店还在营业，实在挡不住诱惑，就想，现在吃一碗，明天不上班在家休息，自己做饭吃，刚好可以把这碗补回来，于是进店叫了碗米粉。

老板很快煮好米粉端上来，小边一边大口大口地吃着，一边说："老板，你们的米粉价格涨得太快，我都快吃不起了。"

老板跟着摇头叹气，说："没办法，如今什么都涨价，现在卖五块钱一碗，还不如卖三块一碗时赚得多。"

小边吃完米粉，把碗里的汤水喝得干干净净，这才拍拍肚皮，到台上付账。这时，他见老板正猫着腰在一旁弄着什么，凑过去一看，顿时吓了一跳：老板正在一块小黑板上写字，把黑板上的米粉价格"5"抹掉，在上面改写了个大大的"6"字。

小边失声大叫："你怎么又涨价了？"

老板回过头，笑着说："是啊，我不能白忙活，得跟上步伐啊！"

小边忙说"我刚才买米粉时，你还没改，只能按五元算。"

老板说："你放心，今天价格不变，新价格从明天开始。"

小边愣了愣，突然反应过来，马上大喊一声："老板，再给我来碗米粉！"

张大爷送花

□丁春燕

张大爷和老伴被小女儿从乡下接到城里，老两口闲下来，很不适应，竟然打起了嘴官司。

老伴说："结婚四十年，没听你说过一句心疼人的话。"

张大爷很不服气，说："我没亏待过你。"

女儿和女婿急忙出来解围，女婿是单位的政工干部，很会做思想工作，他把张大爷拉到一边，先充分肯定张大爷长期以来的勤劳苦干，同时委婉地提醒说，女人，不管到多大年纪，都是需要哄的，明天是情人节，这天男方给女方送花，女方会觉得非常幸福。张大爷不懂了，说："送花？这不是花冤枉钱吗？"

女婿连忙说"用钱增进感情，不冤枉！"

小女儿也跟着说："你要是给我妈买好看的花，再说几句好听的，她一高兴，以后就不会跟你唠叨了。"张大爷半信半疑，无奈地说："那我明天试试。"

第二天一大早，小女儿交给张大爷五百块钱，说："爸，一定要给我妈买最好的花！"

张大爷接过钱出了门，一直到晚饭摆上桌，他还没回家，一家人等得好不着急，这时，张大爷进门了，将双手背在身后，笑眯眯地看着老伴，女儿女婿一齐站起来，拍着巴掌嚷道："献花喽，献花喽！"张大爷笑容满面走到老伴跟前，捧出一个鼓鼓囊囊的大袋子，说："孩她妈，今天是那个啥节日，我专门为你买的！"

大家一看，是一袋爆玉米花。

张大爷说"我找了一整天，横竖看不中这花那花，还是这爆玉米花瞧着最顺眼。摊主说，玉米粒是美国的，我这爆玉米花呀，还是进口货呢！"

·本刊信息传真·

法律知识故事征文

本刊推出的"法律知识故事"，通过发生在我们身边的、短小而具体、在法理上容易混淆的个案，生动、形象地宣传法律知识。这些知识注重现实性、实用性，真正起到解剖一个案例、明白一个道理的作用。为了把这个栏目办得更好，本刊再次面向全社会征稿。

来稿方法：1. 从邮局寄发，请在信封上注明"法律知识故事"字样，本刊地址：上海市绍兴路74号《故事会》杂志社，邮编：200020。2. 从网上传递，可寄以下信箱：wulun@vip.sohu.net，请在主题上注明"法律知识故事"字样。凡已和我刊编辑有联系的作者，稿件可继续投给原编辑。

《故事会》出版500期
庆祝活动快讯

为回报社会、感谢读者长期以来对《故事会》的呵护、支持，本刊决定在《故事会》出版500期之际举办三大征文大赛以飨盛典。

系列庆祝活动之1：2011年“中篇故事”征文大赛

最佳作品将奖励1万元，获奖者还可参加其他活动

征稿范围：1. 内容厚实、具有强烈的时代色彩和生活气息；2. 题材新颖、情节性强、有口传性、能引起读者的广泛兴趣；3.篇幅一般在12000字以内。**奖励措施：**1. 入选作品除在杂志上发表获得一笔稿酬外，还将推荐参加本年度“中篇故事”征文大赛评选，最佳作品将奖励1万元（1名，含税）；2. 本刊将邀请有关作者参加第十五期“故事创作研讨班”，或本刊举办的“中篇故事”改稿会，以及《故事会》500期庆典大会，所有费用均由《故事会》编辑部承担。

系列庆祝活动之3：2011年“职场故事”征文大赛

职场是一个充满生机、隐含危机同时又潜伏杀机的“小社会”，在这里，八仙过海，各显神通；彼此之间，犬牙交错……为充分反映这一社会现实，本刊特推出“职场故事”征文大赛专题活动。

“职场故事”篇幅不限，可为中篇故事，也可为新传说或其他类型的现实故事。作品可参加相关大赛的评选活动等。

系列庆祝活动之4：2011年“幽默故事”征文大赛

为进一步繁荣幽默故事创作，《故事会》杂志社与上海市松江区岳阳文体活动中心决定，联合举办2011年“岳阳杯”幽默故事创作大赛，并面向全国征文。

征文范围：1. 内容贴近生活，健康向上；2. 情节生动有趣；3. 语言活泼，具有口头文学特点；4. 作品尚未在公开出版物上发表；5. 篇幅在2000字以内。**奖励措施：**本次大赛设一等奖2名，奖金各3000元；二等奖5名，奖金各2000元；三等奖10名，奖金各1000元；创作奖10名，奖金各500元。优秀作品将陆续在《故事会》上发表，并结集出版。

征文时间：2011年2月1日—2011年12月1日。

来稿方法：1. 从邮局寄发，请在信封上注明“中篇故事”、“职场故事”或“幽默故事”字样，本刊地址：上海市绍兴路74号《故事会》杂志社，邮编：200020。2. 从网上传递，可发至各责任编辑信箱，请在主题上注明“中篇故事”、“职场故事”或“幽默故事”字样。

本期责任编辑的信箱是：zjw002@vip.163.com。

485 2011 SEMIMONTHLY 下半月刊 4月

欢迎登录本刊主办"故事中国网"(www.storychina.cn)

2011年4月
下半月刊·绿版

何承伟：社 长、主 编
夏一鸣：副社长
吴 伦：常务副主编（兼绿版负责人）
姚自豪：副主编（兼红版负责人）
本期责任编辑：朱 虹
电子邮箱：zhong98305@sina.com
绿版发稿编辑：
杭 帆 颜轶超 黄美舟（见习）
美术编辑：李宝强
电脑制作：郭瑾玮
通 联：归依玲
本社办公室电话：021-64375030
上半月刊编辑部电话：021-64332325
下半月刊编辑部电话：021-64336469
（上海市绍兴路74号 邮编：200020）
主管、主办：上海文艺出版（集团）有限公司
出版单位：《故事会》编辑部
发行范围：公开

制作、发行总监：张 凯
电话：021-64313938
广告业务：上海故事会文化传媒有限公司
广告总监：张 淮
广告业务：021-34010383
广告投诉：021-64333738
广告经营许可证
沪工商广字3100320080016号
发行：中国图书进出口上海公司

·笑话·

取名字

小夏是个准妈妈。这天，她正和同事讨论宝宝的名字："我老公姓周，我想了个简单又好记的名字，叫'周一'。"

同事听了，扑哧一笑："这名字不错，有延续性，可以一口气生七个，从周一到周七。"

顿时，办公室里乐翻了天，突然有同事问道"那如果生了第八个，该怎么办呢？"

这时，办公室主任走进来对小夏说："你不是姓夏吗？那就叫夏周一（下周一）。"

（谢小英）

（本栏插图：包丰一）

发什么

同学聚会上，大伙儿兴致勃勃地讨论着年底的单位福利。小张摇摇头说："今年形势不好，只发了三千元过节费。"

小王叹了口气说："今年效益不好，只发了一点年货。"

这时，小李面露尴尬，准备转移话题，可大伙儿非逼着他说不可。

小李只好无奈地笑了笑，说"今年领导很好，发了封邮件！"

（蓬　安）

误　会

小林捡到一部手机。他打开手机通讯录，发现一个署名为"爸爸"的号码，便立刻打了过去。

电话一接通，对方就先开口问道："喂，儿子，有什么事吗？"

小林连忙解释"不不不，你儿子的手机在我手里……"

对方一听，立即打断小林的话，着急地说："你千万别难为我儿子，要多少钱都好说！"　（海　丽）

代沟

同事向王大姐抱怨，儿子老和她闹别扭。王大姐回到家，和女儿说起了此事。

女儿听了，笑笑说："两代人嘛，闹点别扭很正常。"

王大姐若有所思地问道："你是说他们之间有代沟吧？"女儿笑着点点头。

王大姐想了想，又问："那你说，我们之间有代沟吗？"

女儿狡猾地笑笑说："您自己说呢？"

王大姐觉得自己一向很开通，肯定地说："当然没有！"

不料，女儿摇摇头，慢吞吞地说："这就是代沟……"

（肃　宁）

走火入魔

课堂上，老师正在讲课，一个学生饿得实在受不了，就偷偷泡了一碗方便面吃。

为了不让老师发现，学生将课本立了起来，还把头埋到最低。

很快，老师发现有一团热气从学生的课本下面冒了出来，他笑了笑，冷静地问道："这是哪位同学看书看得走火入魔了？"

（赵自力）

奖品

年底，单位要举办羽毛球比赛，一等奖是电高压锅，二等奖是血压计，三等奖是保温杯。大伙儿都说奖品不太给力。

正说着，领导进来了，有人壮着胆子问"头儿，这奖品是不是再加点儿？"

领导笑着说："没问题啊。"

大伙儿一听乐了，纷纷追问道："还有什么大奖啊？"

不料，领导语气一转，说："一等奖初三值班，二等奖初四值班，三等奖初五值班。"

（朱孝青）

·笑话·

不分场合

英子跟着老公回农村老家，一个亲戚一见面就问她："英子啊，我看你细皮嫩肉的，恐怕连三十五岁都不到吧？"

英子听到有人夸她年轻，心里有些得意，假装谦虚起来："哪里呀，老喽，都快四十啦！"

这时，老公在身后猛掐了英子一把，低声说"这是在老家，又不是QQ聊天，你咋还瞒报岁数呢？"

（涂 涛）

八杯水

最近，天气特别干燥，妈妈提醒五岁的儿子说："儿子，你以后每天都要喝八杯水。"

儿子点点头，努力地喝下了七杯水，还有一杯怎么也喝不下去了，便对妈妈说："妈妈，我喝七杯怎么样？"

妈妈生气地说："你怎么学会讨价还价啦？说八杯就是八杯。"

儿子摸了下自己的脸，委屈地问："妈妈你朝我吼时，喷在我脸上的口水能算一杯吗？"

（小 青）

误 会

小丽大婚这天，好友小强一早就赶到小丽家帮忙，可一不小心把清凉油弄到了眼睛里，顿时泪流满面，他连忙跑到卫生间去洗。

这时，小丽的妈妈看到了，伤心地说："小强，阿姨懂你的心情，阿姨也喜欢你，可是小丽她想不通啊。"

小强一愣，刚想解释，小丽的爸爸也看到了，叹着气说"感情的事不好说，不过小丽还有个表妹……"

小强又想解释，这时小丽出现了，她幽怨地说"你为什么不早点告诉我？"

（焦淳朴）

灭火器

消防员老师正给学员们讲课，他问大家有没有使用过灭火器，大家都摇摇头。

这时，小刘大声叫道："我用过一次灭火器。"

大家一听，都很惊讶，消防员老师高兴地说："这位学员，请你上来给大家演示一下灭火器的使用方法吧。"

不料，小刘脸一红，不好意思地说："我是用过一次，不过那次是因为我的车坏在了路中央，附近又没有警示标志，我只好把灭火器摆在了路上，这红色显眼嘛！"

（李彦锋）

租马

大李想带着家人骑马郊游，便来到马场对老板说："老板，你能不能把马便宜点租给我？"

老板笑眯眯地说："当然可以，我给你个会员优惠价。你喜欢什么样的马？公马还是母马？温驯一点的还是剽悍一点的？"

大李想了想，说："我想租一匹马背长一点的马。"

老板一愣："马背长一点的？"

"是啊，"大李振振有词地解释道，"要知道，我们全家总共有四个人要一起出游呢。"（千山暮雪）

要点什么

唐僧师徒四人来到一家饭庄化缘，掌柜问："长老们要点什么？"

唐僧礼貌地说："阿弥陀佛，多谢施主，请给一些剩菜剩饭即可！"

悟空跟着说："给我来碗剩饭吧。"

沙僧也跟着说："给我来碗剩汤吧。"

不料，八戒哼哧哼哧地说："给我来个剩女吧！"

（夏　花）

（本栏目欢迎原创作品、翻译作品。来稿可从邮局寄发，也可从网上传递。如为电子邮件，请发以下信箱 zhong98305@sina.com）

羊之战争

□ 孙世娥

这一年南疆大旱，部落首领侬酋长起兵反叛，率兵抢夺昆仑关。

昆仑关守将狄老将军望着城下密密麻麻的敌营，陷入了沉思。这时，朝廷派来的监军刘公公提议道："皇上下了严令，要严惩叛军。我看叛军衣衫褴褛，显然是乌合之众，将军只需出城迎击，自然会大获全胜！"

狄老将军摇摇头，叹道："叛军精于骑射，不可轻敌，有道是杀敌一万，自损八千，最好想个万全之策。"

很快，狄老将军就想到了所谓的万全之策：他命人购买了三千头精壮山羊，然后运回昆仑关内，赶入将军府。刘公公看着不解，便到府内打听。

狄老将军微笑着把刘公公带到一处操场，只见里面立着几百个草人，草人外表罩着叛军的号衣。只听一声锣响，角上绑着尖刀的山羊狂奔而出，用刀划开号衣，吃得不亦乐乎。

刘公公看得目瞪口呆，狄老将军却拈须微笑："此法效仿的是本朝杨六郎邙牛阵之计，不过昆仑关下多山地，用山羊更好些。只要冲开叛军阵脚，我军随后掩杀，不难大获全胜！"

刘公公闻言，不禁喜上眉梢"此战若是胜利，咱家一定为您禀明皇上，不难加官晋爵。只是此事定要严守秘密，消息走漏就不灵了。"说罢就到城上吩咐守军，任何人不得往城外投掷物体，一经发现，格杀勿论！

就在山羊阵排练得即将成熟之际，昆仑关内却发生了一件大事：一天午夜，守城的士兵们发现一个黑衣人到了城头，朝城外射了一箭。大家赶过去捉拿，却又不见了踪影。

刘公公急忙向狄老将军报告，狄老将军沉吟道："不急，从城头到敌营距离有两箭之地，对方发现这支箭最快也得到天亮，我们在天亮之际发起攻击，他们布置得再快也来不及。"

第二天，天空刚亮起一丝曙光，

狄老将军就一马当先，率军冲击叛军敌营。叛军由侬酋长带领，列阵应战。

眼看兵戎相见，突然，狄老将军一挥小旗，众军后闪，露出三千头绑着尖刀的山羊来。这些山羊饥饿已久，看见穿着熟悉号衣的叛军都拼命地向前狂奔。不料，侬酋长见状并不惊慌，他传令后撤，把山羊引到一处山谷，突然只听一声鼓响，山谷里火光冲天，原来这山谷早已堆满柴草，把三千头山羊活生生地烤熟了！

此时，站在昆仑关城头的刘公公望着远处的烟火怒不可遏，他大叫着要抓出奸细。很快，狄老将军回来了，他微笑着摇摇头，说："山羊阵只不过是个引子，我还有后招，用不了多久，叛军必来归降！"刘公公哪里肯信。

不料不到两个时辰，侬酋长就派信使前来，说是只要狄老将军活着的一天，南疆永不叛变！

刘公公闻言大喜，他问狄老将军这个后招究竟是什么。狄老将军却卖了个关子："这话现在不能说，等我解甲归田的那一天，再告诉您。"

十多年后，年届八十的狄老将军解甲归田。他老家在云南，随行的只有一匹瘦马和一个家人。眼看就快到南疆了，只听一声锣响，身着民族服装的几十条大汉蜂拥而上，把狄老将军一行押入了一所院落。家人大惊失色，以为遇上了强盗，但再看看狄老将军，他却泰然自若。

院落里，一位花甲老人居中而坐，见了狄老将军慌忙起身："终于把您盼来了，我是来还您的东西的。"说完捧出一物，只见那是一支雕翎箭。

原来，当年昆仑关头射箭的黑衣人，正是狄老将军。他早已看出，南疆叛乱是因为旱灾严重，颗粒无收，已到了部落存亡的危急时刻，这才不得已抢夺昆仑关。狄老将军摆山羊阵是假，用山羊肉接济对方是真，这才亲自射了传信箭，让他们早做准备。

这花甲老人就是当年的侬酋长，他感激不尽地说"当年，您那一箭正中我大帐的旗杆，我知道，昆仑关里射箭能射得这么远这么准的，只有您的穿云箭法。此外，在箭镞上暗刻着一只浑身火焰的狗，火犬不就是个'狄'字？饥饿既解，您又这么大恩大义，我怎能厚着脸皮继续作乱？"

狄老将军大笑道："圣上喜好军功，我若公然说出安抚的话，只怕连这个将军都没得做。一番设计，只为瞒过皇上的耳目刘公公。你这么一说，倒使我想起来，还欠刘公公一句话。"说完，他当即修书一封，说明山羊阵的原委，然后让家人送回京城。

家人走后，两位老人把酒言欢，不觉东方既白。

（本作品获"和气致祥杯新编十二生肖故事大赛"银奖）

（题图：安玉民　梁　丽）

·我的故事·

被骗之后

□杨汉光

国庆节那天，我乘长途车返回老家，傍晚途经县城时，好不容易在一家小旅馆找到住处。这时，一位戴眼镜的小伙子也来投宿，可是已经没有空房间了。我看他长得慈眉善目的，又很着急的样子，便对他说："我住的是双人房，如果你不介意，我们可以一起住，住宿费一人一百。"

小伙子喜出望外，当即给了我一百元，连声说着谢谢。

很快，我们俩进了房间，聊了起来。小伙子自我介绍说，他叫周小伟，是杭州人，来广西出差，顺便要去蒙山县一趟。

一听蒙山县，我有点兴奋，那正是我的老家。我便问他去干什么，周小伟却长叹一声说："唉，我被一个蒙山人骗了。"

原来几个月前，有个自称王恩的年轻人跑到周小伟的单位诉苦，说他是广西蒙山县人，来杭州打工，不料工厂倒闭，他想先回老家，可车票还没买，钱就被人偷走了，所以想求周小伟和他的同事借他一点回家的路费。

周小伟看王恩这么可怜，当即就借了五百元给他。王恩记下了周小伟的姓名地址，又留下了自己的详细地址，千恩万谢地说他一回到蒙山就马上汇钱过来。

王恩走后，同事们都说，那家伙八成是个骗子，周小伟上当了。周小伟开始还不以为然，可两个月过去了，始终没有汇款寄过来。这时，周小伟的女朋友也知道了此事，她本来就嫌周小伟穷，现在又觉得他傻，这么容易上当受骗，就提出要和他分手。周小伟心里难受极了，为什么好心没有好报？他做梦都想去找王恩，看看他究竟是不是个骗子，无奈路途遥远，无法成行。

巧的是，没过多久，领导正好派周小伟到广西出差，周小伟决定趁这次难得的机会，亲自到蒙山会一会王恩。

讲完自己受骗上当的故事后，周小伟问：“大哥，你老家是哪儿的呀？”

“我……”我为有王恩这样的同乡而羞愧不已，犹豫了一下，竟鬼使神差地说，“我是贺州人。”

第二天早上，天还没亮，周小伟就匆匆忙忙坐车去蒙山了。我已经谎称是贺州人，只好搭下一班车回老家。

我的老家在一个叫古带的村子，让我惊奇的是，我刚走进村口，就看见周小伟从我家里出来，幸好他没有看见我。

等周小伟走远后，我才猫着腰钻进自己的家，转身关上大门。母亲奇怪地问：“怎么鬼鬼祟祟的，像做贼一样？”

我小声说：“刚才是不是有个陌生人来我们家？我不想让他看见。”

母亲一下子警惕起来：“你前阵子是不是去过杭州，骗了人家五百块钱？”

我不高兴地说：“妈，您想到哪儿去了？我是那种人吗？”

母亲还是不放心：“那你干吗怕见人家？”

我只好把昨晚的事告诉了母亲，当时以为蒙一蒙周小伟就过去了，万万没想到他会找到古带村来。难道那骗子在我们村？

我们村确实有姓王的，而且是个大家族，最少有一百多人。我和母亲把王家的男人仔细想了好几遍，也没想出一个叫王恩的。不过村里好多年轻人我都叫不出他们的名字，那骗子是不是王家人，还不能断定。

我躲在家里，不敢出门，就怕让周小伟撞见。好不容易熬到天黑，正想出去探探，周小伟突然杀了个回马

枪，又来我家了。我猝不及防，在院子里和他撞了个正着。

周小伟好像撞见鬼似的，惊得目瞪口呆，指着我语无伦次地问：“你……你不是说去贺州吗？怎么在这儿？”

事到如今，我只好实话实说：“这里是我的家，昨晚我实在不想跟骗子做同乡，才骗你说是贺州人。”

周小伟伤心地说：“我已经够倒霉了，你们还骗我。难怪我挨家挨户找了个遍都不见王恩，肯定是你们把他藏起来了。”

我发誓说：“只要王恩在古带村，我就是挖地三尺，也帮你把他找出来。”

我当即带上周小伟，重新到王姓人家里查找骗子。每到一家，我都请他们把户口簿拿出来给周小伟看。很快，所有人家都检查完了，就是没有一个叫王恩的。

我想了想，觉得“王恩”这个名字肯定是假的，骗子不可能留下真实的姓名和地址，也许那骗子根本不是蒙山人，说不定他就在杭州。

我把自己的猜想告诉周小伟，不料，他一听就火了：“我们杭州人很少有知道蒙山县的，更不知道古带村，那骗子怎么可能是杭州人呢？我敢肯定，他即使不是古带村人，也是附近村子的人，至少是蒙山县人，否则不可能给我留下这么具体准确的地址。”

周小伟的分析不无道理，那家伙八成就在附近。

此后一连三天，我带着周小伟到附近几个村子去，挨家挨户地请每户人家的小伙子出来，让周小伟辨认。我想，如果哪家的小伙子不敢出来跟周小伟见面，那就值得怀疑了。可凡是我们走到的人家，小伙子都很爽快地出来了，结果我们还是一无所获。

三天后，周小伟要回杭州去了，我送他到县城上车。分别的时候，我安慰他说：“别灰心，你走后，我继续帮你找那个骗子。”

周小伟动情地说：“杨大哥，给你添麻烦了。老实说，我原来对蒙山的印象很不好，是你让我看到蒙山也有好心人。”

送走周小伟后，我一边回家，一边设想周小伟回到杭州后的情景。最让我担心的是，周小伟的女朋友脑筋一时转不过弯来，跟这个好心的“傻瓜”分了手，那就太遗憾了。

怎样才能帮帮周小伟呢？我想了又想，决定做骗子的替身，以王恩的名义给周小伟寄钱，那样周小伟立刻就从傻瓜变成了大好人，旁人会对他刮目相看，女朋友也不会瞧不起他了。

这么一想，我赶紧折回县城，直奔邮局。我向营业员要了一张汇款单，为了让周小伟在女朋友面前扬眉吐气，我决定多寄两百元，并在附言栏写道：“周大哥，我大病了一场，所以汇款迟了，多寄两百以示歉意。”

最后，我在汇款人姓名那一栏，很不情愿地写下“王恩”两个字，越看越觉得，这两个字的意思就是忘恩负义。

我将填好的汇款单和七百块钱递进窗口。营业员女孩看了看汇款单，惊讶地说“咦，怎么接连有两个王恩来汇款？”

我听得一头雾水：“两个王恩？还有一个在哪儿？”

女孩说：“刚才有个男人来寄钱，也叫王恩，不光汇款人的地址跟你的一模一样，连收款人的姓名和地址，都跟你写的一模一样，只不过他寄五百元，你寄七百元。”

难道王恩真的来寄钱了？我太想见见那家伙了，于是迫不及待地问道：“王恩呢？他在哪儿？”

女孩说：“他刚刚出去，往邮局旁的车站那边走了。”

我暂时不寄钱了，转身就往车站跑。只跑了几十米，我就看见周小伟在前面低着头赶路。

我追上去，惊讶地问：“小伟，我看着你上车的呀，怎么还在这里？”

周小伟叹了口气，说：“上了车我才想到，其实我可以自救的，所以我又下了车，来到邮局，刚刚用王恩的名义给自己汇了五百元。”

我一下子呆住了，心里特别难过，自己给自己汇款，这是多么让人心酸的事啊！我情不自禁地握住周小伟的手，说：“小伟，我们蒙山人让你受苦了。”

周小伟趁势抱了抱我，拍着我的肩膀说：“一切都过去了，我要感谢那个骗子，是他让我认识了你这位好心的大哥。”

（**题图、插图**：安玉民　梁　丽）

（本栏目欢迎来稿。来稿可从邮局寄发，也可从网上传递。如为电子邮件，请发以下信箱：zhong98305@sina.com）

不复再画

月船禅师是个绘画高手，每次作画前，必定要求买画者先行付款，否则决不动笔。这种作风不免让大众颇有微词。

一天，一位贵妇请禅师画一幅画。禅师一开始就问："你能付多少酬劳？"贵妇说"你要多少就付多少，但要去我家当众挥毫。"禅师答应了，随贵妇到她府上。

贵妇家中正在宴客，禅师正要开口谈酬劳，贵妇对大家说："你们看，这位画家只知道要钱，他的画虽然好，但他的心被金钱污染了。他的作品不宜挂在客厅里，只能装饰我的裙子。"说着便拿出一条裙子，要禅师在上面作画。

禅师问："你出多少钱？"贵妇说"你开个价，我付得起！"于是禅师开了个很高的价钱，依照她的要求画了画，然后拿了钱就走了。

很多人都不明白禅师为什么只要钱，即使受到侮辱也无所谓。其实，禅师住的地方常发生灾荒，因此他建了一座仓库贮存稻谷以供赈济之需。另外他师父生前留下遗愿要建寺，他想完成师父的遗愿。当这两个愿望达成之后，他即刻抛弃画笔，不复再画，并说："画虎画皮难画骨，画人画面难画心。"

钱是丑陋的，心是清净的。有禅心的人，不计毁誉，求取净财，救人救世。

（**作者**：星云大师；**推荐者**：日　羽）

思维决定命运

有两个乡下人，想去大城市谋生。一个想去华盛顿，而另一个想去纽约。两个人坐在候车室里等车，听见一旁的人在议论。有人说纽约人精明，外来人问路都收费；又有人说华盛顿人善良，会帮助落难的人。

听了这些话，两个人的心里都发生了变化。计划去纽约的人想：还是去华盛顿好，将来即使落了难，也不会挨饿受冻。计划去华盛顿的人想：

还是去纽约好，连问路都收费，发财的机会多呀。于是，两个人交换了车票，改变了各自的目的地。

去华盛顿的人觉得华盛顿真的很好，什么也不用干，银行、邮局里的水可以随便喝，商场里欢迎品尝的点心也可以白吃。有人看他潦倒，还带他到餐馆吃饭。

去纽约的人发现，纽约果然是一个充满商机的地方。带路可以赚钱，弄盆凉水给人洗手也能赚钱。他向纽约人兜售泥土，不到两年，就在纽约拥有了一间门面房；他为商家擦洗广告牌，不到三年，就拥有了二十多家清洁公司。

一天，去纽约的人到了华盛顿，在飞机场，他刚喝完一瓶饮料，一个拾废品的男人就向他伸手要饮料瓶。他突然发现，这个男人就是五年前和他交换火车票的人！

正所谓，思维决定命运。思维方式不同，对同一事物的看法也不同，所作出的选择当然也不一样，由此而产生的命运就天差地别了。

（**推荐者**：邓长青）

父爱至暖

这天，天气异常寒冷，一个卖煤球的汉子推着一车煤球来到一个小区。很快，生意就来了，有个年轻人让汉子把煤球送到家里。

汉子乐呵呵地把煤球搬进了年轻人的家里，年轻人递过煤球钱，汉子在贴身口袋里摸索着寻找零钱。这时，年轻人发现，汉子的口袋看上去鼓鼓囊囊的，年轻人便好心提醒道：“师傅，把口袋里的钱放好，小心辛苦钱掉出来。”

汉子一听，不好意思地从贴身衣服里摸出一双鞋垫和一双袜子，看上去湿乎乎的。年轻人诧异地问，为什么要将这么潮湿的东西放在自己的贴身处？

汉子憨厚地一笑说，他的儿子有一双汗脚，每天都得换袜子和鞋垫，这几天天气潮湿，清洗的袜子和鞋垫不易晾干，家里也没有取暖的设备可以烘干，所以他就想了个法子：他天天出力气拉煤车，身上热乎，把袜子和鞋垫揣在身上，就比较容易干了。

年轻人听完，感动得眼眶发热。是啊，这个冬天再怎么寒冷，有了父亲无微不至的关怀，孩子定会感到温暖无比！

（**作者**：朱胜喜）

（**本栏插图**：安玉民　梁　丽）

·微博故事·

感动你我的瞬间

@犬犬 三十年代，兵荒马乱，男孩随父母逃亡海外，逃前，他对狗说：在家等我，我一定回来接你！六十年后，政府拆迁，唯有此家无法拆之，据闻闹鬼，不敢妄动。几日后，一白发苍苍的海归老者不顾劝说，独自进屋，出来时泪雨滂沱，紧握着残旧的狗脖圈，他说：你们拆吧！我接它回家了！

@花李淡色女 儿子：“我要好吃的。”父母：“好好好，买。多吃点别饿着。”儿子：“我要衣服。”父母：“好好好，买。多穿点别冻着。”儿子：“我要结婚。”父母看着住了半辈子的房，再看看儿子，微笑着说：“好，买房。”几年后，儿子跪在墓前泣不成声：“我要你们。”这次他没有得到任何回答。

@风从山上来 就要做心脏移植手术了，他深情地望着躺在床上的妻子，拿签字表的手有点抖。“快签吧，你个窝囊废、穷鬼！”妻骂道。手术很成功，她没有一点排异反应。“我那没心肝的丈夫呢？”她问护士。护士递过一张纸，上面画着一颗鲜红的心，还有一行小字：“这是我最后能给你的了，我爱你。”

@忧伤de雯 他与爸爸相依至大。他常问：为什么不给他找个后妈？爸爸总是笑说：此生只爱妈妈一个！后来他长大成家，爸爸说要结婚，他愤怒地打了那女人一耳光，骂爸爸是个骗子。从此，爸爸再未提及此事。多年后爸爸去世，他整理遗物时发现了一张自己婴儿时的照片，背面是沧桑的字迹：战友之子，当如吾儿！

@想微笑的猫 嫁给他24岁，两人挤在单位25m²的宿舍傻笑。生孩子26岁，两人在40m²的租房里兵荒马乱。孩子上学32岁，女人声嘶力竭：“买不起！连厕所都买不起！到现在我们连个家都没有！”男人垂首坐在床边喃喃道：“我没本事，我没用，我买不起。”男孩怯怯站在门边：“爸，妈，这里不是家吗？家，还要买的吗？”

@路路沫 她花了一周的时间给他织好了这条围巾，她从小娇生惯养，这是她织的第一条围巾，她幻想着他收到后惊喜的表情。在他生日的那个晚上，她刚幸福地把围巾给他围上，他却厌倦地取了下来：“我不喜欢围巾！”她的心，瞬间冰凉！爸爸来了，以为是给自己的，自顾地围上，满脸都是幸福的笑容。她转过身来，泪流满面……

以上选自2010微小说大赛获奖作品，由新浪微博（http://t.sina.com.cn）独家授权刊登。本刊今年将与新浪微博合作推出全新活动，敬请关注。

生活中，搭车再平常不过了，可有时也会发生点让人啼笑皆非的事儿……

搭车那点事儿

□ 杨海涟

老黄是个生意人，经常要开车出去办事。这天，他从外地办完事开车回家，刚开到半路，天就快黑了。

突然，老黄发现前面马路旁站着一个女孩，正伸长脖子拼命朝公路这头张望，脚下放着一个大皮箱。看样子，这女孩是在等车。

老黄本来已经从女孩身边开了过去，突然一想，不如搭上她吧，一路上也好有个伴，何况她还是女孩子哩。于是，他就把车倒了回去，打开车窗，探头招呼女孩："小姑娘，要不要搭车？"

女孩一见这车子倒回来，马上就警惕起来。再听老黄这么一吆喝，脸上闪过一丝惊慌，不假思索地连连摇头。老黄笑了笑，心想，这女孩戒备心真强。他又说道："你是到白城的吧？上来吧，我是顺路车。现在已经没有客车了，你这么等没用。"

女孩犹豫了一下，被他说心动了，这才开口问道："你要多少钱？"

老黄哈哈一笑，说："不要钱，真的不要！"女孩立刻又犹豫不决起来，脸上的表情闪烁不定。

老黄有些不耐烦了，说："你到底想不想搭车？不想搭我走了啊，你自己在这儿慢慢等吧。"

"我、我搭……"女孩一咬嘴唇，赶紧提起行李箱。老黄把副驾驶座旁的车门打开，不料女孩径直拉开后排的车门，抱着皮箱坐了上去。

老黄有些不乐意了，本打算和女孩坐一块儿聊聊天，谁知人家一点都不领情。他有点郁闷地发动了车，随口问女孩到白城干什么。

女孩说是去找舅舅，然后拿出手机打了起来："舅舅，我现在搭上车

了，不是客车，是一辆私家车，说是顺路的，不要钱。你记好，是一辆白色的奥迪，车牌号是……”

女孩尽管捂着嘴小声说话，可老黄在前面还是听得清清楚楚，他不禁一愣，苦笑着摇摇头：这女孩够聪明的，倘若自己是个坏人，绝对跑不掉。

女孩打完电话，就扭头盯着车外，不停地舔着嘴唇。看得出来，她紧张着呢。老黄拿过一瓶水递给她，女孩神经质地喊道：“不，我不要！”

老黄碰了个钉子，一点心情都没有了，干脆就闭上嘴巴。

车子经过一个小镇时，外面灯火通明。女孩忽然把脸全贴到了车窗上，两眼飞快地搜寻着什么。接着，她又打起了电话：“舅舅，我现在过了一个叫龙口的地方，路线对吗？哦，好的，下面是光明村……”

老黄一听，心里十分不悦，这是干什么嘛，我好心好意搭你，你却把我当成一个犯罪分子防备！也太谨慎了吧？他不由得重重哼了一声。

这之后，女孩一路保持着高度紧张的状态。每经过一个小地方，女孩都会努力辨认外面街道上的牌子，知道自己的位置后，就打电话向舅舅报告。不用说，老黄郁闷透顶，肚子里越来越有气。

突然，老黄冒出了一个恶作剧的念头，想吓一吓这个女孩。于是他把车靠边一停，回头笑道：“小姐……”

女孩立刻吓得叫起来：“你想干什么？”

老黄嘻嘻笑道：“没想干啥，开车累了，活动活动。”说着，就在座位上伸腰踢腿做起了运动，同时从后视镜里偷偷观察女孩。只见她全身发抖，满脸惊恐。老黄暗暗好笑，嘴里故意哼起了小调。

正得意呢，忽然看见女孩颤抖着拨电话，把整个脑袋都藏到了皮箱后面说话：“他现在把车停下了，在唱歌呢……他是个男的，四十多岁，小平头，有点胖，穿黑色西装……”

听到这儿，老黄实在是忍无可忍了，突然大喝一声：“下车！”

女孩又吓得尖叫一声，惊慌失措地瞪着他。老黄啪地打开车锁，怒气冲冲地说：“好心当成驴肝肺！你把我当什么人了？下车下车，再不下，我就要当坏人了！”

女孩的脸顿时没了血色，她张了张嘴巴，没说出话，就飞快地打开车门下去了。

老黄还不解恨，探头冲她冷冷地说了句：“小姐，祝你遇上一个真正的坏蛋！”说罢扬长而去。

那女孩孤单地站在公路上，又惊又怕，茫然不知所措。就这么站了几分钟，突然有辆车在她面前停了下来。司机胖乎乎的，他探头问道：“小姑娘，你是不是想搭车？”

女孩下意识地摇摇头。司机又打量打量她，说道：“上来吧，我不是坏人。”

女孩咬咬嘴唇，最后同意了，她像上次那样，抱着皮箱坐在后面。车开动后，她正要给舅舅打电话，司机的电话却先响了：“哦，局长，就快到了，向您报告一个好消息，这个案子可以破了……”

听司机打完电话，女孩惊喜地喊了起来：“你是警察？”

司机说是呀，刚在外面办了一件案子，接着问她“你怎么一个人在这种地方等车呀？多危险！”

女孩听了，哇地一下放声大哭。警察安慰了她几句，递给她一瓶水和一包饼干，女孩接过来，就是一阵狼吞虎咽。坐上了警察的车，她紧张了半天的心情终于放松下来，吃着东西，居然睡着了。

一个小时后，车子到达了白城。女孩也醒了，忽然远远地看见舅舅正站在一辆车旁，和一个男人激动地说着什么。再仔细一看，那男人竟然就是前面赶她下车的那个司机。女孩明白了，舅舅在这儿接她，看见这辆车就拦住了，谁知车上却不见她，肯定和司机吵起来了。

警察把车开过去，女孩飞快地跳下车，向舅舅跑过去，喊道：“舅舅，我在这儿！”

舅舅喜出望外地问：“你不是说坐这辆车吗？他说你换坐另一辆车了，我还以为他说谎呢！”

警察也下了车，哈哈一笑说：“你这个外甥女呀，戒备心理太强了，手段也有些让人受不了，我要不是假扮警察，肯定也得气得把她赶下车。”

女孩愣了：“你不是警察？”

这时，老黄呵呵笑着走过来，拍拍“警察”的肩膀，说：“这位是我的生意伙伴，我在前面开，他就在后面。你以为我真敢把你扔在荒郊野外呀？把你赶下车后，我就打电话通知他在后面捎上你。”

（**题图、插图**：魏忠善）

· 新传说 ·

反穿衣服的怪老头

□杜　辉

伍六是个惯偷，刚刚二十出头。这天上午，他挤上一趟火车，四下里搜寻着下手目标。很快，他的目光落在了车窗边的一个老头身上。

只见这老头皮肤黝黑，满脸皱纹，两鬓有些花白，最特别的是，他身上那件衣服是反着穿的，里子露在外面，连针脚都清晰可见，最醒目的还是衣领处那块白色商标，真是要多别扭有多别扭。

这老头葫芦里究竟卖的什么药？伍六好奇地盯着他，脑子飞快地转动着。当伍六注意到老头那鼓鼓囊囊的衣兜时，顿时明白了，别看这老头外表憨厚，骨子里可真够精的，他反着穿衣服，衣兜便藏到了里面，兜里的钱物就上了保险，这防盗招数还真绝！看那两个衣兜那么鼓，恐怕老头身上的油水还不少呢！

伍六心里不服气了，自己一向自诩为神偷，什么时候失过手？今天偷不到这老头，誓不罢休！于是，伍六一路上紧紧盯着老头，一直跟着老头下了火车。

不料，这老头刚走出火车站，就被一个小乞丐张着手臂拦住了，老头从裤兜里掏出一把零钱塞给他，没想到小乞丐贪心不足，挡着路不让走，老头只好又拿出一张钞票，可还是打发不了他。这下老头有点恼了，他推开小乞丐往前走。

谁知，小乞丐猛扑过来，拦腰将老头抱住，小脸使劲在他后背上蹭着，还没等老头作出反应，小乞丐已经嘻笑着跑远了，老头又急又怒，再看看自己的衣服，小乞丐脸上的油污，多半都蹭到他的衣服上了。

这时，旁边的石柱后探出半个脑袋，正是伍六，那个小乞丐是他花钱找来的，他现在就等着老头脱下衣服清理污渍时，他会走过去装作不小心撞老头一下，来一招驾轻就熟的空空妙手。

不料老头压根没有脱衣服的意思，他取出一叠卫生纸，非常别扭地反着手，在后背上擦了一会儿，然后把纸往垃圾箱里一扔，头也不回地径直走了，直把伍六气得差点背过气去。这招不行，看来还得想别的。

临近中午时，老头走进了一家饭馆，他要了小笼包和蛋花汤，正吃得有滋有味，这时，服务员端来一道砂锅麻辣烫，放在老头面前，老头一愣："我没点这个啊！"

服务员笑吟吟地说："这道麻辣烫是我们免费赠送的，我们饭店有一条规定：每天对光临本店的第八十八位顾客，都要赠送一道菜品，请您慢慢享用！"

老头一听，乐了，他拿过麻辣烫就吃了起来，这麻辣烫烫得过瘾，辣得够劲，再加上天气有点热，老头吃得满头大汗。

此时，伍六正躲在饭馆的角落里，贼溜溜地盯着老头，其实哪有什么赠菜的好事？这一切又是伍六作的怪，他偷偷找到服务员，要了这道麻辣烫，叮嘱她多放辣椒，还教她上菜时该怎么说。

果然，老头热得快顶不住了，汗珠子不停地往下掉，伍六的表情越来越亢奋，他就等着老头脱衣服了。

不料，这次伍六又失算了，只见老头取过一张硬纸板，一边用力扇风，一边继续吃喝。吃饱喝足后，他一脸惬意地打了个饱嗝，摸着肚皮走出了饭馆。伍六气得差点掀了桌子，但也只好跟了出去。

伍六看着老头的背影，不禁越想越气，这真是偷鸡不成蚀把米，不如干脆来个痛快点的，直接把老头拍晕，剥下他的衣服……

机会说来就来了，两人一前一后，走到了江滩附近，伍六看看四周，没什么人，就拾起一块砖头，轻手轻脚地向老头逼近……

不料，就在这时，老头突然朝前撒腿狂奔，这一来倒把伍六吓了一跳：难道这老头后脑勺上长着眼睛？

更加不可思议的一幕发生了，老头竟然一边跑着一边开始脱衣服，啪的一声，那件让伍六费尽心思也得不到手的衣服，就被老头当垃圾一样扔到了地上。伍六惊讶地张大了嘴。

只见老头一口气跑到江边，纵身一跃跳进江中，挥动双臂奋力向前游去，伍六这才发现，有个小男孩在江中挣扎，眼看就要往下沉了。

老头虽然水性不错，毕竟上了点年纪，费了好大劲儿，才把小男孩救

上了岸，幸好小男孩并无大碍。

老头坐着歇了一会儿，这才缓过劲来，他起身走了几步，突然想起了什么，环顾四周，失声叫道："衣服？我的衣服哪儿去了？"

衣服当然是被伍六拿走了。当时那件衣服就扔在地上，一伸手就能拿起来，但伍六却犹豫了。他呆呆地望着远处的江面，那个头发花白的老人，正在奋不顾身地救人，而他这个风华正茂的年轻人，又是在做什么？

伍六突然有种无地自容的感觉。可再看看那件衣服，好奇心又促使他一把抓起衣服，逃命似的跑开了。

伍六躲到一个僻静处，把手伸向衣服上那两个鼓鼓的衣兜。等他掏出来一看，只见是两个长方形的东西，形状大小一模一样，还用报纸裹了好几层，这是什么？会是钱吗？伍六心跳有些加速，三下五除二拆掉了报纸。

再一看，伍六惊得眼珠子差点掉出来，那竟然是一双老式的解放牌胶鞋，而且破旧不堪，散发着一股刺鼻的脚丫子味。

不知为什么，此时的伍六非但没感到失望，反而有种如释重负的感觉，同时他的好奇心也更强烈了：这老头反穿着衣服、揣一双破胶鞋，真是古怪到了极点，他的用意到底是什么呢？

伍六决定找到答案，他把鞋重新用报纸包好，放回口袋，然后沿着原路返回，远远看见老头还在那儿满地乱找，一副失魂落魄的样子。伍六想了想，穿上这件衣服，故意从老头面前经过。老头愣了一下，快步跟上来，叫道："小伙子，等一等，你这衣服哪来的？"

伍六扯了扯衣服，说："当然是我自己买的，有什么不对吗？"

老头上下打量着他，问道："小伙子，能让我看一下这衣服的里子吗？"

伍六二话不说，脱下了衣服。老头一看，更有把握了："这衣服是你刚才捡的吧？实话告诉你，衣服是我的！"

伍六笑了笑说："老爷子，你要喜欢这件衣服就直说，我送给你就是了，但你不能随便拦个人，就信口说人家身上穿的衣服是你的吧，这成什么了？"

老头一听急了："我一把年纪的人了，会讹你一件衣服？你自己好好看一看，这衣服有个特点，外表很干净，里子却比较脏，和别人的衣服正好相反，知道为什么会这样吗？因为我一直是反着穿的！"

伍六笑出了声："年年有笑话，今年特别多！衣服反着穿？你又不是三岁小孩，连衣服正反也分不清？老爷子，拜托你下次编个像样点的理由！"

伍六这么说就是为了激老头，没想到老头反而平静下来，他的表情有些凝重，叹了一口气说："如果你有耐心听下去，我可以把原因告诉你……"

接着，老头絮絮叨叨地讲起来："我女儿在外地读大学，我这是第一次去学校看她，可我没有一件像样的衣服，如果穿着打补钉的衣服去学校，只怕会让女儿丢了面子。所以我狠了狠心，花了三百多块钱买了这件新衣服，又买了双新皮鞋，可又怕这一路挤火车挤汽车的，把衣服给弄脏了。所以，我想了个法子，把衣服反穿在身上，里子脏了没关系，等快到学校时，再把衣服穿正！"

老头说到这里，嘿嘿一笑，不好意思地说："我也知道，这么大岁数了，一路上反穿衣服，有点丢人，不过，只要不丢女儿的脸，再丢人我也心甘情愿……"

听到这里，伍六只觉得鼻子发酸眼眶发热。他看了看衣服口袋，又问道："您大老远的去看闺女，为什么还要揣一双旧鞋？"

老头憨厚地笑了笑，说："说出来不怕你笑话，买衣服和皮鞋已经花了我几个月的生活费，我打算回家时省点钱，不坐火车了，就沿路走回去，饿了就啃口馒头，困了就睡会儿桥洞，只是脚上这双皮鞋，实在不适合走长路，所以我就揣了一双胶鞋，打算往回走时再换上……"

伍六听了，呆呆地站着，内心受到了极大的震撼。他看着老头的脸，想起了自己的父亲。伍六也有一位慈爱的父亲，可自从他当了贼以后，他再也没有勇气回家面对善良朴实的父母。

伍六将那件衣服披到老头身上，然后恭恭敬敬地给老头鞠了个躬，转身走了，此时，他已经知道自己该怎么做了。

（题图、插图：魏忠善）

□刘超

该死的胖猴

五一小长假到了，有对小夫妻阿毛和小玉去爬山。上山的路上有很多猴子，他们一路逗着猴子往上爬，十分有趣。

突然，一只小猴嗖地一下跃起，竟然把小玉的包给抢走了。阿毛一拍大腿，喊道："追！"

于是，两人拔腿去追小猴。那小猴身手敏捷，三蹦两蹿，就逃到了山上一块凌空突出的岩石上。石头上早蹲着一只胖乎乎的大猴子，突然嗷地一叫，露出两排尖牙。小猴吓得把包往它面前一丢，溜走了。

阿毛两口子既好气又好笑，这胖猴一定是猴王，小猴抢包居然是为了进贡。他们不敢爬到岩石上去，只能站在下面挥手叫喊，让胖猴把包还给他们。

不料，那胖猴却对他们不理不睬，还不慌不忙地打开包，乱翻了一气。阿毛笑嘻嘻地说："猴哥，都是女人用的东西，你要也没用，快还给我老婆吧。"

胖猴胆子大得很，扯着包三步两步蹿到他们跟前，却没把包递过来，只是骨碌碌地打量他们。阿毛和小玉都被它瞧得有些莫名其妙，这家伙想干什么呀？

阿毛忌惮它牙尖爪利，也不敢贸然伸手去抢，心说把它惹毛了，把包往下面一扔就完了。他琢磨了一下，灵光一闪："对，这家伙想要我们拿东西赎包哩！"

阿毛忙掏出一支烟敬上，胖猴接过来，嗅了嗅，放到一边。阿毛又笑着递上一块钱，胖猴仍旧接过来，瞧了瞧，又放到一边。两口子一看乐了，这猴子真是来者不拒呀，给什么都要!

可胖猴依然不肯还包，两只眼睛还是盯在他们身上。小玉想了想，说“看来还得给点吃的才行！”

可两人身上都没带吃的。阿毛没办法，只好折回去，在山腰的小卖部里买了一个面包和一瓶可乐，然后满头大汗地跑上来，把面包递给了胖猴。

胖猴识货得很，接过面包，大口大口地狂吃起来。阿毛又打开可乐，双手给它递上去。胖猴像模像样地接过来，咕嘟咕嘟喝了几口，然后也放在了岩石上。

阿毛笑着说“猴哥，这下可以把包还给我们了吧。”说话间，试探着把手伸过去拿包。谁料胖猴吱地叫了一声，冲着他龇牙咧嘴。

阿毛吓了一大跳，忙缩回手，气愤地说“你钱也收了，吃也吃了，还想咋的？”

话音刚落，胖猴突然猛地伸出爪子，朝小玉胸前抓去。小玉吓得一声尖叫，急忙往后躲，差点儿摔倒。

阿毛愣了愣，这胖猴怎么突然发起脾气来了？再一看，胖猴两只眼睛竟落在小玉的胸脯上，眼神色迷迷的。阿毛顿时明白了，这猴子实在太无法无天了，竟然还想对小玉非礼。

阿毛气得七窍生烟:“老子跟你拼了！”

正在这时，走过来一个景区工作人员，阿毛两口子急忙向他告状。工作人员一听火了，拿了根棍子走到胖猴前，劈头盖脸就是一顿臭骂。胖猴这才怕了，老老实实把包双手奉上。

小玉拿回包，笑着骂了句:“这里的猴子都成精了！”

于是，小两口接着往上走，没走多远，突然那只胖猴从下面追上来，飞身跃起，往阿毛背上重重地踢了一脚。

阿毛往前一扑，幸好是上坡，要不然肯定得摔个半死。站起来一瞧，胖猴已经逃到下面的岩石上，对着他做鬼脸哩。

小玉实在忍无可忍了，捡起根棍子，要下去报仇。阿毛大声喊道:“等

等，别动手！”他拦住小玉，满脸疑惑地走到胖猴跟前，歪着脑袋，仔仔细细地揣摩着胖猴。

小玉正纳闷呢，忽然眼睛一下瞪大了。只见阿毛双手合十，没头没脑地冲胖猴拜了起来，嘴里还不清不楚地咕哝着什么。

拜完了，阿毛才拉了一把小玉，继续往山上爬。

小玉奇怪地问：“你发什么神经，拜那只死胖猴干什么？”

阿毛脸上十分严肃，喃喃自语道：“不可思议，太不可思议了！”

小玉问他什么意思，阿毛笑嘻嘻地说：“天机不可泄露！”小玉嗔怪地打了他一下，也没放在心上。

两个小时后，两人从山上原路返回。走着走着，忽然又看见了那只胖猴。不过这时它已经没有半点威风了，大概是作恶多端，被管理员锁在了栏杆上，正无精打采地耷拉着脑袋。

小玉哈哈一笑说：“这胖猴恶有恶报，这回没办法撒野了吧！”说着，眉头一皱，“阿毛，你觉得今天这事奇怪不？这胖猴怎么精得跟人一样？”

话音一落，阿毛脱口喊道：“当然了，他就是我们局长！”

小玉一愣，笑着问：“难不成这猴子是你们局长投胎转世变的？”

阿毛却非常认真地说：“你知道的吧，我们局长三年前死了。你看那只胖猴，肥头大耳，白白胖胖，那体形，那样貌，那块大肚腩，跟我们局长简直是一个模子里刻出来的。”

小玉不禁惊奇地瞪着猴子，说：“真的呀？怪不得我也觉得眼熟呢！”

阿毛肯定地说：“我相信十有八九是局长变的。你看它刚才的所作所为，这作风跟我们局长简直太吻合了。贪吃贪钱贪色，厚颜无耻，公然索贿，色胆包天。还有一点，报复心特别强，一旦有人告他的状，表面上不露声色，背地里却踹你一脚。像，真他妈像！”

小玉一听，不由得哈哈大笑。

“还有最后一点，”阿毛冲耷拉着脑袋的胖猴一指，振振有词地说，“我们局长被抓时，就是这副德性！”

（**题图**、**插图**：张恩卫）

溅人游戏

□陶 城

付二旦是个富二代，他有个怪癖，特别喜欢在下雨天，开着他那辆二百多万的跑车上街，去玩他最喜欢的“溅人游戏”。

“溅人游戏”是一些公子哥儿的发明，就是在雨后飙车，把路面上的积水溅起来，把旁边的路人溅成落汤鸡。付二旦是“溅人游戏”的发烧友，每次“溅人”成功后，在后视镜里看着路人跳脚大骂时，他就觉得特别过瘾。

这天早晨又下起了大雨，付二旦从楼上望出去，外面的街道已经成了小河，但赶路的行人还不少，他的兴致一下子来了，噔噔噔跑下楼去，开车上街了。

付二旦把车开到马路中央，朝两边人行道上一看，不禁愣住了，刚才在楼上看着行人不少啊，怎么这会儿都不见了？就连公交站牌下的几个人也都躲到了站牌后面。没有行人，这游戏可就玩不痛快了。

付二旦正觉得没劲呢，突然，他看见前面不远处，有个穿着环卫工制服的老头，正站在护栏边上，手里举着块塑料牌子，冲着他的车指指点点呢！

付二旦好奇地开车朝老头靠过去一看，他差点笑喷了。原来这个老头他曾经“溅”过，当时老头正弯着腰在路边的水里摸着什么，付二旦一加

油门，把老头溅了个浑身湿透，连头上都挂上了破塑料袋和烂菜叶。老头气得破口大骂，付二旦吹着口哨又去寻找下一个目标了。

此时，付二旦又想故伎重施，不料他再一看，顿时只觉得火一下子蹿到脑门上来，只见老头手里的牌子上，用红漆歪歪扭扭地写着一行字：看你敢溅我？这不是明摆着向自己挑战吗？付二旦一踩油门，轰的一声朝老头冲过去，不料这回老头学精了，一看付二旦的车冲过来，他猛地往后一躲，付二旦溅起的水花全落到了他的脚下，一点儿也没溅到身上。

付二旦懊悔地一拍方向盘，回头再看老头，老头正冲着他嘿嘿直乐呢，一边乐，还一边朝车的前方指。付二旦朝前面望去，只见二十米开外的护栏外，站着一个中年汉子，身上穿的也是环卫工制服，右手也举着一块塑料牌子，背着左手，正摇头晃脑地冲他做鬼脸。

付二旦一拍脑袋，这不明摆着是一伙儿的吗？这是想跟自己好好斗一斗了。哼，你们也不打听打听，我付二旦怕过谁啊？想到这里，付二旦揉了揉眼睛，搓了搓掌心，深吸一口气，开足马力，朝前冲去。

接近中年汉子的时候，付二旦来了个大幅度的漂移动作，一道近两米高的水花劈头盖脸地朝中年汉子溅过去。不料，中年汉子不躲也不闪，他猛地从背后拿出一把旧雨伞，把自己完全罩了起来，水花还是没有溅到他身上。中年汉子得意地收起雨伞，也朝着前方指了指。

付二旦又朝前方一看，肺都要气炸了，只见前方不远处的护栏外，居然还站着个年轻姑娘，身上穿的还是环卫工制服，一只手撑着一把小花伞，另一只手也举着块塑料牌子。

付二旦恨得牙痒痒，居然连个小姑娘都敢耍我，不给你们点儿颜色看看，我还算什么“溅人”高手？这次一定要溅出一片最大的水花，就是冲也得把小姑娘冲个跟头！

想到这里，付二旦加大油门冲了过去，小姑娘毕竟胆小，还没等付二旦的车开过来，她转身就跑。付二旦这下得意了：跑？往哪儿跑，你会跑得过我溅起的水花？他熟练地操纵着方向盘，猛踩油门，眼看就要溅起一片超大的水花了。突然，他觉得车身猛地一震，左前轮往下一沉，紧接着油门一阵轰响，车熄火了。

付二旦摇下车窗，探出身子往外一瞧，只见左前轮几乎被水淹没了，原来他的左前轮陷进一个没井盖的下水道口里了。

这时，小姑娘见付二旦的车子陷住了，高兴地朝远处挥了挥手，不一会儿，老头、中年汉子都跑了过来，三个人围在付二旦的车周围，抱着胳膊，幸灾乐祸地看着付二旦。街两边躲雨的人也纷纷走过来，站在不远处看热闹。

付二旦憋了一肚子气，他摇下车窗，冲着三个人嚷了起来："你们三个算什么东西？竟然敢给老子设套？我告诉你们，老子在这里跺跺脚，整个城市都得抖三抖！你们敢算计我，小心老子……"

老头嘿嘿一笑，说："小伙子，别看我是个扫大街的，可论岁数，我可能跟你爷爷差不多，别张嘴闭嘴老子老子的，呆会儿等水泡了你的发动机，我看你还张狂不？"

付二旦朝车窗外看了看，这才发觉外面的水在慢慢涨高，他有点儿慌了，老困在这里也不是个事儿啊。他赶紧换了副笑脸，掏出三张百元大钞，朝三个人挥了挥，说："老大，麻烦你们仨帮我把车子抬出来吧，这点钱，你们拿去买酒买肉，够意思了吧？"

老头摆了摆手，说："嘿嘿，钱是好东西，可现在不好使，你还是收着吧，有钱也不一定能让小鬼给你推磨。"

看老头软硬不吃，付二旦的火又上来了，他冲着老头吼道："老家伙，我不就是上次溅了你一身水吗？你至于这么记仇吗？再说了，那天下那么大的雨，人家都在避雨，就你站在水里发神经，我溅你一身，还不是为了提醒你，让你躲躲雨，别淋坏了。你倒好，反倒恩将仇报起来，这叫什么事儿？"

老头哼了一声，指了指远处，说："我发神经？上次下大雨，那个下水道的铁篦子被垃圾堵住了，我在那儿掏垃圾呢，结果被你溅得差点摔个跟头！你担心我淋坏了？这么大的雨，你溅湿那么多人，都是怕人家淋坏了？"

付二旦没话说了，他摇上车窗，开始给朋友打电话求救。打完电话，

付二旦长出了一口气，看看窗外，那三个人都躲到路边屋檐下去了，付二旦冷笑了两声：等我哥们儿来了，看怎么收拾你们！

可半个小时过去了，付二旦的朋友一个也没出现，再打电话，不是说在路上熄火了，就是说还没找好帮手，还有的干脆不接电话。眼看积水快要接近车头的大灯了，付二旦急得直拍方向盘。

就在这时，付二旦发现，老头他们三个正商量着什么，过了一会儿，他们又跟围观的路人说了些什么，众人连连点头，随后大家捋起袖子，卷起裤脚，有的还从路边找了几根棍子，朝着付二旦的汽车围了过来。

付二旦吓坏了，这么多人对付自己一个，明摆着要吃大亏了。他赶紧锁好了门窗，抱住脑袋，连头都不敢抬了。

可等了一会儿，外面并没有响起叫骂声，付二旦的车却慢慢升了起来。付二旦睁眼一看，原来大家搬的搬，撬的撬，正帮他往外抬汽车呢！

车轮卡得很紧，大伙儿喊着号子使劲抬，终于把车给弄了出来。老头弯腰从水里摸出一块铁篦子，摸索着放在了下水道口上，没有了车轮的阻碍，街上的排水明显畅快多了。

付二旦一看汽车被抬出来了，心里高兴了，他冲着老头他们竖起了大拇指："各位弟兄，谢谢你们给小弟面子，今后有用得着小弟的地方，尽管说话……"

话还没说完，老头就打断了他："谁愿帮你啊，你的车轮把下水道口堵住了，这街上的水越积越深，眼看就要倒灌进住户家里去了。我们想教训你，也不能让别人跟着遭殃啊！这次是我没设计好，要是在别处，就算你的车被水没了顶，我们也不会帮你一根手指头！"说完，转身就走。

付二旦灰溜溜地回到家，打开电脑，登陆本地论坛，意外地发现今天论坛上最火的是一个叫"县城最美环卫工"的帖子，帖子里是一连串用手机拍的照片，全是关于那伙儿环卫工的，拍照时间就在今天，他们站在不同的地方，一个就在付二旦住的小区门口，更多的是在他习惯行驶的路线两旁。环卫工的手里都举着一块牌子，上面歪歪扭扭地写着：溅人的汽车要过来了，请大家躲躲。

付二旦这才恍然大悟，难怪今天的路人这么少，原来自己的车一出小区，就在这群环卫工的掌控之中了。

（**题图、插图**：谭海彦）

谁比谁精明

□张春风

对普通老百姓来说，人情往来有时还真是一种负担。这不，最近村民赵大就为此很窝火，事情是这样的：

半年前，赵大的爹去世时，村民们知道他家里困难，怕他将来还不起礼，一般都只送了五十块礼金，只有一个叫二狗子的小痞子居然送了二百块。当时赵大还挺纳闷，可最近他得知二狗子的娘快不行了，这才恍然大悟：他们赵家有四兄弟，二狗子之前送了二百块，按照当地的风俗，等他娘过世时，赵家兄弟起码得每人随二百块的礼金。这样一来，二狗子不费吹灰之力，就净赚六百块，这也太精了。

这天下午，赵大将三个兄弟召集过来，一起商量对策。最后，赵大想了个主意：“咱家不是还有一口棺材吗？早前，咱娘想留给自己用，可乡里马上要搞殡葬改革了，全部实行火葬。咱娘身体还硬朗着呢，要不，就把这口棺材送给二狗子，抵了份子钱？”三兄弟听罢，纷纷赞同。谁都知道，二狗子好吃懒做，品行恶劣，连棺材都没替娘准备。说干就干，赵大就开始准备起来了。

几天后，夜幕刚刚降临，赵大就直奔二狗子家，想跟他说说这事。刚走到半路，背后突然有人大喊：“赵哥，你这是上哪儿呢？”赵大回头一看，原来是邻居李松。

赵大随口说道：“我去二狗子家转转，听说他娘快不行了，看能不能帮点忙！”

李松想了想，叹了口气说：“虽说，二狗子这人不地道，但乡里乡亲

的，能帮也就帮点。不过，现在天色还早，咱哥俩先进屋喝两杯，待会儿一块去！”赵大推却不过，只好答应了。

进屋后，哥俩面对面坐着，推杯换盏喝了起来。眨眼，一坛女儿红见了底，赵大感觉差不多了，就说：“兄弟，改日再喝吧，要不先去二狗子家？”

李松端着酒杯，兴致勃勃地说：“赵哥，你的酒量谁不知道呀？二狗子家晚点去不打紧，可喝酒一定要尽兴。不然，就是我招待不周了！”赵大没办法，只好硬着头皮又喝了起来。

不知不觉，半坛子女儿红又下去了。赵大晕乎乎地说：“真不能喝了，不然今晚去不了二狗子家！”

李松喝得也有点高了，红着脸说：“这酒正喝到兴头上，你走多扫兴啊！二狗子家，不成咱明天去呗。今晚，咱俩不醉不归！”

眼见李松越喝越来劲，赵大心想，这样下去非喝醉不可，还是找个理由开溜吧，正事要紧哪。

于是，赵大借口说：“兄弟，我先上一趟茅厕！”等他上完茅厕，刚想提着裤子往外跑，只见李松倚在门柱上，大声嚷道：“赵……赵哥，你走错方向了，快回来！”赵大没办法，只好又进了屋。

这一回去，赵大就再也走不了了，两个人又继续喝起来。突然，李松大笑起来：“赵……赵哥，我知道你今晚上二狗子家干……干啥去？”

赵大晃着脑袋问：“干……干啥？”李松得意地说：“嘿嘿，你……你想用家里那口棺材，去抵二狗子家的礼金。”

赵大愣神片刻，也笑了：“兄弟，我也明白了，你今晚为啥几次三番想把我留下来。”

李松眯缝着眼点点头，大着舌头说出了实情。原来，去年李松爹去世时，二狗子也随了二百块的礼。这不，眼看要还礼了，李松也心急如焚。李家兄弟有八个呢，礼金加起来要一千六百块，岂不更亏？

几天前，李松刚好看到赵大上街买红漆，就问赵大买红漆做什么，赵大支支吾吾地说是想把家里的棺材上一遍漆，李松觉得有点奇怪，赵大的娘身体明明还好着呢，平白无故漆棺材干什么。刚才，又听赵大说要上二狗子家一趟，李松顿时就明白了赵大的用意。

李松心想，这办法可太妙了，刚巧，他家也留着一口棺材，干脆抢在赵大前面，让他们八兄弟还了这份礼。于是，他假借喝酒之名，将赵大留在家里，想灌醉赵大，不料，两个人的酒量不分伯仲……

说完心里话，两人不禁哈哈大笑。赵大拍了拍李松的肩膀，说："兄弟，原来咱们想到一块儿去了！"之后，两人越喝越多，结果都醉了。最后，李松家里人只好通知赵大的媳妇，让她扶着赵大回家了。

第二天上午，赵大终于酒醒了。想起昨晚的事，他不禁后悔不迭。这下，底全露了，李松已经知道了自己的意图。看来今天，必须赶在李松前头去二狗子家了。

赵大正寻思着，突然，李松匆匆进了屋，喊道："赵哥，酒醒了没？快去二狗子家瞧瞧！"赵大蒙了："咋回事呀？"李松神秘地笑了笑说："你去了就知道了！"说着，拉起赵大就走。

两人走进二狗子家，只见院子里挤满了乡亲，他们将二狗子团团围住，正七嘴八舌地说着什么。只听一个人嚷道："二狗子，你娘不是快不行了吗？我家里还有一口棺材，就拿它抵礼金了吧？"

话音未落，旁边有人不干了，嚷道："凡事都有个先来后到吧？刚才，是我先来的。"二狗子又急又气："你……你们这是？"

这时，旁边又有人挤了过来，嚷道："二狗子，我不学他们，拿什么棺材抵礼金，多寒碜啊！"二狗子尴尬地问："那你来是为了啥？"

那人笑着说："我是吹唢呐的，到时你娘咽气了，我免费给你吹三天三夜，就算抵礼金了吧。""对，我是扎花圈纸人的，到时也抵礼金了！""我是写对联的，要不也拿它抵了吧……"二狗子听罢，鼻子都气歪了。

看到这儿，赵大不禁傻了眼："这是咋回事？咋一晚上工夫，个个都精得跟猴似的？看来，咱俩排不上号了。"

李松撇了撇嘴，说："这还不是都怪你！昨晚，你媳妇架着你回家，你一路吆喝，明天要上二狗子家送棺材。结果，大伙都听见了。"

（题图、插图：谭海彦）

十年争一胜

□刘 晖

痴缠下棋

白州有个姓王的人，人称王不败。只因他最爱下棋，棋艺却不高，而且有个怪癖，纵然连输七天七夜，也定要赢上一局方肯罢休。

这天，王不败听说玉县有个叫七爷的人下棋十分厉害，便跟妻儿说了声，就动身去找对方下棋。

那位七爷是当地一家大户，已是个六十开外的老头，他见王不败从老远的地方来，不好推辞，就摆下棋盘和他下了三局。

结果，王不败三局皆输，而且输得一塌糊涂，毫无还手之力。他连声说着佩服，正要再摆棋子，七爷却摆手道:“我定了规矩，与人下棋，一天内最多三局，且要隔七天才会与同一人下。”

王不败好不扫兴，只得硬生生地把棋瘾压下，说:“我七天后再来请七爷指教！”

七爷摇摇头，有点不耐烦地说:“兄弟，你不用再来了，我没这么多工夫陪你下棋。”

谁知七日后，王不败还是来了，他站在门外久久不愿离去。七爷决定好好教训一下这个不知好歹的家伙，让他知难而退，于是命人带他进来。

下完三局，七爷说道:“今天破例。”于是，两人又接着下，下完一局又一局，不知不觉天都亮了。王不败使出了吃奶的劲，却仍然没有办法赢七爷一局，甚至不能逼得一局和棋。

王不败输得两眼发直，却又连呼过瘾。七爷冷笑道："王兄弟，明白了吧？以你的棋艺根本赢不了我，你还是回家去吧。"王不败一听，顿时失了魂儿似的走了。

七爷以为他经过这场奇耻大辱的败仗，不会再来挑战了。哪知道，王不败的外号不是白来的，他不论跟谁下，不赢一局就绝不罢休，很多人被他缠不过，往往会故意输他一局，方得脱身。这不，七天过后，王不败又来了，七爷摇摇头，笑道："你的棋艺实在太差，先回去好好练练，一个月后再来，接下来我只能一个月和你下一次，而且每次只下一局。"

王不败大喜，连连答应着走了。

没过多久，王不败的盘缠花光了，他只好找了个破庙栖身，每天除了出去讨点饭混个半饱，其他时间就睡在破庙里，自己跟自己下棋，钻研棋艺。

终于等到了一个月，那天他早早起来，饿着肚子走到七爷家。七爷一看他那副模样，不禁大吃一惊。他叹了口气，先让下人拿了些吃的给王不败。等王不败吃饱肚子，两人就下起棋来。王不败嘴里啪嗒啪嗒嚼着一块肉，还没等肉吞进肚子，一眨眼，棋就输了。

七爷瞧了瞧目瞪口呆的王不败，问道："王兄弟，下个月你还来不来？"

王不败忙拱手说"只要七爷不嫌弃我棋臭，在下一定来！"说完，起身准备离开。

七爷摇摇头，叫住了王不败，叹气道："现在天冷了，你在外面等一个月，就算不饿死，也要冻死。这样吧，你就在我这里住下，帮忙干些活。时

间到了，我自会过来与你下棋。”

王不败一听，大喜过望，赶紧连声答应。

屡战屡败

自此以后，王不败就吃住在七爷家。七爷似乎有意要把他逼走，家里有什么重活苦活，总是命人吩咐他去干。王不败拼命咬牙坚持，到了晚上，就拿着棋盘四处求人和他下棋。七爷家的伙计都不是他的对手，王不败夜夜赢棋，白天吃的苦头自然都不在话下了。

哪知一到和七爷交手，依然输得狼狈不堪。如此过了几个月，一次下完棋后，七爷问他：“王兄弟，你若想回家，我就送你盘缠。”

王不败连连摇头：“我只求能赢七爷一回！”

七爷不由得来了气，怒道：“我告诉你，你这辈子都不可能赢我！你想在我家长住，这也行，但我以后一年只和你下一局，你赢不了我，就得在我家干一年活！”

王不败愣了愣，把一根手指头放进嘴里狠狠一咬，发誓道：“我一日不赢你，就一日不走出这扇大门一步！”说完，满嘴流血，扑哧一吐，竟吐出半截手指头来。

这下，反倒是七爷惊得目瞪口呆，怔了半晌，把袖子一拂，铁青着脸走了。

又过了几个月，一天王不败正在七爷家满头大汗地干活，突然有个伙计跑进来告诉他，门口来了一个外地女人，说要找他。

王不败跑到大门口一看，门外站着一个乞丐般的女人，这不正是自己的妻子吗？原来他这趟离家已有大半年，妻子在家左等右等，始终不见他回家，只好一路打听着找过来。

妻子见了王不败，立刻哭着骂起来：“你这个千刀万剐的东西，我们娘儿俩都快饿死了，你还躲在这里下棋！你快点跟我回去把地种下吧，你儿子都快饿成一把骨头了……”说着，扑上来扯住他的衣袖就往外拉。

王不败听着妻子的哭诉，不禁又心酸又后悔。正要伸脚出去，猛地想起自己发过的誓，急忙又缩了回来：“不行啊，我现在还不能走出这个门口，你再等一年吧。”

妻子听他支支吾吾把缘由一说，气得两眼一翻，晕倒在门前。王不败急忙大呼小叫，七爷见状，就叫人把她抬了进去，暂时收留下来。可没过几日，王不败又听说七爷已经把妻子打发走了，他心里不免又是一阵懊恼。

好不容易等到下棋的日子，王不败心想，隔了一年，我的棋艺应该长进不少，可下了一炷香工夫，王不败还是败了。他一屁股跌坐在地上，半天说不出话来。

七爷呵呵一笑："明年再见。"然后起身走了。

王不败失魂落魄地走出棋室，忽然有个伙计告诉他，他妻子又来了，在门外等他呢。王不败走到门口一看，果然看见妻子坐在大门旁的石阶上。想来她记得今天是王不败下棋的日子，所以特地跑来等他。

见到王不败，妻子忙走上前来，问："怎么样？你赢了没有？"

王不败摇摇头，叹道："你、你再等一年吧。明年一定赢了，这次我差点就逼得和局了。"

妻子把身上的一个包袱递给王不败，说里面是她做的两件衣裳，还有些家里的大饼。王不败想多问问家里的状况，妻子却似乎不愿多说，一抹眼泪，掉头就走了。

终得一胜

一眨眼，王不败已经被困在七爷家八个年头了。两人一年只下一局棋，王不败仍然无法赢七爷一局。每年两人下棋前，妻子都从家中赶来，给王不败送些东西。但年年来，年年都是失望而归。

到第九年时，王不败下完棋，走出门，对守在门口的妻子说道："我对不住你，看来我这辈子恐怕走不出这个门口了。你也不用再等我了，趁还没有老，不如改嫁吧。"

妻子听罢，也不言语，呜咽着走了。

到了第十年下棋时，妻子果然不

再来了。王不败知她已经改嫁，又伤心又愤恨。坐到棋盘前，他拿起棋子就走，一改以往小心谨慎的棋风，大进大退，大开大阖。

七爷没料到王不败棋风突变，猝不及防，一开局就被他吃掉一车一马，失了先手，接下去只能一味采取守势。一炷香燃尽，七爷终于抵挡不住，被王不败用个小兵将死了。

七爷淡然一笑：“你终于赢了！”

王不败哈哈大笑，笑了半天，突然戛然而止，掉头就跑出去。他飞快地收拾好行李，准备马上回家。

七爷拿来几吊钱，笑道：“好歹你也在我家干了十年活，这些钱就给你当盘缠吧。”

王不败谢过了，匆匆忙忙拔腿就跑。他归心似箭，在路上片刻也没有停留，走了一天一夜，终于回到了村子前。

走到自家屋前，王不败不由得停下脚步，瞪大了双眼。原来那几间老破屋已经被翻修一新，屋里屋外到处贴着红纸，人们喜气洋洋，走来走去，热闹得很，原来正在办喜事。

王不败惊讶地走进屋，只听有人高声喊道：“新老爷回来了！”人们嘻嘻哈哈地拉着他，进了屋里正厅。抬头一瞧，当中两把椅子，一把上面坐着的正是自己的妻子。人们七手八脚把他拉到另一把椅子上坐下，喊道：“快叫新郎新娘子过来磕头！”

王不败惊喜交加，给他磕头的新郎正是自己的儿子。没想到一别十年，儿子都娶媳妇了。

等到了晚上，宾客散去后，王不败把妻子拉进房中，低声问道：“原来你没有改嫁？”

妻子嗔怪道：“你人还在，我怎能再嫁人？”

王不败诧异极了：“你哪来的钱，又修房子，又给儿子娶媳妇？”

“你这棋呆子！”妻子含着泪笑了，“这都是你挣的啊！”

王不败更糊涂了，他这十多年都在七爷家中，只管得自己吃饱肚子，七爷哪曾给过他一文钱？

妻子这才笑呵呵地告诉他，她当年曾哭求七爷输王不败一局，好让他回家。七爷想了想说，王不败太痴迷下棋了，回去后恐怕也不会安心谋生，迟早要累及一家人。倒不如先让王不败在自己家干活，工钱照付。所以这十年来，王不败挣的钱，七爷一文不少都交给了她。

今年，七爷知道王不败的儿子要娶媳妇后，就说，王不败也该回家去了。下棋时，七爷便故意露出破绽，让王不败赢了。

王不败听罢，呆若木鸡，半天不语。打这以后，王不败虽然还是喜欢找人下棋，不过，对输赢却看得很开了。不管输赢，一日最多只下三局。

（题图、插图：黄全昌）

如今，白领们工作压力大，心理问题多，这不，有人适时地发明了一种“减压糖”，每晚临睡前吃上一颗，那感觉真是妙不可言……

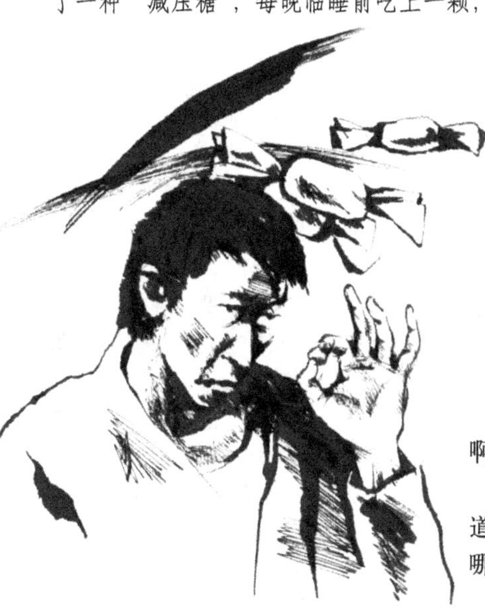

美梦成真

□桑小牙

张闯大学毕业后，过五关斩六将，好不容易进入了一家他心仪已久的大公司。虽说待遇不错，但工作实在太忙。最要命的是，他的顶头上司李成对待下属非常严厉，稍有一点差池，便会被劈头盖脸地教训一顿。时间长了，张闯觉得心里非常压抑。

这天，张闯一不小心弄错了一个数据，又被李成狠狠地骂了一通，还命令他加班重做。张闯敢怒不敢言，只好留下来加班，等他全部做完，已经是深夜了。

这时，胖胖的办公室主任走了进来，他笑着拍拍张闯的肩，说：“小张啊，工作很努力嘛，要注意休息哦。”

张闯苦笑着说：“您又不是不知道，我们头儿是个工作狂，在他手下，哪有时间休息？”

主任笑笑说“看看，我就知道你得抱怨。公司很重视员工的心态健康，所以我要给你一样东西，这是公司对工作勤勉的员工的特有奖励。”说完，掏出一小包糖递给张闯。

张闯一看，不禁失笑道“我还以为要发个红包呢，就拿一袋糖糊弄谁呀？”

主任神秘地一笑：“这可比红包强多了。相信我，这袋糖的用处，那可是妙不可言！”

张闯不以为然地接过来，摸出一粒就想往嘴里放，主任一把抓住他的手，说：“别吃！现在千万别吃！切记，这东西只能晚上临睡前吃！”

看主任一脸的严肃，张闯不禁好奇地看看手上的糖，看样子并没有什么特别的，主任压低声音说“告诉你吧，这糖叫美梦成真丸。这是公司为员工准备的福利，每月可以免费得到一袋，数量和当月天数相同。记住，只能晚上临睡前吃，一天一粒！这么晚了，快回家吧。”

很快，张闯回到了家，他倒头就睡，却怎么也睡不着。突然，他想起了主任给自己的那袋糖，就起身摸出一粒，吃了下去。

恍惚间，张闯觉得自己又来到公司上班了。只见李成将一份表格摔在他面前，骂道:“这数据怎么错了？你有没有用脑子做？”

张闯大声回敬道:“有话你不会好好说啊？我是员工，不是佣人！”

顿时，李成愣住了，惊讶地看着他。张闯看见李成的表情，不禁心花怒放，他已经很久没有这样大声说过话了，原来开口为自己辩解是这么爽啊！接着，张闯像开机关枪一样，把一腔怒火都发泄了出去，最后还将表格狠狠地摔在李成的办公桌上，扬长而去！

也不知过了多久，张闯睁开了眼睛，这才发现自己只不过是在做梦。尽管如此，他还是觉得心情无比舒畅。他一骨碌爬起来就去上班了，到了公司，他看到李成的脸就想笑:哈哈，叫你凶，在梦里，我比你更凶！

渐渐地，张闯发现了这个美梦成真丸的妙处:不管自己白天受了多少委屈责骂，在梦里，他都能找回来！甚至有一次，白天他在例会上被李成狠批了一通，晚上他在同事面前把李成给训得服服帖帖，张闯心里这个解恨啊，他也开始越来越迷恋这药丸带来的美妙感觉。有时，他真想白天也吃上一颗，让自己享受那种美梦。可主任的话总在他耳边响起:切记，只能晚上吃！否则，后果自负！

这天，张闯把自己熬了几个通宵做出来的一份策划书递给李成，没想到李成只是随便翻了几下就扔了回来:“这不是我想要的！拿回去重做！”

张闯试探着问:“不知您想要什么样的？”

李成一拍桌子，怒道:“如果什么都要我说明白了，那要你做什么？下班前必须给我！”

张闯既愤怒又无奈，他回到办公桌前，感觉自己快要崩溃了。突然，他摸到了口袋里的糖，今天是29号了，只剩下最后两粒了。他多想现在就吃上一粒，让自己紧绷的神经放松一下。可主任的话又在耳边响起，他犹豫着……

过了一会儿，张闯拿着一份资料去复印，刚好路过总经理办公室，恍惚间，他听到里面传来总经理的咆哮声："这不是我想要的！拿回去重做！"

张闯透过门缝瞄了一眼，只见李成一脸的难堪，正拿着策划书小心翼翼地问："不知您想要什么样的？"

总经理一拍桌子："如果什么都要我说明白了，那要你做什么？下班前必须给我！"

张闯缩回了脑袋，在心里偷笑道：哈哈！你也有今天！他哼着小曲回到了办公室。

不一会儿，李成阴沉着脸回来了，对张闯说："再给你一个小时，必须把方案重新做好！"

张闯伸了个懒腰，冷冷地说"现在是午休时间，我要休息！"

李成一听，瞪大了眼睛："休息？"

张闯冷笑道："是啊，你以为我是机器啊？机器还得定时维修呢，更何况一个大活人！"

李成听了，气得说不出话来。看着李成的表情，张闯越发得高兴，继续说道"我还要告诉你，以后下班后、周末、节假日，都别给我打电话！老子不侍候！想想我的大好年华，全被公司剥夺了，连女朋友都没时间陪，结果跟我分手了！还有你，成天就知道板着脸训人，我看你简直就是心理变态！"

李成不敢相信似的看着张闯，目瞪口呆。突然，他猛地一拍桌子，大声说道："行了！你以为我容易吗？每天上班到半夜，家里什么事也帮不上忙，没时间带孩子出去玩，没时间照顾父母，更没时间陪老婆！上个星期我老婆刚和我办了离婚手续！我这一肚子委屈跟谁说去？我爬到今天这个位置容易吗？完不成工作老板骂我，对下属严了下属骂我，我是两头不落好！"说到这里，李成竟红了眼眶，一下子扑到桌上痛哭起来。

顿时，办公室里一阵骚动，谁也没想到，张闯敢跟上司叫板，更没想到李成这个强势的工作狂会突然变得如此脆弱。就在这时，办公室主任匆

匆赶来，他一看这个情景就明白了，赶紧把张闯和李成都叫到了小会议室里。

主任关上门，瞪着张闯严厉地问道："我说过的话，你忘了吗？白天不能吃药！很遗憾，你没有听我的话。现在，把药拿出来，你被开除了！"

张闯把糖袋掏出来，摊在掌心，主任一看，大吃一惊：咦，怎么是两粒？这说明张闯没吃。张闯一下子来了精神："我真的没吃药！"

主任想了想，把目光投向李成："难道是……"李成一下子像泄了气的皮球，脸色变得煞白，他缓缓地掏出糖袋，里面只剩下一粒糖。

很快，李成就抱着一个纸箱黯然离职了，张闯看着他，突然觉得不寒而栗。

第二天，老板找到张闯谈话："鉴于你的表现和工作能力，我决定升你为主管。"

张闯微微笑了一下，把一封辞职信和剩下的两粒糖递了过去，说："不用了，我已经决定辞职。"老板一听，惊讶地问道："为什么？难道嫌待遇低？我可以再给你加薪！"

张闯摇摇头，冷冷地说："不！我只是明白了一个道理：美梦永远成不了真，我们必须生活在现实里。快乐的工作心态，是多少钱也买不来的。"

（题图、插图：张恩卫）

·本刊信息传真·

小故事大智慧，1字10元等你挑战！

故事会·新浪微故事大赛启事

微博已成为2011最热的关键词之一，当情节和情感被浓缩到140个字以内时，故事将会发生什么？

由《故事会》杂志和新浪微博（t.sina.com.cn）联合主办的2011微故事大赛拉开帷幕，邀请各路故事高手和草根英雄展开智慧和文字的较量，调动你的每一个脑细胞，挑战1字10元的奖金！

本次大赛所有作品通过**新浪微博**平台征集，分为"定主题故事"和"无主题故事"两部分，定主题故事每月一个主题，当月设金奖1名，奖金1字10元，银奖2名，奖金1字5元；无主题故事由作者自由命题，全年评出金奖1名，奖金3000元，银奖2名，奖金各1000元。两项各设优秀奖若干，优秀作品将在《故事会》上刊登，并有机会结集出版。更多详情请登录故事会新浪微博页面或故事中国网(www.storychina.cn)了解。

本月微故事主题：相亲

请您根据该主题构思一篇140字以内的故事，力求情节出人意表，立意隽永深远，文字鲜明生动，本月的微故事达人或许就是你！

（本期刊物特别选登2010新浪微小说大赛获奖作品，详见P16）

新浪微博
t.sina.com.cn

泥人王

□徐树建

异地劫难

从前，有一个姓王的泥人世家，手艺超群，世代相传，传到王小全这一代，已是青出于蓝而胜于蓝，王小全不仅会单手捏，还擅长“盲捏”。可等王小全到了二十多岁，却再也不愿干这个行当了，他不顾父亲泥人王的反对，坚持要去几百里之外的安宜城做茶叶生意。

泥人王叹了口气，拿出一对巴掌大小、金光闪闪的宝物来，对儿子说“这是咱家的祖传宝物，叫龙凤呈祥，由一只金龙和一只金凤组成，现在你把这只金龙随身带着，一是保佑你一路平安，二是遇到危难时也好救个急！”

王小全点点头收下了，随后就和父亲告了别，然后倾其所有，贩了一船上好的茶叶来到安宜城，谁知船刚靠岸老天就下起大雨来，这一下就是十多天，根本无人买茶，好不容易等到雨停了，茶叶却早已发了霉，一文不值。

这下，王小全元气大伤，想要回家，却发现已身无分文。他走投无路，只好拿出父亲留给他的那只金龙直奔当铺。当铺老板见了金龙啧啧称奇，刚要取银两，突然旁边有人大声说：“先别忙，这玩意儿我要了！”

王小全转过头一看，身边站着一高一矮两个大汉，两人一脸横肉目露凶光。王小全心里一惊，忙说：“这金龙是我家传宝贝，今日当了，日后还要来赎的，即便出座金山也不卖！”

两个大汉听了，冷冷笑道：“是

吗？我倒要看看哪个敢要你的金龙！”

话音刚落，那当铺老板竟吓得朝王小全摆摆手躲开了。王小全心下奇怪，老板有生意不做，这是怕什么呢？接下来，王小全走遍了全城的当铺，却发现所有店家竟像约好了似的，无一家肯接手这桩生意。王小全这才明白：肯定是那两大汉搞的鬼，他们究竟是什么来头？

这天，王小全在街上转悠了一天，又饥又渴，他脚步踉跄地来到城西破庙里，刚想睡会儿，突然觉得身子被人一把拎了起来。

王小全睁眼一看，眼前正是那两个大汉。高个子手一伸从他怀里掏出金龙，矮个子则用一把尖刀抵住了他的喉咙，狞笑着说：“记住，明年今日就是你的忌日了！”说完就要动手。

在这性命攸关之时，王小全急中生智叫道：“等一下！你们还想不想要另一只？”

此言一出，两个大汉立即住了手，一脸疑惑地问道：“你说什么？还有另一只？”

王小全面如死灰，长叹一声说道：“看来今天我是必死无疑了，人既死，金龙留着还有何用？二位，这宝物本是一对，叫龙凤呈祥，单只不足为奇，若配成对才是价值连城，而另一只金凤在我父亲手中。二位只要答应我一个条件，我当设法使二位得到那只金凤。”

两个大汉一听，顿时两眼放光，齐声说道：“还有这等好事？哼，谅你也要不出什么花样，说说看，什么条件？”

王小全一字一句地说：“我这就写一封家书告知家父，我因生意失败，亏空家产，因此无颜回家，在异乡自刎了结。因愧对家父，我必须向着家乡的方向跪拜，我死后你们不得改变我的姿势，好让我父亲知道我的悔过之意。请你们将家书带给我父亲，这样一来，也为你们脱了干系，同时为感谢二位的传信之恩，我会让父亲把另一只金凤赠与你们。二位，这样的条件可否？”

两个大汉听了反复掂量，觉得里面并无破绽，便同意了。王小全当即修书一封，然后朝着家乡的方向长跪不起。矮个子随即用刀往王小全脖子上一抹，王小全当即毙命，却并没有倒下。只是，两个大汉没有注意到，王小全跪拜的姿势有点奇怪：他的双手交叉插入袖管中，像是天寒取暖一般。

无处申冤

很快，泥人王接到了两个大汉送来的书信，顿觉天都塌了，但他不忍违背儿子的临终遗言，当即把另一只金凤送给了两个大汉。两个大汉见了喜不自胜，扬长而去。等他们一走，泥人王立刻赶到安宜城西破庙里，一进庙门果然看见了儿子的尸首，顿时瘫倒在地，放声大哭。

泪眼蒙眬中，泥人王忽然发现儿子的跪姿有点奇怪：双手互插在袖管中，这是何意？再联想起传信之人并非善相，只不过是传个书信，儿子为何要赠送宝物，莫非其中另有隐情？

这么一想，泥人王小心地把儿子的尸体翻转过来，再慢慢拔出儿子的双手，只见儿子的两个手心里各握着一样东西，细看之下，竟是两个手工精细的泥人，且那模样正是那两个面目凶狠的大汉！

原来王小全临死前，利用随身携带的泥土，在袖管中偷偷捏出两凶手的模样，这正是他的两大绝活——单手捏和盲捏。而之所以死后要保持跪姿，是防止袖中的泥人被自个儿的尸体压坏。

泥人王当即拿着泥人直奔县衙大堂告状，谁知县令老爷非但不理会，还命人将泥人王毒打了一顿。泥人王一瘸一拐地走出大堂，这时有个好心人告诉他：“在安宜这地方想要告倒那两人是不可能的，他们跟县老爷是表兄弟，是一根线上的蚂蚱，两兄弟但凡强取豪夺了钱财，必定要给县老爷一份的，你还是死了这条心吧！”

泥人王听了如遭雷劈，他叹了口气，雇了辆车把儿子的尸体拉回了家。

而另一边，县老爷把两兄弟叫过来问起金龙金凤的事，不料两兄弟一口否认。原来这两兄弟见这对龙凤呈祥精致非凡、价值连城，便想私吞。县老爷见两人死不承认，气得半死却也无计可施。

就这样过了半年，这天安宜城里忽然来了一位华衣锦服、白须飘飘、气度不凡的老人，那老人在全城最豪华的客栈住下后放出话来：他是在京城做珠宝生意的大掌柜，近日夜观天象，见安宜城里宝气冲天，似有一龙一凤嬉戏盘旋，掐指一算，原来城里真有金龙金凤现身，所以特来重金收购。一只金龙，他出五万

两白银；一只金凤，他出三万两白银；若是两只配成对，他出十万两，当场付讫。不过只限五天期限。此言一出，全城哗然，这大掌柜真是出手阔绰，两只小小的龙凤竟出如此天价！

偷龙转凤

一晃到了第五天，大掌柜正在屋里喝茶，突然一个矮个子大汉闯进门来，说道："大掌柜的，我手头恰好有一对金龙金凤，特来兑银子来了。"说着双手奉上两只金光闪闪的宝物。

那大掌柜伸手接过金龙金凤，眼皮也不抬，对下人淡淡地说道："不错，正是我想要的东西，来人，兑银子！"顿时，几个下人应了一声直扑过来，却不是给银子，而是把矮个子一下子扑倒在地。矮个子大惊，挣扎着叫道："你们这是干什么？"

大掌柜大笑："到了大堂之上，便知分晓。"

到了衙门大堂，大掌柜把宝物递给了县老爷，县老爷一看到这对金光闪闪的宝物，顿时眼睛都红了。这时，大掌柜指着矮个子对县老爷说："老爷，我曾听说这对金龙金凤分别被两人所拥有，如今一起出现在这人手里，只怕另一人已遭此人毒手，请大人明查！"

那矮个子一下子跳了起来，大叫道："表哥，看在往日的情分上……"

此时，县老爷把脸一沉，喝道："什么情分？给我掌嘴！"顿时，矮个子被衙役打得血流满面，他口齿不清地连声求饶："不要打、不要打，我全招了，因为我分得的是金凤，听说金龙价更高，心下便不服，偏偏他又不肯跟我平分，更何况金龙金凤配成了对，便可卖得天价，我便杀了他……"

原本，县老爷对这两兄弟瞒着他收了宝物，已是极大的不满，再说这两兄弟对于他的丑事知道得太多，早已是心头之患，何不借机除了他们？县老爷当即命人把矮个子收了监。

这时，大掌柜又说道："老爷秉公执法明镜高悬，在下感激不尽，也就不夺人所爱了，宝物我就留在老爷这儿吧。只不过，我有一个小小的请求，我想好好看一下这对宝物，也算不虚此行了。”

县老爷平白无故得了宝物，心中自是高兴，他当即把金龙金凤递给了大掌柜。大掌柜双手接过来，左看右看，又转过身对着阳光看了一会儿，然后双手奉还，说：“老爷，在下先行告退了，从此以后，这安宜县城，在下绝不踏足半步。”

大掌柜走后不久，县老爷正兴奋着，突然下人前来禀告：知府大人来了。县老爷连忙出门迎接，只见知府大人一脸严肃地说道：“先前有人匿名快马投书到本官的大堂上，说你发了大财，不知你能不能把宝物拿出来，让本官过过眼瘾？”

县老爷一听，大吃一惊，刚刚发生的事，知府大人怎么这么快就知道了？他忙命人取来金龙金凤，双手呈上。

知府大人接过宝物，眼睛都亮了，他捏在手里不停地把玩，口中还啧啧赞叹：“好东西，果然是好东西！”说着，还忍不住用手指弹了一下金龙的角，不料一弹之下，那角竟掉了下来！再一看，这金龙哪是金的，分明是用泥做的，只是在外面喷上了金粉。

知府大人顿时大怒，一把将泥龙泥凤摔在地上，指着县老爷骂道：“好大的胆，你竟敢戏耍本官！”当即就命人把县老爷收了监。

此时，城外大江上飘着一叶小船，船头站着的正是那大掌柜，只见他摘了胡须和衣物伪装，竟然就是那泥人王。原来，他事先捏好了一龙一凤，然后在大堂上趁着转身的机会，来了个偷梁换柱。此刻，只听他仰面悲痛地叫道：“儿子，我终于给你报仇了！”

（**题图、插图**：谢 颖）

·本刊信息传真·

法律知识故事征文

本刊推出的“法律知识故事”，通过发生在我们身边的、短小而具体、在法理上容易混淆的个案，生动、形象地宣传法律知识。这些知识注重现实性、实用性，真正起到解剖一个案例、明白一个道理的作用。

为鼓励作者深入生活，写出高质量的法律知识故事，我刊决定面向全国征文，优秀作品除在《故事会》发表外，还将结集出书。

本次征文也欢迎读者和法律界人士提供相关素材、案例，一经录用，即付稿酬。

来稿方法：1. 从邮局寄发，请在信封上注明“法律知识故事”字样，本刊地址：上海市绍兴路74号《故事会》杂志社，邮编：200020。2. 从网上传递，可寄以下信箱：wulun@vip.sohu.net，请在主题上注明“法律知识故事”字样。凡已和我刊编辑有联系的作者，稿件可继续投给原编辑。

·职场故事·

在职场上，明争暗斗、暗潮汹涌那是常有的事儿，这不，一场惊心动魄的“潜伏战”即将打响……

代号和谐

□刘　铭

莫名被追

大刘是一家房产公司的部门经理。这年头，干这行危险系数可大了，大刘天天奋战在拆迁与反拆迁、钉子与拔钉子的斗争第一线。

这天，大刘和拆迁部郑经理上街办事，突然遭到了一拨钉子户的伏击。这伙人在后面喊打喊杀，穷追不舍。

两人慌不择路，拐进了一片老街巷子。大刘大感不妙，气喘吁吁地说“郑、郑经理，咱还是逃到大街上，那有警察……”

郑经理却胸有成竹，向他招手说：“跟我走，没错！”

说话间，两人逃到了一条巷子里，前面已无路可逃，只好站住了。大刘暗叫不好！这巷子无路可逃也就罢了，更糟的是，这一片正是公司最新要开发的地方，成片的钉子户啊！这里的人已经与他们周旋了大半年时间，双方仍僵持不下。他们逃到这儿来，简直就是跳伞落到敌人的阵地上，完蛋了！

这时，耳边又传来那帮人的叫骂声，听起来已经到了巷子口。在这紧急关头，郑经理却临危不乱，说：“别慌，找个人家先躲一躲。”他推开旁边一扇虚掩的门，拉着大刘走进一个老院子。

大刘焦急地想寻找藏身之处，却

听郑经理大声说道："安得广厦千万间！"大刘不由得哭笑不得：老郑啊老郑，人家就要打来了，你还有心情吟诗！

就在这时，屋里的门突然打开了，一位大妈走了出来。大刘一看，坏了，这大妈正是钉子户的领袖之一。大妈打量打量他们，开口就是一句打油诗："旧的不去新不来！"

郑经理沉声应道："别人骑马我骑驴。"

话音刚落，大妈眼睛一亮，快步迎了上来，亲热无比地握住郑经理的双手，激动地喊："同志！"郑经理点点头说："大娘，外面有一群坏人追打我们……"

"别说了！"大妈应变神速，一摆手说，"快，跟我来！"

这一幕，简直把大刘看傻了，愣愣地跟着大妈走进了屋里。大妈掀起床上的被单说："同志，先委屈你们一下，到里面躲一躲。"

大刘惊讶地张大了嘴，郑经理却一拉他，率先钻进了床底，大刘也只好爬了进去。

大妈把床单放好，叮嘱他们，不管外面发生什么，千万别出来！大刘躲在床底下不禁既好气又好笑，这情景多像抗日战争电影中看到过的呀。

不一会儿，院子里传来嘈杂的脚步声，只听一个男人凶巴巴地问："老太婆，刚才有两个人，是不是躲到你这里了？"

大妈冷静地回答说："没有啊！我这里几个月都没人来过了。"

那些人七嘴八舌，破口大骂："那两个人是房产公司的，当初骗我们搬了家，几年过去了还不让我们搬回去。我们要打死这两个王八蛋，你要是敢窝藏，老子连你一块儿打！"

大妈冷冷地说："你们要是不信，随便搜！"

那伙人嚷嚷着闯进了屋，在屋里东翻西找了一番，这才悻悻地走了。

估计那帮人走远了，大刘和郑经理才从床底下爬出来。大刘心想，这里到底是"敌人"的老巢，不便久留，于是对大妈说了声谢谢，就要往外走。

谁知大妈却拦住他："同志，现在还不能走。他们可能还在外面守着。"

大刘一听，犹豫起来。郑经理拍拍他的肩膀说："老弟，既来之，则安之，再等一会儿吧。"

大妈热情地给他们打来洗脸水，还要给他们做饭，口口声声说到了这儿就像到了家。大刘越听越浑身不自在。

身边卧底

吃了饭，郑经理在大妈耳边低声说了两句，大妈点点头，出去了。过了一会儿，她领着几个男人回来，一见郑经理就热烈地握手，口称同志。

大刘一看这些人，不禁两眼发直，他们可都是钉子户的领袖层啊。

郑经理和他们凑在一起，小声地说着拆迁的事。大刘听着听着，猛地站起来，指着郑经理失声叫道："你、你原来是……"

郑经理冲他一笑，点点头说"是的，我为拆迁户提供公司的情报。"

大刘惊得目瞪口呆，怎么也不敢相信：公司的拆迁部经理，竟然是钉子户的卧底！

郑经理过来揽着他的肩，说"刘经理，我虽然为他们提供情报，但绝对不是为自己谋利益。我可以拍着胸口说，我对得起自己的良心……"

大刘心中冷笑：做间谍还有理由了！不为私利那你为什么？他愤怒地甩开郑经理的手，大声说"你做什么我管不着，但请不要拉我下水，我要回公司了！"说罢就往外走，可几个男人却拦在门口。

郑经理挥挥手说"让他走吧。我相信刘兄弟不是这种小人，他不会告发我的。"

大刘径直回到公司，一摸心口，还在怦怦乱跳。过了一阵，老总忽然把他喊去。说完了公事，大刘喉咙一痒，差点就要说起今天的事来了，可最后他还是忍住了。刚走出老总办公室，正好看见郑经理迎面走来。两人一碰面，大刘竟像做了亏心事一样慌张，郑经理却冲他意味深长地一笑。

这之后几天，大刘一直把这个秘密藏在心底。这天下班后，他刚走出公司，郑经理在后面追上他，说要请他吃饭，然后硬拉着他上了车。

郑经理在餐厅订了一个包间。大刘感觉浑身不自在，坐下就说"有什么事你明说吧。"

郑经理低头一笑，给大刘倒酒挟菜，殷勤地招待大刘。酒过三巡，他才放下酒杯，发出一声感慨："刘老弟，真的感谢你能为我守口如瓶啊！"

大刘鼻子哼了声，没搭腔。郑经理一脸诚恳地说："你也许不相信，我为他们提供情报，真的不为自己。我从没收过他们一分钱，他们当中也没有我的亲戚！"

听到这儿，大刘终于忍不住问道："郑经理，你说不为钱，那你这样做，到底为了什么？"

"和谐！"郑经理微笑着侃侃而谈：他不单为钉子户提供公司的情报，也为公司提供钉子户的情报，让双方了解各自的底牌，并暗中调节，尽可能避免矛盾激化，目的是最终能找到一个双方都能接受的解决方案。

大刘听完，心中豁然开朗，这家伙说的还真在理。这年头，因为拆迁搞出来的流血事件真不少，如果能够避免这样的悲剧，自然是功德无量了。想到这儿，他心下也没有顾忌了，大声说"郑经理，我理解了。你放心，那天的事我就当忘了，不会对任何人说起！"

郑经理高兴地起身一把抱住他："刘老弟，谢谢！也许，我们以后还能成为同志！"

大刘一听，感觉有点别扭，可也没说什么，一笑了之。

过了一个星期，公司与钉子户的僵持仍没有松动的迹象。老总气急败坏之下，忽然冒出一个毒招，要拆迁队放蛇吓吓对方。

哪知道，蛇还没放，钉子户的标语就横七竖八地挂了出来：开发商的毒蛇阴谋是不会得逞的！吓不走，打不走，讲理就搬走；毒蛇缠身，我自岿然不动……

义不容辞

这下，全公司都震动了。当天，老总召开部门经理层紧急会议。老总面无表情，缓缓说道："几天前，我和郑经理商量，要拆迁队放几条蛇吓吓那些钉子户。没想到，他们立刻就得到了情报，反戈一击。我们是打不到蛇，反被蛇咬一口哪！"说着，咚咚咚地敲着桌面。

"不过，我很高兴，"老总话锋一转，"为什么呢？因为这是我故意放出来的假情报，哈哈！我早怀疑公司有内鬼了，这一次，他终于露出了狐狸尾巴！"

听到这儿，大刘暗吃一惊，下意识地看了郑经理一眼。郑经理却不露声色，没有丝毫惊慌的表情。大刘暗暗佩服：不愧是潜伏的高手！

老总站起来，用冷峻的目光把众人扫了一遍，说"全公司预先知道这个计划的，只有在座几位，内鬼就在你们中间！"此话一出，大伙儿面面相觑，有人迫不及待地表白起来。

老总摆摆手，说："不管是谁，请自首吧。我保证不会报警！"说完，他径直走了。接着秘书进来，宣布道："各位请回岗位吧，在没有找到真正

的内鬼前，没有人可以走出公司！”

大伙儿都心事重重地离开了会议室。过了两个小时，天已经黑了。大刘正在上网打发时间，忽然外面有人敲了敲门，接着郑经理走了进来。

大刘见是他，不禁有些意外。郑经理笑呵呵地说：“刘老弟，你还有茶吗？借点喝喝。唉，看来今晚要在这儿睡了。”

大刘忙给他拿了点茶叶，正要说什么，郑经理冲他眨眨眼，用手指了指自己的耳朵。大刘一怔，接着明白了：刚才开会的时候，肯定有人在他们的房间装了窃听器。

郑经理拿起茶杯正要走，忽然又放下了，捧着肚子说：“哎哟，今天不知吃了什么，肚子不舒服。我先上一下洗手间，一会儿再来拿。”说着跑出去了。

大刘摸着下巴，有点纳闷：他借茶叶只是个借口，他来找我到底是什么意思呢？是担心我不守诺言，去揭发他吗？琢磨了一阵，他突然眼睛一亮，也来到洗手间，往抽水马桶上一坐，忽然脚底下冒出一张白纸，是从旁边那间递过来的。

大刘捡起来一瞧，上面写着：刘经理，请你去向老总举报我。今晚找不出内鬼，咱们几个肯定都被炒，事到如今，我只能离开公司了。

大刘怔了怔，掏出笔在下面回道：不行！我不能做这种事，你所做的一切都是对社会有益的！炒就炒吧，我无所谓。

不一会儿，郑经理的回信来了：兄弟，谢谢！我没看错人，你就是我要找的接班人！其实老总早就怀疑我了，暴露是迟早的事。我必须在公司策反一位同志，在我走后继续潜伏下来。你亲自揭发我，肯定会得到老总的赞赏，这样对你以后的工作会有帮助。

大刘看完，忽然明白了：其实郑经理早就相中他，所以才故意在他面前暴露身份，看他的反应。那天被人追打的事，也全是他安排的。他犹豫了半晌，才在下面回话：为什么选我？我恐怕不能胜任！

郑经理回话说：同事几年，我注意到你是个有正义感的人。你对钉子户有同情倾向，并且对公司的某些做法不满。你就是最合适的人选！为了我们这个城市的美好，你必须做出牺牲。你的代号就叫“和谐”，以后的行动，会有代号“平衡”的人指示你。

一时间，大刘心乱如麻，不知该如何抉择。郑经理又叮嘱他马上举报自己，然后把纸条放进马桶冲了。过了一会儿，大刘出了洗手间，犹豫着走进了老总的办公室。

几分钟后，老总怒气冲冲地摔门而出，直奔郑经理的房间。大刘悄悄走到门外，探头一瞧，郑经理坐在椅子上，嘴角流着血，正一脸轻蔑地望着老总。

老总指着他的鼻子说：“给你一个机会，向他们传假情报，只要骗他们搬了，我升你做副总。”郑经理不屑地一笑，摇摇头说：“没有什么能够改变我的信仰！”

老总一怔，暴跳如雷：“你的信仰是什么？吃里扒外？”

郑经理昂首道：“平衡各个群体间的关系！维护我们这个城市的和谐！”

大刘在门外听到这儿，心底一颤，眼眶湿润，手不知不觉地握紧了。

郑经理离开公司后的第二天，大刘正在街上走着，忽然收到一条短信，一看上面写着：和谐同志，拆迁户有一人已被公司收买，可能会对拆迁户一方造成利益损害。你的第一个任务是想办法找出这个人。阅后马上删除！平衡字。

大刘立即把短信删掉，然后深深地吸了口气。他知道，自己的潜伏生涯从这一刻开始了！

（**题图、插图**：刘斌昆）

·本刊信息传真·

阿P系列幽默故事征文

阿P系列幽默故事栏目开辟二十多年来，深受读者欢迎。阿P是个有多重性格的喜剧人物，他正直、朴实，却又染有许多不良习气；他自作聪明，却又往往事与愿违，弄巧成拙；面对屡屡受挫的现实，他却能自我解嘲，很有点阿Q的精神姿态，让人啼笑皆非。为了把这个栏目办得更好，本刊再次面向全社会征稿，希望有更多的人来关注阿P，把您身边的阿P故事写得更精彩，更有现实意义和典型意义。

来稿方法：1. 从邮局寄发，请在信封上注明“阿P故事征文”字样，本刊地址：上海市绍兴路74号《故事会》杂志社，邮编：200020。2. 从网上传递，可寄以下信箱：wulun@vip.sohu.net，请在主题上注明“阿P故事征文”字样。凡已和我刊编辑有联系的作者，稿件可继续投给联系的编辑。

邪恶的泥巴

□魏 炜

在莱克小镇，有个年轻人叫约翰，最近刚刚刑满释放。出狱后，他的第一件事就是去找当初抓他的警察局局长劳伦报仇。

约翰还没想到报仇的方法，劳伦局长却上门来看他了。一见面，劳伦局长就亲热地拍拍他的肩，说：“以后好好做人。我给你想了个挣钱的法子，你可以试试。”

原来，莱克小镇有个特殊的风俗，每年到了八月的第一个周末，小镇上的领导们都要接受镇民的“洗礼”。所谓的“洗礼”，就是镇民往不满意的领导身上扔泥巴。劳伦局长想让约翰在泥巴上做做文章，看能不能制作出一种特别点的泥巴，卖给镇民们，这样可以赚上一笔。

劳伦局长走后，约翰转了转眼珠，忽然邪恶地笑了：对呀，正好可以用泥巴来教训他。说干就干，约翰马上就研究起用泥巴报仇的办法。

过了几天，约翰找到一家玩具厂的老板，说他需要一批彩色泥巴。接着，他又凑近老板的耳朵，小声说：“我还需要一些特别的泥巴。”

老板问他怎么个特别法，约翰得意地笑道：“为了让这个活动更刺激，我想到了一种砸到身上会起火的火泥巴。当然，使用这种火泥巴要分外小心，并且事先要准备好灭火器材。”

老板犹豫了片刻，还是答应了他。约翰还告诉了老板这种火泥巴的设计构思：在泥巴中放入适量的白磷，白磷碰到空气就会自燃，包在泥巴里，不会着火，如果扔泥巴时摔了出来，自然就着火了。说完，他拿出一叠钞票，扔给老板："钱不是问题，这是定金。你先做些样品，等我验收合格了，就把余款全部交齐。"最后，两个人商定好半个月后验货。

办完这些，约翰就去找劳伦局长借钱。他来到劳伦局长家门口，敲了敲门，一个小伙子开了门，看了他一眼就一把揪住了他的脖子，吼道："你这个混蛋！你害苦了我！"

约翰这才认出来，这小伙子是迪赛。三年前，他偷走并变卖了迪赛的货物，才被劳伦局长抓获。迪赛也因此赔了公司一笔巨款，还丢了工作。

这时，劳伦局长赶过来对迪赛说："迪赛，约翰是我的朋友，你不要对他无礼！"

迪赛生气地一甩手，走到一边干活去了。劳伦局长拉着约翰来到了客厅里，微笑着问他："你来找我一定有事吧？不要客气，尽管说吧。"

约翰毫不客气地提出了借钱订货的事。劳伦局长拍着约翰的肩膀，笑着说："约翰，真有你的，我的一个设想，你这么快就变成现实啦。好，我支持你。"说完，劳伦局长拿出一张银行卡，把密码告诉了他。

约翰收起银行卡就走了。刚走到拐角处，迪赛忽然冲出来，一把揪住了约翰，愤怒地说道"我奉劝你一句，不要打劳伦局长的主意。他攒这点钱不容易，你最好快去还给他！"

约翰梗着脖子说："劳伦局长借给我钱，你管得着吗？"迪赛生气地冲他挥了挥拳头，但还是放开了他。

半个月后，约翰赶去玩具厂验货。那些彩色泥巴色彩鲜艳，摔到身上五彩缤纷，效果很好。而那种会着火的泥巴，也跟他设想的一样，砸到人的身上，泥巴碎裂，包在泥巴里的白磷粉末溅到人的衣服上，会立刻起火。约翰很高兴，他订了一大批彩色泥巴和一箱火泥巴，并和老板约定，到了八月一日，他就来取货。

然而，就在取货的前一晚，约翰来到了玩具厂门口。他撬开了大门，偷偷地潜入仓库，找到了那箱火泥巴，神不知鬼不觉地偷了出来。

第二天一早，约翰来到玩具厂收货，老板这才发现那箱火泥巴不翼而飞了。约翰假装出很生气的样子，冲着老板大骂。老板又是赔礼道歉，又是退还货款，还赔付了他一笔违约金，约翰这才心满意足地带着彩色泥巴走了。

回到家，约翰先把那箱火泥巴藏好，然后就在家门口大张旗鼓地卖起彩色泥巴来。镇民们从来没见过这种彩色泥巴，纷纷掏钱购买，很快，约翰就大赚了一笔，这可把他给乐坏了。

可没过两天，约翰的家门口就冷清起来。他跑到街上一看，原来迪赛也摆了一个摊子，专卖彩色泥巴，价格还比他卖得便宜。他冲过去，气急败坏地质问迪赛：“你为什么学我？”

迪赛微笑着反问他：“怎么叫跟你学呢？你说说，这个创意，最初是谁想出来的？”

约翰大声说：“是劳伦局长！”

迪赛笑着说“对呀，这是我岳父想出来的创意，你可以用，我怎么就不可以用呢？”约翰一下子就傻了眼，没想到迪赛竟然是劳伦局长的女婿。但他不想就这么把货砸在手里，于是立刻去找劳伦局长。

劳伦局长一听，怒气冲冲地来到

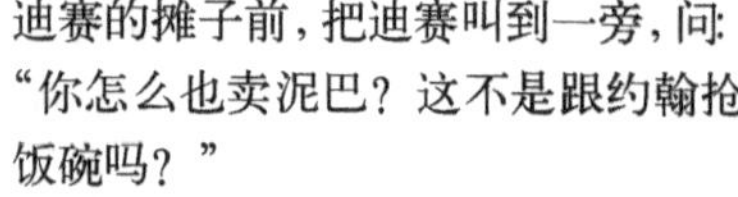

迪赛的摊子前，把迪赛叫到一旁，问：“你怎么也卖泥巴？这不是跟约翰抢饭碗吗？”

迪赛小声说“他能赚的钱，我也能赚啊。”

劳伦局长却摇了摇头，说：“孩子，这次是你做错了。他刚从监狱里出来，名声不好，很难再找到工作，如果我再不帮他，他没有了生活来源，还会重蹈覆辙。那是他个人的灾难，也将是咱们全镇人民的灾难。听爸爸的话，把货收起来吧。”

迪赛无奈地叹了口气，说：“爸爸，但愿您好人有好报吧。”说完，他就回去收了摊子。

劳伦局长这才笑着对约翰说：“你放心卖吧，没人再会干扰你了。约翰，祝你好运！”约翰望着劳伦局长的背影，邪恶地笑了笑。

很快，八月的第一个周末就到了。这天，小镇上异常热闹，一大早，人们就带着很多泥巴，蜂拥到中心广场上。约翰也混在人群中，此时，他的手里拿着一袋火泥巴，那是他准备送给劳伦局长的礼物。

这时，镇长带着小镇上的其他领导们出来了。镇长大声宣布砸泥巴活动开始。接着，领导们挨个走到指定位置，背转过身子，双手抱住脑袋，等着镇民们砸泥巴了。

很快，前面的几位领导都被砸得一塌糊涂，浑身上下红一块青一块的，显得十分滑稽。镇民们觉得过瘾极了，他们一阵阵地欢呼着。

接下来就要轮到劳伦局长了，约翰赶紧把手里的火泥巴分发给了镇民，自己手里则留下了几块。这时，劳伦局长走到了指定位置上，镇长刚吹响哨子，约翰就奋力地把一块泥巴往劳伦局长身上砸去。可奇怪的是，泥巴砸到劳伦局长身上，只是散开了，染红了一片衣服，并没有着火。

约翰愣了愣，准备砸出第二块泥巴。但他突然发现，其他镇民都没有往劳伦局长身上砸泥巴，大家都瞪大眼睛看着他。如果此时，他砸出的泥巴着了火，他肯定会被抓起来，他只好恼火地缩回了手。

这时，一旁的迪赛轻轻撞了撞约翰的肩膀，戏谑地问："好戏没看成吧？"

约翰愣了愣，假装糊涂地问道："什么好戏啊？"

迪赛这才得意地说，听说约翰要出狱，他就担心这家伙会报复岳父，于是，他加倍小心，偷偷跟踪约翰。约翰跟玩具厂订做火泥巴的事，他知道得一清二楚。为了行事方便，他也订做了很多彩色泥巴。等玩具厂做好那箱火泥巴，他就赶着去提货，趁保管员没注意，他偷梁换柱，用一箱普通的彩色泥巴换走了火泥巴。

约翰一听，顿时怒火中烧，却又不好发作：原来是这小子坏了自己的好事，难怪刚刚扔出去的泥巴没有着火。

这时，镇长突然站出来大声说道："今年，有很多镇民提议，要选出一个最不满意镇民，让大家来发泄一下，同时也是对他的鞭策。现在，我们就现场选出一个吧。"

镇长话音未落，镇民们的目光齐刷刷地投向了约翰。有人大声喊道："我们选约翰！劳伦局长动员我们去买他的泥巴，给他一条自新之路，可他却还向劳伦局长砸泥巴。"其他镇民们也大声附和着："对，砸他！"

此时的约翰懊悔不已，但也只好硬着头皮，走到了指定位置。镇长吹响了哨子，顿时，彩色泥巴像雨点一样朝他身上砸来……

（**题图、插图**：佐　夫）

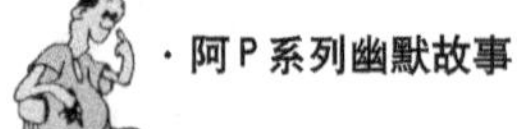

阿P赶瘟神

□张洪杰

阿P家楼下有个邻居，大家都叫他“南霸天”。这家伙脑袋光光，四肢短小，为人做事有点野蛮，前段时间，他往车库里摆上几张麻将桌，开起了麻将馆。这下可好，那噼里啪啦的声音一天到晚响个不停，吵得整栋楼的人都不得安宁。

大家都晓得阿P办法多，就纷纷求他想个办法将瘟神赶走。阿P天生好打抱不平，拍着胸脯答应下来。不料，几次登门劝说，道理说了一箩筐，南霸天的麻将馆照开不误。阿P感到自己在邻居面前丢了面子，但一时又想不出治南霸天的办法。

这天，阿P回了一趟乡下老家。吃过饭，他忽然发现村口树下有一帮人在吵闹，走过去一看，是几个打麻将的为了一副牌发生了争执。阿P正要上前劝说，不料有人惊呼：“二狗来了！”

人群顿时一哄而散，大伙儿都跑得远远的。阿P不知道发生了什么事，还傻乎乎地站在树下。他四叔一看，急忙跑回来拉他：“快跑，二狗来了！”

阿P摸不着头脑，问道：“二狗咋了？你们咋这么怕他？”

“你瞧，”四叔冲前面一指，“他来了！”

阿P一看，吓了一跳。只见二狗双手各拿一把菜刀，咬牙切齿地冲到麻将桌前，举起菜刀就是一顿猛砍。

阿P看得目瞪口呆，莫非这二狗疯了？可他早上还见过二狗，二狗还和他打招呼呢。

四叔告诉他，二狗确实是疯了，他是打麻将输疯的，平常还好，看不出什么问题，但只要听到麻将吵闹声，立马就发飙。几个月前，他在街上砍伤过一个人，被抓了去，可因为他是个疯子，最后还是被放了出来。现在村里人打麻将，都小心提防着二狗，就怕声音大了吵着他。

正所谓说者无意，听者有心。阿P脑中一闪，情不自禁地把大腿一拍“真是天助我也！”

第二天回城前，阿P找到二狗，说要带他进城去玩。二狗想都不想，就跟着他走。

阿P兴冲冲地把二狗带回城，并在小区旁边给二狗找了个住处，然后就带着二狗在小区里转悠，逢人就介绍，这是他的表弟。阿P还神秘兮兮地告诉人家，他这表弟是个精神病，表面上看不出来，但最怕吵，尤其是麻将声，一吵就会拿刀砍人，而且砍死人屁事也不会有。转了几圈，几乎每个人都晓得了，阿P家来了个疯表弟。

回到家里，阿P还没开口，就见小兰眼睛瞪得滚圆，骂道：“死阿P，你吃饱了撑的，什么人不带，带个疯子回来！”

阿P急忙捂住小兰的嘴巴，把在村里目睹的一幕说了出来，然后往下面一指“你以为我阿P脑子短路啊？我把他请来，是为了对付楼下！”

小兰回过神来，不由眉开眼笑，夸道：“高，这招高！”

晚上，阿P做了一桌好菜招待二狗，还喝了点小酒，看看过了十一点，阿P把电视机关了，楼下的麻将声马上传了上来。阿P扭头观察二狗的变化，只见二狗竖着两只耳朵，左看右看，但就是没有行动。阿P故意一皱眉，说：“有人打麻将！”二狗还是没动弹。阿P有点失望，难道二狗病好了？

就在这时，楼下传来争吵声。只见二狗突然从沙发上一跃而起，大叫：“在哪儿？在哪儿？”阿P急忙朝楼下一指：“下面！”

二狗转身冲进厨房，操了一把菜刀，拉开门，旋风般地冲了出去。

阿P激动地在后面一握拳头，大声鼓励：“给力啊，二狗！”

小兰却推了推阿P：“你还不快点跟下去，真让他砍死人啊？”

阿P一想也是，吓吓南霸天就行了，于是跟着跑到楼下，一看二狗正飞舞着菜刀冲进麻将馆。屋里打麻将的人都吓傻了，一个个坐在桌子前惊恐地望着二狗。阿P心里乐开了花，但只能忍着笑，装作惊恐的样子劝道：“别动刀，一刀下去，爹娘白养。”

平时，南霸天也是个狠将，但毕竟横的也怕不要命的，他壮着胆问：“兄弟，什么事？别乱来啊，都是邻居。”

二狗也不说话，“噔噔噔”走到一个女人旁边，大喝一声：“给我起来！”

那女人吓得一哆嗦，尖叫着躲到一边。二狗往椅子上一坐，把刀往桌上一拍，喊道："重来，重来！"边喊边推倒面前的牌洗起来。

看到这儿，阿P傻了眼。二狗这算咋回事，不发飙也就罢了，竟然还摸起了麻将牌。其他人也是目瞪口呆，坐着不敢动。二狗又把刀往桌上一拍，大喝道："再不洗牌，老子动刀啦！"

白天阿P已经到处宣传，疯子杀人不偿命，此刻，谁敢与疯子较真啊，立马就有三个家伙脸上强笑着，战战兢兢地洗起牌来。阿P此时是哭笑不得，忙走过去说："二狗，天晚了，回去睡觉吧。"

哪知二狗却把手一伸："借我二百！"

阿P只觉喉咙里差点喷出血来，这小子是真疯还是假疯啊？正想再劝劝看，二狗呼地拿起菜刀，一把揪住他："你借不借？"阿P这才真正知道了什么叫杀人不偿命，乖乖地掏出二百元。

阿P悻悻地回到家，小兰迎上来问他："情况咋样？下面怎么还有麻将声？"阿P恨得直打自己的嘴巴，如此这般地说了个大概。小兰听了，气得猛敲他的脑袋："你说你出的什么破主意？明天赶紧送瘟神！"

这一晚，楼下的麻将声特别响亮，而且一直响到了天亮。阿P一宿未睡，躺在床上愁眉苦脸地想办法。

好不容易熬到天亮了，阿P下了楼，一看那场面，不禁又是大吃一惊：只见二狗精神抖擞，面前摆着厚厚一摞钞票，看来是个大赢家。而其他三人则愁眉苦脸，一个个像瘟鸡似的，眼睛都睁不开了。

阿P小心翼翼地走到二狗身旁，说："二狗，别打了，回家吃饭吧。"二狗没理睬，突然欢叫一声："和了！"然后把牌一推。

阿P一瞧，哪是和了，分明是诈和呀！再看看其他三家，他们明知是诈和，却谁也不吱声。就在僵持过程中，二狗操起菜刀，在他们面前乱舞，嘴里直嚷嚷"愿赌服输，给钱给钱！"

南霸天和另外两人吓得面面相觑，叹了口气，不情愿地掏钱出来。

阿P愣了一下，差点要拍起手来，哈，二狗这小子还不傻嘛，这招简直绝了！

南霸天给了钱，顺手一摸手机，想要打电话。二狗一看，又“呼”地抡起菜刀，径直架在南霸天脖子上：“干什么？又想报警啊？别来这套，我见多了！”

南霸天吓得面无血色，大叫饶命：“不不不，我只是想叫老婆给我送点饭来，要不我回去吃算了……”

“不准走！”二狗瞪着眼大声嚷道，“谁走我砍死谁！”

阿P看得大为过瘾，心里直呼痛快，南霸天啊南霸天，叫你也尝尝恶人终有恶人治的滋味！这么一来，他也不急了，笑嘻嘻地说：“二狗，你慢慢打，我给你送饭下来。”说罢，捂着嘴上楼了。

阿P哼着歌弄好饭刚要送下去，一开门就撞见了南霸天，他一把拉住阿P问：“你这个表弟要在你这儿住多久？”

阿P说，说不准，得看情况。南霸天低头一想，叹着气说：“阿P，算我服了你了，你把你表弟弄走，我这个麻将馆不开了！”

阿P心里得意着呢，他挠了挠头皮说：“你也看见了，他现在不听我的。要叫他走，得让他过足瘾才行。”

南霸天双手抱拳，连连作揖：“P哥，帮帮忙，他现在睡着了，要不我能脱身吗？”

阿P忙跑下楼一看，二狗果然趴在麻将桌上呼呼大睡。阿P心下一喜，此时不送他回家，更待何时？他马上叫了一辆车，把二狗送回了老家。

打二狗来闹过一回后，南霸天还真服了阿P，说话也算数，果真不再开麻将馆了。楼上楼下的人见了阿P，纷纷冲他竖起大拇指，把阿P美得出了门眼睛都朝天上看。

一眨眼过了一个多月，这天阿P听到有人敲门，打开门一瞧，阿P愣住了，这不是二狗吗？只见二狗背着一个大行李袋，一副风尘仆仆的样子，对着阿P大声说：“阿P哥，村里人叫我来你家住！”

阿P顿时傻了，这一定是村里那帮家伙出的馊主意，目的就是支开二狗，好让他们安心打麻将。这下麻烦大了，二狗这个烫手山芋该怎么接呢？阿P心里清楚着呢，疯子动刀动枪，出了事监护人要负责的！

阿P正发愁呢，二狗将行李一放，说：“我下去打麻将了。”阿P一听，松了一口气，幸亏南霸天的麻将馆被自己端掉了，二狗要打也打不成了。说起来，这事也有二狗一份功劳，就冲这点，也该留他在家吃顿饭。想到这儿，阿P心情又好起来，哼着小调去了菜场。

（**题图、插图**：顾子易）

·悬念故事·

真假蟹黄羹

□竹　韵

同行是冤家

清朝末年，京城有一家饭店叫螃蟹坊。开店的是一对姓黄的父子，黄老爷子已年近六十，儿子叫黄小虎，刚刚二十出头。说起这黄老爷子，他有一手做蟹黄羹的好手艺，可最近却碰到了一桩头疼事。

原来，就在黄老爷子的饭店对面，最近大张旗鼓地开了一家酒楼，取名蟹将军。老板花重金聘请了一位名厨，名叫于胜，他专做一道招牌菜蟹黄羹！这道菜一般人可吃不起，一盅就要十两银子。不过在京城，有钱人多得是，蟹将军酒楼就凭这一道菜，声名鹊起，日进斗金，很快就把黄老爷子的生意都抢了去。

眼看着店里的客人越来越少，黄老爷子心里焦急万分。更让他着急的是，儿子不思长进，整天游手好闲，等自己百年以后，儿子靠什么生活？

不过，毕竟姜还是老的辣，这天，黄老爷子在门口挂出一个大红招牌，上面写着：祖传秘方赛蟹黄，一两银子一份！这个招牌一打出来，立刻吸引了一大批食客。别看这赛蟹黄价钱便宜，可味道一点也不比蟹将军的蟹黄羹差，凡是吃过的人都赞不绝口，螃蟹坊的生意一下子就火了起来。

这下，蟹将军的名厨于胜不乐意

了。尤其是赛蟹黄这三个字，这不明摆着和他叫板吗？他决定亲自去尝一尝，看看这道菜究竟有什么资格叫赛蟹黄。

不料，一尝之后，于胜大为惊叹，这味道鲜得他差点儿把自己的舌头都咬下来！做了这么多年的螃蟹，他自然知道，想用别的东西做出蟹黄的味道来，也不是不行，关键是用什么主料呢？又要便宜，又要味道和蟹黄如此相似？

回去之后，于胜马上开始试验，可任凭他试遍各种食材，全是白费工夫。本来他以为黄老爷子所谓的祖传秘方只不过是个噱头，可现在看来，这赛蟹黄里确实有秘密！

于胜琢磨了几天，也没什么头绪。这天，他刚好看见螃蟹坊在招伙计，于是灵机一动，就派徒弟小五到螃蟹坊里去做内线。小五进了螃蟹坊后，勤快得很，没事就往厨房跑。不过，这黄老爷子防得紧，从不让其他人看他做赛蟹黄的过程，所以小五始终也没打探到什么线索。

不过，小五也并不是一无所获。他发现少东家黄小虎，经常半夜偷偷溜出去，直到天亮才回来。小五留了个心，这天夜里，他偷偷跟着黄小虎，只见黄小虎从后门溜出去，七拐八拐，竟然进了鼎鼎大名的翠红院。原来，黄小虎在这里认识了一个叫翡翠的姑娘，这姑娘长得跟天仙一样，把黄小虎给迷得一日不见如隔三秋，直想把她娶回家。小五弄明白了是这个缘由，转身就去向师傅于胜汇报。

年少也轻狂

过了几天，黄小虎又去找翡翠，跟她再次提出娶她回家的事。翡翠一听，媚笑着说："其实，咱俩要想白头到老也不难。你们的招牌菜卖得这么好，不如，你自己也开个店？到时就不用什么事都得听你爹的了。"

黄小虎摇摇头说："这道招牌菜，我爹到现在也没把秘方传给我。"翡翠倒了杯酒，娇柔地说"你不会哄哄他？万一你爹有个三长两短，这秘方岂不是要带进棺材里了？"

黄小虎听了，连连答应。

第二天，黄小虎就跟着父亲来到了后厨，哀求道"爹，您年纪不轻了，也该让孩儿替您分担一下了，您不妨早点把赛蟹黄的秘方传给我吧。"

黄老爷子叹了口气，说："你呀，只知道寻欢作乐。你还是先去外面照应着，我做完了就出来。"

黄小虎不死心地问："那您到底打算什么时候才传给我？"

黄老爷子盯着儿子说："我临死之前肯定会传给你的。"

就这样过了一段日子，天气渐凉，黄老爷子感染了风寒，可还是强撑着亲自下厨。

黄小虎趁机再次向父亲提出想学秘方，可还是被拒绝了。黄小虎气得口无遮拦："到时你若进了棺材，想说都说不出来了！"

黄老爷子本就病得厉害，听到儿子这大逆不道的话更是气往上冲，顿时晕倒在地，不省人事。

这下黄小虎可慌了手脚，他赶紧请了郎中前来诊治。郎中号了号脉，说"老人家本就体虚，这会儿又动了怒，怕是……"说完，留下一张药方，摇摇头走了。

黄老爷子吃了几帖药，倒是渐渐醒了，可是口不能言，手不能动，成了个活死人。店里的招牌菜就是赛蟹黄，老掌柜倒下了，这菜也没人会做了。日子一长，许多客人都不再上门了。这下可害苦了黄小虎，他天天忙得焦头烂额，又得应付客人吃饭，又得应付伙计讨薪。

秘方是什么

这天晚上，黄小虎正喝着闷酒，忽然想起好久没去找翡翠姑娘了，于是打起精神，出了家门。到了翠红院，黄小虎推开翡翠的房门一看，只见翡翠正陪着两个人喝酒，其中一个，正是小五！

黄小虎一愣："你怎么在这里？"

小五笑了笑，说"我怎么就不能来？"说着，一指旁边的中年人得意地说，"告诉你，这是我师父于胜，蟹将军酒楼的招牌菜就是出自他老人家之手！要不是想知道赛蟹黄的秘方，我才不会去你们那破地方当伙计！"

此时，于胜悠闲地摇着扇子，说："这就是那个黄少东家？唉，可惜啊，早知道他是这样一个败家子儿，我们何苦又是扮伙计，又是找翡翠姑娘帮忙？"

黄小虎呆了，失声问道："翡翠，你和他们是一伙儿的？"

翡翠轻轻一笑："什么话？人家给了我银子，我不过和你说几句玩笑话罢了。"

于胜叹了口气，说"你父亲真有先见之明，这祖传秘方若是到了你的手里，怕早就保不住喽。不过可惜，他现在变成了这个样子，这秘方算是失传了。”

听到这里，黄小虎失魂落魄地转身回到家，来到父亲的床前，失声痛哭，忏悔不已。哭着哭着，他便伏在父亲的床头，睡着了。

第二天早晨，黄小虎睁开眼，忽然看见父亲正含笑看着他。他以为自己在做梦，使劲揉揉眼睛，说："爹！您老人家活啦！"

黄老爷子笑骂道："什么死的活的，我根本就没病！眼看你不争气，为父也只好想出这么个装病的下策，让你亲眼看看这世态炎凉，人情冷暖。要知道，万贯家财终有尽，只有学一门手艺才能安身立命啊。"

直到这时，黄小虎才算明白父亲的用心良苦。他悔恨不已地说："万一这店真的败在我手里，可怎么办呢？"

黄老爷子哈哈一笑："若真到了那一步，也无可奈何了。不过，即使店败了，只要能还我一个懂事的儿子，我也心甘情愿！"

听了这话，黄小虎猛然跪倒在地，说："爹，孩儿知道错了！"

很快，赛蟹黄的大红招牌又重新挂了出来，黄老爷子病愈复出这个消息一下子吸引了众多的食客，店里的生意又红火起来，对面的于胜气了个半死，却也只能干瞪眼。

此时的黄小虎已经彻底收了心，规规矩矩地跟父亲学做人，学做菜。他再也不问父亲那道赛蟹黄到底是如何做的，他知道，自己历练得还不够，等时机到了，父亲自然会将秘方传给他。

转眼又过去了几年，黄老爷子的身子越来越弱，这次是真的不行了，弥留之际，他把黄小虎叫到床前，轻声说道："孩儿，为父现在就告诉你这赛蟹黄的来历吧。你知道为什么这道菜的口味和蟹黄那么像吗？"

黄小虎哭着摇摇头。

黄老爷子吃力地笑了笑，说："这秘密就在于：我们的赛蟹黄，它就是用蟹黄做的！"

黄小虎大吃一惊："什么？"

黄老爷子喘了口气，说："这么多年，不知多少人想琢磨这道菜是怎么做的，可他们都把工夫花在了那个"赛"字上，认为既然叫赛蟹黄，自然就不是真蟹黄做的。其实，这名字不过是个迷魂阵罢了。"

黄小虎想了想，又问道："可蟹黄多贵啊，咱们卖得如此便宜，岂不是亏本？"

此时，黄老爷子已是气若游丝，他用尽最后的力气说："刚开始的确会亏……但名声响了之后……大家都奔着这招牌来了……"说到这里，黄老爷子的手缓缓地垂了下来，安详地去了。

（**题图、插图**：黄全昌）

这笔账怎么算

□邱同强

王晶和李慧娟是好朋友，在一条街上开服装店。这天，王晶来到李慧娟的店里，说:“我店里的货号不全了，明天去省城进货，你去不去？”

李慧娟一听，有点为难，最近她手头的资金腾不出来。

就这么一犹豫，王晶看出来了，忙说:“你缺少资金，用我的呀。”李慧娟大喜过望，开口就问王晶借三万元，王晶爽气地说:“行，不过当着大家的面可说好了，这些钱一个月后你一定要还我！”

第二天，两人在长途汽车站一碰头，王晶就拿出三万元钱要交给李慧娟，李慧娟警惕地看了一下四周，说“当心被贼看到。钱还是你先拿着，反正我们一起进货，不分开，到时候我选我的货，你给我付钱，一个月后，我按照发票上的数额还你钱就是了。”王晶觉得这办法也行，就点头同意了。

可让她们没想到的是，她们在长途汽车上竟遇到了四个劫匪。劫匪们拿着明晃晃的刀子，一个逼着司机按照他们的要求开车，一个把守在车门口，另外两个一前一后逼着乘客把钱拿出来。王晶这次总共带了八万元，包括答应借给李慧娟的三万元，她见遇到了劫匪，就从包里拿出三万元交给李慧娟。李慧娟心里这个气啊，做人也不能这样啊，所以坚决不要。一推一让间，她们被劫匪发现了，劫匪把刀架在王晶的脖子上，恶狠狠地说:“少啰嗦，快把钱都拿出来！”就这样，劫匪直接从王晶手里把八万元都抢走了。

王晶和李慧娟只好两手空空地回到家。王晶心想：被抢走的八万元不应该都由我一个人承担，你李慧娟说好了要借三万元，你就应该还给我。

王晶找到李慧娟这么一说，李慧

娟想起王晶在车上的表现，脸色就更不好看了，说“我是说过跟你借三万元钱，可是这三万元钱并没有到我手上，再说，钱是从你手上被抢走的，怎么能让我来还你钱？”

事情说来说去就闹大了，直到王晶把李慧娟告上了法院。经调查，法院认定李慧娟向王晶借款三万元事实成立，从口头协议生效开始，李慧娟便成为了这三万元现金的所有者，同时也形成了对王晶的三万元债务。据此，法院判决李慧娟于约定借款之日起，一个月内偿还王晶的三万元债务。

让人想不到的是，还没有到李慧娟的还款日期，公安机关就破获了这起抢劫案，四个劫匪悉数落网，但他们这次抢劫的钱，只追回了一部分，公安机关按照70%的比例退还给了王晶五万六千元。

消息很快传到了李慧娟那里，她当然想不通了，这王晶被抢了八万，现在退回了五万六，再加上法院判我还她三万元，王晶岂不是还赚了六千元？李慧娟越想越不明白，被抢的钱有我的份，可到退钱的时候了，怎么又没我的份了呢？于是她找到公安机关，民警告诉她“嫌犯是从王晶手里抢走了八万块，我们只能退还给王晶，你们之间的约定不属于我们的管辖范围。”

见公安这么说，李慧娟只好向法院求助。法官当即叫来王晶，并且很快就做通了王晶的工作，算了一笔账后，王晶说：“现在我明白了，到李慧娟还我三万元借款时，我只让她给我九千元不就行了。”

法官说“你这种想法，如果李慧娟同意也行，如果她不同意，你必须立即还给人家这两万一千元。”

王晶问“可是，李慧娟欠我的钱什么时间还我？”

法官说：“如果你们两人没有新的约定，就按照判决书上裁定的日期归还。”

律师点评：根据我国《合同法》第三百六十六条第二款的规定，可认定李慧娟让王晶把借给她的三万元现金带到省城去，这是一个无偿的保管合同。从此，王晶便有了对这三万元现金的保管责任。根据《合同法》第三百七十四条规定：“保管期间，因保管人保管不善造成保管物毁损、灭失的，保管人应当承担损害赔偿责任，但保管是无偿的，保管人证明自己没有重大过失的，不承担损害赔偿责任。”王晶途中遇到劫匪，是不可抗拒因素，王晶并无过失，因此她不承担责任。后来被抢的钱追回，公安部门退给直接被抢者王晶有法可依。但王晶理应依照公平、合理的原则，按照相应比例折算给李慧娟。否则，李慧娟同样可以另案主张自己的合法权益。

（**题图**：佐　夫）

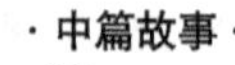

·中篇故事·

五分钟的时间转瞬即逝，可就在这弹指之间，发生了一件改变人生命运的事……

五分钟事件

□邢 东

1.病号猝死

安雪是医学院护理系的大四学生，经过三年多的刻苦学习，她成了系里百里挑一的高材生。长河医院到学校挑实习生，第一个选中的就是她。

长河医院是嘉宁市最好的医院，安雪知道，这样的实习机会很珍贵。安雪家境不好，两年前妈妈出了车祸，双腿残疾，没过多久，安雪的爸爸竟带着赔偿款离家出走了，只留给娘俩一间小屋子。如果实习结束后，安雪能留在长河医院，那母女俩的生活就不用愁了。所以在医院VIP病区实习期间，安雪一直任劳任怨，苦活脏活累活都抢着干。四个月下来，VIP病区的大夫、护士、病号，个个都夸安雪懂事、好学、勤快。

最近，安雪负责的八病室住进来一位姓梁的老太太，是个87岁高龄的老教授。院长秦昌神神秘秘地告诉大家：梁老太是市委书记任强的母亲。任书记因公去了美国，一时回不来，秦院长叮嘱大家一定要精心治疗，小心护理。

梁老太是因为脑溢血住院的，刚入院时，老人经常呕吐，脾气也很暴躁，甚至赶走了来看望她的家人。安雪经常轻声细语地安慰梁老太，仔仔细细地擦洗她身上的呕吐物，给她端茶喂饭，梳头按摩。时间长了，梁老太对安雪特别依赖，只要有安雪在，她就非常配合治疗，安雪一下班，她就显得有些烦躁不安。安雪见梁老太这么喜欢自己，也就尽量多陪陪她。

这天安雪是上夜班，到了第二天早上，她走进病房，见梁老太正在摆弄手机，便笑着问："梁奶奶，早上好，您要给谁打电话啊？"

梁老太笑道："不打电话，我发短信呢，唉！人老了，手指头不利索了，写条短信都这么费劲。"

安雪笑着说："梁奶奶，要不我帮您发？我打字可快了！"

梁老太摇摇头说："我已经发出去了，小雪，来，陪奶奶说会儿话。"

安雪坐下来，和梁老太亲热地聊了起来。时间慢慢指向了7点55分，快到安雪的下班时间了，这时，病房门忽地被人推开了，只见一个三十多岁的男人走了进来。他先喊了声"姥姥"，然后对安雪说："你先出去一下。"

这个人叫吴天龙，是梁老太的外孙，年纪不大，可派头不小。梁老太似乎很烦这个外孙，刚住院时，就曾经把他赶出去过。后来吴天龙又来看过梁老太几次，梁老太总是不理他。现在吴天龙让安雪出去，安雪自然不放心，她低头看了看表，说"对不起，现在还不到下班时间，按照医院VIP病房的管理规定，我必须和下一个护士交接完了才能离开。"

吴天龙脸色一沉，说："你烦不烦？我有要紧的话要跟姥姥说，你一个外人在旁边听着算怎么回事儿？不就还有五分钟吗？你现在就下班吧，秦院长要问，你就说是我吴天龙批准的，看他敢说半句不同意！"安雪面露难色地站在那里，还是没有挪步。

梁老太冲着安雪挥了挥手，说："小雪，回去吧，提前几分钟下班，回家多照顾照顾你妈妈，我也正想和他说几句话呢，你放心吧，没事儿。"

安雪依然站在原地没动。吴天龙急了，他猛地拉开门，把安雪推了出去，说："你这个小姑娘，让你走，你还不走，怎么这么死心眼啊？"说完，关上门，啪嗒一下，从里面把门锁上了。

这下，安雪没办法了，只好回到了护士站。此时，时钟正好指向了八点，接班的护士来了。安雪脱掉护士服，准备下班，不料就在这时，墙上的呼叫器突然急促地响了起来，安雪一惊，抬头看去，正是八病室，她一把抓起话筒，里面传来了吴天龙惊慌的声音："大夫！赶紧叫大夫！我姥姥不行了！"

安雪几步冲到医办室，通知了值班的张医生。大家急忙朝八病室奔去，一进病房，只见梁老太歪着头躺在病床上。张医生一检查，梁老太的呼吸心跳都没了，瞳孔已经放大。他立即安排急救。

抢救进行了半个多小时，最后，张医生直起腰，擦了一把额头上的汗水，朝着匆匆赶来的病人家属摇了摇头。病房里顿时哭声一片。张医生挥挥手，让护士们撤掉抢救设备，离开病房。

这时，吴天龙跨出一步，堵在病房门口，指着病房里的大夫、护士喊道：“不能撤，继续救！救不活我姥姥，你们谁也别想离开这间病房。”

局面顿时僵了下来，这时，秦院长急匆匆地赶来，挤进病房，冲吴天龙哈了哈腰，说“吴总，您先松开手，有什么事咱们好商量！”

吴天龙哼了一声：“人都让你们治死了，还商量个屁！秦胖子，今天这事儿，你必须给我个交代，不然，咱们没完！”

被人当众叫作“秦胖子”，秦院长竟一点儿也不恼，他指了指梁老太，说“吴总，老太太走了，您心情不好，我可以理解，但继续抢救已经没意义了，赶紧安排后事吧。任书记快回来了，你不想等任书记回来的时候，家里连灵堂还没布置好吧？”

听了秦院长这几句话，吴天龙的手松开了，但他又扑通一声跪在病床边，呼天抢地哭了起来：“姥姥啊，我刚接了舅舅的电话，他说明天晚上就回来了，您怎么就不能多等一会儿啊？您叫我怎么跟舅舅交代啊……”

吴天龙干嚎了一阵后，突然站起身来，伸手拦住了安雪，问：“你是负责照顾我奶奶的护士？”

安雪点了点头，吴天龙脸一黑：“是护士为什么穿便装来抢救病人？”

安雪嗫嚅着说：“我……我……下班了，听说梁奶奶出事了，我回来协助……”

吴天龙哼了一声：“下班？没到点儿你就下班？你至少提前了五分钟，对不对？”

安雪愣了愣，抬头看着吴天龙：“是你……”

吴天龙指着安雪，嚷道：“我什么我？你擅离职守，造成病人处于短暂的无人看管状态，如果刚才我姥姥发病的时候你在旁边，说不定我姥姥还有救……”

安雪一下呆住了，这时，几个家属也围了上来。一看这形势，秦院长忙挡在安雪身前，说：“大家别激动，有话好好说，安雪，你先回去。”

安雪一脸委屈地朝外走去，出门的时候，她听见吴天龙在她身后发出两声冷笑，她下意识地回头看了一眼，只见吴天龙正用阴冷的眼神盯着她，那眼神，让她不寒而栗。

2. 责任问题

安雪又气又怕地回到护士站，眼泪止不住地往下掉。听她说了事情的经过，大家也都感到愤愤不平。有个同事劝她不要太在意，就算死者家属胡搅蛮缠也没关系，医院有监控录像，到时候打开一看，不就什么都清楚了？

安雪回到家时，已经快中午了，妈妈做好了饭，正等着她回来。安雪把妈妈搀到了床上，放好小饭桌，赶紧盛饭，可不争气的眼泪还是滴滴答答地落了下来。

妈妈见状，关切地问："小雪，怎么了，在医院受委屈了？"安雪擦了擦眼睛，笑笑说："妈，没事儿，今天外面风挺大的，眼睛有点儿不好受。"

妈妈摇了摇头，说："小雪，母女连心，你别瞒着妈妈了，说出来吧。"

安雪一头扎在妈妈怀里哭了起来，边哭边断断续续地把事情经过讲了一遍。

妈妈听了，叹了口气，说"小雪，妈相信你没做错什么，妈还听说任强书记是个好人，他不会偏听偏信的。"

安雪还是不放心："吴天龙是他的亲外甥啊，难道他连亲外甥的话都不信？"犹豫了一会儿，又说，"妈，要不咱们搬走吧？搬得越远越好，让他们永远找不到咱！"

妈妈的脸色一下变得严肃起来："小雪，你这是什么话？要是你没错，咱们为什么要逃？你一逃，就等于承认自己有过错。今天下午，你就去医院把七点五十分到八点十分的监控录像拷下来，以防万一。"

安雪点了点头，擦干了眼泪，开始吃饭，刚吃了两口，她的手机就响了起来，是秦院长打来的，让她马上到院长办公室去一趟。安雪放下碗筷，赶紧朝医院赶去。

到了院长办公室，安雪发现里面除了有秦院长和几个副院长，还有VIP病区的主治医生和护士长，人还真不少。

安雪进了门，秦院长示意她站在屋子中间，然后清了清嗓子告诉她，经过院领导班子商议，最终确定：八病室的梁老太意外死亡，是由于安雪擅离职守五分钟造成的。为了平息死者家属的愤怒，也为了减轻给医院带来的负面影响，医院决定参照医疗事故进行内部处理。鉴于安雪在医院表现一向不错，医院决定只给她停止实习的处分，对患者家属的赔偿全部由医院承担。最后，秦院长强调：这已经是对安雪的格外照顾了，只要她在处理意见书上签个字，这件事就算了结了。

安雪拿起处理意见书，仔仔细细看了几遍，惊呆了，里面的事情经过，完全是按照吴天龙说的弄出来的，凭什么这样？

到了这个时候，安雪反倒冷静下来，她扬了扬手里的那张纸，说："这上面说的不是真的，如果吴天龙不把我从病房里推出来，我不会离开病房，不信，我们可以去看监控录像。"

秦院长不耐烦地说："今天上午，我第一时间就去调阅监控录像，可偏偏那个时段，八病室门外的摄像头坏了，什么影像也没留下！安雪，你要明白，医院这是在保护你，死的是市委书记的母亲，市委书记的外甥还守在医院讨说法，不就是签个字吗？让你停止实习，只不过是为了应付死者家属。我跟死者家属谈好了，只要你签了字，他们绝不会再找你的麻烦，医院赔他们几个钱，他们也就算了。"

安雪拿着那张纸，对大家说："各位老师前辈，监控设备坏了，可事情的经过你们是看到的啊！求求你们，替我说句话啊！"见大家都低着头不说话，安雪失望地来到秦院长跟前，把那张纸拍在他的办公桌上，说，"秦院长，我没错！今天就算天底下的人都说我错了，我也绝不在这张纸上签字！我不能让这五分钟毁了我的一辈子！"说完，昂首转身走出了院长办公室。

秦院长见状，鼻子都气歪了，他挥挥手，让大家散了。等办公室里没人了，他拿起手机，拨了一个号码，电话接通后，秦院长低声下气地说："吴总，事情办得不顺利，那个小丫头不肯签字，当着那么多人，我也不好硬逼她啊……"

3. 交换签字

从院长办公室出来，安雪直接去了监控室，负责监控的林梅告诉她：秦院长早上已经来过监控室了，八病室门口的摄像头的确坏了，而且，今天上午出事之后，秦院长已经把电脑里所有的录像都拷走了，现在电脑里啥也没有了。

安雪失望地离开了监控室，刚走了几步，林梅又从后面追了上来，拍了拍安雪的肩膀，轻声说道："小雪，你别这么瞎转悠了，我在医院十几年了，对医院里的事比你清楚，就是正式的医生护士，也翻不出秦院长的手掌心，更何况你一个实习护士？我看你还是把字签了吧。"

安雪摇了摇头，说："签字？让我承认医疗事故是我造成的？林梅姐，你怎么也帮着秦院长说话？"

林梅把安雪拉进了监控室，锁好房门，对安雪说："小雪，姐跟你说几句掏心窝子的话，你一个小姑娘家，不但要上班，还要照顾瘫痪的娘，太不容易了！人心都是肉长的，姐打心眼儿里佩服你。今天这件事，姐让你签字，绝不是害你，是想帮你啊！"

安雪愣了："帮我？"

林梅神秘地笑了笑"小雪，医院里的事，你懂得太少了。秦院长之所以要承认医疗事故，那是因为市委书记的娘死在了咱们医院，他必须给人家一个交代。怎么交代？说老太太自然死亡？前两天，老太太还能看书写字发短信呢，怎么说没就没了呢？所以，你不签字，秦院长根本就交代不过去。我觉得，你可以以此为筹码，去找秦院长谈，用你的签字换你将来的工作。要知道，一个护士想进长河医院，谈何容易，想都别想！而你获得一份稳定的工作，只需签个字，多好的事儿！"

见安雪还在摇头，林梅着急道："小雪，姐可全是为了你好，都这时候了，你不拼一把，就什么机会也没有了！"

安雪一头雾水地离开了监控室，她想回VIP病区再求求医生护士们，让他们给自己作个证明。可她一出监控室，就发现有两个保安一直跟着她。VIP病区的医生护士一看到她，马上就躲了起来。

见谁也不敢搭理自己，安雪泄气了，她在候诊大厅坐了下来，看着身边来来往往的人群，脑子里一下变得空荡荡的。怎么办？人证？谁也不肯站出来替她说句公道话。物证？早被秦院长弄走了。还有什么办法能证明自己的清白呢？

正在走投无路的时候，安雪的手机突然响了起来，是邻居打来的，让她赶紧回家，家里出事了！

安雪立马出了医院，打的赶到家里。进了院门，安雪顿时惊呆了：只见屋子的玻璃全被砸碎了，地上扔着不少烂砖头。安雪叫了一声妈妈，冲进屋里，屋里到处是玻璃碴，妈妈正坐在轮椅上，吃力地打扫着。

从邻居那里，安雪打听到了事情的经过：下午，有一辆没牌照的面包车来到了院子门口，从上面下来三个小痞子，进了院子，二话不说，就把安雪家的玻璃全砸了。砸完以后，他们在窗台上压了一张百元钞票，高声嚷着说这是赔玻璃的钱，让安雪把玻璃装好了，等他们再来砸。

安雪觉得这肯定是吴天龙派人干的，她把屋子收拾干净，又找人安上了玻璃，这才张罗着做饭。吃饭的时候，安雪一直看着妈妈，她突然觉得妈妈的头发似乎更白了，脸色也有些发青。顿时，安雪觉得一股愧疚感涌上心头“妈，是我不好，你身体这样，我还让你跟着担惊受怕……”

妈妈笑了：“傻孩子，妈这条命，是从车轱辘底下逃出来的，妈还有什么好怕的？妈是担心你啊，你这么小的年纪，却要面对这么多事情……”

看着妈妈担心的样子，安雪的脑海里突然想起了林梅的那句话：“你不签字，秦院长根本就交代不过去，你可以以此为筹码……”

第二天早上，安雪又接到了秦院长的电话，问她考虑得怎么样了。安雪思忖了一会儿，告诉秦院长，自己想通了，这个字她可以签，不过，医院必须答应她一个条件：就是让她继续留在医院实习，并且实习期满后要把她留下来。

秦院长听了，鼻子哼了一声，说：“你胆子不小，还敢讨价还价，你也不想想：你有什么筹码来跟我讲条件？”

安雪一点儿也不害怕，她告诉秦院长，自己没有筹码，但可以带着母亲离开这里，让这起“医疗事故”永远签不了字！

电话那边，秦院长干笑了两声，说：“安雪，算你聪明！人世间的生存法则很简单，就是要追求自己最大的利益！你坚持不签字，不就是为了这份工作吗？说心里话，你是个难得的护理人才，我不愿放弃培养你，我答应你的要求，你可以继续留在医院里，等你一毕业，我亲自给你办调入手续！你过来签字吧！”

很快，安雪来到了院长办公室，秦院长把那张处理意见书拿了出来，放在安雪面前。

安雪看也没看，也从兜里掏出一张纸，放在秦院长面前。秦院长拿起来一看，是一张承诺书，上面写着允许安雪继续留在医院实习，并且在实习结束后正式录用安雪。安雪指了指那张承诺书，说“您先签字，我随后就签！”

秦院长的脸色变得很难看，他盯着那张承诺书看了好一会儿，才龙飞凤舞地签上自己的名字。安雪把承诺书收好，在处理意见书上签上了自己的名字。

秦院长舒了一口气，说：“安雪，你暂时不能呆在VIP病区了，要不，你暂时先在家休养一段时间，等这件事平息了，再回来上班？”

安雪摇了摇头，说：“不，我是瞒着我妈签字的，回去休息，我妈会气坏的，让我去监控室吧，那地方安静，不容易被死者家属发现。另外，有我在，相信再也不会出现监控失灵的事情了。”

秦院长沉吟了一会儿，说：“好吧，我给你安排一下，你下午就去报到。”

安雪走出了院长办公室，她心里很不平静：一张处理意见书，一张承诺书，只不过是两张纸而已，为什么总觉得那张处理意见书有千斤重，而手里的承诺书却轻飘飘的呢？

4.中计入套

安雪之所以要求到监控室上班，自然有她的想法：她想偷偷还原监控室的计算机数据，找出被拷走的那段录像，但到了监控室后才发现，仅一个中午的时间，秦院长就让人把监控室的电脑全换成新的了。

安雪顿时陷入了绝望，好在她跟林梅分在了一班，只要上班时间，林梅就陪在她身边，陪她聊天解闷，安雪这才慢慢开朗起来。

很快，一个小道消息就在医院里流传开了：这起“医疗事故”已经处理完了，医院一共赔了一百万元，而且这还不包括搞定吴天龙的费用。不过秦院长似乎并不感到丧气，相反，在大家面前，他还显得特别神气。

转眼一个月过去了，不知道是秦院长的高兴劲儿过去了，还是他又遇到了什么烦心事，他的脸又阴沉下来了，每天忙忙碌碌地跑进跑出。

这天晚上，轮到林梅和安雪值班。午夜十二点时，闹钟响了，安雪起床接班，却发现林梅正蹲在墙角抽泣。

安雪吓坏了，她走到林梅跟前，问她怎么了。林梅一下子抱住了安雪，哭出声来。安雪连声安慰林梅，过了好一会儿，林梅才慢慢平静下来。她告诉安雪：昨天秦院长找到她，提起了一个月前安雪找秦院长谈判那件事，质问她那个主意是不是她出的，尽管她死不承认，可秦院长一口咬定是她，而且限定她一个月内走人。

安雪听了，脸涨得通红，她指了指自己的胸口，说：“梅姐，您给我出

主意这事儿，我绝对没有向外人说过，我可以对天发誓！”

林梅点点头，紧紧攥住安雪的双手，说：“小雪，我相信你！我看得出来，自打那件事以后，你一直不开心。实话跟你说，其实那天八病室的摄像头并没坏，我记得清清楚楚，是吴天龙把你从病房里推出来的。姓秦的这样对我，我一定要让他付出代价。小雪，在你走投无路的时候，姐帮过你一把，这次，是你帮姐的时候了，你可不能见死不救啊！”

安雪连连点头，问：“梅姐，你说吧，让我怎么帮你？”

林梅从兜里掏出一把钥匙，说：

“这是我偷偷配的院长办公室的钥匙，上次秦院长来拷监控录像，用的是一个蓝色U盘，今天下午我去他办公室的时候，又看到了那个蓝色U盘，就放在他身后的书橱里。你帮姐把U盘偷出来，咱们做一个备份，然后我拿着这个去找姓秦的，看他还敢不敢开除我？”

安雪犹豫了一会儿，说：“梅姐，偷东西这事儿……我……”

林梅脸一沉，说“我什么我？小雪，这不光关系到姐的饭碗，还关系着你的清白。姐可是为了帮你才沦落到今天这个地步的！你不去，我去！”说完，她转身向外走去。

安雪一把拽住了林梅，从她手里抓过钥匙，说：“梅姐，我去！”然后转身出了监控室。

看着安雪出了门，林梅脸上露出了诡秘的笑容，她迅速拿起手机，发了一条短信。

从监控室出来，安雪坐上电梯，直奔18楼的院长办公室。此时已经到了深夜，楼道里静悄悄的。安雪一步步走近院长办公室，她的心怦怦怦跳得很厉害。

很快，安雪来到了院长办公室门前。她深吸了一口气，掏出钥匙，插进锁孔，慢慢拧动钥匙，只听啪嗒一声，门开了！安雪闪身进了办公室，借着窗外的月光，走到办公桌后面，打开书橱门，果然看到了那个蓝色U

盘。她迅速拿起U盘，退出办公室，快步朝电梯走去。

刚走到电梯前，安雪就愣住了，只见电梯上方的显示屏在不断闪动，数字不断上升，已经到了15层了，而且还在继续上升！安雪慌了，她赶紧朝安全出口楼梯跑去。

没过几秒，电梯停在了18楼，门一开，出现了三个穿黑衣的小痞子，他们直奔院长办公室。这时，其中的一个光头似乎听到了什么，他轻手轻脚地朝着安全出口楼梯的方向摸了过来，顺着楼梯的扶手往下看去，果然看到一个身影在蹑手蹑脚地往下走，光头喊了一声“别跑”，就追了下去。

此时，安雪正顺着楼梯拼命地往下跑，可她身后的脚步声还是越来越近，跑着跑着，她只觉后面有只大手牢牢地抓住了她的头发，随即，她的嘴被一块湿毛巾捂住了……

监控室里，林梅正仔细盯着监控镜头。当她看到安雪被三个黑影挟持着，从大楼后门走出去的时候，林梅微微一笑，掏出手机，拨通了一个号码，娇滴滴地说：“秦哥，你安排的事情已经办妥了，你要怎么谢我呀？这段录像要不要删掉？嘻嘻嘻……”

5.生死之间

安雪醒过来的时候，天已经蒙蒙亮了，她发现自己躺在一辆面包车里，车门开着，外面站着四个人，除了抓自己的那三个小痞子，还有一个正是吴天龙。吴天龙正举着那个蓝色U盘，冲着安雪嘿嘿冷笑。

安雪挣扎着站起来，冲下车，去抢U盘，两个小痞子冲上来，一左一右，揪住了安雪的胳膊。吴天龙把U盘递给身边的光头，说：“去，把笔记本电脑拿来，当着小丫头的面，把录像删掉，然后把U盘彻底砸碎。”

光头上车拿了台笔记本电脑，插上U盘，安雪痛苦地闭上了眼睛，过了一会儿，她突然听见有人发出“咦”的一声，紧接着，吴天龙揪住她的头发，把她拉到了笔记本屏幕前，气急败坏地嚷道：“录像呢？你把监控录像藏到哪里去了？”

安雪睁开眼睛，看着电脑屏幕，U盘已经打开了，里面却空空如也。

“不可能！”安雪使劲儿挣开了双手，她拔出U盘，再安上，又把U盘里的隐藏文件找了出来，结果发现里面根本没有她要找的那段录像，U盘是空的！

吴天龙一把揪住安雪，恶狠狠地说“小丫头，我吴天龙做事是有原则的，只求财，不害命，可今天你要是不把真录像拿出来，我只好破例，送你到那边去伺候我姥姥了！”

形势危急之下，安雪反倒镇定了下来，她仔细想了想，问道：“吴大少爷，为了这段录像，我折腾了一个多月也没有看到，你跟秦院长这么熟，你看到过吗？也许秦院长说的是真的，那天八病室门口的摄像头真的坏了！”

吴天龙摇了摇头，说：“我没看过，不过秦胖子跟我说过，的确有这段录像，他绝对不敢骗我。”

安雪冷笑道：“不敢骗你？你和我都上当了！你知道是谁让我去偷录像的吗？是林梅。请问，告诉你我去偷录像的人，是不是也是林梅？”

吴天龙挠了挠头，愣住了，过了一会儿，他掏出手机，拨通了秦院长的电话，气急败坏地吼开了：“秦胖子，你什么意思？安雪说录像是林梅让她偷的，你又说林梅告诉你安雪偷录像了，大半夜把老子折腾起来，费这么大力气抓安雪，最后抢回来的还是个空U盘，你耍猴呢？”

电话那边，传来了秦院长得意洋洋的声音：“没错儿，我就是耍猴呢！吴天龙，咱们当初可是说好的，我掏钱，你帮我在你舅舅面前说好话，保住我的位子。可最近我收到消息：检察院还在查住院大楼的资金去向。我告诉你，吴天龙，盖住院大楼的好处，你捞的不比我少，那100万死亡赔偿款，是你替你舅舅签收的，中间20万的好处，你也拿了。现在你又抓了安雪，你贩卖劣质建材、敲诈勒索、绑架人质，罪过不比我小，现在你、我、还有你那个不开窍的舅舅，都是一条绳上的蚂蚱，出了事，你判的绝对不会比我轻，你舅舅也逃不了干系！”

吴天龙傻眼了，他没想到，秦院长居然敢这样跟他说话。顿了顿，他哼了一声，说：“秦胖子，少来这套，我不怕你，我知道，那段录像根本就不存在，没有录像，那起医疗事故就是铁案，查无实据！除了那100万的赔偿金，其他的我一概不承认，你想咬我，门儿也没有！”

秦院长丝毫没感到意外，他告诉吴天龙：他手里不光有事发那天的录像，甚至吴天龙跟他要20万好处费的经过，他都有录像。此外，盖住院大楼的真实账目，也在他手里。

吴天龙恼羞成怒地说：“我吴天

龙不是吓大的，秦胖子，你敢糊弄老子，老子让你吃不了兜着走！”

秦院长哈哈一阵笑，然后像训狗一样叫起来：“你还是想想怎么保住你和你舅舅吧！过会儿，我把手里的证据发到你邮箱里，你带着笔记本，再拿一把刀去找你舅舅，先让他看看这些证据，然后跪在他面前，求他放过咱俩，再不行你就自杀！我就不信，他连唯一的外甥也不放过！至于那个安雪，当初我留着她，就是怕你不听话，随时好用她敲打敲打你，现在，已经没用了，杀掉她，也许你舅舅就更有决心保你了，哈哈哈！”

吴天龙气得举起手机，往地上摔了个粉碎，然后转过身去，冲手下挥了挥手，有气无力地说了声：“动手！”

就在这时，在离他们不远处，突然冒出了一群警察，快速朝他们围了过来，警察中间站着一个高大的中年男人，正是吴天龙的舅舅任强！

看到吴天龙被押走，安雪长长地舒了一口气……

6.恩情难报

在任强的办公室里，安雪终于明白了整个事情的经过。原来，这一切都是秦院长的“杰作”。

秦院长有严重的经济问题，听说检察院要查他，他就在梁老太猝死事件中大做文章：第一步，他抢先拷去监控录像，并软硬兼施逼安雪签字，以定此事为“医疗事故”，从而想用天价死亡赔偿款来贿赂任强。但一个月后，听说上面还在查他，他便实施第二步：让林梅唆使安雪去偷录像，同时又把安雪偷录像的事告诉吴天龙，唆使吴天龙绑架安雪，并用空U盘来激怒吴天龙杀害安雪，从而控制吴天龙乃至任强。他认为，任强要动他，就得先抓自己的亲外甥，他不相信任强会动自己的亲外甥。但让他没想到的是：任强已经把100万赔款全部上交，不但没有停止对他的调查，而且主动提出调查吴天龙。因此，秦吴两人的一举一动一直都在警方的视线范围之内。安雪被绑架，任强第一时间就知道了，这才出现了救安雪的那一幕。

听任强说完，安雪惊出了一身冷汗：原来，在秦院长的棋盘里，梁老太、自己、吴天龙、林梅甚至包括任书记，都是他的棋子啊！

任强点了点头，说：“是啊，秦院长总以为自己是个高手，能够把所有人掌控住，但他低估了对手的信心。这下，让他去检察院下棋吧！对了，小雪，我听说你跟秦院长签过一个协议，要求实习结束后留在医院？”

安雪的脸腾地一下红了：“任书记，那个已经……不算数了。”

任强把脸一绷，说：“怎么会不算数？医院里你这样的护士越多，我才越放心呢！没问题，这件事我来帮你！”

安雪连连摆手说：“不行，任书记，梁奶奶去世，我还是有责任的，如果我能坚持五分钟，等交完班再走，梁奶奶也许就不会……”

提到母亲，任强的眼圈一下红了，他叹了口气，说：“小雪，这件事真的不怪你。就在把你赶出病房的那五分钟里，吴天龙在干什么？他跪在我母亲的病床前，求我母亲做我的工作，不要再查秦院长了，因为住院大楼贪污案里，也有他吴天龙的份。我母亲清白一世，后辈里却出了这样的不肖子孙，她一时气愤，这才引起心脏病发作。当我听说最后的处理结果是医疗事故，责任人是你的时候，当时我就起了疑心。小雪，你知道吗？就在出事前的那天晚上，我母亲给我发过一条短信，就是这条短信，让我相信责任人绝对不会是你。现在，你可以看看……”

说完，任强在手机上找出那条短信，递给安雪看。安雪接过来，只见上面写着：强儿，妈身体很好，勿念。自你从政，妈没给你添过麻烦，可现在妈得求你一件事：负责照顾我的实习护士小雪，是个好孩子，业务好，心眼儿好，像亲孙女那样照顾我，妈相信她将来肯定能成为南丁格尔那样的好护士，只是她家境困难，你能帮她落实工作吗？妈等你回来！

看完短信，安雪泪流满面。一条一百来字的短信，有一大半内容都是关于自己。一个87岁的老人，一个字一个字敲进手机里，又发给了从来没有开口相求过的儿子，这是多么深的情意！作为一个实习护士，自己只是尽了分内的义务，可梁奶奶居然把她当成了亲人！这份恩情，自己是一辈子也报答不了了！

任强拍了拍安雪的肩膀，说：“小雪，我母亲希望给你落实工作的遗愿，我来负责实现；她希望你成为南丁格尔那样的好护士，这个遗愿，你能帮她实现吗？”

安雪坚定地点了点头，在模糊的泪光里，她似乎又看到了梁奶奶那慈祥的面容……

（题图、插图：杨宏富）

神秘计算机

□李 方

约翰是个亿万富翁，在生活方面应有尽有，但他却总感到困惑。

这天下班后，约翰想找个朋友一起喝酒聊天，可想了半天，却想不起一个值得信任的朋友，于是他独自向附近的酒吧走去。

快到酒吧时，约翰发现，马路对面的墙上竟镶着一台计算机。他不禁有点好奇，就穿过马路，走到那台计算机前。只见计算机旁用英文写着一句话：为你解答生活中的一切困惑。

约翰一看，不禁兴奋地自言自语道："能解答困惑！"他迫不及待地按照计算机上的操作说明，在计算机里打了一句话：我有很多朋友，但我却不信任他们，我很困惑！

过了一分钟，那台计算机从下面的一个槽中吐出一张纸来，上面写着：不论朋友有多少，知己只有一个。

一看到"知己"这个词，约翰忽然就想到了强尼。强尼是他的高中同学，他们年轻时一起打架，一起逃课，那是多么纯真的友谊啊！只是这些年，约翰忙于事业，就渐渐疏远了他。

约翰拿出手机，通过信息台查询到了强尼的号码，当即就拨了过去，不料强尼的电话关机了。虽然没有联系到强尼，但是约翰的心情已经大好，他打消了借酒消愁的念头，心里盘算着找女朋友出来浪漫一把。

约翰有不少女朋友，可拿起手机后，他又陷入了困惑，到底找谁呢？

此时他望了望旁边的计算机，又打了一行字上去：我有很多女人，但我总觉得她们更爱我的钱，我很困惑！

一分钟后，计算机又吐出一张纸来，上面写着：不论女人有多少，老婆只有一个！

看到这行字，约翰突然心酸起来。老婆珍妮是他的大学同学，两人感情一直很好。可自从约翰发了财后，就把她冷落在一边。想到这里，他掏出手机拨打了老婆的号码，想问问她在哪儿。可电话没有人接。

虽然老婆也没联系上，约翰却感到自己的心里清澈无比。他学着曾经看过的电影里的镜头，双手合十，朝那台计算机拜了拜，就准备回去了。

就在这时，约翰又想到了一个问题：他在这附近就有两套公寓，郊区还有一套别墅。现在要回哪里去呢？这么一想，他又感到困惑了。

于是，约翰转身又咨询起“专家”来了。不一会儿，一张纸又打印了出来，上面写着：不论房子有多少，家只有一个。

家？约翰顿时就明白过来了：那就是他和珍妮最初奋斗的地方——那间不足50平米的小公寓，说不定此刻珍妮就在那里呢！

想到这里，约翰高兴地在计算机上亲了一下，匆匆往家里赶去了。

但是，当约翰回到家打开房门的那一刻，他却看到了令他目瞪口呆的一幕：只见他的知己强尼正和他的老婆珍妮，在沙发上亲热！强尼一看到约翰，连忙抱着衣服跳窗逃跑了，而珍妮则蜷缩在沙发上，一脸紧张地望着约翰。

然而此时，约翰并没有发火，只是他原本已经清如明镜的内心，在这一刻又被困惑给搅得一片浑浊了。就这样呆了半个小时后，他忽然又想到了那台计算机，连忙驾车赶了过去，在上面打了一句话：我仅有的一个知己，和我独一无二的老婆，在我唯一的家中亲热，这让我困惑到了极点！

这次，那台计算机沉寂了很久，才吐出一张纸来，上面写着：不论经营离婚官司的律师有多少，最好的只有一个，那就是查理先生。

约翰不解地望了望那张纸，又望了望计算机，再一次困惑起来。

这时，一个西装笔挺的中年人出现在约翰面前，不容分说地握住他的手，说道：“你好，我就是查理，我一定会帮助你打好这场离婚官司的。”

约翰上下打量了一下查理，接着又疑惑地望了望那台计算机。

查理耸了耸肩，说：“哦，别再理会那台计算机了！在美国，解决问题都是要靠律师的，不是吗？”

直到这时，约翰才注意到，在那面墙的最高处悬挂着一个招牌，上面写着：查理律师事务所。

（题图：安玉民　梁　丽）

"岳阳杯"幽默故事创作大赛征文选登
本活动由上海市松江区岳阳街道与本刊共同举办

阿牛追妻记

□陈新祥

阿牛和妻子常为点鸡毛蒜皮的小事吵架。这天，两口子又大战三百回合，一气之下，妻子离家出走了。等阿牛追出去时，妻子已经上了一辆出租车。阿牛忙拦下另一辆，对司机说："师傅，快追上前面那辆车。"

司机是个三十多岁的男人，他回头看了看阿牛，问："兄弟，看样子，刚和老婆吵架吧！"阿牛尴尬地点点头说："师傅，麻烦你快帮我截住她。"

司机听后呵呵一笑，踩下油门便追了上去。眼看就要追上了,不料，这时前面的车似乎察觉到了什么，猛地加快车速，很快又拉开了车距。

看着阿牛着急的表情，司机感慨道："兄弟，听我一句劝，赶紧给老婆道个歉吧！这种事我最有经验，等她气消了，车自然就停了。"

阿牛一听在理，忙从兜里掏出手机。不过碍于面子，他不好意思打电话，而是偷偷给妻子发了条短信：老婆，我错了，求你下车吧！

不一会儿，妻子就给阿牛回了一条：老公，其实我也有错，不过司机不肯停车，我下不来了！

看完信息，阿牛慌了，莫非妻子被人劫持了！他忙对司机说："师傅，麻烦你把车开近些，我好看清车牌。"

司机一愣："你看车牌干什么？"

阿牛着急道"报警啊，我老婆肯定被人劫持了！"

不料，司机听后哈哈一笑说"兄弟，不用报警，我自有办法让前面的车停下来。"说完，他从座位旁边摸出一个对讲机，清清嗓子大声说道，"老婆，我错了，你生我气不要紧，但不能拉着别人的老婆到处跑啊！"

果然，不一会儿，前面的车就缓缓地停了下来。

儿子要用防皱霜

□高亚娇

最近，李倩发现自己的防皱霜用得特别快，才几天工夫，半瓶就没了。她问了老公，老公说没用过。这可怪了，一个三口之家，老公没用，难不成是七岁的儿子用了？

李倩留了个心眼。这天早上，她偷偷跟着儿子进了卫生间，只见儿子拿起她的防皱霜，拧开瓶盖，狠狠地挖出一大块。看到这里，李倩心疼极了，这防皱霜要好几百呢，儿子居然这样糟蹋。可接下来的一幕，更让李倩目瞪口呆：只见儿子脱下裤子，把手上的防皱霜全抹在了小屁股上！

李倩再也沉不住气了，她一下子冲了进去，歇斯底里地吼起来："你这个败家子，你这是在干什么呢？"

儿子吓了一大跳，怯怯地说："妈妈，我们快考试了……"

李倩一听，更气了："你少给我打岔，我问你这是在干什么？"

儿子哆嗦着说："妈妈，我没打岔，我这么做，和我们考试有关。"

李倩愣住了："什么？你学习成绩一塌糊涂，难道用了我的化妆品，你就会得高分了？真是瞎胡闹！"

儿子委屈地说："妈妈，我没想要考高分呀，只不过，经常拿它抹抹屁股，到时候考得不好，爸爸打我，我就不用怕了。

李倩顿时哭笑不得："儿子啊，你才上小学一年级，根本不认识几个字，你知道你拿的是什么东西吗？"

"嗨，"儿子胸有成竹地说，"我虽然不认识字，但我能根据拼音猜呀。"

李倩生气地说："你还有脸说拼音呢，连z和zh都区分不来！你倒是说说，这上面写的是什么？"

"这难不倒我，"儿子指着化妆品标签上的拼音，一字一句地说，"防揍霜……"

你敢开车吗

□金 兰

这天，小丽和男友大宝去买车，哪知半路上看到一辆小汽车和一辆大货车迎头相撞，小汽车就像个软柿子，被捏得变了形，车里的人死伤惨重。

大宝心惊胆战地看了一会儿，突然扭头就走："回去，不买了！"

小丽气愤地追上去问："你怎么临时变卦？"

大宝脸色铁青道："开车实在太危险，简直是拿自己的生命赌博。打死我也不要开车了！"

小丽恨得牙痒痒的，这个人真是杞人忧天，怕车祸就不买车，难道怕噎着就不吃饭啦？可她说尽了口水，大宝就是没办法抹去心里的阴影。小丽气得给大宝下了最后通牒，不买车就不结婚！这下，大宝急了。

过了一个星期，小丽在家突然接到大宝的电话，大宝兴奋地告诉她："我买车了，现在就停在你家楼下。"

小丽高兴地跑下楼，一看大宝果然站在门口。她激动地左看右看，却没看见新车，不禁问道："车呢？"

大宝冲身后一指："这不是？"

小丽一看，傻了眼。大宝指着的竟是一辆大卡车。她气得差点晕过去，指着大宝骂道："你脑袋进水啦，买卡车运泥啊？"

大宝笑着说："坐这辆车才安全啊！我研究过了，车祸里吃亏的百分之百是个头小分量轻的。"

小丽忍无可忍，破口大骂道："神经病！这车不算，我要的是小轿车！"

"你先别急嘛！"大宝笑嘻嘻地跳上卡车车厢，飞快地把四面的挡板放了下来，"你看！"

小丽定睛一瞧，卡车上竟然装着一辆崭新的小轿车。大宝站在上面得意洋洋地说道："以后咱俩出门，我开我的大卡车，你就坐在上面的小轿车里，一举两得嘛！"

拼爹时代

□董安民

梁局长的儿子刚上大学，辅导员就给梁局长打来电话，说他儿子在学校里吃喝玩乐样样精通，就是学习一窍不通，总说现在是“拼爹时代”，学习太累，打工受罪，有个好爹，万事OK。梁局长一听，坐不住了，他和老婆商量了一下，决定给儿子采取点“非常措施”。

梁局长先把头发染成了灰白色，晚上跟儿子视频聊天时，故意让儿子看自己的白发。

儿子见了，笑笑说：“老爸，为了我的将来，您把头发都熬白了！您知道同学们多羡慕我吗？他们卖半天傻力气，到最后也未必拼得过您啊！”梁局长听了，差点把鼻子气歪了。

过了几天，梁局长把一张假体检表寄给了儿子，上面写着梁局长浑身上下都是病。很快，儿子给梁局长发了封邮件，上面写着：“老爸，您以后工作别那么拼命了，保持健康才能当好局长，当好局长才能让我在拼爹中领先一步！”

梁局长看到这里，气得差点吐血，他决定使出最后一招。

过了几天，梁局长的老婆打电话把儿子叫了回来。儿子刚进门，梁局长的老婆就哇的一声哭了出来：“儿子啊，你爸被举报了，被撤职了！”

儿子听了，一脸平静地说：“挺好呀，老爸可以好好休养一下了。”

梁局长的老婆愣住了：“这还挺好？你爸不当局长了，你以后还怎么拼爹啊？”儿子嘿嘿一笑，说：“妈，自打老爸得病以后，我就想：人不能光靠爸妈，最重要的是要靠自己！”

梁局长的老婆一听，欣慰地连连点头：“儿子啊，你终于懂事了……”

不料，儿子得意地打断道：“最近我抓紧时间搞了个对象，她爸比我爸官大多了，这回我更不怕拼爹了，丈人也是爹啊！”

疯狂的广告

□陈宇飞

老王是个编剧。这天，影视公司的导演找到他，让他在一个剧本中加点广告。

老王拿起剧本一看，顿时头就大了。原来，第一场戏讲的是：这天，乾隆皇帝微服私访，在一家饭馆吃饭时，偶遇来自未来世界的老板娘，两人一见钟情，最终带入宫中封为妃子。就是这短短十分钟的剧情，导演竟要求老王植入六个广告：什么酒店、空调、植物油、名酒、电饭锅，最让他哭笑不得的是，竟然还有可乐。

当天晚上，老王就把自己关在房里修改起来。可一周过去了，老王快把头发扯光了，还是想不出来怎么把乾隆跟可乐扯到一块儿去。

这时，老伴给他出了个主意："听说你徒弟小李的广告剧写得不错！你何不找他商量一下？"老王一听觉得有道理，便红着脸来到小李家。

得知师傅的来意后，小李扑哧一声笑了出来："师傅，您老人家真是落伍啦！这有何难？看我的！"

说完，小李拿起笔刷刷刷地改起来：这天，乾隆微服私访至xx酒店，刚进门，乾隆就感叹："这酒店真凉快啊！"老板娘当即答道："那当然，xx空调，制冷一流！"坐定后，乾隆吃了口菜，不禁惊呼："好厨艺！"老板娘嫣然一笑："常用xx植物油，味美又健康！"乾隆吃了口米饭，又赞："米饭也这么香！"老板娘拍拍身旁的电饭锅，得意地说"xx电饭锅，煮饭就是香！"乾隆又闻了闻杯中的酒，问"这味道，应该是xx牌酒吧？"老板娘捂嘴一笑："错了，客官，这是本店特产：xx可乐……"

看完徒弟修改后的剧本，老王惊得半晌没说出话来。最后，他摇摇头叹道"真是长江后浪推前浪，原来剧本还可以这样写！看来师傅我真的老了，老了……"

超值之旅

□亚　宾

这天，珍妮和丈夫迈克来到一个游泳馆，只见门口竖着一个广告牌，上面写着：“超值的享受，尽在今晚。”迈克心动了，向珍妮提议一起进去。珍妮同意了。

不料，他们刚想进门，就被门口的售票员拦住了：“先生、女士，非常抱歉，我们这里不允许成双成对进去。而且，女士的门票价格非常低，男士的门票价格非常高，您要是不乐意，可以只让这位女士进去。”

珍妮看了看广告牌上的标价，果然，女士只需要二十美元，而男士需要一百美元。她满意地点点头：“才二十美元？果然超值。”又回头对迈克说，“亲爱的，我说什么也要进去的。”

迈克觉得很扫兴，但也只好在外面等。等着等着，他发现那些从游泳馆里出来的男人，个个神采飞扬，大呼过瘾。

迈克好奇地拦住一个男人问：“伙计，这个所谓的‘超值之旅’名副其实吗？”男人神秘地一笑，说：“当然，进去之后你就能体会到了。”

迈克一听，忍不住买了一张昂贵的门票，走进了游泳馆。刚进去，就有一个服务生热情地招呼他：“来来来，先生，我们的教练会教您潜泳。我们的游泳池是分层的，上层是游泳的，下层是潜泳的，您在下层可以看到上层，哦，那种景象，真是‘大开眼界’！”

迈克简单学习了一下潜泳的技能，就稀里糊涂地进入了潜泳区，那里已聚集了一群男人，正兴致勃勃地通过一种特制的观望孔，看着什么。

迈克好奇地朝观望孔里看去，顿时瞪大了双眼……

回家的路上，珍妮眉飞色舞地和丈夫畅谈起她的享受：“哦，真是太美妙了，我们的游泳池，清一色全是女士，忘乎所以之下，我们解除了武装，开始裸泳哦……”

再来三杯

□ 邓祖薪

小刘的同事王强是个业余作家，经常有稿费外快，这让大家很是羡慕。这天，邮递员又送来三张稿费单，王强刚好不在，小刘一看，乖乖，一张一千五，一张一千，最少的一张也有五百。

王强回来后，小刘把稿费单递给他，打趣说："这回该请我喝酒了吧？"

其实全单位的人都晓得，王强家有严妻，不但工资得全额上交，就连稿费这样的外快，他也只能过过眼瘾，钱到不了他手。为啥呢？身份证、户口本都被老婆扣着呢，光有单子领不回钱。

小刘也只是随口说说，没想到王强脸一红，认真地说："行，晚上到我家喝酒去，我让我老婆买只烧鹅！"

小刘一怔，乐了："王哥，你这样说，我可当真了啊！"

王强拍起了胸脯："谁跟你说笑？去，不去我饶不了你！"

下班后，王强果然拖着小刘往家走。进门后，王强刷地从口袋里掏出一张稿费单，递给老婆。老婆脸上立刻有了笑容，瞧了一眼"嗯，还不错，五百。"

王强拉着小刘坐下，对老婆说："今晚小刘在家吃饭，你买点菜去。"

老婆高兴地提着菜篮子出去了，不一会儿买菜回来，小刘悄悄一瞧，果然有只烧鹅。很快，老婆就弄了几道小菜摆上桌，还拿了半壶米酒上来。王强摆摆手，大声对老婆说："不喝这个。你去把屋里那瓶茅台拿出来。"

顿时，老婆脸上闪过一丝不悦，她假装没听见，躲进了厨房。

小刘好不尴尬，小声说："算了，喝这个挺好。"

王强摇摇头说"你别管，这回哥一定要请你喝茅台。"

不一会儿，老婆从厨房出来，王强又从口袋里摸出一张稿费单，刷地冲老婆面前一亮。

老婆接过来看了看，顿时眉开眼

笑："哎哟，好久没得过一千的了。"说罢转身进屋，乐呵呵地捧出一瓶茅台来。

这下，小刘看明白了，原来这家伙的稿费单还有这样的妙用。

两人高高兴兴喝起了酒，你一杯，我一杯，很快就脸红脖子粗起来。王强喝到兴头上，喷着满嘴酒气，叫小刘倒酒。

哪知老婆在旁边使劲一咳："够了吧！"

小刘拿着酒瓶，倒也不是，不倒也不是，十分尴尬。王强指着酒瓶说，倒倒倒，随便倒。

老婆一听，脸色刷地沉下来，起身进屋去了，把门关得砰砰响。

小刘忙说"王哥，要不咱改天再喝吧，你看嫂子都生气了。"

王强哈哈一笑："没事！"说着，扭头冲里面喊道，"喂，出来一下。"

老婆呼地拉开门，怒气冲冲地走过来，问他想干什么。

"再来三杯！"王强得意洋洋地把最后那张稿费单一亮，说，"看清楚了，一千五！"

（**本栏题图、插图**：包丰一　顾子易）

·本刊信息传真·

2011年"岳阳杯"幽默故事创作大赛征文启事

为进一步繁荣幽默故事创作，《故事会》杂志社与上海市松江区岳阳街道决定联合举办2011年"岳阳杯"幽默故事创作大赛，并面向全国征文。

一、征文内容： 1. 内容贴近生活，健康向上；2. 情节生动有趣；3. 语言活泼，具有口头文学特点；4. 作品尚未在公开出版物上发表；5. 篇幅在2000字以内。

二、奖项设置： 本次大赛设一等奖2名，奖金各3000元；二等奖5名，奖金各2000元；三等奖10名，奖金各1000元；创作奖10名，奖金各500元。优秀作品将陆续在《故事会》上发表，并结集出版。

三、征稿时间： 2011年2月1日—2011年12月1日。

四、征稿方法： 1. 从邮局寄发，请在信封上注明"'岳阳杯'幽默故事征文"。本刊地址：上海市绍兴路74号《故事会》杂志社，邮编：200020。2. 从网上传递，可发至各责任编辑信箱，请在主题上注明"'岳阳杯'幽默故事征文"。

本期责任编辑的信箱是：zhong98305@sina.com。

www.ingramcontent.com/pod-product-compliance
Lightning Source LLC
Chambersburg PA
CBHW051935220626
47052CB00004B/675